知音动漫图书 · 漫客小说绘
ZHI YIN COMIC BOOK 以梦想之名 点燃阅读
小说绘

Written by 苏盈
Illustrated by Benyo

问药

苏盈 著

3

WEN YAO

中国致公出版社　　知音动漫

知音动漫图书 · 漫客小说绘出品

诸君，且听一场似真亦幻之戏语。

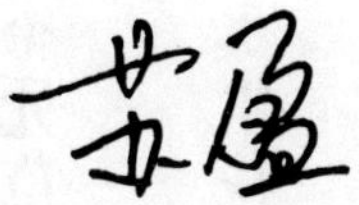

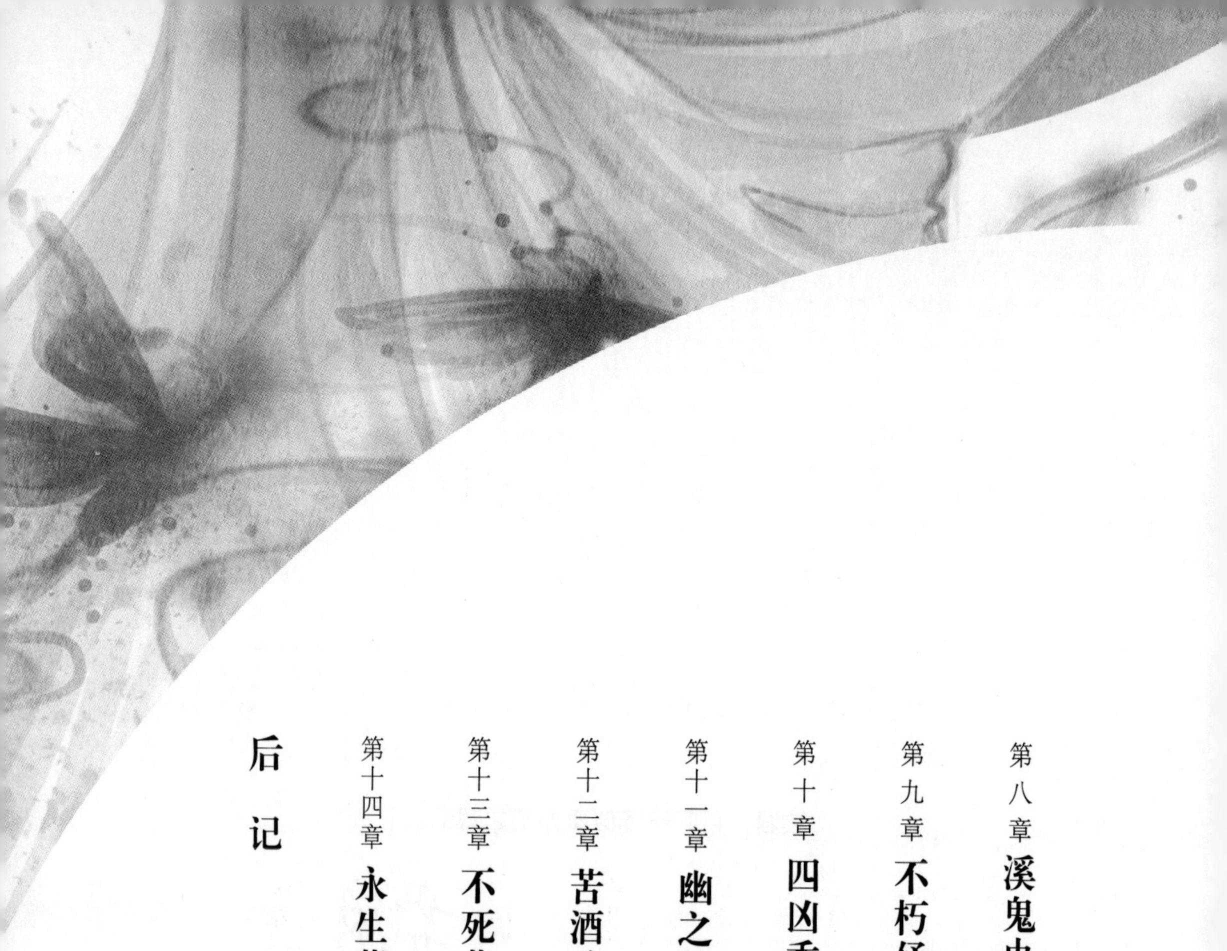

目录

CONTENTS

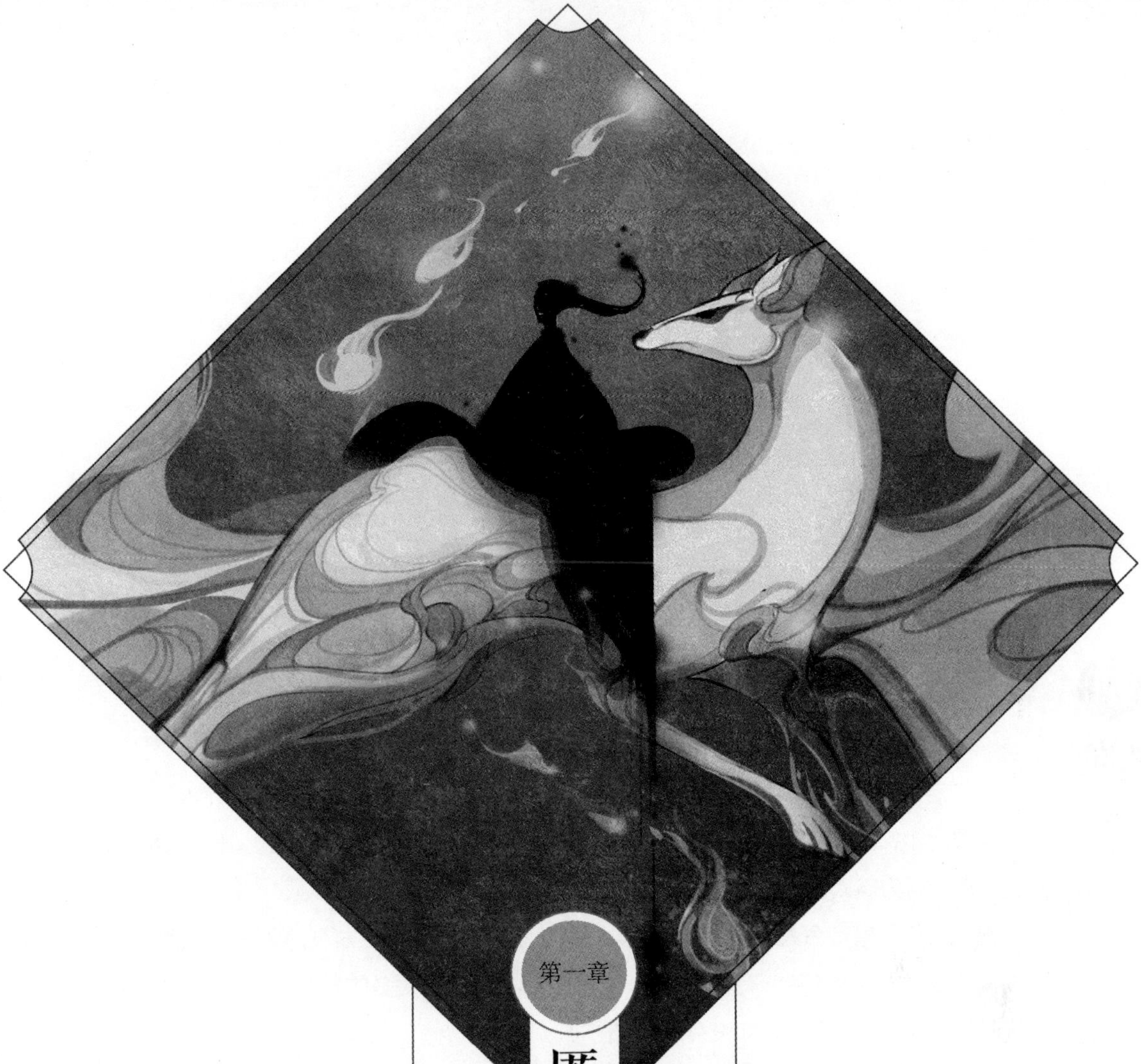

第一章

匿魂匣

蓬莱山：三神山之一，《史记·封禅书》：『自威、宣、燕昭使人入海求蓬莱、方丈、瀛洲。此三神山者，其传在渤海中。』

NI HUN XIA

1

奉安七年，奉安帝急病暴毙，德明皇后伤心过度，殉葬而去。江山传于六王爷瑞亲王，瑞亲王改年号为高武，史称高武帝。

高武二年，皇帝命人筑高台，铸铜炉，砸千金广集天下有能异人，又许以高官厚禄，一时间响应之人络绎不绝。有人自诩不凡，有人贪图重金，更多的是希望一鸣惊人衣锦还乡，然而进了宫的那些人，却没有能活着出来。

高武四年，已少有异人敢于自荐，皇帝命人到民间搜罗，村野山林，一寸不可放过。

高武五年，凌云台修建完毕，其上又建太虚殿，仅数名术士侍奉在内。若有珍奇异草、药材，必先送往太虚殿，铜炉置于殿内，日夜薪火不灭。

高武七年，一对母子被送入宫中。同年，户部尚书李松溪在殿上以死相谏，随后，李府惨遭暴徒灭门，事情真相却无人敢提。

高武十年，凌云台大火，太虚殿被毁，只余铜炉一座。

仙山·蓬莱。

烟雾萦绕的林间，一名少年背着药篓慢慢往山上走去，他长了副出尘的好皮相，眉目清朗，穿衣品位却叫人不敢恭维——绿色衣衫外披了件绛紫色的袍子，腰带像是女孩儿用的那般色彩艳丽，纷杂的颜色配了一身，身上的衣服都像是随手拿来，全然没在意过搭配。

少年脚下走的并不是寻常土地，地面上一片银白，随处可见纯净剔透的晶簇从地下伸出。乳白色的烟雾似云又像霞，在满眼的碧绿中轻灵地摆动，它们一会儿化作天女在茂密的树冠中翩翩起舞，一会儿又落在地上化作顽劣的孩童探头探脑，最后又化作一群白鹿朝那少年跑去。白鹿群撞在少年身上即变成轻烟飘散，林间回荡着天女娇俏的轻笑和孩童脆亮的吆喝。少年没有理会它们，这种情景在蓬莱的山间可不会少见，他初到岛上的时候，还为此惊讶了一下。

倒不是因为未曾见过而吃惊，以前他与母亲隐居深山，极偶尔也会遇到这样的奇观。烟雾化作一名梳着丫髻的少女在林间漫步，母亲告诉他这种烟雾叫“仙人气”，乃山神或山中有灵之物修行时吐出的一口气，凝聚得多了，自然而然便聚合成这种奇异的烟雾。

想到母亲，少年神色黯然，捏成拳头的手掌因为用力过度而微微发抖。他恨，他好恨啊，恨那个皇宫里残杀了自己母亲的皇帝，同时又为自己的无能和弱小感到悲哀。

一株奇异的藤蔓落在他肩上，像是安慰他般开出了一朵小黄花。这生机勃勃的植物似乎让少年打起了一些精神，即便那朵小黄花转瞬间就从花蕊处裂开一张布满利齿的小口，一副张牙舞爪的生猛模样。少年轻轻弹开那株藤蔓，凶神恶煞的藤蔓就像被主人敲了一记鼻子的小狗，惊慌地缩了回去。少年笑了笑，继续往上走，愈往前草木愈稀疏，再走出去是一处悬崖。这悬崖是一大块透明的晶石，黄金与白银如植物根须般爬延其上，像是天下最好的工匠掐了金丝银丝精心缠绕在上面，让人难以相信它是天然形成的一块岩石。

少年走到悬崖边上，脚下是云浪翻滚。这山竟像是通了天，悬崖下茫茫云海，远处隐约还有几座山头的影子，如雾里看花不得真切，又像一栋栋海上堡垒巍巍壮丽。

少年对此番奇观并没有多看几眼，他仰着脖子看往更高的天空，不知道企图从那里找出点儿什么来。悬崖上大风袭来，少年的衣衫与发丝一同飘扬在风中，愈发显得那张脸庞如谪仙般出尘秀美。可他就像个傻子般在悬崖上站着，半个时辰、一个时辰……他站累了就在悬崖边上一坐，底下是翻滚的云海和看不到尽头的深渊，他却一点儿都不害怕，眼睛一直看着天空，一眨不眨地看着更远更远的地方。

也不知道过了多久，一个娇声娇气的女孩儿的声音响起：“雨泽，你果然又来这儿了。”

身后的树林里钻出一名少女，她梳着盘发，乌发衬得两颊雪白，容貌算不上绝顶的好看，可一双乌溜溜的眼瞳顾盼间灵动至极。少女穿着一套桃红裙装，一路从山林间走来，不见一丝凌乱。少女手里还提着一个古色古香的药箱。她无论去哪儿，这药箱总是不离身，宝贝得紧，里面装了些药罐瓷瓶，走起来如同随身携了几只青玉铃铛般，脆响不断。

少女提着裙摆几步走到悬崖边上，她不似少年胆大，站在悬崖边上俯身匆匆看了眼便缩回了脑袋，用手指戳着少年的后背教训道：“又来这么危险的地方，师姐跟你说的话你都听哪儿去了？万一掉下去可怎么办？”

“别、别，春景你轻点儿。”名叫雨泽的少年连忙求饶。

“要叫师姐！”春景摇头晃脑，得意地说。

“好的好的，师姐，您可轻点儿，不然我真要被你推下去了。”雨泽没好气地说。

春景听罢搂着他的手臂，将他从悬崖边上拖了回来，看他离那地方足够远了，才像是松了口气般放开他，然后又转头责怪地看着雨泽，莹亮乌黑的瞳仁像镜子般映照着他的脸，眼神又嗔又怒又无奈。“我这师姐在你心中就是一点儿地位也没有！你要记得，当年你刚来岛上时身负重伤，奄奄一息，虽然师父把你一条小命救下来了，你的身子却也虚弱得很，都是师姐我日不食夜不寐，衣不解带，尽心尽力地照顾你。你倒好了，现在可一点儿也不念我的恩，我说什么话都当作耳边风！”说罢，春景又不解气地拧了他耳垂一把。

“哎！”雨泽叫了声。痛倒是不大痛的，可他要不这么叫一声服软，以春景的性子肯定又要老大不爽个半天。

“你叫什么叫啊，我也没有很用力啊！”春景连忙松了手，怀疑地扭了扭自己的手腕，又看了看那美貌小师弟泛红的耳朵，凑近了关切地问，“真的很痛？”

雨泽正捂着耳朵，少女挨近时身上好闻的味道瞬间包裹了他，他微微一怔，总觉得少女这副亲切的模样十分陌生。

见雨泽傻愣愣的好像没什么事，春景又把脸板起来，噘着嘴道：“你天天都来这里，不就是为了‘水寄生’？可师父说了，那不过是神话中的东西，他不过随口一提，这世间哪怕你倾覆过来，也未必真能找到。”

雨泽却道：“神话又如何，你看我们站着的这座山，银沙为路，水晶为石，地里流淌的是金水银水，山脚下的河流里遍布珍珠玉石，山中生长的哪一样不是稀奇至极的东西？”

“你还真的信师父那老头子的胡说八道啦！”春景一跺脚，对他此举大大的不高兴，连珠炮般说，“他说那水寄生正如其名，寄生于水中，却又极其脆弱，寄生之水必须无比洁净，不可沾染一点儿尘埃，更不能沾染地气。这世间哪有这样的水啊？你这是想着要接刚落下的雨水，而且为了尽量洁净才天天往这最高的山头跑，对吧？但是我就直说了，那水寄生透明无色，又比发丝还要细上几倍，即便你接到了雨水，可怎么取出来呢？”

雨泽对她的抱怨不置可否，他伸出手去，修长的手指仿佛想从空气中抓住些什么。

春景眼看这小师弟是听不进劝了，无可奈何地叹了口气，道：“行吧，随你高兴。可现在已经不早了，再不下山就赶不及在天黑前回去了，我可不想被秋茴那家伙数落。”她拉过雨泽，拽了拽，发现拉不动。

“等等。”雨泽低声道，他觉得天边有一片乌云要来了，“再等等。”

春景看他铁了心的模样，知道他是不肯走了。她心想，也罢也罢，谁让他是自己的师弟呢，只好由她来牺牲一点儿了。在这仙山中，天黑倒不是多可怕的事，银沙上长出来的那些晶石到了夜里便会绽放荧光，凭他俩的本事还不至于有什么危险。只是一想到要被只比她年长那么一点点、脾气臭得不行的小师兄秋茴教训，她就懊恼不已。

雨泽一等便像石化了一般，春景可不想受累，找了个干净的地方抱着膝盖坐了下来，反正也没事干，便又跟雨泽聊起天来："雨泽，你就那么想救那个人吗？"她问完，赌气般自言自语，"师父在你之后，又救了个年纪和你差不多的男孩儿回来，说是跟你一样，都是从皇宫里带出来的。我看他那模样啊，比你那时候还惨呢。你认识他，是吧？你天天来这里找那什么鬼水寄生，不就是给他用吗？"

雨泽不答，只是站在这块离天最近的悬崖上，默默守着一片天空。

春景便也不再提，她等得无聊至极，便靠着她的药箱打了个盹儿，不知道睡了多久，醒来时，身上多了件绛紫色的袍子。雨泽一身绿衫站在山头，她瞅见地面干燥，滴雨未下，知道他这一天又是白等了。

"回去吧。"她再一次劝，这番语气柔和了许多，也认真了许多，"我听看守岛上入口的人说，最近有外来人神不知鬼不觉地进了岛，你知道这岛不是什么人都能随便乱进的，师父说了，让我们多加小心。"

说罢，她又补充了句："雨泽，你也想去看看那人今天情况如何了吧？"

那着绿衫的身影这才动了动，再也不望着天了。此时山中景色由清淡转为浓艳，落日的余晖染红了云海，四处是淡淡的昏黄。春景正打算原路下山，冷不防手臂被人一勾，竟是雨泽拉着她往悬崖下一跳。

"你！啊——"春景放声尖叫，只觉得身体坠入云中，可还来不及害怕便立刻落在某种温暖柔软又十分结实的东西上。她迎着猎猎寒风低头一看，发觉他们竟是骑在了某种野兽的背上。春景从未见过这样的生物——大小如一头牛，长着狼的身体与头颅，背上生双翼，没有尾巴，一身皮毛居然是灰蓝色的。

"这是什么！"春景在飞兽背上惊叫。

"我也说不上来。"雨泽用带笑的声音回答，"不过，它听我的话。"

"我从未见过这样的生物！"春景稀罕地摸着这飞兽背上的皮毛，不知道是因为惊奇还是因为身处空中，声音高昂得压不下来。

"这岛上……不，这天下间也是独此一匹。"雨泽笃定地说。

春景搂着他的腰坐稳了之后，又开始揪他耳朵教训："你也不早说一声，害我吓了一跳，我的药箱要是摔了掉了，看你怎么赔我！"

雨泽赔笑道："好好好，都是我不对.师姐你拉到我头发了……"

说话间，那头异兽双翼一振，乘风朝落日的方向飞去，春景贴在他背上，少女的体温和发香再一次温柔地包裹了他。有一瞬间，雨泽觉得太阳离自己太近太近了，近得让他浑身莫名的发热滚烫。近在咫尺的落日如巨大的金轮，一群归鸟与他们擦肩而过，春景扶着他的肩膀站了起来，伸手去够那些飞鸟。他听见她咯咯地笑起来，笑声脆若金铃。

恍惚间，他觉得自己好像许久没听她这么笑过了，可这怎么可能呢？他们明明每天都这么快乐地在一起，对，宛如梦幻般美好。

2

异兽落地时，正好太阳隐没于山后，月亮升空，晚风一起，便凉丝丝的。两人刚从异兽背上下来，便遇上秋茴领着同门弟子呼啦啦从师门里出来，看到他们便立刻围了上来，估计是正要出门来寻他们的。

领头的秋茴一看到他俩，就没好气地说："哟，还知道要回来，还以为你们私奔了呢。"说罢扭头就走，正脸都不赏一个，十分骄傲。

取代秋茴上前来的是个穿青色布衣、微胖圆润的青年，名叫宫鹗，除了掌门亲自教导的春、夏、秋、冬四名亲传弟子，他算是普通弟子中的大弟子了。

宫鹗拉着他们笑道："秋茴师兄其实可担心你们了，看你们迟迟未归，也顾不上吃饭，就让我带上人跟他一同出去找你们。还好你们回来得及时，要不然我们就得白跑一趟啦。"

春景捏了他肚子一把，哼道："你还真该出去跑一趟，看看你这肚子上的肉！"

宫鹗也不恼，哈哈笑道："是是，小师姐说得有道理，可这饭菜实在好吃，我有什么办法呢！我最近在研制一种能抑制食欲的药，吃了这药，只要一张嘴，哪怕咽空气都能让人感觉如同在吃山珍海味。我这药要是做好了，小师姐可否赏脸一试啊？"

春景推他一把，叉着腰道："鬼才给你试，也不看看我这身段，再饿下去岂不成仙啦！"

"什么话嘛，小师姐本来就跟小仙女似的，大家说，是吧？"宫鹗吆喝一声，其他弟子们纷纷笑着起哄应和，雨泽也不禁偷偷笑起来。春景明知道他们在开玩笑，却也红了脸，不知是气的还是羞的。

"行了行了，你们爱干吗干吗去。"她抓起雨泽的手，"我们可都饿坏了，被你们一说更饿了。走走走，雨泽，我们吃饭去！"

走过高高的朱红大门，穿过长长的白墙游廊，随着夜色渐浓，明亮喜人的灯笼也一盏一盏地挂起。一座隐没在半山的古朴建筑逐渐被连串的光点勾勒出轮廓。它简朴又不失大气，因为终日熬药制药，总是氤氤氲氲的样子，像一位出身水乡的大家闺秀。

蓬莱岛上除了半山这座药庐，山脚下还有一处小村落，总计不过二百多人，半数人在山下农耕渔织，劳作生活，另一半人就在药庐里修行，称之为师门。

小食堂里，饭菜早已给他们留好，整整齐齐地放在碟子里，灶上炖着小瓦罐盛的鸡汤，浓香扑鼻。春景坐下便舀了碗鸡汤，还撕了根鸡腿，一大碗满满当当地摆到雨泽面前，见他还在发呆，催促道："快吃啊，就你这身板，还不好好补一补，等着和那人一起躺在床上吧！"她分明是关心，嘴上却说得毫不留情。

雨泽也不点破，喝了口鸡汤，叹道："总觉得，已经很久没喝到你亲手给我舀的汤了。"

"你这是什么话？不就给你舀碗汤吗？又不是我给你炖的。"春景觉得他莫名其妙，自己也弄了碗汤，夹了一箸山笋炒猪肉，美滋滋地吃了起来。

别说春景亲手给他舀汤了，就是两人这么坐下来开开心心地吃顿饭，好像也是很久之前的事了。雨泽揉着额头，心想，这到底是怎么了？他扫了眼饭桌，餐具恰恰只有两套，好像只为他们而设。他问："秋茴师兄呢？不是说他也还没吃饭，怎么不见他呢？"

"他又没拴绳，谁知道他跑去哪里吃了。"春景不以为意并且嘴巴毒辣，"再说你也不是不知道，比起正餐，他更爱甜点小食，说不定正躲在自己房间偷吃呢。"

雨泽脑子里突然晕乎乎的，春景说得也有道理，可为什么他总觉得处处不太对呢？

晚饭过后，按例是要去跟师父请安的，可最近师父忙于救治那个从皇宫里带回来的孩子，那孩子正是生死攸关的紧要时刻，所以接连数日，师父大多数时间都留在房间里，也免了请安的惯例，省得分心。

春景虽然嘴上老爱喊师父"老头子"，但谁都知道她才是最听话的那个——师父说了不让打扰，她就不去，还对雨泽天天往师父房里跑的事不太满意。这天从小食堂出来，两人因所去的方向不同在院子里分别，她再三叮嘱雨泽，不得打扰师父。

"真是的，天天跑去看，能帮上什么忙吗？也不知道你怎么想的，可别去碍手碍脚的。"她一边嘀嘀咕咕说着，一边往自己的院落走去。

雨泽沿着庭院的石板小路走了一段，白日里等了那么久，此时才下起了微雨，他不甘地叹了口气。两旁的石灯笼早早便点亮了，上面的青苔被细雨一淋，愈发鲜润起来，像石灯笼上长出了一片碧玉。白天的庭院雅致清幽，现在夜色细雨中又是另一番情趣。

能够这样自由地漫步庭院，曾经是他以为再也不可能实现的梦想。关押在那座可恨的皇宫中的岁月是最黑暗和绝望的——他被迫与母亲分离，被关在肮脏漆黑的笼子里，那铁笼触手冰冷，每天等待着他的是仿佛没有止境的折磨和虐待。最恐惧的时候，他觉得自己恐怕是要死在这里面了，直到……

他原本正沉浸于回忆，眼角余光突然瞥见某个石灯笼后有什么动了动。雨泽原以为是山里的什么动物跑进来了，反正也不是头一遭，可再一看，那影子竟是人的轮廓。

“是谁？”他问道。

那人影原本想跑，却不知道为什么停住了。雨泽借着微弱的灯光，勉强瞧见是个与自己年纪相仿的少年，眼睛圆溜溜的，看起来十分可爱。这长相天生就讨人喜欢，可他的头发短得出奇，在雨泽看来可以说是匪夷所思的，他身边可没有敢把头发削得如此之短的人。

不仅如此，他的穿着打扮也很另类，若是换成女孩子这么穿，那可真是太不得体了！然而雨泽并没有特别惊讶，隐隐的他觉得自己好像并不是第一次见到这样的服饰。

少年正用那双圆圆的眼睛盯着他，像看着一个陌生人，又像看着一个许久不见的故人。可雨泽并不记得自己见过他，想到春景刚才还提醒过他，近日有外人偷溜上岛图谋不轨，这少年看起来就很可疑，只是雨泽并没有从他身上感觉到任何恶意。

“你是谁？”他又问道，就在少年张了张嘴准备回答时，身后传来“叽呀”一声。是师父院子前那扇竹栅门打开了，一个身穿粉白宫装的女孩儿提着一盏灯笼走了出来，她用红绳编了双髻，大约十四五岁，明明还是青涩的年纪，稚嫩的脸庞却有种妍丽明艳的感觉，尖细小巧的瓜子脸，抿嘴一笑便眉眼弯弯，像一只雪白淘气的小狐狸。

女孩儿软糯糯、娇滴滴地问：“是雨泽来了吗？”

被叫到名字，雨泽回头应道：“是我，夏荔，师父在吗？”说完再一看，石灯笼后那个少年已不见了踪影。

叫夏荔的女孩儿回答：“在呢，就在里面呢。”

雨泽还有更要紧的事，便将少年的事情暂时搁置。夏荔提着灯笼在前面引路，师父忙于照顾病人，只吩咐了夏荔在身边侍候，为此春景还发了好几天的脾气。夏荔边走边问：“刚才看你站在外面，是不是有什么事情呢？”

雨泽正要把少年的事情说出，可话到了舌尖上打了个转又吞了回去，他摇了摇头：“没有，没什么事。”他也不知道为什么，总觉得不应该把这件事说出来。

夏荔没有追问，到了师父房门前她就走了。雨泽独自走进去，满屋子都是熬药的味道，房内也是烟雾萦绕，正中是一张床榻，垂着几重床幔，隔着轻薄的布料，隐约像是有一条龙的影子盘旋于帐内。雨泽知道这是龙息香，极为珍贵，是仙药，当时他被师父救回来，命悬一线，也是靠这龙息香护住心脉命魄。如今，这龙息香却用在了另一个人身上。

帐内模模糊糊躺着一个人影，龙影温柔地盘踞在他身上，雨泽不敢轻易撩开帐幔，就在旁边定定地看着。可哪怕不看，他也知道床上那人现在是什么模样——浑身焦黑，没有一寸好皮，也没有一块好肉，面目全非，五脏六腑、血脉经络恐怕也没有一处是完好的。

但是那日他们初见，他一身锦衣坐在杏花灿烂的枝头，笑得无忧无虑，那么高贵，那么无瑕，像一块光洁透润的碧玉。

“阿……蜜……”他缓缓吐出这个名字。

一双布满皱纹的手轻轻放到他的肩上，雨泽身体轻轻一颤，师父低沉的声音从背后传来：“你又来看他了？”

“师父。”雨泽恭敬地叫了一声。

被称作师父的人虽有一双老人的手，体态身姿却仍年轻，不过三十岁出头的样子，一身飘逸仙气。他蒙着双眼，但行走自若，全然无碍。他走到茶几前坐下，喝了口凉透的茶，雨泽正要去给他换一壶新的，却被叫住了：“雨泽，你会怪我吗？当日我见你倒在皇城门外，只能先把你带回来，却不知道他还在里面受苦，耽误了时间才会……你会怪我吗？”

雨泽连忙摇头：“我感激师父的救命之恩都来不及，怎可能还有这种想法。”他看了眼床上的人影，“况且……他会变成现在这样，原因全在于我。”

师父问他：“我听春景说，你天天到山顶上等雨，想找那水寄生，可是你内心愧疚，觉得对不起他？”

“我恨高武帝！我与娘亲隐居深山，从来只做善事，不曾行恶，高武帝利用我娘亲的善心，把我们母子强行带入宫中。高武帝狡猾，迫使我们母子分离，用我的性命要挟娘亲，又用娘亲的性命要挟我。就这样，他把我们拘禁起来，用我们的血肉炼药、试药……”雨泽说着说着，脸庞逐渐扭曲，“一旦知晓我们轻易不会死亡，他便命人每天割下我们的肉、放我们的血，甚至敲开骨头，吸出骨髓！就这么每天拿一点儿、每天拿一点儿，那种一天天、一点点被掏空、被蚕食的感觉……让我真想死了算了！”

他虽非凡人，可总归还是血肉之躯，是会痛的！那生不如死的痛每一天都在折磨着他，折磨了他将近四年！他如此，母亲所受的痛楚又该是多么的可怕！

“他甚至还在我们体内埋入毒虫、蛊虫，把我们的身体当作炼丹炉，也不知道到底想炼出什么东西，还是单纯地……想看我们如何才能死去？”他仿佛想起了当时的痛，不由自主地发起抖来。

“好孩子，不用怕，不用怕了。”师父安慰道，用力按住他的肩膀让他坐下来，又递给他一盏茶，让他润润嘴唇。

“我恨高武帝，阿蜜是他的儿子，所以我一开始也恨他。可是，可是……”雨泽挤出一个苦涩的笑容，“他又有什么错呢？身为高武帝那种畜生的孩子，并不是他的错。我遇见他时，他不过是个傻皇子，全心全意要对我好，可那时我不懂，只因为他是高武帝的儿子就恨他入骨，不惜利用他让他帮我逃出去，甚至……”

后面的话，他说不下去了。

他是知道的，高武帝准备将他直接在那铜炉里炼化，那个夜晚，他若不逃便真的只有死路一条。他不甘心啊，不甘心就此死去！所以明知道阿蜜会经历什么，他依旧坚定地让阿蜜与自己一起吃下朱心果，交换面貌、互换身份。结局便是他逃出生天，而阿蜜代替他进了那尊薪火不灭的铜炉。

“不过……”雨泽想起了自己一直以来的疑问，“师父，我疑惑许久了，您是怎么把阿蜜救回来的？那天‘我’本该被投入铜炉炼化，阿蜜不过普通人，怎可能活下来，还等到了您的救助呢？”

师父犹豫了一会儿才说：“其实，我早该告诉你的。我当初是想回去再打听一下你母亲的下落，却得知就在你逃脱的那一夜，他们把你母亲的尸体投入了铜炉……”

咔！手上的杯盏被雨泽生生捏碎，碎片割破了他的手，鲜血流了满手。这阵刺痛让他回过神来，意识到自己盛怒之下失了控制，忙道：“抱歉，师父，我……”

“没关系。”师父拿过房内随处可见的干净布巾，替他清理伤口并包扎。包扎的过程中，雨泽似乎感觉到师父被蒙着的双眼透出一股强烈的目光，从他受伤的手沿着滴落的血液到地上，一直紧随。

“而阿蜜被当作是你带了回去。中间的事情我并不清楚，只知我赶到时，高武帝愤怒地把他也投进了铜炉。那一瞬，铜炉里突然蹿出大火，烧毁了凌云台，我便趁乱把他带了回来。”说罢，他长叹一声，“高武帝为何要做这种事？我实在是不明白。”

雨泽冷冷地说：“拥有了天下的帝王还会想要什么，不外乎长生不老，得道成仙。人的心总是贪婪的。”凌云台大火没有烧死那狗皇帝，实在是天理不公！

“雨泽。”师父突然叫他，“我一直不愿跟你提起这些事，是不希望你再与过去纠缠不休。你告诉为师，你觉得现在的生活好吗？是你所求的吗？”

雨泽抬起头，看向被他称作师父的人，虽然一双手枯老如垂暮之年，但脸庞还是个年轻的男子。一直以来他都没有深究师父到底是什么人，为什么能自如出入皇宫，又是如何得知自己与母亲受难的事。他知道师父绝非凡人，或许和自己一样，有难言的秘密。

这些疑问并不妨碍他对师父的尊敬。师父让他活了下来，还带给他现在的生活，从前经历的种种宛如噩梦一场，既然梦已醒，那便不必再害怕了。于是他回答：“很好，师父，我觉得现在这样就很好。”他轻声说道，“好得……我怕又是一场梦。”

“傻孩子。”师父失笑，“你就安心留在这里吧。可是关于你的能力，还是尽量不要告诉其他人为好。”

雨泽用力点头。

似乎是为了告诉他也不必过于紧张，师父换了个话题 ：“今天那头飞兽也是你创造的吧？可真是威风……”

“师父。”雨泽奇怪地问，“您看见了？”他落在药庐之外，一直在房间里的师父是怎么看见的？

师父顿了顿，答 ：“哦，我在房里瞧见那飞兽飞往天空了。”

3

次日早上，师门里便发生了大事——秋茴不见了。

最早发现这件事的是师门里的一个小徒弟，他为了讨一味药想找秋茴，结果找了一天不见人，便去告诉了春景。春景开始挺不以为意的，因为秋茴这个人啊，在岛上也算是比较奇怪的一个，老是喜欢往岛外跑，按他自己说的，既然想当个好药师，就必须出去多见见世面，这岛上来去就这么些人，实在没意思。

可他每次离岛外出，都会留信一封告知其他人，这回却消失得悄无声息。春景白天还能不在意，可到了太阳下山、灯笼又点起时秋茴还是不见人影，她也急了起来。

“该不会是那个偷偷潜入岛上的人把他……怎么了吧？”春景找雨泽讨论。

雨泽不知该如何回答，看来昨晚看到的那名少年还真是岛外的人，可要说他能把秋茴掳走，雨泽是不相信的。秋茴作为资历比春景还深的师兄，用药的水平自不必说，又经常到岛外游历，随机应变的能力可以说是岛上最厉害的了。像秋茴这样的人，难以想象他会在什么人手里吃亏。

这时，药庐上下几乎所有人都出动了，大家举着火把上山或进密林寻找，山下的居民也被动员起来了，可还是一无所获。雨泽去了秋茴的房间，房间里干干净净、整整齐齐，小案几上放着装点心的盘子，上面只有一些酥饼碎屑，点心已经被吃得精光。春景从另一处找完了过来，问他是否有什么发现，雨泽摇了摇头。

“师父知道这事了吗？”雨泽问。

“那人的治疗正是紧要关头，我也不想打扰到老头子，可是师门内动静这么大，可能也猜到是出事了。”春景回答，“我让夏荔那丫头先找个借口瞒过去，等治疗告一段落再说。”

“对了，关于夏荔……”他一直感觉这个女孩儿很陌生，好像自己未曾见过一般，但她领了“夏”的头衔，自然不是一般人。可是岛上的每个人他都有印象，唯独夏荔，仿佛是突然冒出来似的。然而话到了嘴边却又不知道该如何问出口，幸好春景现下急得团团转，没有注意到雨泽的异常。

这时，一个人惊慌失措地冲进来，语无伦次地说："又不见了！去山上的……不见了！"

"你冷静点儿！"春景叱喝一声，"慢慢说！"

"宫、宫鹗师兄带了一队人进山找人，现在……现在……"那人倒吸一口气，"也不见了！一整队人都消失了！"

春景一听，脸都煞白了，抓着雨泽往屋外跑。"那地方有可疑，我们去看看！"

没想还没出门口，他们就被人拦住了。

"等等！"夏荔不知何时来的，叉着腰站在门前，沉着一张俏丽的小脸蛋，"你不许去。"她是看着雨泽说的。

春景一脸莫名，不待她问出口，夏荔便接着说："师父说了呢，让雨泽到他那儿帮忙。"

这么一来，春景也无话可说。她看了眼雨泽，放开他的手，作势要走。雨泽反过来伸出手，紧紧拉住她。

"春景！"他喊了一声，非常意外自己声音中的慌乱和紧张，"你……小心点儿。"

"你当我是谁呢？"春景笑了。她嘴上说着秋茴麻烦小气真是顶顶讨厌，可现在二话不说便又集合了一些人，亲自带着上山去找。

雨泽目送春景离开，这才跟着夏荔离开秋茴的房间。今夜无雨，却也看不见月亮，似乎比起往日还要幽暗许多，不知这是否是风雨欲来的前兆，他总觉得心里闷闷的。夏荔领着雨泽沿弯弯曲曲的游廊走着，两旁的灯笼微微晃动，地上两人的影子仿佛也跟着不安地扭动起来。

这段路雨泽不知走过多少次了，可这一夜好像特别怪异。四周太安静、太安静了，好像所有人都消失了，黑暗吞噬了这座岛，只余下这条游廊。他突然有一种诡异的想法，这游廊其实是一根曲曲折折的肠子，他就要一直走到某种怪物的胃里了。

"真安静啊，其他人都去找秋茴了吗？"雨泽忍不住开口问道。

"呃？嗯……是呢，应该是吧。"夏荔回答。

"你怎么好像一点儿都不担心他的样子？"雨泽问。

夏荔手一抖，猛然朝他看来，眼里满满的都是戒备。雨泽歪着头，不解地看着她。夏荔古怪地瞅了他好一会儿，才自言自语道："别自己吓自己呢，不可能的呢不可能的呢……"可接下来，夏荔每走几步就要看雨泽两眼，也不知道在担心什么。

原本一团浓墨似的黑暗里突然亮起点点火光，宛如萤火般盘旋在远处，雨泽猜想那是春景他们举着火把在山上寻找秋茴的踪影，可是转念一想又不太对，他们这段路走了没多久，那边春景估计才刚出门，哪能这么快就到山上了呢？

再仔细一看，那也不是火光，而是蓝中带着碧青的幽幽的冷光。

“该死！”夏荔小声地骂了句，她原本似乎有意伸手捉雨泽，可被对方不知有意还是无意地躲开了。

雨泽指了指游廊后方，对夏荔说：“我刚刚看到那里有人，是不是秋茴回来了？”说着，他掉了个头，真的往自己所指的方向快步走了过去。

夏荔在他身后尖叫：“不对！你回来！不可以的呢——”或许是错觉，夏荔的声音似乎变尖了，像是某种兽类在嗥叫。

那里确实藏了个人，一见雨泽往这边走来，那人便像兔子似的跳了起来，拔腿就跑。那身与其他人格格不入的牛仔裤、T恤装扮，显然不是秋茴……等等，自己怎么会知道他穿的那种奇怪衣服叫什么呢？

“站住呢！站住！别跑！”夏荔还在尖叫，可她的声音已经完全变了样。

雨泽扭头一看，哪里还有身穿粉白宫装的娇俏女孩儿，只有一只穿着女装、不伦不类的大白狐狸！

于是三个人就这么在游廊上你追我赶地跑了起来，脚下的地面突然扭动起来，像条活过来的蛇，两旁的灯笼消失了，庭院消失了，天空和地面也都消失了，只剩下脚下这条弯弯曲曲的路，除此之外尽是一片漆黑。

可雨泽全然不顾这些诡异的变化，只顾追着那陌生的少年。少年跑得极快，很快雨泽便发现他并不是胡乱地跑，而是有着明确的目的和方向，就在前方，那闪烁着的幽蓝亮光愈发灿烂了——他是故意要引着他往这里跑的！

夏荔嘶吼着：“他马上就要逃了呢！快想想办法啊！”

她话音刚落，一道身影突然出现，那少年闷头往前跑，一时不察直接与那人影撞上，紧接着就被捏住了脖颈，那双宛如老年人的苍老双手把少年轻轻松松地提了起来。

“师父！”雨泽叫了一声。

被唤作师父的人一身轻纱长袍，染着淡淡药香，眼上蒙着布，总是那么谦和温柔，可此时扣紧少年咽喉的手又是那么的冷血残酷。

“荣光，没想到你居然能跑进匿魂匣里来。”师父温温柔柔地叫出那陌生少年的名字，又把那张遮住了眼睛的面庞转向雨泽：“你是什么时候醒过来的？”

被叫作“雨泽”的少年神情一凛，年少青涩的面庞上仅余的稚气和天真也尽数褪去，霎时间换了副表情，笑道：“没有很早，就在刚刚看见那移魂灯的灯光时。”

这时，“夏荔”也终于追上来了，上气不接下气的，一看眼前这景象，顿时尖叫起来：“先、先把人放下来再说呢！他快要被掐死了呢！”

师父淡淡一笑，朝几乎变回原形的狐狸讥讽道：“你怎么还对这人类心软？是他把你当宠物养得太好了吗？你可还记得你潜伏在他身边，是为了替我办事的？”

穿着宫装的白狐狸顿时吓得瑟瑟发抖，伏在地上说：“我记得！我当然记得呢！大人也遵守承诺，事成之后给了我这人类的躯体，可……”狐狸看了眼几乎喘不过气的荣光，它现在一张动物的脸，也看不出什么表情来。

可就在这时，原本像被捏着脖子的鸭子般挂着的荣光突然暴起，抓住蒙眼男人的手腕就是一口！男人没有防备，猛地松了手，荣光便摔在了地上，大口大口地呼吸空气。

师父也不太恼，他揉了揉手腕，又转向雨泽：“怎么，为师替你做的梦境不好吗？这不就是你所追求的生活吗？我让你留在最美好的时光里，你不愿意吗？”

被问及的人也笑道：“追逐无形之物者，最为悲哀。既然是假的，再好又有什么用。”说这话时，他不再是那副少年的模样了，虽然还是一身色彩搭配纷乱的衣衫，可是五官面庞都变了，变得成熟稳重，却也冷漠了，好像一夕之间成长了。

“咳！咳咳……卖、卖药人！”荣光惊喜地大叫。

“在我造的匿魂匣里，若是我清醒了，便没有人能阻挠我。”卖药人对师父和狐狸说完，目光转向荣光，好心地替他解释了一下：“这里是我留给你的那个魔方的内部，它是我在很久很久之前造的，用了上百人的血和肉。我用它藏匿了整座岛上所有人的灵魂。它还有一个你更熟悉的模样……那就是我之前一直带着的药箱。”

荣光张大了嘴，他有些弄明白了：“所、所以你没有被杀死？你只是躲到了这个……魔方里面？”顿了顿，他反应过来了，“那你岂不是一直就在我身边吗？我还以为你死了！你、你又骗我！”

“这是你自己想当然而已，我可不算骗你。”卖药人说，也懒得跟荣光解释，当初为了杀死与蓬莱同化后的春景，他本就耗费太多力量，十分虚弱，那突如其来的狠厉一箭几乎射碎了他的魂魄。

他欠了太重的血债，若是没有遇见荣光，他或许会觉得就那么死去也很好。那么多年来他孤独地活着，遇见过太多被欲望吞噬的人，直到遇见荣光，这个没心没肺、无论被戏弄了多少次都仍对这个世界怀有希望的傻小子。

就好像当年的阿蜜，他后来才逐渐地知道一些隐情。他很后悔自己当时没有好好认识那个屈辱又孤独地活在深宫里的小皇子，所以现在，他想多看看这个跟阿蜜有那么几分相似的小傻瓜。

或许是这一念心动，便有了奇迹，蓬莱梦重现，让一切倒回，固住了他差一点儿消散的灵魂，许多许多年前，他因为错误而制造出来的匿魂匣把他保护了起来，他得以在化作魔方形态的匿魂匣中慢慢恢复。

突然，秋茴的声音从移魂灯燃起的幽蓝火光里传出来，很生气的样子："作死啊你们！既然醒了就赶快出来，我要撑不住了！"

师父原本站在一旁漠然旁观，一听这声音，便兀自笑了。他笑得激烈，不可自抑似的边笑边说："是了是了，我怎么把秋茴给忘了？一个人类怎可能熟练用移魂灯引路找到匿魂匣里来，这个幻境的崩塌就是从他出手干预之际开始的。毕竟真货出现了，我捏造的'假秋茴'自然就要消失，这一切都将随之逐渐崩坏。"

他笑了一会儿，终于停了下来。他招手示意，伏在地上的狐狸赶紧回到他旁边，挣脱了那套精美的宫装，变作一匹马的大小，让男人坐到了身上。

男人说："这次是我失了手，我本以为得到了匿魂匣就能控制你，确实是我高估了自己。可是雨泽，你现在还有机会，如果你愿意到我这边来……不然你将来可是会后悔的。"

卖药人反问道："师父，万一我答应了你，却还是后悔了呢？"

男人虽被拒绝，笑意却更深，他说道："追逐无形之物者，最为悲哀。可雨泽啊，我让你看见的可不仅仅是无形的假象啊！"

说完，他便骑着狐狸跃入黑暗之中，消失不见了。如世外桃源般的小岛、并没有和他反目的春景、那个还活着的阿蜜……统统都消失了。

移魂灯此时幽光大盛，四周黑暗逐渐消散，呈现出来的是医院的四面白墙。

4

医院的三人病房里，除了靠窗的位置站着两个人，另外两位病人都睡得人事不省，这都归功于盘腿坐在窗边病床上还醒着的第三个人。秋茴给他们下了对身体无害的安眠粉，只要他不想他们醒过来，那就是天崩地裂都绝对不会醒来的。

荣光眨了眨眼，摸了摸自己脖子上还没彻底拿掉的纱布，确认自己是真的回来了，而且……卖药人也回来了。他急吼吼地问："这到底是怎么回事啊？那个可怕得要命的男人是你师父？他想杀我啊！我哪里得罪他了吗？他还、还……抢了我的狐狸！"

"狐狸本来就不是你的，你还真把它当宠物了？"秋茴一脸鄙视，他面前是光芒熄灭的移魂灯，现在它只是一盏古朴的青铜灯台了。他抬眼看着卖药人："做了个好梦吗？"

"嗯。"卖药人轻轻应了声。多好的梦啊，梦里春景没有与他决裂，还如同最开始那般对他好，阿蜜也被救回来了，哪怕命悬一线也还有生的希望，岛上的大家都平平安安的，大家都活着。

但现实并非如此，卖药人脚边再次出现了那个巨大的、红色的药箱，上面金色与黑色的眼睛滴溜溜地转动着，再一次好奇地打量起这个世界。他在犹豫，是否应该告诉荣光所有的事，过去那座蓬莱岛虽确实是凡世之外的仙岛，却并不能称为真正的蓬莱。

但那座岛上所有人的死亡，包括那座岛本身的消亡，却都是因为真正的蓬莱。可另一方面，这也是因为他的所作所为。那时候的他太想留住那些美好的东西，包括被献祭的春景、和自己一同学习生活的师兄弟们，还有生活在岛上的其他人。

结果却是他亲手葬送了一切。被留下来的，只有这只用那些无辜者的血肉铸造的匿魂匣，以及被藏于其中的数百魂魄。

"喂。"荣光大着胆子用手指戳了戳卖药人，瞪圆了眼睛问，"你到底是谁啊？现在可以告诉我了吗？"

"知道女娲吗？"他问。荣光一脸"你当我傻啊，这我好歹还是知道的"的表情。

"女娲，古神女而帝者，人面蛇身，一日中七十变。女娲开世造物，不但用泥土造出了人类，甚至能每天造出七十样东西，化生万物。"卖药人说，"她死后，连自己的身体也化作万物，她的肠子化作十名神人，名曰女娲之肠，居住在栗广之野。那便是我母亲的先祖。"

女娲能一日中七十变，可女娲之肠化作的十神人能力却大不如她，随着岁月流逝，这份力量更是日渐薄弱。虽然不能与女娲相比，但终究还是保留了下来，这属于远古创世神的独一无二的力量顺延着血脉，继承了下来。

"所以你能凭空造物，这个世间本不该存在的药材、灵兽、神器……你都能造出来，所以以前师父才会那么看重你吧。"秋茴感叹道，这个秘密他也是直到今天才知晓。

"可我的力量还是差远了，要造出一样东西，脑里必须有清晰完整的想法，比如药草，药性如何、口味如何、功效如何……但往往造出来的东西裨益之处不如预想，害处却出乎所料，耗损也极大。"

说话间，他看了眼自己的药箱，看着看着，发现这箱子好像有什么不同了。

"等等！"卖药人突然叫道，他少有这么失态的时候，把另外两人都狠狠吓了一跳，"不见了！"他甚至来不及解释，就扑上去把箱子翻来覆去地检查，上面的眼睛也受到了惊吓，纷纷乱眨，甚至像虫子般在箱子上四处乱蹿。

"什么不见了？"秋茴还没回过神，倒是对这箱子更熟悉一些的荣光发现了哪里不对，他说道："那只最大的、金色的眼睛不见了！哪里都没有！"

他与卖药人对视一眼，不约而同地想起匿魂匣里那个男人最后的话，他说卖药人一定会后悔，如此笃定，必定藏有后手。

若匿魂匣中的幻象并不全是幻象，那到底什么是假的，什么……是真的？

秋茴喃喃自语："师父，你到底要做什么？"

第二章

彘首鸡

彘：《山海经·南次二经》有记载，浮玉之山，有兽焉，其状如虎而牛尾，其音如吠犬，其名曰彘，嗜食人。彘，后世泛指猪，全身均可入药。

ZHI SHOU JI

1

“无聊”是一种病，甚至能杀死人。

魏金杰觉得自己无聊得快要死了。他今年刚上高一，要他自己说那正是精力最旺盛的时候，却偏偏要被关在一个几十人同在的小小教室里，能属于自己的空间也就只有自己的座位那么一点点地方，连伸展一下手脚都很憋屈。

他看讲台上的老师就像看一条条高矮不同、胖瘦各异的金鱼，他们嘴巴一张一合、一张一合，听在魏金杰耳里就像一串咕嘟咕嘟的气泡，仿佛是来自另一个物种、另一个星球的语言。简单来说就是他根本听不懂，也不想去听。

这样的人生真是无聊乏味极了——家里有一张详细的时间表，每天六点半起床，七点吃早饭，然后出门上学；学校里有一张更详细的时间表，由上课到做操到休息，每一分每一秒都安排妥当，学生们按部就班地掐着分秒行动，像工厂流水线上运作的机械。

他不能理解这样的日子到底有什么乐趣，做这不行，做那不可以，凡事要以学习为先，能够随心所欲的时间几乎都被消灭了。魏金杰算是有点儿小聪明，脑筋转得快，小学到初中那几年都混得轻轻松松，可是高中这个怪物可不会跟他客气，一上来便张口吞掉了玩乐与逍遥的时间。

“真没劲！”魏金杰嘀嘀咕咕，脚一伸，踢到了前面的女同学。女生转过头来看了他一眼。这放在其他人身上也就是一件小事，不过魏金杰因为觉得上课无聊经常走神，坐在位置上也不老实，总动来动去的，经常踢到前座的女生。对方跟魏金杰沟通过不止一两次了，他认错时很诚恳，之后却不见改正。

女生的眼神带着责备，而魏金杰心情不好，阴阳怪气地说："对不起，怪我腿长咯。"

魏金杰对这个动不动就瞪他的女生有点儿厌烦，不就是不小心踢了她几下嘛，不知道哪来的娇气小公主。重点是，这女生长得还丑，额头上有一块疤，左右脸不对称，说话时半张脸在动，半张脸僵死了一般，所以她平时不怎么爱讲话。

魏金杰最讨厌无趣的人了，无趣的家伙只会让人感到无聊和厌烦。

这时下课铃响了，教室里沉闷的气氛有了一丝松动。课间休息是难得的自由时间，但往往会被老师拖堂、布置作业、班主任跑进来说个通知给占据掉。现在就是这样了，魏金杰前面那个女生站起来，说："等一下，班主任马上过来，有事情要通知。"

同学们顿时发出一阵阵哀叫。虽然明白这跟女生毫无关系，但魏金杰还是忍不住把怨气记在了这个女生身上。

女生名叫骆晓晓，是生活委员，她本来应该比魏金杰大一届，但之前发生了一些事，让她不得不转学，还留级一年。很多人猜测这跟骆晓晓脸上的疤有关系，可魏金杰才不关心这么多呢。

班主任果然很快就来了，原来是通知月底开运动会的事。魏金杰觉得无聊极了，偏偏班上居然有同学挺兴奋的，刚才还因为被霸占了课间时间怨气冲天的同学们，有不少露出了渴望参与的期盼眼神。

真是太好糊弄了吧，魏金杰心里有些鄙视自己这些同学。他装出一副听得认真的模样，但其实一点儿都没听进去。他讨厌窝在教室，喜欢玩乐，但是对运动会没有一点儿兴趣。看着那些表现踊跃的同学，魏金杰心里只觉得他们实在够傻，运动会只是听起来好玩，其实不过是学校的阴谋，摆弄学生们互相竞争，却又什么都得按照他们定好的规则来，这有什么乐趣呢？

为什么人类必须活得这么不自由呢？当孩子的时候被学校约束着，哪怕长大成人，也还是要跟现在一样按部就班地过日子，只不过地点从学校变成公司罢了。他每天都看到老爸一副丧丧的模样从公司回家，陷在沙发里不愿动弹，愁眉苦脸、唉声叹气。

母亲也不轻松，工作之余还要做家务，看到丈夫懒惰消沉的样子总是忍不住数落，什么高中时的某某当了老板啦、大学时的谁谁移民出国啦，等等，父亲听不下去回嘴几句，一来二去便争吵起来。

每当这种时候，魏金杰便把自己关在房间里，戴上耳机，把电脑或者 ipad 的音量调到最大，数着这回自己要看多少集动画才能等到争吵结束。说来讽刺，他的父母是高中时认识的，可如今，曾经的恩爱眷侣终被柴米油盐、家长里短磨成了怨偶。

说到底，人类之所以不自由，就是因为生而为人吧？魏金杰觉得自己领悟到了一个非常不得了的哲学道理。他想起不知道在哪里看过的一部动画，里面一个角色为了打败对手，非常有气势地大喊出一句“我不做人啦”！

尽管那个角色好像不是什么好人，但魏金杰认为自己非常能理解对方。想要突破现状就需要改变，改变自己是最快的，所以那个角色舍弃了人类之身后，如愿以偿地得到了力量的爆发。

如果我也能那样就好了，魏金杰心里突然冒出了这么个念头。为什么非要脚踏实地地活着呢？为什么不能像那些故事和传说里面的妖怪一样随心所欲？他也想要有各种各样不可思议的力量，想要拥有非同寻常的奇异体验，想要驾驶自己的宇宙船在全宇宙流浪，想要尝试挥动魔杖引发一场风暴……

“真不想当普通人啊……”魏金杰自言自语道。

他彻底沉浸在自己的幻想中，老师的声音渐渐地彻底听不见了，不仅如此，就连桌椅的挪动声、同学的私语声、风扇扇叶转动的声音、走廊上人来人往的脚步声……所有其他的声音在这一瞬间仿佛都消失了。

只留下一个突兀的、陌生的声音，直接在他脑海里响起。

——你是真的这么想吗？

“谁？”魏金杰问道。可就在他张口的一瞬间，所有的纷杂吵闹全都回来了，就好像它们从来不曾消失一般。

可能又无意识地踢了前面一下，前座的骆晓晓转过头来盯着魏金杰。不仅是她，讲台上的老师、四周的同学都在看着魏金杰，不明白他怎么突然大叫起来。班主任看他明显一副魂游天外的样子，严厉地说：“魏金杰，不想听就出去！”

换作平时，他大概就缩缩脖子认怂了，可这次班主任话音刚落，他真的就站了起来，着了魔似的径直走了出去。班主任在魏金杰身后气急败坏地叫他的名字，可他恍若未闻。

——嘻嘻。

那个声音又出现了，这次魏金杰听清楚了，是个男孩儿的声音。

教室外，下了课的学生来来往往，看到魏金杰突然冲出来，都奇怪地看着他。魏金杰也有些回过神来，哪怕在自己的中二幻想中是个灭世大魔王，但在现实里他毕竟只是个十五六岁的少年，想到自己刚刚肯定把班主任得罪了，不由得有些害怕。

魏金杰正准备灰溜溜回教室跟班主任认错，刚抬腿便觉得裤子口袋一沉，好像有什么人往他的口袋里塞了个东西。他隔着布料摸了摸，不是错觉，口袋里真的多了个硬硬的、圆圆的东西。

他连忙向四周张望，看每一个人都没什么可疑，却又好像每一个人都很可疑。

到底是谁？刚刚他并没有感觉到有人靠近他，那口袋里凭空出现的又是什么？魏金杰感到一阵寒意，背后起了一层鸡皮疙瘩，心脏怦怦地跳着，越来越快、越来越急，方才掠起的一股寒意转为热切，紧随而来的是紧张、好奇和期待。

似乎不会无聊了，魏金杰有点儿高兴地想。

被放进口袋里的是一枚肉粉色的蛋，形状看起来与鸡蛋无异，只是魏金杰从没见过蛋壳颜色如此恶心的鸡蛋。外壳的肉粉色更像是生肉的颜色，若是出现在一块肥瘦相间的猪肉上或许还挺不错的，但出现在这枚鸡蛋上只会令人觉得有点儿恶心。

"到底是什么东西？"魏金杰把鸡蛋拿在手里翻来覆去地看。他趁着午休时间溜到了实验楼后的僻静角落，这么有趣好玩的东西，他可不想让别人知道。但他又不知道该怎么处理。

"吃掉就好啦！"

那个声音又出现了，不过这次不再是直接在脑内响起，而是从魏金杰的头顶上传来。

实验楼后有一棵古老的大树，据说建校之前就在了，它伸展开的树冠像一个巨大的翠绿穹顶。那个脆生生的男孩儿的声音便是从树上传来的。魏金杰抬起头，先是看到几片叶子落了下来，紧接着就看到一个小小的身影从树上一跃而下。

魏金杰喉咙里那一声惊呼还没叫出来，那人影便轻轻巧巧地落了地，他这才有机会看清楚对方的脸庞。他看了半天，揉了揉眼睛，试探着问："你、你是谁？你这是……Cosplay（角色扮演）？"

"我叫冬蜜，但我比较喜欢别人叫我阿蜜。"男孩儿回答了自己的名字，然后歪了歪脑袋，不太懂魏金杰后面半句话的意思。男孩儿年纪与魏金杰差不多，约莫十五六岁，称作"少年"更为合适，但男孩儿脸上是与外貌并不相符的稚气，这浑然天成的稚气与天真让他看起来仍然如孩童一般。

冬蜜身上是一件绿色的古装衣袍，上面绣着藤蔓般的金色花纹，长发用一枚玉环高高束起，露出一张眉目如画的精致脸庞。他用一双乌黑的眼看着魏金杰，眼神灵动飞扬。魏金杰说的"Cosplay"带给他的困惑不过片刻，很快他又换了副兴致勃勃的模样，催促着："你快吃啊！快吃啊！"

吃？魏金杰看了看手里的"鸡蛋"，问："吃这个？"

冬蜜用力点头，看魏金杰居然犹豫起来，有点儿生气地反问："哎，你不是不想当普通人吗？我明明听到你这么说，才把彘首鸡的蛋给你的！”男孩儿气呼呼的，“刚生下来的，还暖暖的呢！我都先给你了，不要还我！”说着，就要伸手拿回那枚蛋。

魏金杰连忙一躲，把那枚肉粉色的蛋藏在身后。这枚蛋确实尚有余温，好像它不仅仅是一枚蛋，而是某种还活着的东西。

魏金杰原本还犹豫不决，一个奇怪的蛋和一个奇怪的男孩儿，发生在他眼前的一切太不正常了，完全超出了迄今为止他对“现实”的认知。但看冬蜜急着要讨回去的模样，又觉得这枚蛋似乎真的是什么好东西，魏金杰心动了，他舔了舔嘴唇，问：“吃了我……我会怎样？”

“会——”冬蜜笑起来，眼睛弯弯的，煞是亲和可爱，“会如你所愿啊！”

脱离现实、常理、日常不正是他渴望的吗？千万……不，亿万分之一的奇幻机遇就在他面前，有人会选择拒绝，有人会选择逃跑，但也有人会选择尝试……

魏金杰脑子里昏昏沉沉的，只听见自己“嗯”了一声。

2

魏金杰带着蛋回到家中，家里无人。他的父母都是上班族，加班是常有的事，况且最近他们又吵了架，估计谁也不想提早回家对着另一个人的脸。魏金杰也觉得无所谓，他厌倦了父母越来越频繁的争吵，他们不在反而更好。

他小心翼翼地把那枚蛋取出来，名为冬蜜的男孩儿说这是一种叫“彘首鸡”的动物的蛋，可他在网上搜了好几遍，都没有找到有关这种生物的资料，就连传说中也不曾出现过。

魏金杰按照冬蜜所说的，去厨房烧了一锅开水，把那枚蛋放进去。蛋被放进开水的一瞬间，魏金杰听到了一声若有似无的悲鸣，他随之觉得心头猛然一跳，再回神时手心竟然渗满了汗水。

听错了吧，他如此说服自己。

待蛋煮了一会儿，他把锅里的蛋捞了出来。蛋壳还是那种令人恶心的肉粉色，不可思议的是这枚蛋越煮越冷，刚拿到手时的那种余温已经彻底消失了，如今冷得像一块从冷藏柜里取出来的肉。

魏金杰剥开蛋壳，煮的时间并不久，但里面已经凝固了，同样是肉粉色的，像是啫喱一般半透明，像一块半生的肉，虽然外表恶心，却有一股异常的浓香。

他吃了下去，吞咽并不费劲，那团半透明的东西像是活物般钻入喉咙，顺着食道滑落胃中，半途便化开。魏金杰感觉肚子沉甸甸的，竟也不知到底是什么味道。

吃完了他才开始害怕。

之前的他好像中了什么迷魂大法，从冬蜜与他说话那一刻起就对他有莫名的信任，可能是那张天真纯洁的脸太有欺骗性，他傻乎乎地信了，现在猛然清醒过来，出了一身冷汗。

他跑进厕所干呕，当然毫无作用。他又惴惴不安地躺回自己的床上，手机按好 120，准备一旦感到不适便立刻求救。但是令他害怕的不良反应并没有出现，他反倒昏昏欲睡，不知不觉睡了过去。

再醒来时，魏金杰竟一时不知身在何方，他转了转脖子，认出是自己的房间，可又觉得极为陌生。他在这房间里住了十几年，从未感觉不适，现在却突然难受起来，总觉得这空间怎么这么小，小得像个盒子。

天花板仿佛快要掉下来了，四面墙壁朝他压迫而来，他莫名感到恐惧。逃！逃跑！要离开这个令他窒息的空间！魏金杰惊恐地跳下床，发现自己的身体前所未有的轻，轻得好像能飘起来。

回过神时，魏金杰才发觉自己爬到了窗台上，两扇窗户已经被他推开，窗外的夜风灌了进来，才把他吹得清醒过来，若是再晚一点儿，他恐怕已经从窗户跳了出去。他家住高层，四十三楼，这么跳下去的话……魏金杰浑身一颤，不由得一阵后怕。

自己是怎么了？他迷糊间想起那枚蛋，一定是那枚蛋！难道吃了那个蛋会让人想跳楼？魏金杰还没明白过来，房间外巨大的说话声就把他吓了一跳。

刚回家的父母好像又因为鸡毛蒜皮的事吵了起来，然而哪怕他们吵架声音再大，也不可能如魏金杰现在听到的这般，简直像是有几百架飞机在他耳边升降起落，又像几十个响雷轰炸在他耳边，让他脑袋嗡嗡作响，几乎要裂开。

不行！一定要离开这里！魏金杰脑子里只剩下这么个念头。在意识回归之前，他一只脚已经跨过了窗台，纵身一跃——

并没有急速坠落的感觉，魏金杰惊讶地睁大了眼睛，感觉就像是跳进了水里，身体缓缓下沉，像被风托起的羽毛，轻飘飘的。他划了一下手臂，身体蹿了上去，有点儿好玩，魏金杰突然不害怕了。

他不断尝试转换角度。他能感受到风的流动，只要踩在无形的气流上，便仿佛能在虚无的空中自由活动。他甚至能在外墙上翻跟斗，攀着墙面轻巧地往上爬。经过那些小格子般的窗户时，他便偷偷看里面的住户，这家人在炒菜，那家的孩子偷偷在房间里打游戏，刚洗完澡的大姐姐擦着湿漉漉的头发走出来……

魏金杰津津有味地看着陌生人的生活，可他们好像都没有发现他。也是，谁能想到会有个少年在高楼之外偷窥他们呢？

魏金杰兴高采烈，他经过自家的阳台前，父母还在拌嘴，还没有发觉儿子偷偷溜到了半空中去。他也不打算提醒他们。

魏金杰逐渐熟悉这具全新的身体，一眨眼就爬到了楼顶，再猛地一跃，轻轻松松就跳到了另一座高楼上。

他觉得快乐极了，如此自由、不受拘束的感觉还是头一次。这就是传说中那些神仙的感觉吧？居高临下地俯视整座城市，魏金杰再一次感觉到人类的渺小。高空安静多了，住宅区虽然有趣但实在太吵了。

“哇啊！冬蜜！谢谢你！”魏金杰无所顾忌地在空中大喊大叫，“虽然我不知道鵕首鸡是什么，不过太棒了！”

魏金杰逍遥自在了一会儿，突然觉得身体沉重了起来。不是吧？他心里一惊，不会还有时间限制吧？他本能地想到该回去了，可是回哪里去？家里吗？他心里十分不情愿。

那个房间又小又窄，难以忍受，他想要更宽广、更开阔的地方，最好是树木浓密茂盛、阴暗湿润的地方……可是城市里会有这样的地方吗？

最终他还是输给了力不从心，冷静一想，他还没弄清楚自己这到底是怎么了，还是小心为上吧。他连忙回到自己房间那扇窗户前，才刚进房间，母亲便用力推开门，看到儿子傻站在房间里，她带着怒气责骂道：“喊你半天出来吃饭，你怎么不知道回一句呢！以为你死在里面了呢！”

“你怎么这么跟孩子说话！”坐在客厅里的父亲忍不住说了句。

“我说话怎么了？孩子你带得多还是我带得多？你好意思说我——”母亲转头又跟父亲吵了起来。

魏金杰头痛欲裂，今天父母吵架的声音尤为尖锐、高亢、刺耳，就像什么巨大的怪兽在咆哮似的。魏金杰说了句“不吃了，没胃口”，母亲瞪了他一眼，魏金杰在她开口前连忙把门关上，落了锁。

母亲继续在外面跟父亲吵，魏金杰难受得想吐。他找出耳机，想用音乐盖过那些可怕的声音，可是从耳机里传出来的本该美妙的旋律也变得如同一群厉鬼在哭喊。他扔掉耳机，烦躁极了，偏偏这时觉得房间又在缩小，四面墙壁全朝他身上倾倒下来。

魏金杰发出短促而无声的尖叫，差一点儿就要再次从窗户跳出去，但他忍住了。他躺到床上，用被子盖住全身，告诉自己忍耐一下就好了。对，想想明天该怎么捉弄同学吧。让他们见识见识自己的厉害怎么样？还有那讨人厌的骆晓晓，不知道她看见自己会飞会露出怎样的表情。

不知道是不是在外面飞了那么久消耗太大，他觉得困极累极了，可是那些巨大诡异的吵闹声还在持续，除了父母的声音，还有许许多多其他人的声音。声音扭曲了、变调了，听起来像百万千万的妖怪在嚎叫。

这绝对是魏金杰度过的最可怕的夜晚，他甚至不确定自己是否真的睡着了，还是在噩梦中挣扎了一整夜，听着那些鬼哭狼嚎的声音，还老是觉得自己快要被房间压扁了。

直到深夜，所有人都睡觉了，他才觉得好受一些。然而还没休息几个小时，他又被那些声音吵醒了。

他发现吃了那枚蛋后，他的听觉也发生了变化，从前他听着很正常的人们的对话声，现在被无限放大了。也就是说，他的听觉变得比野生动物还灵敏，一旦有人说话，在他听来就像脑子里响了个惊雷。

或许这就是代价吧，魏金杰无奈地想，自己确实欠考虑了，果然世界上没有无缘无故、无须代价就得到的好事。但是权衡利弊后，他觉得还可以接受，因为这也说明他正从人类这种低级无聊的生物转变为另一种更高等级的存在。

他因为自己终于不再是普通人而窃喜，与这一点相比，吵又如何呢？等习惯了这具身体，他就不会再待在这个家、这片小区里了。一大早就被迫醒来的他也没有太生气，因为这也正好说明那枚蛋的效果还在。

家里很安静，父母大概还在睡，不知道昨晚他们吵得如何了，不过魏金杰不关心。

他觉得饥肠辘辘，真奇怪，他认为自己应该是成了仙人或者神一样的存在，听说仙人不会感到饥饿，自己又是怎么回事呢？

可这么早，母亲还没起来做早餐，魏金杰不怎么抱希望地打开冰箱，里面好好地放着昨晚他没吃的饭菜，还是他最喜欢的。但魏金杰不屑地想，以前他或许会很高兴啦，现在他都成为神仙了，这种饭菜算什么啊？冷冰冰的，他根本不想吃。

他收拾好自己出了门，天色微亮，路上的人不多。魏金杰得意扬扬地直接从窗户跳出去，再一次把身体舒展在半空中，他感觉身体似乎恢复了，虽然肚子还是有点儿饿。

他想吃东西了。

魏金杰自由地穿梭在楼宇之间，就跟幻想小说、漫画里面那些拥有奇妙能力的人物一样，他高高地站在一根电线杆上，感觉自己简直帅到爆炸。

而且他发现普通人的动作在他看来都太慢了。他试着走进一家便利店，随意地挑选自己喜欢的零食，然后大模大样地从店员面前经过，对方只觉得眼前掠过一阵风，根本没发现魏金杰偷了东西。

魏金杰抱着一大堆以前很喜欢又不敢买的零食，在便利店外笑得几乎在地上打滚。若不是随着时间推移，街上的人越来越多，那些被放大的声音又吵得他很不舒服，魏金杰还想多尝试几家店。

他觉得便利店太没有难度了，他想挑战一些高难度的，对了，押钞车怎么样？那些押钞员不是很帅气吗？他还不知道真的枪玩起来是什么感觉呢！正想得起劲，肚子又叫起来了，他感到更饿了，手脚都有点儿没力气。

捧着一堆食物在街上吃实在不方便，现在这么早学校里肯定没人，饥饿感愈发强烈了，魏金杰不再到处捣蛋嬉闹，加快脚步往学校走去。

3

校园里十分安静，门卫才刚打开了门，但拿着教室钥匙的同学还没到校，魏金杰进不了教室，干脆又回到实验楼那棵老树下。他把书包往地上一扔，深深吸了一口带有树木气息的清新空气，老树粗糙的树干和凸出在地面的根部让他感到很安心，甚至想要把脸和身体贴在上面。

不够，还不够，只有一棵树并不足够。魏金杰被自己这种奇怪的想法吓到了，他安慰自己一定是太饿了所以精神错乱，然后赶紧撕开一个蛋糕的包装袋，往嘴里送了一大口。

“呕！”魏金杰把嘴里的东西吐了出来，“什么鬼！”他大叫起来，记忆中香甜松软的蛋糕变得可怕极了，吃起来仿佛一团污秽黏稠的烂泥。

他连忙拧开一瓶饮料打算漱漱口，可是喝进去的牛奶就像硫酸一样，烧得他整个嘴巴好像都要冒出血泡来！

他惊愕极了，一定是食物变质了！他不信邪，又拆了一包薯片，小心翼翼地往嘴里放了一片，紧接着马上剧烈地呕吐起来。这是多么可怕的味道！这绝对不是他知道的薯片的味道！

魏金杰疯了一般拆开了所有的食物，但是每一样都只会令他呕吐不已。这些曾经美味可口的零食，现在全成了无法下咽的毒物。

他这才意识到，他不再是人类了，再也无法进食人类的食物了。

饥饿的感觉愈发明显了，这是一种无法忍受的痛苦，他长这么大没有一天挨过饿，从不曾想过会有得不到食物的时候。而且这不是普通的饿，是发自骨髓的饥渴，他渴望某种温暖、柔软、鲜嫩、湿润可口的东西，滋润他干涸的喉咙和空空如也的肠胃。

魏金杰饿得眼冒金星，人类的东西不能吃了，那别的东西呢？他伏在地上，爬向旁边的老树。他够不着那些看起来翠绿的叶子，竟然张嘴就去啃树根。树根的滋味却比那些蛋糕、薯片要好，起码能咽进喉咙里。啃了好几口，焦灼的饥饿感平息了一些，他猛然清醒过来。

现在这算是什么！他吐出嘴里的树皮和泥土，狼狈地用手背拼命擦拭。他看着自己沾满泥土的手，泥土陷进他的指甲里，咦……指甲怎么这么长了？

他茫然地想，我到底是个什么东西？

“冬蜜！冬蜜！你给我滚出来！那个奇怪的蛋是怎么回事？”魏金杰猛地抬头，失控地朝树上大叫，期望着一身绿衣的男孩儿再度从树上落下，告诉他这是怎么回事。

冬蜜没有出现，树上静悄悄的，倒是意料之外的人出现了。

“谁在那里大叫啊？”骆晓晓从另一侧绕了过来，看到魏金杰的模样，她愕然地瞪大了眼睛，那副表情活像是见了鬼。

骆晓晓一副恨不得马上逃跑的模样，但不知道为什么她没有那么做，她问：“魏金杰？是你吗？”

是我！当然是我啊！你为什么一副不确定的样子？你难道不认识我吗？魏金杰在心里大喊，却没有说出口。他现在意识十分混乱，他饿，非常饿，而骆晓晓出现的同时，他闻到了食物的味道——从眼前的女生身上散发出来。

“不……不……”魏金杰痛苦地挤出声音来，他终于找到他的食物了。

他要吃人。

为什么会这样？饥饿让他捕食的本能蠢蠢欲动，他知道自己的速度非常快，骆晓晓逃不掉的，可是……可是他不想吃人！他不能吃人啊！他苦苦压抑着，但是食物的味道越来越浓了。

骆晓晓朝他走过来，又问：“你不舒服？魏金杰……”

很近、很近了，魏金杰再也无法忍耐，伸出手抓住了骆晓晓。

“啊！”骆晓晓尖叫了一声。就在魏金杰捉住她的同时，她也掏出某个东西扔向了魏金杰。

那是一个小巧的药包，洒出来的药粉有着浓烈的气味，魏金杰不喜欢这个味道，他惊慌地松了手，飞快地躲开，骆晓晓趁着这个机会逃跑了。

“哎呀，你怎么让她跑了？”冬蜜的声音传来，伴随着话音，他从树上落下，“不吃东西可不行。”他说话的模样，像是真的在为魏金杰担心。接着，他的鼻子动了动，空气中还弥漫着骆晓晓扔出的那个药包的味道。他喃喃道：“秦艽、山柰、蜜香、石菖蒲、嘉荣、帝屋木屑……是邪祟凶兽讨厌的药材配的药包，难怪你不喜。配得真好啊，是谁做的呢？”

“邪祟……凶兽……”魏金杰艰难地问，“你说……我？”

冬蜜眨了眨眼，道：“当然啦，你说自己不想做普通人，我才让你吃彘首鸡的蛋，你现在是一只山鬼啦！师父说，山鬼这种东西啊，有的说是山精化作的貌美女子，有的说是山神，还有的说是山中吃人的妖怪，也被称作‘魈’呢。”

冬蜜说着，又从地上捡起了什么，是一面随身的小镜子，大概是骆晓晓仓皇中落下的。冬蜜把镜子递到魏金杰面前，小小的镜面上，清晰地映照出魏金杰的模样。

虽然还保留着人类的外形，但是脸部的骨骼发生了微妙的变化，额头和颧骨突兀地凸起，皮肤微微泛青，眼瞳变成了细长的瞳仁，嘴角裂至耳下……不知什么时候，他变成了这副鬼样子。

“啊啊啊！”魏金杰看到镜子里的自己，发出凄厉的叫声，他一手挥开镜子，伏在地上向冬蜜哀求，“我不要这样！我不要这样！我错了！我错了！我不想当山鬼！你帮帮我吧！”

“诶？”冬蜜困惑地看着他，“山鬼不好吗？不是很自由吗？你昨天明明觉得很有趣的吧？”他似乎有点儿失落，“正巧喂了鬿首鸡一只山鬼它才下的蛋，我还觉得很适合你。”

魏金杰此时根本无心听他在说什么，只知道一个劲儿地求这个诡异的男孩儿帮帮他，他不想当个普通人过无聊的日子，可他也不想做怪物啊！

“你不要当山鬼，是吗？”冬蜜问道，想了想，又拿出一枚肉粉色的蛋，“那就再吃一个……”

魏金杰抢过那枚蛋，连蛋壳也不剥了，囫囵吞进了肚里。

令人饿得失去理智的感觉减弱了。变回去，变回去，他拼命祈求。

他清晰地感受到身体产生了变化，长得吓人的指甲缩回去了，他摸摸自己的嘴巴，似乎也变回去了。魏金杰一阵欣喜，可还没等他高兴多久，身体的变化就朝着另一个方向突变！

浑身的骨骼都在响，随之而来的是难以想象的剧痛，每一根骨头都被拆开再重新组装，变形的骨骼撕扯内脏与肉体，魏金杰张嘴想叫，却发出不似人声的怪叫。

我是怎么了？我是怎么了？他备受剧痛的折磨，慌乱无比。他觉得自己的视角也变了，四周的东西变大了，不对，应该是他变小了？他连忙低头审视自己的身体，想看看自己的手，然而他看见的却是一双……不，是两对翅膀。

他的身体长出了羽毛，腹部传来异样的感觉，低头一看，他长出了三条类似鸟类的细长的腿，身后拖着一条长长的蛇尾。骆晓晓的镜子掉在不远处，魏金杰挣扎着拖着这副身体靠近那面镜子——镜面上映出的是一只怪异的鸟，四翼、六目、三足，身形似蛇。

魏金杰发出一声撕心裂肺的惨叫，声音尖锐至极、怪异至极。

“看，你现在不用再当山鬼了。”冬蜜开心地拍手。

魏金杰悲鸣起来，愤怒又痛苦地质问：“这、这又是怎么了？你对我做了什么！为什么偏偏选上我？”

冬蜜瞪大了眼睛，摇摇头：“你说反了，我是被你的‘欲望’叫来的啊。”说着，他深深吸了口气，像是吃到了什么美味般舔了舔嘴唇，“你的欲望，味道十分浓呢。”

这时，一阵脚步声传来，魏金杰一惊，第一反应是骆晓晓把人叫来了。就这么一瞬间的不留神，那个男孩儿居然就不见了。魏金杰不愿被人看到自己这副丑陋怪异的模样，连忙飞到了老树上，用茂密的枝叶遮挡住自己的身形。

来的是三个学生，骆晓晓并不在其中。奇怪，难道不是她叫来的？

其中一个人说：“我刚刚听到怪声了。”另外两人也附和。他们在四周转来转去，似乎单纯是被怪声吸引过来的。他们发现了骆晓晓的镜子和散落一地的零食，发出惊讶的声音，似乎觉得挺刺激的。

魏金杰羡慕地看着他们。他忽然想起自己也有玩得好的朋友。他们在线上游戏里组队杀敌，赢了鬼吼鬼叫地开心大叫，输了骂骂咧咧地彼此互骂一通，最后勾肩搭背地去便利店买汽水；线下一起去做些蠢事，一起吐槽老师和作业，点评一下身边的女生，吹爆自己喜欢的美少女爱豆，无聊又毫无营养的话题都能一直聊下去。

为什么呢？当时觉得无聊至极的事情，现在回想起来居然是那么的有趣。

咔嚓咔嚓。

一个轻微的声响引起了魏金杰的注意——兽类的五感还是比人类敏锐太多，他连忙抬头，只见实验楼高处的一面玻璃窗不知怎么的松动了，马上就要掉落，正好在那三名学生头上！

魏金杰急得大叫，三名学生听到怪鸟的叫声都抬起头来四处张望。与此同时，玻璃从窗框上掉了下去。

玻璃碎裂，三名学生发出惊恐的惨叫，树枝上一只怪鸟凄厉地啼叫，老树的树根被鲜血染红了……

救人！必须找人过来帮忙！魏金杰如此想着，也顾不得自己现在是什么模样了，下意识就往自己班级飞去。这个时间已经有同学陆陆续续到校了，班主任素来严厉，每天一大早必定要到班上监督学生早自习，以往魏金杰只觉得很烦，如今看到班主任那张古板的脸却前所未有的感到亲切。

魏金杰在教室上方盘旋，不断地发出鸣叫，奇怪的是其他人似乎只能听见声音，看不见变成了怪鸟的魏金杰。他听到同学们议论纷纷：“是不是有什么声音？”“好像是鸟叫？”“可是没有看到鸟啊。”

他的叫声愈发凄切、尖利，同学们却茫然地四处张望，骆晓晓也在他们之中，她准确地找到了魏金杰所在的位置。魏金杰感到自己的目光与骆晓晓对上了。难道她认出自己了？

魏金杰朝着骆晓晓叫得更厉害了，他心急如焚，只想赶紧找到人来帮忙。可是教室里的学生听到这样凄厉的怪叫，都露出了不安和惊惶的表情，小声地议论“好可怕”“到底是什么在叫”“没听过的声音”……

就在这时，讲台上的投影仪突然爆出一串火光，紧接着与插头相连的插座冒出一团火。班上的同学顿时尖叫着跳起来，班主任当时就在投影仪附近，火舌飞快地卷上她的外套。班主任忍着火烧的痛苦，叫同学们赶紧散开，等她把外套脱下来的时候，火焰已经蔓延到她身上的其他地方了。

整座教学楼都骚动起来，那些冒出的火舌诡异得很，又或许是教室里易燃的书本太多，火焰一下占据了半个教室，电灯、风扇不断地冒出电火花。

听着同学和老师们的惨叫和哭喊，魏金杰彻底傻住了。

就在这一片混乱中，一个瘦小的身影推开拼命逃跑的人群，狼狈地挤到围栏上，是骆晓晓，她明确地朝着魏金杰所在的位置大喊：“你快走！”她用力挥动手臂，若是其他人看到了只会觉得她在朝空气喊话，但现在谁也顾不上她了。

她叫道：“魏金杰！快离开这里！到没有人的地方去！快啊——”

他突然明白了，这些不幸恐怕都与自己有关。

4

学校里有怪鸟作祟的消息很快便传开了，短短一上午，发生了高空玻璃坠落和教室起火两件大事。

被玻璃砸伤的三名学生中有两人重伤，一名被玻璃割到了颈部血管，另一名被一片锋利的玻璃插入脑部，经过抢救目前还未脱离危险。第三名伤势较轻的学生，说事件发生前他们都听到了一种怪异的鸟叫。

教室电路起火烧毁了两间教室，不少学生因为拥挤、踩踏、推撞而受伤，伤势最重的女教师因重度烧伤目前还在救治。几乎有一整个班的学生作证，起火前他们听到了同样怪异的鸟叫。

类似的事情迅速地在整个城市里传开。

公园里突然发生了车祸，一辆大货车不知为何刹车失灵冲进了不设围栏的免费公园。当时公园里正有一群老人在踢毽子，大货车不偏不倚向人群冲了过去，伤亡惨重。

市区内某办公楼电梯故障，厢式电梯突然从高层坠落，当时电梯里有数名员工。

高速公路上突发连环车祸，十几辆汽车相撞，还导致了一场小型爆炸。

还有在建中的工地突然发生施工意外，吊臂失灵，运送中的钢材纷纷掉落……

而这些意外发生前，所有人都说他们听到了一种怪异的鸟叫。

酸与、酸与、酸与……

所有人都说，那只鸟是这么叫的。它就像魔鬼一样，召来了灾厄和死亡。

在所有这些诡异的可怕意外中，暂时还没有人留意到最初连续发生两起意外事件的学校里，还有一名叫魏金杰的学生失了踪。毕竟与其他令人震惊、伤亡惨重的事件相比，学生失踪的新闻实在不够显眼。

魏金杰躲进了一栋烂尾楼里，这里连个巡逻的保安都没有，哪怕发生什么事应该也不会连累无辜。

他觉得真是讽刺，曾经他想过如果自己变成动画里那种牛气哄哄的大反派也挺好，总幻想自己是帅气又冷酷的魔王，但是幻想总归是幻想，做梦的时候你知道那是假的，所以无所畏惧。

可是当他亲眼看到与他同龄的学生血流满地，看到班主任被活活烧成半个火人……更别提他只是路过某些地方，停下来稍作休息，也会引发惨烈的事件。他曾经以为陌生人与他无关，他曾经十分讨厌严肃古板的班主任，可是听着他们的惨叫、听着他们的亲人和朋友的痛哭，他做不到无动于衷。

他虽然成了非人类的怪物，却始终保留了人性。

他不敢去找父母，不敢回家，不敢去看自己的朋友，因为不知道自己靠近他们又会引发什么。他只知道自己一定会害死他们。

魏金杰又饿了，他现在是不必吃人了，可他不想吃任何东西。他想起出门前在冰箱里看到的母亲做的菜，都是他最爱吃的。真想尝尝啊，冷的也无所谓，不新鲜也无所谓，他想念作为一个普通人类时能尝到的那种家常菜的滋味。

想要回到那个时候，魏金杰难过地想，可还会有人认出他吗？他还有机会吗？他想大声呼喊冬蜜，可是又怕一开口，那连他自己都感到心惊的怪叫又会招来什么。为什么会变成这样呢？他悲哀地想。

“你想知道为什么吗？”和着荒凉废墟，一道清冷的男性声音从废弃大楼的深处传来。

魏金杰一惊，第一反应就是要逃走，他不想害死更多的人了。

“没关系，酸与的叫声对我没有影响。”那人又说道。魏金杰没有开口，那人却知道他想说什么。

一个穿着奇怪古装的年轻男子从漆黑中走了出来，他的打扮与冬蜜相似，长相俊美，接近成人却又保留了几分少年的气息。

不同的是，他背着一个巨大的箱子。

你是谁？魏金杰没有开口，但他知道对方听得见。

对方回答：“我是个卖药人。我这里什么药都有，只要你想买，我就卖。”

然而话音刚落，又一个声音说道：“喂喂，你别骗他了，你不会是太久没说这句话了，所以特别想说说看吧？”这个有点儿活泼的声音嘟嘟囔囔地说完，补充道，“你很清楚，吃了彘首鸡的蛋，是没有办法变回去的！”

彘首鸡！他、他们是怎么知道的？魏金杰立刻从藏身的钢梁上飞了下来。意外的是，第二个说话的人是个看起来十分普通的少年，眼睛圆圆的，倒是挺容易让人生出好感来。

“啊，我叫荣光，是骆晓晓告诉我的，她是我的……呃，表妹？堂妹？不对……随便了，反正我认识她。她联系我，说她的同学身上发生了怪事，所以拜托我来看看。”少年说道。

骆晓晓？竟然是骆晓晓！魏金杰惊呆了。

仿佛知道他在想什么，荣光解释道：“她以前身上长过人面疮，脸上的疤就是这么留下的。那之后，她好像多多少少也能感觉到一些奇妙的东西。为了让她不受干扰，我送了她那个药包。”

他顿了顿，继续说：“骆晓晓告诉我，她曾经听到你说一个什么奇怪的蛋，又说你一会儿变成了妖怪的模样，一下子又变成了其他人都看不见的怪鸟，所以我想，你大概是吃了彘首鸡的蛋。”

自称卖药人的人接着说：“彘首鸡，猪头鸡身，居于蓬莱，贪婪而杂食，最嗜好新鲜的血肉，世界上没有它不吃的活物。一旦它吃了某个活物，便会产下一枚蛋，这枚蛋说得好听一些，便是能让人产生变化的奇药，就像得到了传说中能化作万物的变化术，吃下这枚蛋，就能变成被彘首鸡吃掉的那个活物。”

“但是一旦变化，就无法再变回来了。”荣光同情地看了魏金杰一眼，补充道。

魏金杰刚刚还以为自己找到了一丝恢复原状的希望，却不料一下又跌回了绝望的深渊。

卖药人说：“酸与，就是你现在这个模样，是生长在景山的鸟，它的啼声如自呼其名，所出现的地方都会发生可怕的事。”

魏金杰一听，沉默地低下头去，他其实心中早就有了打算，此刻想了又想，终于开口。虽然旁人听来仍旧是怪异的鸟叫，但魏金杰知道，这两人能听懂自己在说什么。

“若是不能救我，那就杀了我吧。”魏金杰恳求道，不过即使他们不动手，他也打算把自己饿死。这么活着……他不愿意！

卖药人道：“若你只是想变回人，并非没有办法，再找一只彘首鸡，让它吃一个活人，然后你再吃下那枚蛋即可。虽然不保证能变回原本的你，不过总归还是能变回普通人的。”

“你——”叫荣光的少年本想阻止他，却还是晚了一步，他有点儿内疚地看向魏金杰。他肯定也知道还有这个办法，但要让彘首鸡吃一个活人，那就是要杀一个人，靠杀一个人来救一个人，应该吗？合理吗？对吗？

魏金杰想要变回人活下去没有错，可无辜被吃的人又何错之有？

魏金杰直觉这个叫荣光的少年是个老好人，哪怕让他去找个罪人让彘首鸡吃，他也是不愿意的。而且一旦得知彘首鸡的蛋到底是个什么东西，魏金杰觉得……自己也是无法吃下去的，因为这跟让他去吃个活人没有区别。吃了人的他哪怕变回原样，心里也永远是个怪物了。

“我不愿意。”魏金杰拒绝了卖药人的提议，“尽管我外表已经不是人了，但我希望……最起码能让我保留着人性死去。”说完，他放弃般闭上了眼睛。

卖药人没有说话，他放下了背在身上的巨大药箱，靠近了看才发现这箱子是暗红色的，上面满是些会动来动去的、仿佛还活着的眼睛。只见他的手在箱子上一抹，原本镶嵌的几十个小抽屉便不见了，只剩下一扇小门。

卖药人把箱子打开，朝魏金杰道：“现在虽然无法让你恢复人身，但压抑你身为酸与的力量还是可以的，若你还希望有恢复的一天，那就随我来吧。”

魏金杰没有多想，钻进了那个药箱里。

关上药箱之前，荣光问他：“那个给你蛋的人，是不是很高、蒙着脸，跟他一样背着个大药箱？”

箱子里，长着六只眼睛的脑袋摇了摇，说：“不是的，给我蛋的人是个和你差不多大的男孩儿，他说他叫冬蜜。”

荣光与卖药人同时一怔，不约而同地看向对方。

5

大街上，一对夫妇不住地给过往的行人派发传单，上面印着一名十五六岁的少年的照片，旁边写着他的名字：魏金杰。传单最上方清晰地印着两个大字——寻人。

“拜托你们，请留意一下我儿子，他失踪了。”“如果你们见过这个孩子，请和我们联系。”“任何线索都行，谢谢好心人啊！”“请帮帮我们，帮帮我们……”

路过的人有嫌麻烦推开他们的，有看了两眼便扔了的，有小心折叠好放进包里的，也有上前安慰和鼓励这对夫妇的。有知情人在一旁悄声说：“可怜啊，孩子不知怎么的失踪了，怎么找都找不到。”“活不见人，死不见尸啊这是……”“孩子他妈还辞了工作，每天到处跑，就想打听到儿子的下落……”“才四十岁不到呢，天哪，真可怜……”

一个服饰奇异、背着药箱的男子从他们身后轻轻走过，但似乎谁也没有留意到他。

听着那对夫妇的声音，他背上的药箱剧烈地抖了一下。

若是细心留意听，便能听见药箱里传来悲伤至极的抽泣声。

第三章

五倍子

五倍子：又名百虫仓。生于肤木，五六月时，有小虫如蚁食其汁液，并于叶间繁衍结出小球，既可如拳头大，又可如菱角小，很像是肤木结的果实。山人霜降前采取，将虫蒸杀后出售。味酸、咸，敛肺止血化痰，散热毒肿疮。

WU BEI ZI

1

深夜，墙里又发出那种听了叫人头皮发麻的声音，窸窸窣窣的，像有上百、上千，甚至上万对节肢动物的步足密集地划过墙面。伴随着这令人毛骨悚然的声音，大大小小的斑点在墙上快速移动，宛如一大群饥饿又疯狂的虫子，聚合成一大片阴影，仿佛能吞噬整个房间。

一双浑浊的眼目睹了这一切，它们属于床上一名迟暮的老妇人，她无能为力地看着这团阴影越来越大、越来越大……她的身体已经由不得她自己支配，只能躺在床上动弹不得。

不行啊……这么下去不行的啊……老妇人绝望悲伤地在心里呐喊，谁来……谁来帮帮我……

床边有一扇小窗，一弯银月像是被悉心装点过般悬在窗前。

“需要帮忙吗？”伴随着月光落下的，是少年银铃般脆嫩的嗓音。一个人影趴在窗前，他有一张极美好的脸，长发束冠，年少烂漫，却又因为夜色中暗影浮动而显得妖魅。

少年清澈而纯真的眼瞳对上老人无神的双瞳，笑容如蜜浓甜。

坡上有一栋孤零零的屋子，古旧的砖木结构，一共两层，现在看来已经十分破落了。天台上有一座六角形的瞭望塔，似乎在默默地诉说着它曾经拥有的那段不平凡的历史。

或许曾经爬满绿意的外墙上，只剩下各种错综复杂的电线缠缠绕绕，像一只破落的茧。裸露出来的水管锈迹斑斑，窗框是木制的，和坑坑洼洼的外墙一样散发着腐朽和陈旧的气息。

屋子四周是光秃秃的水泥地面，旁边有一棵歪脖子树，低矮的枝丫上晾着衣服，一道几乎倒塌的围墙把这栋屋子和周围隔开。围墙内是这样一栋冷清破败的屋子，围墙外是闹哄哄的简陋市场和一大片低矮起伏的旧民居。

芳草街69号，便是这栋屋子的地址。据附近的老人说，这屋子以前闹革命时是一座碉楼，也是当时治安队的据点，因为建在山岗上，是当时视野最开阔的地方，战争年代还曾经用它迎击敌人，有过一段风光辉煌的历史。

战争结束后，屋子被人买来自住，如今已经是纯粹的民宅。就像是沙场上披荆斩棘、杀敌无数的悍将，最终归隐市井成为默默无闻的老百姓。

陈涵讨厌这栋屋子，原因无他，因为她住在里面。

正值花季的十七岁少女，偏偏住在这栋阴暗、破旧的老宅里。两年前，家中出了变故，爸爸去世，只剩她与妈妈相依为命，妈妈的娘家那边帮不上什么忙，妈妈只好卖了原本住着的房子，带着陈涵搬进这里，顺便照顾年纪大了身体不好的奶奶。

妈妈一大早起来买菜做饭，然后去上班。中午，学校离得不远的陈涵回家热了饭菜吃，还要负责给已经有点儿痴呆的奶奶喂饭，然后再回学校上课，往往午休的时间就这么过去了。妈妈辛苦工作一天回来，还要照顾奶奶吃药、擦身体甚至上厕所这些事情。

陈涵与奶奶的关系其实并没有多好，谈不上讨厌也称不上喜欢，感觉就像陌生人一般。爸爸在世的时候，他们家很少来探望奶奶，所以她很不理解妈妈怎么突然对照顾奶奶的事这么上心。可尽管妈妈如此尽心尽力，奶奶的身体还是一天比一天差。

不知为何，这时伯父陈继昌一家突然提出也要搬进来。妈妈当时显得不大乐意，这意思就像指责她没有能力照顾好奶奶似的，可她作为一个嫁进门的女人，拒绝不了奶奶亲生儿子要搬进来的要求。

于是，破旧的屋子里又挤进来了一家三口。

伯父说着“我妈的房子也就是我的房子”，根本就把这里当成他家了。伯娘也跟着耀武扬威，对“借住”在这里的陈涵和她妈妈很是看不顺眼，成天指桑骂槐地暗示她们母女俩不要脸，死皮赖脸地住在别人家里。

伯父的儿子二十岁出头了，没考上大学，也不好好找工作，整天想走捷径，带些不知道哪里认识的“有门道”“搞生意”的朋友回来喝酒。伯父、伯娘对这个儿子非常溺爱，纵容儿子经常这样喝酒到深夜。

老房子墙壁薄，陈涵第二天还要上课，喝酒喧闹的声音老是让她休息不好。妈妈跟伯父抗议过不知道多少回了，都被伯娘刻薄地驳回："你们家女儿怎么惯得这么娇气，念书又怎么啦？我儿子可是陈氏嫡传的亲、长、孙！"伯娘总是特别强调这一点，"他可是前途无量的啊！你家一个女儿，书随便读读，以后找个人早早结婚才是正事。"

陈涵气得都哭了，妈妈也红了眼眶，可她总归是个外姓人，人在屋檐下不得不低头，只能反复恳求。但这事往往以伯娘嗤笑一声，用一句"住不习惯你搬出去不就好了"作为结束。

每当听到这句话，妈妈便默默咬住嘴唇，不再言语，陈涵却恨得咬牙切齿。妈妈说她们现在没有钱，买不起新房子，只能住在这里，可陈涵觉得哪怕在外面租个房子住，也比在这里受气要好。

幸好那之后堂哥便跟他那帮"朋友"去外地做生意了，陈涵总算暂时摆脱了这个烦恼。堂哥的生意做得怎么样陈涵不得而知，伯父伯娘只在最开始几个月把这件事挂在嘴边，后来逐渐很少提起了。

又过了没多久，姑姑也搬了进来。

姑姑陈继芸离了婚，有一个女儿，可她放弃了抚养权，把唯一的孩子留给了前夫。四十多岁的女人过得孤孤单单的，拖着一个旅行箱，拎着一个大皮包便住下了。

陈涵对姑姑的印象也很淡薄。说起来，她对爸爸这边的亲戚的印象都很淡薄。"家族"这个概念从来没有在陈涵的脑海里形成过。

爸爸以前常常感慨，姑姑的性格和脾气都跟奶奶特别像。陈涵从小就很害怕这位姑姑，因为她总是很冷酷，不苟言笑，毫不留情地抨击看不顺眼的一切。没有人会喜欢这样的人，可陈涵觉得姑姑也不喜欢任何人，包括自己的家人。

爸爸说，包括这一点，也是很像奶奶的。他还小的时候，便很少见到笑容满面的奶奶，她是个从不称赞自己孩子的女人，也不愿意拥抱他们。她在物质上照顾他们，但也十分严苛。爸爸甚至笑说他长这么大，奶奶从未给他过过一次生日。

她讨厌自己的家人，也被家人讨厌。

姑姑像幽灵般无声无息，又像已经老迈的猫一般独来独往，可她从不掩饰自己对这个家、对这栋房子的憎恶。她搬进来之后，除了第一天去奶奶房里看过一眼，其他任何时候都像个没关系的人般，从不曾提出要替陈涵妈妈分担照顾老人的工作。就好像她心里有一股恨，一股永远不能谅解自己年迈的母亲的恨意。

有一次，妈妈在厨房里煮奶奶要喝的清粥，同时又要做陈涵的晚饭，可厨房只有一个，又很小，只能轮流使用，外面嗑着瓜子的伯娘冷言冷语道："动作快一点儿啦，我看你说晚上要加班才让给你先来的，这么慢，我们一家都要饿死啦！”

见姑姑这时走进厨房，妈妈便道：“你看一下粥，要是好了就拿去给妈……”

不料话没说完，姑姑就冷冷地道：“自己揽的活儿自己干。”说完，洗了个苹果便要走了，留陈涵的妈妈神色尴尬。

陈涵放下作业来帮忙，刚好碰上这一幕，她心里替妈妈感到不值，忍不住小声嘀咕：“到底谁才是奶奶的亲生女儿啊……”

姑姑恰好听见了，她转过脸来，直勾勾地看着陈涵，道：“没有人逼你们做，不爱做不想做就收拾东西从这里滚出去。”

客厅里嗑瓜子的伯娘乐呵地笑了声，姑姑又转头对着那边说：“都是我们陈家的媳妇，懒得跟猪一样，父母没出息，儿子也扶不上墙。”

伯娘一下怒了，嗖地从椅子上站起来，眼看就要开骂，伯父连忙拉住她。姑姑冷哼一声，丝毫不以为惧：“不爱听？不爱听你也滚出去。”

伯娘气得浑身发抖，不断推搡自己的丈夫，想他替自己出头。伯父支支吾吾，既不敢顶撞自己的姐姐，又不敢叱骂妻子，只好一个劲儿地劝妻子不要吵。伯娘气得大叫：“你这个窝囊废！”

外面吵得激烈，厨房里，陈涵的妈妈直起腰，不知为何笑了。

陈涵看着母亲的笑容，不知为何打了个寒战。她悄悄关上了厨房的门，逃回了自己破旧的小房间，仿佛这样就可以逃离烦不胜烦的冷言冷语和几乎永远不会停止的争吵。

她这才明白，为什么爸爸从不跟这些拥有最深血缘关系的人来往，因为骨肉血亲之间的关系竟然能糟糕至此。可既然如此，为什么非要搬到奶奶的老房子里呢？陈涵真是想不通。

陈涵厌烦死这样的生活了，只要能不待在家里，她都找机会往外跑，平时上学也总是早早起床到学校自习，放学后宁愿去图书馆复习到最晚。同学和老师都以为她热爱学习、勤奋有加，甚至还把她作为学习榜样推荐上去，领了个不大不小的奖状，但其实他们都不知道，她只是不想回家罢了。

最难过的是周末，比如今天。

陈涵在班上虽然不至于被排挤孤立，但说到玩得特别好的朋友，却也没有几个。这也不能怪陈涵的同学，毕竟她给自己塑造了这么个早出晚归努力学习的形象，弄得别人都不好约她出去玩。

大家都以为陈涵周末必定是各种类型的补习班上一圈，但事实正好相反，她周末无所事事，闲得要死。补习班她倒是想去，可是现在的补习班并不便宜，早几年爸爸去世，只剩下她与妈妈相依为命，手头自然是不宽裕的，不然也用不着搬到这破房子里和一堆人挤在一起。

陈涵一直怀念以前的家，二十三层，三室一厅，她有自己的房间，窗台和床上堆满布偶，墙上贴着偶像的海报，阳光从每一扇窗户外洒进来，每一个房间都通通透透的。她那时还嫌房间太小，可没想到突然有一天，爸爸去世了，那个家也没有了。

妈妈说那个房子已经卖了,可是卖了干什么她从来不说。陈涵实在受不住那么多委屈，哭闹过不知道多少次。有一次妈妈火起来给了她一记耳光，随后她自己也惊呆了，跪下来抱着女儿哭着道歉。

“涵涵，对不起，那个家已经没有了，回不去了，我们就住在这里，你忍耐一下……再忍耐一段时间……以后会好的，都会好的。”

自从爸爸过世，陈涵还是第一次看到妈妈哭得如此伤心力竭，她脸上痛，心里也痛。

陈涵茫然地环顾四周，她的新房间昏沉晦暗，只有一扇破旧的窗户，窗户的玻璃是又旧又厚的磨砂玻璃，或许是积攒了太多灰尘，怎么擦都擦不干净，永远有一层令人生厌的灰黄落在玻璃上，也落在她心头上。

墙上的墙纸剥落了，露出内里点点霉斑，像一只只畸形恶心的虫子趴在墙上。而在薄薄的、破旧的墙壁后，伯父一家和姑姑或许正在偷听，听着她们痛哭的声音而暗自得意。

想到这些，她便不甘心，不甘心失去的房子、被扔掉的布偶、撕下来的海报，更不甘心被人嘲笑，不甘心自己的痛苦居然成了他人快乐的源泉。她拼命仰着头，好让眼泪倒流回去，她死死盯着墙上那块霉斑，紧紧咬住牙齿，告诉自己不能哭。

那天之后，陈涵再也没有跟妈妈提过要搬走的事，这么一住就是两年，搬进来时她还是个初中生，现在已经升入高中了。

一栋老屋，四户人家，丝毫未变。变化的只有越来越大块的霉斑和越来越不稳定的水电，并且随着奶奶的身体越来越差，屋子里的气氛变得更加紧绷。

陈涵知道，其实大家都在等奶奶死掉，毕竟姑姑和伯父一家根本不是像她和妈妈一样被生活所逼而不得不搬进老屋的。

她最近愈发觉得这老屋有魔力，它仿佛活了过来，每个住在这屋檐下的人都像是寄宿在它口中的食物，不知何时就会被这栋屋子吞食。

“嘻嘻。”

又来了，又来了，陈涵猛地左右张望，但只看到高高的天花上愈发明显的霉斑。最近总有隐约的笑声不知从何而来，她一直跟自己说只是幻觉，或许最近鸡毛蒜皮的事引发的争吵让她感到精神疲惫的缘故。一定是这样的吧，她安慰自己……

2

周六午后，陈涵在从书店回家的路上慢吞吞地走着，她绕了个远路，就是不想太早回去。原本她是想一直待到傍晚的，没想到书店下午临时停业，她不得不提早回来。

陈涵推着自行车上坡，前方出现了一名年轻女子的背影，她穿着一双红底黑色小牛皮高跟鞋。陈涵在偶像剧里看到过类似的鞋子，好像是什么名牌来着，她对这方面不是很了解，可她这个年纪的小姑娘对这类事物天生向往。

女子身段婀娜，一身衣服也是品位不俗，提着的包上面是某个大名鼎鼎的奢侈品牌的LOGO，说不定她身上的衣服也是某个大牌子的呢！陈涵从未想过会在这种老旧的地方看到这些对她而言只会在电视上出现的东西。

出于好奇，陈涵加快了脚步想看看女子的面貌，却发现女子走路颤颤巍巍的。就在陈涵担心她会不会摔倒的时候，女子没有辜负她的担忧，以令人瞠目结舌的速度面朝下扑在地上。

陈涵："……"

这路面虽然没有市场那边那么脏，可那名光鲜亮丽的年轻女子还是蹭了一身灰，并且久久地以扑倒的姿势趴在原地。

看对方一时半会儿没站起来，好像摔得不轻，陈涵急忙把自行车放在一旁，上前问道："你怎么样？没事吧？"

女子手撑在地面上正慢慢爬起来，听见陈涵的声音突然抬起头来。她脸上戴了一副大墨镜，陈涵一时间也不知道对方是什么表情，但看起来应该没撞到头。

女子张了张嘴，却没有说话。陈涵心想，会不会她不想被人看到这副狼狈的样子呢？自己是不是多事了啊？

"扶我一下啊！"女子开口道，"站着干吗？"

语气好像她是长辈似的居高临下，陈涵听得一愣，心想你看样子不就比我大一点儿嘛，怎么这么嚣张，活该摔跤！心里刚冒出来的那一点点对于年长成熟大姐姐的仰慕顿时消散干净。

尽管如此，陈涵还是伸手扶了女子一把。女子的动作不太灵活，有着与外表不符的笨拙。难道真的摔伤了？我不至于被碰瓷吧？陈涵心里乱七八糟地担心起来。

女子缓缓摘下墨镜，她确实长得很漂亮，只画了个淡妆，更显得五官出众，高挑的身材加上那一双高跟鞋，站起来之后顿时比陈涵高出不少。女子从头到脚地打量陈涵，目光锐利，整个人仿佛有种高贵的傲气。若说陈涵刚才还有点儿愤愤不平，现在哪怕不服气，也不由得觉得自己的确低人一等了。

“你也是去那个方向吧？”女子问道，语气笃定。

陈涵呆呆地点了点头，反应过来后暗骂自己干吗这么听话。

“我也要去那边。”女子接下来的话让陈涵大吃一惊，她说，“我要去芳草街69号，一起走吧。”

陈涵瞪大眼睛，这个人的目的地居然是她家那个破房子？可既然这样，自己也不好拒绝，只能答应下来。

两个人默默走了一段路，陈涵发现女子走得特别慢，不得不放慢脚步来配合她。女子似乎不太习惯穿高跟鞋，走路一拐一拐的，看得人心惊胆战。

虽然不太喜欢她的态度，可陈涵还是主动问她：“要不你坐我自行车上来吧，我推着你走。”

女子死死盯着她。陈涵一开始还以为对方嫌自己的自行车又破又旧，觉得自己这么说肯定又要自讨没趣，可没想到女子仿佛松了口气，点头道：“好的，那就麻烦你了。”

她一下子又变得客气起来，让陈涵有些无所适从。

来到屋子玄关前，女子进屋前在门外站了一会儿，深深吸了口气，好像进去需要某种勇气，又或者说是需要下定决心的一件事。

陈涵看她的样子忍不住说了句：“放心啦，虽然看起来这样，不过暂时是不会塌的。”她以为女子是害怕这是危楼，进去了有去无回。

女子却斩钉截铁地回道：“这不用你说，我知道。”

这人讲话怎么这样啊？真是不客气。陈涵撇嘴，但还是带着年轻女子进了屋。

玄关到客厅有一条走廊，屋子这一面背阴，墙壁总是冷冰冰的，又因为是平房，湿气重，所以摸起来总有点儿湿漉漉的感觉。陈涵早就习惯了，那女子看起来也没有多么吃惊的样子，倒像是十分怀念地上看下看，还伸手摸了摸墙壁。

女子的眼神突然变得温柔，仿佛触碰的不是一面长霉的墙壁，而是什么珍贵的宝物。陈涵用看神经病的眼神看看女子，又看看长满霉斑的墙壁，想不通这到底有什么好看的，自己不会是带了个怪人回来吧？

突然，陈涵的视野里有什么东西动了一下，她以为是有个虫子停在墙上。这种建在地面的独栋旧屋，屋里多的是蜘蛛、蟑螂、壁虎等各式各样的虫子爬来爬去，光是手指粗的蜈蚣，陈涵就打死过不少了。

可墙壁上什么都没有，她觉得自己刚才一定是看错了。

等她回过神，女子已经脱了高跟鞋走了进去，陈涵急急忙忙叫住她：“哎，拖鞋……咦？”

她一看鞋柜，放在那里的一双备用的拖鞋被女子穿走了。她可真是不客气，把这里当自己家了啊！

伯父伯娘夫妻俩在客厅看电视，听到动静时女子已经走到客厅了，伯父陈继昌与伯娘互相看了看对方，又看了看缓缓摘下墨镜的陌生女子。伯娘见到陈涵便没好脸色，白眼都快翻到天花板上去了。

“陈涵，怎么随便带人回来，你妈没告诉你带人回来要先跟家里说一声吗？”

陈涵心里“哼”了一声，心想你儿子带人回来可从来不打招呼，你有什么资格说这话？好几次陈涵本来要出门却碰上他们，吓得连房门都不敢出。

“我不认识她，以为是来找你们的呢。”陈涵冷淡地说，看着女子不打招呼就自己坐了下来。她的坐姿非常端庄，双腿并拢，双手轻轻放在膝上，有种如今不常见的古典和优雅。

“陈继昌，你还记得我吗？”女子厉声问道，她端坐在破屋之中，却好像披着一身艳光。

伯娘的眼神顿时不妙起来，怀疑地看向伯父。伯父一脸茫然，满额冷汗。陈涵一边心想有好戏看了，一边又觉得伯娘真是杞人忧天，伯父一个四十多岁的大叔，油脸秃头大肚腩又没钱，像这种漂亮有气质、看起来还不缺钱的年轻女人怎么会看上他！

女子这时接着说：“我是夏琲。”

伯父露出恍然大悟的表情，既惊讶又有点儿狼狈地叫道：“是、是你啊！”

夏琲登门拜访的时间仿佛是精心挑选过般的合适，因为这时姑姑陈继芸也回来了，她刚循着声音走进客厅，便听见夏琲自报姓名。陈继芸用力踩着地板朝夏琲走去，嫌陈涵挡了路还推了她一把。

陈涵连忙缩到一旁，她觉得姑姑在看到夏琲的一瞬间，眼里好像要冒出火来，原以为夏琲是自家亲戚的熟人，现在看来却更像是仇人。但不管陈涵怎么努力回想，她对“夏琲”这个名字都毫无印象，爸爸还在世的时候，她从来没有听他提起过这么一个人。

“你来干吗？”姑姑冷冷地发问，陈涵觉得她声音都拔尖了，像一只警惕的母鸡。

“我来拿走王老师——也就是你们的母亲，要交给我的东西。”夏琲冷静地回答，“就是这栋屋子。”

哈？这种破屋子有什么好的？陈涵差点儿笑出来，可她立刻就被姑姑和伯父的怒吼跟尖叫吓到了。比这两人声音更尖、更急的是伯娘，她怒气冲冲地瞪着眼睛叫道：“你凭什么！”

姑姑冷笑道：“胡说八道！”

伯父急得跺脚：“你一个外人哪有资格说这个？”

夏琲早有准备，她从包里拿出一张纸，道：“这是王老师亲自写的遗嘱，我手里的是复印件，今天特意带过来给你们看的。”

三人手忙脚乱地抢过那张纸，陈涵躲在一旁探头探脑偷看，她看不见纸上写了什么，只看到那三个人的脸色越来越白、越来越青……

这时，加班的妈妈也回来了，她一脸莫名地看着客厅里这一幕。陈涵感受到妈妈投来的带有疑问的视线，也不知道该从何说起。于是妈妈只好抱着疑惑凑到那三人那边去，随即也脸色大变。

他们吵闹起来，声音又尖又急又怒，又把矛头对准了夏琲，吵得不可开交。可不管他们说什么，夏琲只是坐在那里，保持那个优雅的姿势，纹丝不动，像个假人。

陈涵知道事情已不是可以看热闹那么简单。突然，妈妈与亲戚们的声音似乎成了模糊不清的背景，她听到一阵窸窸窣窣的声音，像有一大群虫子如潮水般涌来。她下意识转身，身后是与外面走廊连接的门口，恍惚间她好像看见那里站着一个少年，只是一眨眼，就消失了。

3

奶奶的身体变差是从陈涵的爸爸去世那年开始的，可陈涵不认为这是奶奶与爸爸的感情很好所以大受打击导致的。她对奶奶的印象很薄弱，记忆中爸爸也不怎么喜欢提起奶奶，从小她就觉得自己家和别人家是不同的，除夕夜大团圆的年夜饭从来是在家里一家三口吃，不像别人家亲戚满堂，热热闹闹。

有一年除夕，她还小，指着电视里阖家团圆的画面奶声奶气地问爸爸：“我们怎么不跟奶奶一起吃饭呀？”爸爸揉了揉陈涵的小脑袋瓜，说：“因为奶奶喜欢一个人。”

爷爷在陈涵出生前就去世了，她家，还有姑姑与伯父也从来只是在过年前登门拜访一下。当岁末的钟声敲响，鞭炮声响起，灿烂的烟火燃亮了大半的夜空，她被爸爸抱在怀里为那些璀璨亮丽的火光兴奋尖叫，而这个时候，奶奶已经孤寂地睡去。

所以陈涵对奶奶的印象只源自那些为数不多的拜访。从那时候起，奶奶好像就独自居住在这栋老屋里，昏昏沉沉的走廊，屋内弥漫着线香的气味，轻纱般的烟雾如同幽灵流蹿在屋子的每一个角落，让她莫名有点儿害怕。

那时屋外的围墙还未倒塌，围起来的庭院仍未荒废，奶奶在那里种了南瓜、丝瓜、番茄、扁豆，还有幼小的她叫不出名字来的花。她被爸爸牵着来到门前，奶奶在庭院里撒一把猫粮喂那些流浪的野猫，她记得奶奶花白的头发和依旧笔挺的背影，还有爸爸僵硬的嘴角。

陈涵知道爸爸和奶奶感情不好，姑姑和伯父也是，奶奶一生就只有这三个孩子，却似乎与他们都不亲密。现在突然冒出个叫夏琲的年轻女子，跟他们家毫无血缘关系，奶奶却要把屋子留给她？

陈涵一直以为这破屋子是没人要的，可没想到包括自己的妈妈在内，四个大人竟然争得不可开交，不知为何竟然先内讧起来了。陈涵辈分最小，自然是插不上话，她不知如何是好，下意识转头一看，始作俑者夏琲居然不见了。

一楼，奶奶房间前的门帘被掀起又落下。

是夏琲进去了。陈涵跟在后面溜了进去。夏琲拖了张藤椅在奶奶床边坐下，安静地看着床上陷入昏睡的老人。外面吵得那么厉害，她却似乎什么都没听见，不过，听不见也好。

陈涵鼓起勇气走近了，问："你……你跟我奶奶到底是什么关系？"

"我小时候，父母去外面做生意，把我寄养在这附近的一个亲戚家里。当时生意不好做，父母没什么钱，亲戚嫌我白吃白住，动不动就打骂我，还经常大晚上的找个借口把我赶出家门，就是为了不给我晚饭吃。"夏琲说起自己的往事，脸上却没什么对过去的愤怒或者悲伤。

"我记得那时候是深秋，我一个人赤着脚在这附近走来走去，像个小乞丐似的，盼望着有谁能给我一口热饭，哪怕只是一杯热水也好。"

陈涵听着，不知为何想到了自己现在的处境。她比夏琲小时候幸福多了，虽然寄人篱下，但好歹一天三顿，妈妈从来不饿着她。

"实在饿得受不了，就去翻垃圾……你大概不知道，我小的时候，这屋子可气派了，是附近最好、最大的一户人家，我想这里一定有东西可以给我吃。可就在我伸手要翻垃圾的时候，你奶奶冲过来，拿一把木尺狠狠地敲在我手背上。"夏琲继续说。

"哇，好凶。"陈涵倒抽一口冷气，摸了摸自己的手背，仿佛也有点儿隐隐作痛。

夏琲看她一眼，接着说："你奶奶说'是个人就给我好好吃饭，翻垃圾是老鼠蟑螂才做的事'，然后把我领进屋子里，用热水给我洗了手、擦了脸，往饭桌上多摆了一双碗筷，让我坐下吃饭，还对我说，以后饿了就来她这里，别的没有，管饱还是够的。"

陈涵好奇地追问："然后呢？你就经常来我奶奶家吃饭吗？"

"对啊，不过后来过了一年多，我父母生意好转，赚了钱，就把我接回去了。"

"那……"陈涵眨了眨眼睛，"为什么姑姑和伯父都那么不想看到你啊？我也没听我爸爸提起过你啊。"

夏琲眼皮也不抬一下，反问道："你知道她得了什么病吗？"

房间里没有别人，陈涵只能认为夏琲说的"她"是指躺在床上的奶奶。她没听到自己想听的，有点儿不高兴，故意问道："你又知道了？"

"我知道。"夏琲回答，"她这是心病。"

陈涵差点儿笑出来，这不是跟没有回答一样嘛！还“心病”呢，神神道道的，该不会真的是个骗子吧？可是再一想，夏琲确实拿着奶奶亲笔签了名的公证书文件，虽然是复印件，但外面的姑姑伯父都确认过，那确实是奶奶的字。

“喂，奶奶真的说要把屋子给你了？”陈涵问，“这么个破屋子有什么用嘛……”

“你妈从来没跟你说过吗？这里要拆迁了。”夏琲淡淡地说，“这房子虽然很旧很旧了，但是它又还没有旧到能作为文物被保留下来，所以一旦被拆除，屋子的所有者将会得到一大笔拆迁补偿。”

“啊！”陈涵叫了一声，又想起房间外姑姑和伯父还在为这件事吵闹，她瞪着眼睛问，“那就是会给奶奶一大笔钱？”

“然后我……咳，她，就是王老师，你的奶奶，”夏琲提到奶奶的时候有些别扭，好像不太习惯这个称呼，“身体已经不太行了，最多也不过一两个月吧，她去世之后，她的子女有资格继承房子。如果没有提前立下遗嘱的话，就是那样了。可我现在手里的文件，就等同于她已经把屋子转让给我了。”

陈涵总算明白为什么妈妈、姑姑和伯父会那么激动了。原本只要等奶奶顺其自然地去世，就能继承这栋屋子，从而继承即将到来的一大笔赔偿金，现在突然来了个不相干的外人，把他们的如意算盘打乱了。

陈涵忍不住得意地笑了起来，想到伯父一家和姑姑气急败坏的模样，她就痛快。

夏琲冷冷地看她一眼，其实她也不过二十来岁的样子，目光却如同暮年老人般肃穆严厉，她毫不温柔地说：“你笑什么，你妈妈也是一样的想法。”

“怎么可能！”陈涵立刻反驳，“我们家不一样！我们家有苦衷的！”

夏琲看她一眼，叹息一声：“真是个软弱的孩子。”

这语气好像她跟自己有多亲昵似的，可她也不比自己大多少啊？少用这种长辈的方式来教训人了！陈涵正要这么说回去，姑姑率先走了进来，其他人跟在她后面，包括陈涵的妈妈，每个人都是气势汹汹的模样。

姑姑冷静地说：“文件我们看了，签名确实是妈的字迹，但这不能证明什么，这种东西没有法律效力，没有盖上政府公证部门的公章，我们不承认。”

伯娘跟着起哄：“对啊对啊，就凭这张纸就想抢东西？呸！你想得美！”伯父跟在一旁不断点头。

陈涵的妈妈也插话：“况且妈还躺在床上，意识不清，这份东西到底是什么时候签下的、当时她是否清醒、这到底是不是本人的意愿，我们都不清楚啊。”

“这就是她的想法。”夏琲断然说道。

“哼。”姑姑一脸不屑，“你是我妈本人吗？你怎么知道她怎么想？”

妈妈也细声细气地帮腔：“是啊，你可不要乱说话，欺负老人家神志不清。”

陈涵一会儿看看这个，一会儿看看那个，突然觉得自己好像哪个人都不认识了。这时，她看到墙壁上的霉斑又动了，那块霉斑“飞”离了墙面，趴到了姑姑脖颈上，一眨眼又不见了，仿佛钻进了她的头发里。

“啊！”陈涵叫了一声，大家看了过来。

“嗬、嗬……”一直无声地躺在床上的老人突然发出急促的喘气声。陈涵站在距离奶奶床边最近的地方，冷不防被一只冰凉的手抓住了。与其说那是手，不如说是只剩下骨架的爪子，却又那么的虚软无力。

其他人都以为她是被奶奶突然抓紧才叫起来的。

“嗬、嗬……”老人努力地想撑起自己的身体，眼珠在深深凹陷的眼眶里转动，似乎想说些什么。陈涵连忙扶着她，老人的身体轻得不可思议，她觉得自己仿佛只是在支撑一个魂魄。

只有夏琲连忙跪在老人床边，握住了老人的手，那满脸的关切绝对不是出于虚伪的演技。陈涵的姑姑作为奶奶的亲生女儿，身体只是微微一颤，站在原地一动不动。见陈涵的妈妈悄悄靠近床边，伯娘一手肘撞在伯父肚腩上，眼神示意他赶紧做点儿什么。

伯父这才醒过神，笨拙地跨了几步走到奶奶床边，挤开原本在那里的夏琲，抢过奶奶的手握着，挤出一张笑脸，嘘寒问暖起来：“妈，怎么了？吵到你了吗？”

“是、是我……写的……”奶奶气若游丝地说，“房子……给、给……她……”老人抬起另一只没有被握住的手，指着夏琲，“她……小、小琲……”

原来夏琲没有撒谎，把屋子给她确实是奶奶的意思。陈涵虽然不理解，但觉得既然是奶奶的心愿，那就应该按照奶奶的话去做。然而令她意想不到的是，姑姑冷着脸说：“好了，快把无关人士赶出去，我们家不认识这个人！”她指着夏琲，又用眼神朝伯父示意。

伯娘这时倒是跟姑姑合作无间了，她大叫起来：“对对，都不知道哪里来的家伙，走错门了吧！”说着便上前拉扯夏琲，要把她赶出这栋房子。伯父见状顿时撒开奶奶的手，过去给自己老婆帮忙了，完全不顾老人突然失去一边支撑。还好有陈涵在身边，她赶紧把奶奶抱住了。

“嗬、嗬！”奶奶趴在床上，看样子似乎是想阻止他们野蛮的举动。陈涵也有些看不下去，可不等她有所动作，妈妈的一只手按在了她肩膀上，陈涵看了妈妈一眼，妈妈对她做出“不要多管闲事”的眼神。

可是……陈涵看着一身整洁干练的夏琲在拉扯间逐渐显得狼狈，即便她气势凌人，可真正动起手来又哪里是伯父伯娘的对手，很快就被赶到了屋外。

陈涵和妈妈安顿好奶奶，也跟着跑了出来。

“滚吧！”伯父说道，“滚滚滚，不许再来了！”

姑姑把夏琲的高跟鞋取出来，扔到她身边，冷冰冰的如同恶鬼。

夏琲慢慢从地上起来，整了整凌乱的衣衫和发丝。虽然狼狈，但她并不生气或者激动，好像早就预料到这一切般，安安静静、冷冷冰冰地看着如同围起人墙般站在门前的几个人。

夏琲说：“赶紧搬离这里吧。”

伯娘朝她吐了口唾沫，骂道：“你才应该滚呢！臭不要脸！”

夏琲赤脚站在院子里，脚下是冰冷的地面，但她似乎并不在意。陈涵看着她，仿佛看见了许多年前那个饥饿、干瘦、脏兮兮的小女孩，她也是这么站在院子里，羡慕地看着万家灯火，盼望有一个属于自己的家。

“我还会来的。”夏琲说。

但没有人理会她，所有人都转身回屋里，陈涵还想跟夏琲说什么，却被妈妈抓住手往门里拽去。匆匆一瞥，她看到妈妈的手臂上飞快地爬过一只小虫子。

“搬走吧。”外面，夏琲喃喃说道，“赶快搬走，现在还来得及。”

4

接下来一连好几天，仿佛要证明自己说到做到，夏琲还真的天天都来到屋子前。向来小气的伯父为了不让她进来，雇来了水泥工人把围墙修整一番，又往庭院那扇破铁门上装了一把大锁。

陈涵好几次出门都看到夏琲站在门外，身子挺得笔直，固执地等候着。有时候她这副模样会让陈涵感到害怕，可她又不知道该跟夏琲说什么，只好每次见了点点头当作打招呼，然后离开。

那天之后，奶奶的病情似乎更严重了，几乎每天都是在昏睡中度过。陈涵心里很不是滋味，夏琲第一次登门那天，她听得清清楚楚，奶奶确实有把屋子交给夏琲的意思，可是妈妈不让她这么说。

妈妈告诉陈涵：“你那天什么都没听到，知道了吗？奶奶什么话都没有说。”

“可是……”陈涵还想争辩，冷不防妈妈厉喝一声：“别再说了！”

陈涵吓了一跳，因为她看到妈妈的脸上也开始出现那种奇怪的虫子。

家里的每个人似乎都变得越来越古怪，过去偶尔发生的尖刻争吵不再发生，取而代之的是沉闷的寂静。谁也不愿意跟别人讲话，每个房间的门都换上了新锁。

不再有人在客厅里看电视或者吃饭，每个人只愿意待在自己的房间里。姑姑甚至买回来一只痰盂，从那天起连生理需求都在房内解决，这让陈涵总是有意无意地觉得屋内飘荡着一股骚臭味。伯娘也不再跟陈涵的妈妈争抢厨房做饭，她跟伯父每天点外卖，拿了外卖就躲到自己房里吃。

陈涵一开始不知道他们这是在提防什么，直到有一天她经过伯父的房门前，听到里面断断续续的说话声。

“小心点儿……他们会下毒的。”“杀了我们，他们就能多分钱……”“对，所以他们想我们死……”“不如我们先动手吧……”

那说话声音叽叽咕咕的，一开始听起来甚至根本不像人类在说话，更像是不知打哪里来的恶鬼在商讨着如何吃人，听得陈涵心里发毛。

这时，门突然打开了一道缝隙，陈涵看到门缝里露出两张黑漆漆的脸，脸上爬满了虫子。她吓坏了，赶紧跑回自己的房间，跟自己说刚刚不过是看错了而已。

不仅是妈妈，伯父伯娘身上都出现了虫子，陈涵怀疑自己的眼睛出了问题，可是在学校里、在路上，每个人看起来却又那么的正常。只是最近几天只要走进屋里，她耳边总会涌起那如潮水涨起般昆虫爬动的声音。

嘎啦嘎啦嘎啦，嘎啦嘎啦嘎啦……

每当听到这种声音，陈涵便觉得浑身发痒，她总是下意识低头看自己露在衣服外的皮肤，生怕那些虫子爬到自己身上。她把这件事告诉妈妈，妈妈却不以为然，最后被陈涵缠得不耐烦，才敷衍地买回来了杀虫剂。

陈涵在屋子的每一个角落都喷上杀虫剂，屋内充斥着杀虫剂刺鼻的味道，可她仍然感到不安心。姑姑突然冲了过来，一巴掌打在陈涵脸上，怒骂：“你是想毒死我们所有人吗？！”

陈涵脸上火辣辣的痛，完全被打蒙了，呆呆地看着姑姑，她浑身都是漆黑的，因为她身上爬满了带着硬壳的虫子，它们如同一片巨大的阴影，将姑姑完全裹了起来。就在陈涵吓得呆住、动弹不得之际，姑姑突然抢过陈涵手上的杀虫剂，二话不说就对着她喷了起来。

“啊！”陈涵发出痛苦的叫声，杀虫剂喷进了她眼睛里，眼球立刻像被灼烧般痛了起来，应激性的眼泪涌了出来，她眼前一片模糊。

妈妈听见陈涵的惨叫冲了进来，一把推开了姑姑。陈涵感动地以为妈妈来救她了，却不料妈妈撞开姑姑之后，并没有过来帮助自己，而是翻过身骑在姑姑身上，伸出双手掐住了她的脖颈。

“去死！去死！去死吧！你这丑八怪！”妈妈疯了般大叫，身上有无数黑色的虫子在游走。

而就在门外，伯父与伯娘探头探脑地看着，他们发出嗤嗤的怪笑，一脸欢喜地看着这一切，对陈涵的痛苦视若无睹。

“弄死了好。”“弄死了好啊……”伯父和伯娘窃窃私语。

“啊……啊！”陈涵觉得这个家的人全都疯了！疯了！她突然觉得手背上麻麻痒痒的，低头一看，被泪水模糊的视野中，她看到地板上、墙壁上、天花板上……大片大片都是密密麻麻的虫子。

“不……不要！”陈涵痛苦地大叫，“救救我！谁来……”

一只手把她从地上扶了起来，另一只手温柔地抚上她刺痛的眼睛，痛楚顿时减轻了，身上被虫子爬过的那种难受发痒的感觉也消失了。虽然她看不见任何东西，但她能感觉到满屋的虫子再次如同潮水般退去。

“我没想过会这样的。”是夏琲的声音，声音里微微颤抖，既痛苦又悲伤，“我就知道会变成这样，才想让他们赶紧离开……为什么会变成这样？”

“你被骗了。”一个陈涵从未听过的男声响起，像拨动了古琴琴弦般清雅，是那双手的主人，“有病的是这栋房子。这么说也不准确，这屋子就像五倍子生长的肤木。你知道五倍子吗？这东西又叫百虫仓，顾名思义，就是以大量小虫凝聚而成的东西。肤木生于丛林，五六月时，有蚂蚁大的小虫食其汁，然后在肤木上繁衍，结成小球，能长得如拳头大。壳坚脆，中空虚，盈满小虫，就好似现在这栋屋子。”

夏琲在抽泣，哽咽的声音中似乎听见她问“为什么”。

“人心就好比肤木之汁液，贪嗔痴、爱恨悲，总归不过‘欲望’。你的儿女从小渴望被你所爱却不得，滋生渴求母爱的‘欲望’，你却偏偏无法对他们坦诚付出，是一祸。到了后来，你又对收留的孤苦女孩儿百般怜爱，你的儿女内心不甘、委屈，终于酝酿成恨。‘妄虫’闻风而来，栖息于此。”男子娓娓道来，好像过去数十年他都看得一清二楚。

“我知道，都是我的错……”夏琲悲声说道，“我不是不爱他们，我只是、只是……”

男子叹息一声：“世上有百种千种父母，像你这样爱却无法表达，也正是其中一种吧。”他顿了顿，对夏琲说，“你阳寿已尽，强行用朱心果与这具身体的主人交换续命，就为了提醒你的儿女，但你能做的也到此为止，安息吧。”

他说话的时候，陈涵的眼睛已经恢复了。那双一直遮住她双目的手松开，她睁开眼，看见夏琲靠着墙壁倒在地上，妈妈、姑姑和伯父伯娘都倒在地上，他们的外貌已经恢复了，四周似乎再也看不见那些虫子。

陈涵松了口气，却听见男子仿佛洞察了她的内心般说道：“那些虫名为‘妄虫’，会啃食人心和理智，令人疯狂，所以住在这里的人才会变得越来越疯狂、偏激、失去控制。现在它们只不过暂时退回墙里，过不了多久还会再出来的。”

陈涵这时才发现男子穿着一身奇怪的古装，更古怪的是他还背了一个巨大的箱子，周身飘荡着淡淡的药味。

“你是谁？”陈涵小心地问。

“我是个卖药人。我这里什么药都有，只要你想买，我就卖。”男子回答，却又说道，“我暂时用药粉驱散了‘妄虫’，但若是想彻底消灭它们，只能把这屋子烧了，或者拆掉之后，让烈日暴晒。”

他先一步回答了陈涵的疑问，她愣了愣，转而问了另一个问题：“那个……夏琲，其实不是夏琲吧？我听到你们刚才说的话了。”

“嗯。”卖药人点点头，“去见她最后一面吧。”

陈涵走进奶奶的房间，发现她床边坐了个不认识的少年，同样一身古色古香的衣袍，他正凝神给床上那具枯老的身体施针。床上的老人幽幽醒来，睁开浑浊的双眼，手伸向半空。陈涵上前握住奶奶的手，这手已经毫无温度。

“我不是……不爱他们，那个年代太苦、太苦了，我不希望把他们溺爱成软弱的孩子，所以总对他们很冷淡。后来、后来我看到夏琲，那孩子太苦了……我便忍不住把她看成是我的孩子们还小的时候，忍不住想要照顾她，对她好。”老人哽咽着说，“太晚了，可是太晚了……”

“奶奶，”陈涵叫了一声，“你确实错了。你说我软弱，其实我一点儿都不软弱。我知道，我爸是贪污了公款被查出来然后自杀的，妈妈卖了屋子还债，所以才带我住到这里。我还知道堂哥在外面做生意被人骗了，不但没挣钱还欠了债，现在不敢回家，伯父和伯娘想拿卖了这房子的钱替堂哥还债。我还知道姑姑的女儿、我的堂姐计划出国留学，姑姑想给自己的女儿多少留一点儿钱……”

老人的眼睛亮了一下，但很快又黯淡下来，她喃喃说着：“这样啊，是这样啊……”

大人喜欢对小孩子说“我们是有苦衷的，你还不懂”，但其实孩子往往比他们以为的懂得多。

“我都知道，只是我什么都不说。”陈涵说，“因为说了只会让人生气或者难过，所以我假装什么都不知道。这样就好了吗？其实我也不知道，可这就是我选择的生活方式。就跟奶奶你一样，人总不能永远只做正确的事。”

或许，她才是最像奶奶的那一个。

床上的老人久久不语，突然，她笑了，握了握孙女的手，说："其实，那还是我第一次穿高跟鞋呢，老早就想试试了。哎，可难走路了。"奶奶笑眯眯的，这是陈涵第一次看到她笑，"就只告诉你了，你……是个好孩子。"说完，奶奶闭上了眼睛，走了。

陈涵觉得仿佛从奶奶手上接过了什么，她决定了，往后的事情、这栋屋子的事情，她不会再袖手旁观。

一旁的卖药人看着慢慢收起银针的少年，轻声问："师兄，你问到那个把朱心果给她们服下的人的消息了吗？"

秋茴说："她说是个少年，自称'冬蜜'的少年。"

第四章

向生根

肉苁蓉：也称肉松容、黑司命。传说马匹多的地方此物也多，生时像肉，与羊肉一起做羹汤，风味极佳，效用亦极佳。味甘，性微温，无毒，治五劳七伤，补益劳伤。

XIANG SHENG GEN

1

即将从医学院毕业的时候，李禹秋被分配到所在大学的附属医院实习，现在才过了半年，已经有了疲惫不堪的感觉。每天都跟在教授医生屁股后巡房，他一个水灵灵的娃娃脸混在里面，像个偷溜出来玩的小孩子似的。

李禹秋性格内向，特别好说话，有时候病人不敢找主治医生的麻烦，便逮着他这个实习生劈头盖脸一通骂。值夜班也多半是他这种实习生的活儿，这半年多来，他几乎天天都是在医院休息室里过的夜，一天下来睡眠时间没几个小时，比上学的时候累多了。

他觉得这日子简直不是人过的，逐渐产生了自己并不适合当医生的想法。

实在是太累了，有这些时间、这份学历，干点儿什么不好呢？李禹秋还在医学院那几年便经常听闻实习期间大批大批的实习生选择放弃，宁愿去制药公司或者医药器材之类专业相关的公司当个上班族。

但那时他年轻，心高气傲，认定了自己绝不会像那些人一样临阵逃脱。

现在想起来他也吃惊自己会有那种想法,大概是受到那个比他高两届的学长的影响吧，所以内向懦弱如他也渴望成为那种站在巅峰闪闪发亮的人。

高止境，这位学长光是名字便能让人感受到势在必得的魄力。李禹秋刚进医学院时，高止境就已经是学校的风云人物——他们所在的医学院可是全国顶尖水平的，随便捉一个都是精英，而高止境是当之无愧的精英中的精英。

解剖课上，高止境永远是完成得最快最好的一个；他参加各种竞赛并且总能获奖；他代表学校到国外用流利的外语发表演讲和交流；他的毕业论文刊登在国内最知名的杂志上，还被外国权威杂志翻译成英文……

李禹秋见过他练习时的手法，又快又稳，缝合时那双手的动作就像钢琴家跃动的指尖。那是宛如奇迹的一幕，一瞬间让李禹秋这个愣头小伙子也有了心跳加速的感觉。

这是出自对天才和强者的敬仰和赞叹，像小粉丝崇拜大明星，像凡人膜拜神明。当时在学校里，男男女女都为这么一个人倾倒。高止境担任学生会会长的那段时间，是学生会发展最蓬勃的时期，高止境既有领导能力又极具亲和力，每个人都想加入学生会，都想跟在高止境身边学习。

李禹秋也是其中一分子。那是他人生中最努力的一段时光，全因为傻傻地觉得好像只要更加接近这个人，就能从他身上分得一点点的光环，好让自己也能成为那么闪闪发亮、无所不能的人。

可幻觉终究是幻觉，凡人与天才之间的差距实在太大，光从高止境毕业后学生会号召力一落千丈这一点就能看出来。李禹秋待着也觉得没劲。

现在，繁重劳碌的工作和烦躁的现实让他更清醒了一些，大晚上冷冷清清的值班室里，惨白的灯光照得人脸色发青，跟病床上那些重症病人好像也没有太大差别。他只能睡在狭小的沙发上，口袋里是随时会响起的呼叫器，茶几上放着吃完的泡面，汤已经凉了，一层油浮在上面，看着有点儿恶心。

不知道高止境会不会也有过这样的经历？

李禹秋突然想到，其实有很长一段时间他都没有想起这位学长了。高止境刚毕业那会儿就被好几家大医院抢着要，最后去了哪家似乎都有说法，过了一段时间又听说他去国外进修了，又过了段时间才渐渐不再有这些传言。李禹秋自己也忙得晕头转向，自然也没有闲暇关心太多。

但高止境过得很好很出色这一点，在他心里是毋庸置疑的。那可是天才啊，天才怎么可能跟凡人一般碌碌无为呢？

李禹秋才在沙发上躺下，一个夜班小护士急急忙忙跑了进来，说外面有人要见他，就在医院外面的停车场等着。李禹秋纳闷极了，如果是急诊，那呼叫器早该响了，熟悉一些的更是知道他的手机号码，偏偏现在是个小护士来喊他，感觉并不是什么要紧的事。医护人员现在也是个高危职业，大晚上的去停车场他自己心里都没底。

正当他想找个借口回绝，小护士又说："那人说他叫高止境，说李医生你一听就知道了。"

李禹秋愣住了，或许是他的表情让小护士误以为他没听清，便又重复了一遍："那人叫高止境，医生你认识他吗？要不要叫保安来一下？”

“不用不用。”李禹秋这才回神，一下子从沙发上蹦起来，“是我的学长，我去见他一下。哎，就在停车场那里，是吧？”

跟小护士确认完，他就急急忙忙出去了。隔了这么些年再听到这个名字，让他有种时间倒流的错觉，好像又回到刚进医学院时那段意气风发的日子。

停车场在医院南门外，一般是提供给外部人员使用的，现在大半夜的也没几辆车。整个停车场空空荡荡的，深夜的寒风一阵一阵，哪怕穿了好几层衣服他仍觉得骨头里发冷。

路灯下停了一辆破旧的面包车，白色的车身脏兮兮的，因为车头灯亮着，能看见保险杠上沾了些深褐色的污垢，似乎是从泥路上开来的。

李禹秋一开始不太确定这是高止境的车，在他的想象中，这位杰出的学长开的肯定是昂贵的外国车。

可是停车场里就那么几辆车，且只有这辆面包车的引擎还在运转。面包车上的人看到李禹秋，主动推开车门走下来。李禹秋想过很多再次与自己打从心底仰慕的学长重逢的场面，只是怎么都没想过会是这种场景。

从那辆面包车上下来的人活像个流浪汉。

李禹秋记忆中的高止境是很帅气的，身姿挺拔，四肢修长，不管走到哪里都像个明星似的，真真担得起“才貌双全”四个字。可现在出现在李禹秋面前的男人不但比记忆中瘦了两圈，还顶着一头乱发，嘴唇和下巴上有一圈不知几天没刮的胡子，穿着一件松垮垮的深绿色棉外套，脏得像是随便从路边捡来的。

李禹秋迟疑了好一会儿，还是从那双透着傲气的眼睛认出了对方。

“高学长？你……”他试探着问，却连最简单的问候都说不出口。这样的见面太尴尬了，他从没想过数年后再见时，对方居然是这么一副落魄潦倒的样子。

“客套话就不必了。”高止境摆摆手，李禹秋的反应在他看来完全是预料之中，他扯了扯嘴角，这应该是一个久别重逢的笑容，看起来却有些扭曲。

“来帮我一个忙吧。”高止境也很直接。李禹秋觉得他这样实在太过不客气，语气好像是命令一般。其实高止境过去也是这样的，但那时没有任何人会拒绝闪亮夺目的天才，只会觉得这是领导者该有的风范，现在他落魄又狼狈，语气仍一如当年。

李禹秋过去是个爽快答应学长所有请求的小学弟，虽然学长如今的变化让他始料不及，但他还是温顺地问：“是什么事？”

“救人。”高止境示意他跟自己走到面包车后，打开后备厢，面包车是改装过的，后面的座椅全部被清空。李禹秋正觉得奇怪，仔细一看，发现里面被改装成了救护车的模样，中间放着一张移动担架床，上面躺着个人，或者说，躺着一具血肉模糊的躯体。

若不是旁边连接着一台老式心跳检测仪，上面显示心脏还在微弱跳动，李禹秋会以为那真的只是一具尸体。

李禹秋深吸一口气，立马拿出自己的呼叫器准备跟急诊室联系，却被高止境从身后按住肩膀。李禹秋睁大眼看着这位学长，满脸不解。高止境说："现在只有我能救他，我需要你来当我的助手。"

李禹秋呆住了。

2

李禹秋觉得学长有点儿不正常，他还在值班呢，这个人突然冒出来就要拉上他去做手术？

其实现在让他去给学长当助手做手术也不是不可以，他今晚的值班时间本来就快结束了。可是最重要的手术室呢？高止境去哪里找个手术室来？正规医院的手术室可不是你想用就能用的，医院里每个手术室的使用时间都是分配好了的，而且消毒之类的工作也得提前做好准备啊。

"手术室的事你就不用担心了，我能准备好。"高止境看穿了李禹秋的想法，"重点是你，我需要你来帮忙，不然我一个人做不了这么大的手术。"

"可、可是……消毒……"李禹秋脑子一团乱。

高止境猛喝一声："快决定！他快死了！你要看着他死吗？"

李禹秋下意识吓得一抖，结结巴巴地说："我、我可以带他去急诊室……"

高止境冷笑起来，他指了指担架床上的人，说："你去看看这个人成什么样子了，告诉你吧，只有让我立刻动手术才能救得了他。"

李禹秋对自己的职业还是很有责任感的，闻言立刻上车查看。才看一眼，他便知道这个人的情况有多严重。担架床上是个三四十岁的男子，因为满脸满身是血也说不准到底是什么样貌，身型偏瘦，他的身体凹进去一部分，下半身几乎看不出完好的形状，骨头与血肉全都翻露出来。虽然高止境应该给他做过了简单的应急措施，戴了一个简陋的氧气面罩，但情况不容乐观。

"学长！这个人快不行了，必须立刻抢救！"李禹秋着急地说，他反射性地摸口袋，想拿医用电筒检查伤者情况，却想起自己出来时什么都没带。

眼前重伤的男人已经快要失去意识，嘴里含含糊糊地叫着"好痛，痛"。

“抢救又能帮到他什么？”高止境发出冰冷的质问，“送进急诊室你们只会给他做截肢。他是从农村出来打工的，没了脚，什么力气活都干不成，别说打工了，回乡下去也是个废人，还不如让他就这么死了。”

“可是他神经都已经坏死了，再厉害的外科医生也没有其他办法啊！”李禹秋急得已经要自己动手把担架床推下去了，这种担架床平时从急救车上推下来时得好几个人一起，现在只有他一个人，当然是十分吃力。

高止境伸出手，却是把担架床往反方向推回去。

李禹秋这一刻真的觉得高止境疯了。不等他开口，高止境先说道：“禹秋，你相信我，我有办法让这个伤者不用截肢也能活下来，他康复之后还能跟正常人一样活蹦乱跳。”

“开什么玩笑！”李禹秋脱口而出，全然忘了面前的人是自己崇拜多年的学长。

“我没有开玩笑，禹秋，我是对你有信心才特意来找你的。”高止境深深地看着他，“当年在学生会我就留意你了，你有能力也足够努力，只是缺少经验和机会。我掌握的绝对是前所未有的全新技术，我现在愿意与你分享，你可以相信我的！”

高止境的手重重地按在他肩膀上，李禹秋没想到这么多年过去，高止境还记得他！得到了一直仰慕的人对自己的认同，他一下子心跳加速，情绪莫名高涨起来。

“现在只有神能给这个人奇迹，而我就是那个神！你难道不想知道我会怎么做吗？”

李禹秋所知道的能让这名伤者保住性命的办法只有截肢，同时他也很清楚截肢对一个靠干力气活挣钱的人意味着什么。救死扶伤是医者最大的义务和责任，而作为一个医学生，或许更打动他的是高止境透露出来的、他拥有的堪称“神迹”的技术。

李禹秋咽了咽唾沫，慎重地问：“学长，你真的做得到？”

高止境没有回答，但他的目光仿佛在宣告他就是无所不能的，甚至能把生死操纵在他的手里。这个瞬间，高止境不再是外表看起来那般的落魄狼狈，他还是当年的高止境，医学院的天才新星，一个能开拓全新未来的天选之子。

看到李禹秋终于点头答应，高止境露出满意的表情。他关上后车厢，回到驾驶座上，把面包车掉了个头，驶出医院停车场。

路上，李禹秋打电话跟同事说了声自己有事先走，然后担忧地看着担架床上的伤者。上了车后，他才发现面包车后座的窗户从内侧贴上了黑色塑料膜，根本看不见外面的路。李禹秋不知道高止境要把车开去哪里，他问道：“学长，还要多久？这个人的伤势太严重了，再拖下去怕是不行啊……”

“马上就到了。”高止境一边回答，一边像是回应李禹秋心中的疑惑，“我给他用了点儿药，他的生命体征还能坚持一会儿。”

李禹秋不好意思继续追问，打量起车子的内部。这辆外表破旧的面包车里，相应的急救工具一样不少，座椅下还放有几个药箱，李禹秋猜想里面应该放着应急药物和针管之类的医用器材。

仔细一想，像这么严重的伤势一般情况下哪怕当场死亡也不奇怪，可这个伤者还吊着一口气，靠着那么简单的急救措施能坚持这么久，这已经是一件十分不可思议的事。

可是这类型的药品都是被严格管制的，特别是止痛镇静类药物，就连医院使用也有严格的程序要求，一般人更是无法轻易得到。如果这些药箱里装着的真的是他猜想的那类型药品，高止境无疑已经违法了。

“到了。”就在这时，高止境停下车子，率先下了车。

李禹秋还没反应过来，后备厢再次被打开，面包车已经开进了一个阴暗狭小的车库，他闻到一股潮湿的气味，像是为了掩饰什么而用大量清水刷洗过后留下的味道。

这次在两人的协力下，担架床被推下了面包车，检测仪突然发出刺耳的哔哔声，李禹秋看了眼检测仪，大叫：“不好，室颤了！”

高止境也不说话，走在前头拉着担架床引路。车库里面有一扇铝合金的门，推门进去，是一个用消毒塑料膜搭起来的简易手术室。李禹秋还在因为这个“手术室”的简陋程度目瞪口呆，高止境朝他扔来一件手术服。

接下来他所做的一切都完全不符合外科手术前的准备规则，匆匆地洗手、换上手术服、戴上手套和口罩——都只有他独自完成，这是在正规医院里想都不能想象的事情。

高止境看着他慌乱无措的模样，安慰地说：“从来没在这种环境做过手术吧？你不用担心，我在这儿做过不少手术了。再说了，战地医院的条件比这儿还要差，不一样也是救人的地方？”

李禹秋一听，深感学长果然还是了不起，看高止境这副饱经沧桑的模样，难不成之前是跑去战火纷飞的地方做志愿者军医了？那可真是了不起啊……

高止境这时已经拿起了手术刀。这个简陋的手术室里，手术工具倒是一应俱全。在高止境的示意下，李禹秋作为助手，从一旁的冰柜里拿出血袋。需要什么血型也是高止境告诉他的，李禹秋想可能是伤者还清醒的时候跟学长说的吧。

同时，李禹秋努力让自己不要去深究这些血袋是从哪里来的，因为这明显不是从正规血库取来的血袋包装。此时，手术已经开始，高止境的技术依旧令李禹秋叹为观止，打结的手法如此精妙，他打从心底觉得宛如欣赏了一场崇高的艺术表演。

没有护士和其他助手，只有他们两个人缝补这具破损的身体，好几次的心脏骤停都被他们从死亡的边缘拉了回来。不清楚过去了多少小时，最艰难的部分终于到来——神经坏死。

断裂的骨头可以再生，破损的内脏可以缝补，撕裂的血管如今也可以用人造血管代替，唯独坏死的神经仍是临床医学无法跨越的难关。李禹秋读过不少专业论文，人造神经一直在研发中，却从未真正应用于临床。

人的感觉、感知均通过神经传递，气味、温度、触感……人类所能感知到的一切都源于神经，一旦它们坏死，那就是最坏的情况。就像眼前这名伤者，他与学长辛辛苦苦替他修复了躯干，但他的一只手和双腿损坏实在过于严重，特别是双脚，几乎是从腿根被齐齐碾断。通过刚才的手术，李禹秋可以肯定这是车祸造成的。

"学长？"束手无策的李禹秋发出疑问，抬头便看见高止境停下了手里的动作。

然而这不是代表"结束"的停止，更像是一个指挥家在乐章即将进入最隆重章节前的短暂屏息。他把双手举在胸前，李禹秋从他眼里看到了狂热和兴奋。

高止境用染血的手套从角落的柜子底下取出某个东西，李禹秋已经不想追究这种行为是否符合规定，因为他完全被那个东西吸引住了。

那是一个大号的带具塞玻璃量筒，不过它现在仅仅只是作为一个容器。放在里面的是一截树根模样的东西，树根上长出了细且长的须根，像发丝，不，或许比发丝还要细，它们飘荡在保存液里，像什么不知名的古怪虫子。

李禹秋完全不明白这到底是什么，为什么高止境要把它拿出来。

高止境拔起具塞，用工具把那节树根夹出来，剪下一点儿须根，放进另一个培养皿里。李禹秋看着他把须根放在手术台旁，用镊子小心翼翼地夹起一根，舔了舔干燥的嘴唇，说道："呵呵，看好了。"

细细的植物须根被放进最为血肉模糊的一块烂肉里，在手术用高倍放大镜下，须根被放进坏死的神经之间。这些须根非常非常的纤细、脆弱，仿佛一碰就断，就跟神经一般……对！就跟神经一般！

在放进去的一瞬间，纤细的须根与神经连接在了一起！它是活的！坏死部分的神经被取代，这细细的须根仿佛为即将衰败的血肉注入了力量，僵死的肌肉有了反应！这一刻，绝对不可能发生的奇迹发生了！

李禹秋目睹了这一幕，他感到不可思议。已经没有言语可以形容他此刻的震惊，他甚至连表情也呆滞了，一动不动地消化着这个巨大的冲击，直到高止境叫他的名字。

"别愣着了，赶紧进行下一步。"

"好、好的！"李禹秋大声回应。

一台紧急手术，一项未经发表的新技术，一次医学界的奇迹……、高止境，果然是天才啊！

3

医院里的人都感觉到李禹秋似乎有了点儿不一样。

之前大家对他的评价就是没有评价，医学院里的教授或者实习医院里的主任说起李禹秋都是“这孩子挺努力的”便结束了，对他也没有特别的印象。在年纪相近的同学还有同事之间，他的存在感也很薄弱，大抵上就是知道有他这么一个人存在，但既说不上他有哪里好，也说不上有哪里不好。

但最近李禹秋居然让人有种耳目一新的感觉：跟着主任巡房时，他会提出有针对性的问题，不再只是巴巴地跟在后面；面对病人时，他强硬并且积极了许多，不再因为怕被病人投诉而唯唯诺诺的；休息时间也不再是懒洋洋的样子，经常看他拿着平板电脑看论文……

就在今天下午他值班时，一个病人突然情况恶化，需要立刻插喉管，当时主治医师走不开，比较熟练的住院医师也刚好都有事，几个同样是医学院来实习的年轻人中，居然是李禹秋第一个冲上前去顺利地插好了喉管，争取到了宝贵的抢救时间。

不过与此同时，李禹秋对自己的下班时间也变得十分在意。之前大家代班换班都喜欢找他，因为李禹秋最好说话，但这段时间他不再答应临时的换班，除了医院里有什么突发情况不得不延长上班时间之外，一旦到了该下班的时间，他总是走得飞快。

是不是交女朋友了？所有人都这么猜测，可李禹秋那一副埋头工作拼命学习的模样，丝毫没有谈恋爱的年轻人该有的粉红气氛。

李禹秋下班之后去见的都是高止境。自那台深夜的神秘手术后，他无法抑制自己的好奇心，内心涌起了一股前所未有的渴望。

那台手术持续时间很长，因为必须把神经一根一根接驳成功，况且那块树根上的须根比发丝还细。手术到最后时，李禹秋两眼昏花，高倍手术镜一摘，几乎站都站不稳了。经历如此大强度的手术，高止境虽然也十分疲惫，但他原本气色就很糟，因此意外的看起来比李禹秋还要精神。

“伤者暂时留在我这里进行观察，今晚太感激你的帮忙了，禹秋。”

被崇拜的学长亲切地叫了名字，还被学长道谢，李禹秋一下子激动得不知如何是好，脑袋晕晕的脱口就问：“学长，我之后可以过来看看伤者的康复情况吗？”

高止境脸色微变，他看着自己的双手，似乎在思索什么，慢吞吞地说：“这个……我想你也看出来了，我这儿不是什么合法的地方，我是绝对不能让你知道地址的。”

李禹秋一下像被泼了盆冷水，十分失落。这时，高止境走到他身边，戴着沾满了鲜血的手术塑胶手套的手上，把玩着冰冷锋利的手术刀。

“不过，也不是不行。”高止境突然说，“但你要保证，完全按我的话去做，不许告诉任何人，不许问多余的问题，绝对不要多管闲事。”

李禹秋拼命点头，他可没想太多，只想与厉害的学长一起共事学习，顺便还想继续研究一下那块神奇的树根。

李禹秋要过去之前，高止境会告诉他在医院附近哪个位置碰头，然后开着那辆从内侧看不见外面的车子来接他。面包车按照急救车的标准改装过，前后座做了隔断，所以无法透过前面的挡风玻璃看到经过了什么地方，每次下车的时候便已经开进了那个昏暗的小车库。

车库与简陋“手术室”连在一起，开进车库之前有一段下坡的路，李禹秋觉得这个地方应该在类似地下室的地方。有一台电梯可以往上，按键从“B1”到“3”，李禹秋觉得这应该是一栋楼，连同地下室在内一共四层。

据高止境说，一楼用来存放东西，安置伤者的地方在二楼，有三个被改造为病房的房间。让李禹秋感到不舒服的是，房间的门都弄得跟精神病院似的，厚重的铁门上只有一扇小窗，每次进去前，高止境都要先打开小窗看看里面的情况。

所有的窗户都做了与面包车后座车窗一样的处理，从里面是看不到外面的，通风全靠一台小小的换气扇，只有微弱的光线会从换气扇和窗户的缝隙射进来。每个病房也没有比地下室好多少，总是昏昏沉沉的。

李禹秋一直觉得这不太利于伤者恢复，可在高止境面前，他还是很识趣地保持了沉默。而三楼高止境从未带他去过，所以他不知道那里是怎样的。

高止境让他过来，多数情况是让他协助做手术。高止境的手术对象不少都带着难以言喻的伤口，刀伤是平常事，甚至还有带着枪伤来的。这些伤把李禹秋吓得够呛，但他谨记高止境的话，一次都没有开口问过。

很明显，高止境开了一家黑诊所，收取巨额费用给一些黑道、黑户、不愿表露身份的危险分子做手术。他跟黑市也有来往，那辆改装过的面包车以及各种药物、医疗器械都是通过这些非法渠道得来的。

可对于李禹秋来说，能跟在天才的身边学习才是最重要的，医学院的教授也好，实习医院里的主任医师也好，跟高止境是无法比较的！

最近几次结束手术后，两人喝着啤酒休息，高止境或许是放松下来了，也会跟李禹秋谈起他这几年的境遇。

高止境确实是出了国，只是没有李禹秋所想的那么顺风顺水。说这话时，高止境有些醉了，眼睛都眯起来，话也有些含糊："禹秋啊，这世界上有很多人……自己办不到的事情……巴不得你也办不到。我不愿意像那些人那么无能，我想创造奇迹啊！"

李禹秋觉得他眼里仿佛泛着泪光，想来国内国外都是一样的竞争激烈，有的人不想着自己该怎么进步，只一心想着要把比自己优秀的人拉下来。这样的事他也听闻不少，看来高止境经历过这种残酷的斗争，却不愿与那些人同流合污，才会落魄至此。

那么为了生存而开办黑诊所好像也情有可原，况且现在学长是真心对他好。他最近一直医院和黑诊所两头跑，还得兼顾学校的事情，哪怕他还年轻，也有力不从心的时候。高止境留意到他精神不振，还特意给他做饭吃，甚至体贴地炖汤或者熬粥，都是容易消化的食物。

"多吃点儿，我放了肉苁蓉，对身体很好的。"高止境这么说道，还给他多舀了汤。

最近天气冷，高止境特意选用了温补的羊肉，特别是李禹秋下夜班再过来的日子，一碗羊肉热汤总是必不可少。喝了鲜美的羊肉羹汤，李禹秋总觉得自己一下就打起精神来，不知疲倦似的。

跟着高止境又做了几台手术，李禹秋已经很熟悉那个又脏又简陋的塑料棚手术室了。但这段时间，高止境没有再拿出过那块奇妙的树根。

有一次李禹秋趁高止境不注意，打开上次存放那块树根的柜子，发现里面空无一物。他刚把柜子关上，就发现高止境不知什么时候站到了他身后，一声不吭地看着他。李禹秋吓了一跳，急中生智地把袖口上的纽扣拽下来扔地上，解释道："我、我纽扣掉了。"

高止境看他一眼，突然露出笑容来，说："上次那个伤者恢复意识了，去看看吗？"

"当然！"李禹秋立刻回应。虽然那次手术很成功，但伤者一直没有醒来，他还想知道接驳起来的神经恢复得如何呢。

到了二楼的病房，李禹秋看到伤者正坐在床上发呆，他走进去时伤者也没有任何反应。这种情况李禹秋在医院里也见过不少，毕竟是经历了一场生死博弈，精神恍惚是很正常的。他一边温柔地说着话，一边让伤者把脚露出来。

奇迹！李禹秋心里只有这么一句话，这种程度的伤势本该没这么快能拆掉石膏的，但这名伤者的双腿看起来已经没有大碍了。除了缝合的伤疤和受伤导致的双腿外观有些扭曲之外，肌肉完全没有坏死的情况，轻轻按下去能感觉到肌肉回弹的力度。

"先生，能下来走动吗？"李禹秋问。

伤者一动不动，不管李禹秋怎么问都没有反应。李禹秋去看伤者的眼睛，他的瞳孔有些扩大，眼中似乎没有任何神采，不过不影响什么。

李禹秋看了下检测仪上的数据，身体方面没有大碍，难道是肉体上的严重创伤导致精神不正常吗？就在他凑近想再看清楚一些时，伤者突然急促地喘气，断断续续地说："车、车……不、不要……车……"

果然是车祸吧，李禹秋如此想着，退开了一点儿。就在这时，他留意到伤者胸前鼓起了一块，正当他准备解开伤者的衣服看清楚一点儿时，一直站在门边没有走进来的高止境突然说："要不再让他休息一段时间吧。"

李禹秋只好听话地退出房间，说不上为什么，他就是突然非常的不安。

"李医生？李医生？李医生！"小护士晃了晃李禹秋的肩膀，他这才惊醒过来，狼狈地发现自己在会议室睡着了，他还记得睡着前在开会来着。

"主任说等你睡醒了到办公室去找他。"小护士小心地说了句，觉得李禹秋开会时睡着肯定要挨骂了。

就连李禹秋自己也是这么想的。在医院实习之余还去高止境那边当助手的日子持续有一段时间了，李禹秋也知道自己这样是在透支精力，可是能跟随那么出色的人学习是极为难得的，过去在医院他连进手术室当助手的机会都很少，但最近就算在医院实习，几位外科主任也都乐意叫上他去手术室帮忙，同期的实习生中，他从最不起眼的一个成了最受瞩目和期待的一个。而这一切，都是因为高止境帮他锻炼了技术和心理，若不是遇上学长，他是绝对不会有这种程度的进步的。

但开会睡着实在是自己不对，李禹秋垂头丧气地来到外科主任的办公室。进去后，主任从病历中抬起头来看了他一眼，指了指一旁的椅子让他坐下。

"小李啊，年轻人身体强壮是好事，可你也要注意休息啊。"主任语重心长地开口，似乎没有责怪李禹秋的意思，"你最近照过镜子吗？知道自己什么样子吗？管理不好自己的健康，病人怎么信服你？"

李禹秋被主任突然转变的语气吓了一跳，他下意识摸了摸自己的脸，有点儿迷惑地说："我、我自己觉得还行啊……"

"哼。"主任冷哼一声，"得了，给你批两天假好好休息，下次开会不许睡着了。"

李禹秋连忙应"是"。主任叹了口气，表情温和了一些，他半是叹气，半是赞扬地说："最近很累吧？你也不容易，听说你吃饭的时间都在看论文，还参与了几台手术，几个医生都对你评价不错。以前你就是太不自信了，什么事都不敢尝试，现在呢，这方面是好多了，但自我管理又不行。"

"您说得对，我还有很多地方要学习。"李禹秋谦虚地回应。

“嗯。”主任颇为认同地点点头，“好，你这样就很好。医学博大精深，最忌骄横浮躁，你这样刚刚好。以前学校里有个你的前辈吧，样样都好，就是态度不行，太可惜了。”

李禹秋心里一动，突然想到一个名字，脱口便问：“您是说……高学长？”

主任脸上的表情一下变了，听到这个名字似乎令他不太愉快。若是以前，李禹秋早就闭上嘴了，但现在的他不一样了，而且他有种强烈的感觉，一定要跟主任问清楚学长的事。

“高学长不是很厉害吗？当时他在学校的时候我们低年级的都很崇拜他，不过他毕业后就没怎么听过他的消息了。”李禹秋小心翼翼地问，“不知道他现在怎么样了？”

“自信是好事，但自信过了头变成自负是绝对不可以的。”主任缓缓说道。因为是学校附属医院，所以主任直到现在偶尔还会回校园授课，因此他曾经也是高止境的老师。主任回忆着那名成绩和天赋都让他惊讶的学生，重重地叹了口气。

“他在国外进行了违反人道主义的实验，被发现后遣返回国，因为这件事，国内吊销了他的医师资格证，学校的声誉也受到一定影响。不过因为他是在国外犯的事，国内也没怎么报道。”

“可是我们从来没听说过！”李禹秋震惊地说，“这种事……学校里不管老师还是教授，从来都没提过！”

“我们讨论过了，高止境在你们学生心目中有一定地位，在你们心中他是个正面的形象，而你们以这样的他为目标奋斗也不能说是坏事，所以我们决定隐瞒下来。”主任顿了顿，说到这儿，他也是很遗憾的，“至于他现在怎么样了，我也不清楚……可犯了这么严重的错，他的导师和几位教授都联系过他，他却从来没有认错和道歉的意思，他觉得自己没有错。”

李禹秋一脸震惊，嗫嚅着问：“那学长他到底做了什么……”

主任沉下声来，说：“人体实验。”

4

李禹秋震惊地看着镜子里的人，镜子里这个瘦削、憔悴，脸色发黄而嘴唇发白，眼神黯淡无光的人是他？眼睛下两个巨大的黑眼圈让他感觉正在照镜子的不是一个人，而是一具行走的干尸。

这根本无需医生诊断，任何人一看就知道是过劳的样子，而他居然一直没有察觉！他从来不怎么在意自己的样子，最近忙得脚不沾地，早上刷牙洗脸时都是恍惚的，还真没好好留意自己的样子。

怎么会这样了自己还一点儿感觉都没有呢？李禹秋还没从这个打击中回过神来，他的手机便响了。

是高止境打来的，让他立刻过去一趟。电话里，他兴奋地说："禹秋，你不是很期待再使用那块树根吗？机会来了，有个伤者急需移植神经！"

李禹秋看了看镜子里面容枯槁的自己，很快做出了选择。

来到约好碰头的地点，李禹秋看到高止境那辆面包车已经停在路边，罕见的是，高止境并没有像往常那样坐在车里，而是下了车在等他。李禹秋刚走过去，高止境便往他怀里塞了个保温壶，热情又关切地说："羊肉汤，你还没吃饭吧？拿着在路上喝点儿吧，待会儿立刻要做手术，可不能饿着肚子啊。"

高止境笑容亲切，李禹秋却打了个寒战。他想着主任不久前说的话，加上确实休息不够，脑子昏昏沉沉的，也没多想，道谢后便拎着保温壶自觉坐到后座。

李禹秋心事重重地埋头喝汤，羊肉汤无比鲜美，滑进肚子里暖洋洋的。喝了几口，李禹秋觉得鼻腔一热，有什么流了出来，抬手一擦，才发现自己流鼻血了。他连忙仰头想止血，一股猛烈的失重感袭来，李禹秋突然倒下了。

晕厥过去后，李禹秋并没有完全失去意识，他迷迷糊糊的，有点儿像半梦半醒的状态。他感觉到车子停了下来，高止境来开门，看见晕倒的他，嘀嘀咕咕地说了什么，好像是"真好""省事了"……接下来他就什么都不知道了。

再次清醒过来时，李禹秋躺在一张床上。这是个昏暗的房间，只有角落的小换气扇嗡嗡作响。李禹秋对这里太熟悉了，立刻反应过来自己是在高止境的"病房"里，而且还是在之前移植过神经的那位伤者的房间。

"一定是看我晕过去了，所以让我在床上好好休息吧……哈哈。"李禹秋自言自语，为了掩饰什么似的笑起来，"一定是，一定是这样……得告诉学长我没事了，还要做手术呢……"

他下了床，把手放在门把上，却发现推不动。

打不开，他被关起来了。

这时，身后突然冒出来一个声音："你想出去吗？"

刚刚房间里明明没有其他人的！李禹秋猛然回头，一个没见过的少年站在他身后。平心而论，这确实是个漂亮的孩子，像温润的白玉般讨人喜欢，可李禹秋却喜欢不起来，因为少年是站在天花板上，把身子垂下来与他四目相对的。

李禹秋被吓得叫也叫不出来，怀疑自己陷入了幻觉，不然他怎么会被反锁在病房里？不然为什么一个穿着古装、束着长发的漂亮少年会用这么诡异的方式看着自己？

少年轻飘飘地从天花板上下来，像一只腾飞的白鹤。他笑起来甜甜的，说话嗓音也软软的，只是说出的内容令人不寒而栗："不是做梦哦。"

"你、你是谁？你为什么……在这里？"李禹秋结结巴巴地问。

"我叫冬蜜，我一直在这里啊。"少年回答，可李禹秋从来没在这栋楼里见过他。少年清澈的眼睛眨了眨，说："不过我平时都在上面。"他指了指上面，是李禹秋未曾去过的三楼。

自称冬蜜的少年看李禹秋呆呆的，好像觉得他挺有趣，主动靠近他，问："你想上去吗？之前在这里的人也去那里了哦。"

"诶？"李禹秋这下总算反应过来了，他想出去，也很想知道那名伤者怎么样了，但门上锁了，他怎么出去呢？还没等他问出口呢，那道铁门便"嘎吱"一声自己打开了。

李禹秋走了出去，电梯显示的数字是"B1"，高止境应该是在底层做手术前的准备，现在可是个一窥三楼的秘密的好机会。为了不让高止境察觉，李禹秋从楼梯走上去。三楼的门锁在冬蜜面前形同虚设。

这里的构造与二楼一模一样，却有点儿过于安静了。二楼其实也很安静，实际上这栋楼里一直都很安静，几乎没有除了他和高止境之外的其他声音。但这一层更为明显，空气里浸透了冰冷和寂静，这种感觉李禹秋并不陌生，因为就跟停放尸体的太平间一样。

李禹秋发现自己在发抖，为了寻求哪怕一点点的安心感，他回头寻找冬蜜的身影，却发现少年居然又不见了。李禹秋吓得腿一软，突然就站不稳了，再次涌起了强烈的眩晕感。他胡乱地扶住墙壁，却被那冰冷的触感吓了一跳，一看，原来他碰到的是离他最近的一道门。

厚重的铁门上有一扇小窗。李禹秋很难解释此刻自己内心的矛盾，理智疯狂地叫嚣着立刻离开这里，但心底又有一种更强烈的意愿，悄悄地在他大脑里反复游说：打开吧，打开吧，你不想知道里面是什么吗？天才高止境的秘密，都在里面了。

等他回过神时，他已经打开了门上用来窥视的小窗，往里看去——

"呃？"房间里所见的是他无法理解、也未曾见过的古怪画面，他看到了……树枝？干枯的树枝在房间里蛮横生长，但那要说是树枝也未免太细了。李禹秋为了看得更清楚，终于还是打开了那扇门。

李禹秋一步都不敢走进去，只是站在门边。躺在病床上的是之前那名伤者，但他已经不会动了，只是眼睛睁得大大的。李禹秋觉得他应该是死了，因为一株奇怪的植物从他胸口长了出来，就是被李禹秋以为是树枝的东西。但现在看来，过于纤细的枝条更像是植物发达的根系。

和李禹秋常识中的任何植物都不一样，这东西是逆着生长的，庞大细密的根系暴露在空气中，细细的须根扩张在整个房间里，看起来就像是长出了一棵枯树，而它的枝叶和果实则……长在那具尸体里。

“这是什么鬼！”李禹秋忍不住叫了起来。

“你这都认不出来吗？”高止境的声音在背后响起，带着浓浓的嘲讽和轻蔑。这时，电梯显示的数字早已不是代表地下室的“B1”,而是“2”。高止境到二楼发现李禹秋不见后，径直冲上了三楼。

他一把拎住李禹秋的衣服，将他狠狠地甩在墙上。李禹秋没有防备，被摔得眼两眼昏花，同时感觉到一种气味刺激的东西往他头上浇了下来。

汽油！李禹秋连连咳嗽，惊慌地大声质问：“学长，你、你干什么！”

“你一直晕着不醒不就好了吗？我给你打点儿麻醉剂，烧起来时你也不用那么痛苦。看在你替我免费打工了这么久的分上，我对你算是很好了吧？”高止境慢悠悠地说着，拿出一个打火机，“噗”，火苗蹿了出来。

“禹秋，今天要上手术台的就是你啊。给严重烧伤的伤者移植神经是否有望重塑皮肤，我对这一点很有兴趣。上一个实验体情况可不怎么乐观，你也看到了，就是这房间里面的。”高止境笑着比了比里面，“果然，神经也是分不同类别的，虽然接驳神经后肉体恢复了，但是传导的生物电流出错了吗？还是其他原因呢？目前每个实验体的下场都是这样。”

“这样……是、是……哪样？”李禹秋结结巴巴地问。

“变得半死不活的，然后从身体里长出这种玩意儿呗。”高止境一脸遗憾，显然只对自己实验的结果不满意，他把活生生的人称为“实验体”，丝毫没有怜悯之心。

“不过呢，你发现了吗？这就是用作神经接驳的树根啊！实验体虽然死了，却能循环反复地继续提供珍贵的实验材料，不是很棒吗！”高止境舔着嘴唇，眼里燃烧着疯狂而灼热的火焰，“禹秋，我要做的就是这个！只要能搞清楚这种植物的真相，我就能享誉世界！我是神啊！神！到那时候，就让那些看不起我、嫉妒我的家伙们跪下来向我道歉！”

李禹秋明白了，高止境打算把他烧成重伤然后再救治他，只为了在他身上试验那种须根！他想起那个被撞得血肉模糊的伤者，想起那天晚上高止境面包车上的点点污垢，还有那个人最后拼命想告诉他的那些话……恐怕那个人正是高止境为了满足自己人体实验的需求，而被故意撞成重伤的。

想起那个人的惨状，李禹秋不由得痛哭起来。

高止境一把扯过李禹秋，把打火机凑到他面前，虚伪地安抚着：“禹秋，没事的，我成功之后一定不会忘记你的，我会把你的名字好好地写在论文里，向全世界发表哦！”

高止境的“好”让人不寒而栗，包括那些汤羹。羊肉与肉苁蓉都是大补之物，他明知李禹秋过劳体虚，虚不受补，这么多大补之物灌下去虽然能让他在短时间内精力旺盛，但对身体有损无益，最终还是要倒下的。

高止境只想要榨干他，把他利用到不剩任何价值。李禹秋并非不知道肉苁蓉与羊肉同食的效果，他只是不肯、也不愿相信这个真相。

“放屁！”李禹秋此刻清醒过来，不知道哪里来的力气，也不管打火机就在距离浑身汽油的自己那么近的地方，他抱住高止境的腰，积攒了所有的力气和勇气把他往前一顶——此时此刻，他心里想的已经不是自己的生死，而是必须阻止高止境！

高止境没想到李禹秋居然有胆子反抗，当初他之所以选上李禹秋，就是记得这个学弟最没有主见、最容易摆布。高止境这么一闪神，打火机脱手飞出，他买的是便宜塑料打火机，火苗在半空中就熄灭了。

火没烧到李禹秋身上，李禹秋反而把高止境撞进了还敞开着门的病房里，他就这么撞进了那株奇怪植物的根系中。

“不——”高止境发出了凄厉的尖叫，他很清楚接下来会发生什么。

原本安安分分的须根突然发了狂般抓住了高止境，李禹秋目瞪口呆地看着高止境一边惨叫一边徒劳地挣扎，却最终一点点地凹陷下去，变得干瘪，那些须根把他吸得只剩下一层空荡荡的皮囊。之后它摆正了身姿，仿佛全然无害地在空气中伸展自己的根系。

“哎呀，长得可真好。”冬蜜又出现了，他从惊呆了的李禹秋身边走过去。李禹秋想提醒他小心一点儿，却发现那些恐怖的须根对他没有任何反应。

“这个叫向生根，生长情况很特殊，根部展露在外，就跟普通植物在泥土里吸取养分一样的道理，它的根部在外面探索一切活物，并将之当作养分吸收。”冬蜜认真地解释，“这些根都是活着的哦，哪怕把它们切断，它们依旧会遵循本能地依附有活力的东西，并吸取生命力。”

高止境正是利用了这个特性，想到把这些须根当作神经的代替物，但他不知道这些须根其实并不是把坏死的神经连接起来，它只是吞噬了神经和血肉，并在人体里生根成长。

“它只喜欢活物呢。”冬蜜说着，伸手握住了露在外面的向生根。

向生根对冬蜜的触碰毫无反应，因为他并不是“活着”的。

冬蜜掰下一截根部，递了过去：“这个只要保存在清水里就可以哦，我把最初那截根部给那个人时，他就很高兴地收下了哦。”他指的是高止境，又甜甜地问，“你想要吗？”

李禹秋惊恐不已地看着那块树根。确实，接过这块树根或许他就能成为下一个震惊医学界的天才，可高止境干瘪的皮囊还在眼前，这就是被野心和欲望吸干殆尽的下场。他仰慕的一直是那个他单方面塑造出来的完美无缺的高止境，可现在他知道没有人是完美的。

他不完美，高止境也不完美。

他已经没有必要追随那种假象了，李禹秋推开冬蜜的手，慢慢地从地上爬起来。他没有回头，他要走自己的路，再也不会回来了。

冬蜜也不介意，摘下那串果实。这些果实也长得相当倒胃口，遍布皱巴巴的纹路，乍一看像是人类痛苦扭曲的表情。

向生根向生而生，结的是代表死亡的果实。

“师父要的就是这种果实吧？真奇怪，明明蓬莱里也有啊，为什么非要在人身上种呢？”冬蜜不解地歪了歪脑袋，自言自语，“师父到底想用在哪里啊？”

这时，正在教室里上课的荣光不由自主地打了个寒战。

第五章

虎骨酒

虎骨：味辛，性微热，无毒，治邪恶气，杀鬼疰毒止惊悸。古人认为老虎属阴，风属阳，因此老虎的骨头能追风镇痛。现已禁止一切虎骨交易，不再以虎骨入药。

HU GU JIU

1

乌木长案上摆着文房四宝、青玉的镇纸、白玉的笔洗，还有几块趣怪湖石。仙鹤立姿的香薰炉里点着香，香气极淡，似有若无，恰好合了这室内一片静谧。

一支黑漆描金的毛笔被握在一只指节分明、五指修长却苍白的手里，笔头往砚台里轻点数下，墨色迅速染上笔头。那手执笔书写，墨水在轻薄纸面上晕开，横、竖、撇、点……写出的字犹如修竹，挺拔雅致。

写字的人全神贯注，他穿了一身玄色衣袍，外罩一件薄得像披着一层烟雾的大袖衫，一手捏着宽广衣袖，一手提着笔，正端详着刚写好的字。突然，有个什么东西冒冒失失冲了进来，是只红皮黑鬃的鬼吏，捧着一册书失声尖叫："冥君！冥君！不好啦！这、这、这生死册上的名字又、又消失啦！"

一个"又"字让执笔人皱起眉头，他挥手让鬼吏把生死册递上，只见被翻开的那一面纸页上，一个写好的名字正缓缓褪去墨色，留下突兀的一方空白。

被唤作冥君的人叹息一声，低声道了句："秋茴啊……"

荣光打了个冷战，最近他时不时会感到从尾椎骨升起一阵寒意，像北风夹着冰雨从窗缝里吹进来的那个瞬间，让人感到蓦然一颤，随即消弭无踪。

不过他没把这太当回事，注意力仍集中在面前的电脑屏幕上。

一群帝企鹅艰难地走在雪地上，南极大陆白茫茫的一片，被歌颂为纯洁的白在世界尽头之处似乎只意味着冷到极致、寂寞到极致，却愈发映衬得天空蔚蓝得瑰丽无比。

这是难得短暂的晴天，也决定着这群帝企鹅的命运。这群帝企鹅误入了一个冰坑，四周是陡峭的冰壁，仅凭它们短小的翅膀和笨拙的腿根本爬不上去。企鹅们挤在冰坑里发出哀鸣，更糟糕的是那些弱小的刚出生的小企鹅，它们灰扑扑的绒毛尚未褪去，仍未成长到能承受南极零下六十度严寒的年纪，只能躲在父母身体下寻求温暖。

可是成年企鹅为了逃生不得不一次次尝试爬上冰壁，却又一次次滑下来，可怜的企鹅幼崽暴露在严寒的冰雪之中，被活生生冻死。一些人类站在冰坑之外，他们扛着摄像机，拍摄着皑皑白雪上帝企鹅幼崽那毛茸茸的、小小的身体被白雪掩埋的一幕。

原本晴朗的天空不知何时开始阴沉起来，这预示着南极短暂的晴天即将结束，更严寒的暴风雪即将来临——

这是BBC拍摄的自然纪录片，摄制组在南极的拍摄过程中遇到一群不慎落入冰坑而陷入绝境的帝企鹅。荣光看着屏幕上播放的画面哭得一塌糊涂，桌边堆满了他擦眼泪和擤鼻涕的纸巾。

“帮帮它们啊！”荣光哽咽着在屏幕前大喊，堪比为言情剧流下眼泪的小女生。

对这群帝企鹅而言，冰坑是无法翻越的绝壁，可对人类而言，要解决这个困境并不是多难的事情。然而摄制组的成员只能痛苦地注视着那群垂死挣扎的帝企鹅，并没有出手相助。

拍摄自然纪录片有“永不干涉”的至高原则，虽然荣光也知道这一点，但还是迫切地希望他们能做些什么。就在他紧张得恨不得拧手绢的时候，耳边轻飘飘地传来一句话：“想着‘现在只有我们能拯救它们了’的人类可真傲慢。”

荣光猛地回头一看，秋茴站在他身后看着电脑屏幕，手里端着一盘草莓，一看就是从荣光家的冰箱里拿的。荣光的妈妈跟爸爸出门走亲戚前特意洗得水灵灵留给儿子吃的草莓，现在全进到了秋茴肚子里，他还津津有味地舔手指。

“也、也不要这么说啦，能帮助企鹅们获救不好吗？”荣光结结巴巴地说。此刻他的小心脏怦怦跳个不停，大半是被吓的，小半是被美色所迷。

“哼。”秋茴没有回答。他长得漂亮，短发微卷，在充足的阳光下似乎是栗色的，精致得像个西洋人偶，却偏偏穿着一身短褐，朴素得不太符合那张华丽的脸。荣光总觉得他掺了些外国的血统，秋茴自己却说他来自不知道多少年之前的一座神秘的岛屿，也不知道那时候是否有洋人啊外国人啊这些说法。

但秋茴这个不知道从哪个朝代活到现在的人对现代家电和新品种水果都接受良好，甚至看起来十分享受，并且神态自若，好像他本来就应该住在这里，而不是突然冒出来的。

荣光默默按下暂停键。他挺佩服自己的，现在已经很习惯秋茴和卖药人这种冷不丁出现在他身边的模式，所以像“你为什么在我家里”这种问题他都懒得问了，反正也不会得到回答的。他还很庆幸秋茴只是在他看视频时出现，而不是在他蹲马桶或者换衣服时突然冒出来……

他跟秋茴相处的时间虽然不多，但足够让他明白对方是个多么难相处的家伙——长了一张好看的脸蛋，但其实脾气坏、嘴巴毒，尖酸刻薄的话能像泉水一样自然而然地从嘴巴里涌出来，好在心地并不坏。

荣光认识另一个跟秋茴有那么点儿像的人，她叫春景。他原本有很长一段时间没有想起这个名字了，可匿魂匣里走一圈，哪怕看到的仅仅是幻影，也让荣光很想伸出手去碰碰女孩儿那张笑起来的脸。

“你一直盯着我看干什么？”秋茴不解风情地问，还补充了一句，“怪恶心的。”

荣光差点儿没一口血喷出来，脑海里回忆到一半的女孩儿的相貌如烟飘散。她的娇蛮、她的任性、她的细心和她的温柔、她的好她的坏，统统都不存在了，这让他有那么一点点心塞，其实他是真的很想她。

这当然不能老实告诉秋茴。荣光不自然地挪开目光，说道：“你找我……有事？”

秋茴问了个奇怪的问题：“你知道哪里有老虎吗？”

荣光下意识回答：“动物园啊。”

“那好。”秋茴把吃空了的草莓盘子放下，“我要去动物园。”

“动、动物园？”荣光跟个傻子似的重复了一遍。

“对，现在就去。”秋茴说着，一副“你还等什么，赶紧带我去”的理所当然的样子。

“等等。”荣光脑子的转速完全跟不上秋茴的节奏，“我就先不问你为什么想看老虎了，可是你们……我是说像你和卖药人这样的，不是哪里都能去的吗？再说了，动物园里的老虎都是关在笼子里的，连我都觉得没啥好看的，你去找个森林什么的地方不好吗？”

“那多麻烦啊。”秋茴对荣光的建议概不接受，他自顾自地说，“快没时间了，最后我想看一下老虎。”

秋茴说得很认真，荣光无法装作他只是在开玩笑。尽管秋茴拥有纤细少年的外貌，但其实他同时亦极具男子气概，性格里有种说一不二的顽固和锋利——不是刀片那种薄而冰冷的锋利，而是犀角或象牙那般坚硬的锋利。

可说出这个愿望时他似乎柔软了一些，这让荣光觉得自己无法拒绝他的请求。况且他说“快没时间了”，这句话本身就带着一丝诀别的意味。

2

动物园荣光是去得多了，可大半夜去动物园，这就真是有点儿太刺激了。

这个新建的大型动物世界建在郊外，营业时间内热闹非凡，只听得到人声鼎沸的喧闹；到了夜间，这里仿佛又回到飞禽走兽的主宰之下。

荣光是跟着秋茴进入园区的，虽说带路的人是荣光，但一路长驱直入走得昂首阔步的却是秋茴。看守和门卫在他们经过时突然打起了瞌睡，等他们醒过来时，秋茴和荣光早就大摇大摆走了进去。

“喂喂，里面有摄像头的！”荣光压低声音提醒，大晚上的附近根本没有其他人，可他长这么大从未做过无票进公园这种事情，现在纯粹是做贼心虚。

秋茴嫌弃地看他一眼，从身上摸出一个小药瓶，将瓶内的药粉倒在掌心，顺着风势轻轻一吹，粉末随风散开的同时，大群大群的夜行飞虫从四面八方蜂拥而出。荣光是不怕虫子的男子汉，但看到数量如此巨大、分布如此密集的虫群也不免头皮发麻。

这些虫子被引来后，在粉末中飞了一圈，然后纷纷落在了遍布园区的各个摄像头上。荣光把秋茴这一番舒畅无比的操作看下来后，感叹道：“这样你自己来就可以了嘛，根本不需要我啊！”

“我没让你跟来啊。”秋茴奇怪地看着他，“只是叫你告诉我在哪里，你自己非要跟着来，我还奇怪呢。”

荣光又差点儿喷出一口热血，脸上一副无言以对的表情，心想你们这对师兄弟还真是一样的讨厌啊！

可既然都来了，他也就放弃挣扎了，毕竟夜里无人的动物园还真不是谁都能见识到的。况且虽然面对猛兽他荣光是一只弱鸡，但秋茴的话……荣光充满自信地认为他撂倒一头熊还是没啥问题的。

在他们走进来的一瞬间，白天一副懒洋洋姿态的动物们好像感应到什么似的，都突然活跃起来。笼子里、观赏玻璃后，一双双兽性的眼瞳闪闪发亮，仿佛在黑暗中接二连三地燃起了无数灯火。

荣光甚至能听到动物们发出的鼻息和低鸣。明明身处现代社会里最具安全保障的动物园，他却有种行走在原始森林中的错觉，猛兽的声音和气息仿佛近在身侧。当他回过神来时，手心居然已经微微汗湿。

虎山的位置很显眼，因为老虎是园中人气很高的动物，所以划分了很大的一个区域。当然这不仅仅是为游客考虑，足够的活动空间对于被人工饲养的老虎来说也很重要。生活在动物园里的老虎拥有可以安心生活的地方，不用担心食物是否充足，不用担心恶劣的天气和自然环境，也不用参与族群之间的争斗，代价则是失去自由。

广袤的丛林是它们野性和力量的源头，是人工规划的虎山倾注再多的心血也无法给予的。浓浓夜色中，老虎们懒洋洋地趴卧在各处，尾巴尖在地面上一拍一拍的，嗅到空气中陌生的气味也只是抬起头看了一眼，毫无兴趣的样子。

荣光原本趴在护栏上看，冷不防被秋茴揪住了领子。也不知道他一副柔柔弱弱的样子是怎么做到的，总之他就跟拎小猫小狗似的提着荣光，利落地翻进了虎山里。

落地时他们已经站在一群老虎中间，荣光第一反应是想尖叫逃跑，可反应过来又立刻捂紧嘴巴，生怕喊出声来的瞬间自己会被老虎扑上来生吞了。他拼命瞪着秋茴，眼睛瞪得圆溜溜的，虽然努力表达出愤怒和抗拒，但又惊又怕的样子反倒挺可爱的。

秋茴却满意地点点头，轻松地说："这样才对嘛，隔老远看个什么鬼……你怎么了？眼睛抽筋了？要我给你针灸一下吗？攒竹、鱼腰、丝竹空这三个穴位有助于缓解眼睛疲劳、眼睑跳动等症状，我给你扎几针试试？"

他说话的时候，几只老虎站了起来，缓缓地往这边靠近。荣光眼珠子都瞪得快掉出来了，秋茴却一点儿都没有察觉现在的处境多么危险。荣光心如死灰，干脆眼睛一闭，心想成吧，那么多匪夷所思的事情都没能要了自己的小命，这下居然要以身喂虎了……

然而过了好一会儿，什么都没发生，他小心翼翼地睁开眼睛一看，秋茴正撸猫一样撸着老虎呢！几只老虎围在秋茴身边，拿湿漉漉的大鼻子顶他的手，乖巧软萌得好像它们只是一群不小心体型大了点儿的猫咪。

荣光目瞪口呆地傻站着，一只老虎在他身边好奇地绕来绕去他也没发觉。荣光迷迷糊糊地想起春景教过他，老虎……似乎是能入药的，秋茴该不是为了这个才说要来看老虎的吧？

一瞬间，他从担心自己被老虎吃掉变成担心老虎被秋茴宰掉了，毕竟……秋茴比老虎可怕多了！

"那、那个……"荣光提心吊胆地开口，"这老虎虽然可以入药，但……"

他话未说完，秋茴便说道："哦？你居然挺清楚的嘛，老虎可浑身是宝呢，就连鼻子也是。《河鱼图》里有说，取虎鼻悬于门上一年后，取下研磨成细末，给妇人服下可早生贵子……"他说得头头是道，看在荣光眼里接着就是要磨刀霍霍向老虎了。

秋茴说到一半停下来，奇怪地看着荣光，说："你在想什么？我不是说了只是想看看吗？这算是别人养的老虎吧，你怎么能有动人家东西的想法？这可不行啊，老虎你都想偷，我可不知道你也钻研药理到这种走火入魔的地步了。"

荣光默默把噎在气管里的一口血咽回去。行吧行吧，他没这个打算就行，自己可别跟他计较了，不然多少血都不够吐的。

荣光纳闷地问：“呃？就这么简单？可是……为什么啊？”

秋茴轻轻挠了挠老虎鼻梁上短短的毛，他在组织语言，又或者在调整心情，半晌，他终于开口：“那是——”

那是不知道多少年前的事，它漫长的程度应该以“百年”作为计量单位。

秋茴是在蓬莱出生、长大的，尽管没有凭证、没有父母，但他觉得只有这个答案了，因为除此之外他毫无印象。他最初的记忆就是这座岛，仿佛无尽延展的青翠苍绿、药炉里袅袅升起的薄烟、草药略带苦涩的清香便是空气和风的气息。

在秋茴有记忆的时候，他便已经在岛上这座唯一的药庐里跑来跑去，药庐便是师门。他最初只是门下一个小药童，后来师父给了他“秋茴”这个名字，选了他做自己的亲传弟子。也是自那之后，总是犹如覆盖了一层雾气般朦朦胧胧的记忆，随之变得清晰鲜亮起来。

所以他与之后才来岛上的春景、雨泽不同，对岛外的世界一直充满了好奇，一心想离开岛去外面看看。

春景这个在他之后成为第二个亲传弟子的野丫头，知道了秋茴的想法后鄙夷一笑，说他身在福中不知福，若她从小在岛上长大，她才不管外面的世界是什么鬼样子。

秋茴对她的说法也是嗤之以鼻，春景在岛外遭遇了种种磨难，自然不会觉得外面有多好。可他与她恰好相反，觉得这仙山蓬莱再怎么不可思议也终究只是一座岛，外面的世界可比一座岛广阔得多、有趣得多。

有段时间，秋茴与春景两人就这件事天天明面上吵、暗地里闹：一个说外面的人多么多么的坏，执政者狼心狗肺，贪官暴吏横行，百姓苦不堪言，指不定还正值战乱，傻子才要出去；另一个坚持世间之大不管好坏都该去看一看，不然在岛上哪怕学了一身本领也是徒劳，反倒白费师父一腔心血……

最后谁也说服不了谁，春景气呼呼地对他说：“你那么想去就去呗，死在外面可别说我没提醒过你！”

秋茴没把她的话放在心上，死丫头性子倔嘴巴坏，他明白她其实是在担心他。

还是最后才来的小师弟雨泽的话比较中肯，他低着头把晒干的木香根磨成粉末，轻声细语地说：“外面也有很好的地方，倒也不是一切都那么坏。”

他能说出这番话连秋茴都有些敬佩，毕竟雨泽刚从外界被师父救回来时被折磨得不似人形，几乎就是一堆烂肉，换作是他自己，恐怕终生都对岛外的世界抱有恨意。

“外面个个都是坏人！”春景在一旁不服气地大叫。

“不，不是的！嗯，也有……不那么坏的人。”雨泽猛地抬起头来，也不知道想起了什么人，竟好像有些急了。他那时还跟春景很要好，小师姐说什么他都乖乖听话，这次却罕见地反驳了她。

其实无论别人说什么都动摇不了秋茴的决心，他知道有离开岛去外面的方法，师父不时就会出去一趟。那时候他便跟师父提出也想与他一起到岛外去，师父却从来不答应，说他年纪尚小、学识仍浅，远未到能离开蓬莱的时候。

当时师门里年纪大、资历久的人也不是没有，但师父总是独来独往，师门里弟子虽多却更像是一群仆人。哪怕秋茴长大了一些后再度提起，师父也没有轻易点头。师父的态度发生改变，是在收了春景、雨泽又来了之后的事情了。

师父最后还是同意让秋茴出岛，他隐约地觉得，好像师父知道春景和雨泽会留在岛上，所以不需要他了。

他选了一个大清早出发，拎着师父交给他的药箱。这个药箱是师父用蓬莱上生长的树木制成的，师父说只要带着药箱，无论去了多远的地方都能回来。

清晨，雾气未散，夜里露水重，地面的石砖仍是湿润的，走在上面，一丝丝寒气从脚心透上来。然而这么早，药庐大门旁却有两个身影站着，娇小一点儿的是春景，她披着头发，单衣外只罩了一件披风。她看着秋茴走到大门前，冷冰冰地说：“你要是死在外面，我可不会出去找你。”

秋茴留意到她没穿鞋子，显然是急急忙忙要赶来送他才忘了穿的。春景就是这样，心里紧张你，但嘴上永远不承认。

“所以我一定会回来的。”秋茴说着，伸手揉了揉她的头顶，像对待闹别扭的小妹妹。

另一个是雨泽，他看起来还没睡醒，迷迷糊糊的，也不说话，只是朝秋茴点点头。那时候雨泽还没他高，他伸出手去，也揉了揉他的头顶。秋茴无父无母，没有家人，他早就在心里把春景和雨泽看作是自己的一双弟妹，只是他也是嘴上从来不肯说。

那之后，秋茴从外面回来又出去，每一次离开，春景和雨泽都会来送他。只是不知道从哪一次开始，这两人越来越疏远，甚至渐渐的都不愿意站在一起了。

春景依旧执拗地在大门旁送他，每次都冷冰冰地对他说“你可别死在外面了”。

“我一定会回来的。”秋茴每次都这么保证。

雨泽选择在师门下的山脚处等他。不知不觉他已经长得比秋茴还高一些了，四肢和五官一起长开了，模样还是俊俏的，只是不像从前那么柔软可爱了，笑容亲和有礼，却又使人感觉疏远。似乎不只是跟春景，他跟身边所有人都在拉开距离。

“等我这次回来，一定要问问他们到底怎么了。”每次，秋茴都这么跟自己说。

他从来没想过，自己会有回不去的一天。

3

大半夜的动物园虽然又冷又恐怖，但秋茴不知道使了什么方法，让虎山里一群威风凛凛的老虎变成了热情温顺的招待员，用鼻子拱着两人坐下，还温顺地围在身边，就像个自动恒温的大型毛绒玩偶。

荣光真是受宠若惊，要知道，一般情况下若是有人掉进虎山，这些猫科大玩偶可不是吃素的，分分钟能把一个大活人拆了，现在这种画面真是不可思议。

同样不可思议的还有秋茴的话，荣光见过匿魂匣里的蓬莱，但那是根据卖药人的记忆构建而成的虚幻空间，他也就不好确定到底是不是真的。现在第一次听秋茴讲起蓬莱岛上的事，他逐渐听得入迷。

他其实一直对那座春景生活过的蓬莱岛很好奇，但卖药人神出鬼没的，自然不是一个很好的提问对象，现在秋茴愿意主动告诉他，他还真是求之不得。

“等等，你一个人出岛，是要自己驾船出海吗？”荣光听了一半，忍不住问。

秋茴说：“其实渡海是无法抵达蓬莱的。据师父说，以前曾有帝王为了寻觅不死草，派遣使者带童男童女数千人入海求仙人，无功而返，那是因为他们选错了路。那片海域极为凶险，海底深处有异兽看守，能掀起滔天巨浪，造成的漩涡能卷走一座城池。走运的话，不会遇上异兽发难，也会被海面上的迷雾所惑，在海上失去方向，被活活饿死。”

他说：“而我们从岛上出去，是从岛上森林的隐蔽路径出去，我们管那些路叫‘天梯’。”

在远古时代，那个神和人还相互联系的时代里，大地上分布着不同的“天梯”。天梯连通着天界和凡间，不以人力打造，是自然而生的东西，一种是灵气丰沛的灵山，一种是参天入云的神木。

那个时代里，神沿着天梯进入凡间，人类也依靠智慧和勇气攀登天梯进入天界。可后来名为蚩尤的凶神下凡间作乱，以酷刑与战乱惑动人心，人不再相信神，甚至要对天帝进行“天讨”。

这场变乱平息后，天帝深觉神与人不分界限、混杂而居总是弊大于利，也难以保证不会再有凶神下凡煽动人民，于是命令大神重和黎分隔天地，一个把天往上抬高，一个把地往下按。

天地之间有了距离，过去作为天梯的灵山与神木再也通不了天，可天梯毕竟是留在了地上，久而久之，这些天梯之间形成了独特的通路。

蓬莱里留下的天梯能与外界的灵山大川相互连通，秋茴便是从这样的“路”走到岛外的。

“天梯与天梯相连，等同于灵山与拥有神木的森林互通，只要我带着蓬莱岛上的东西，就能在这些通道里来去自如。”秋茴说，“外面这个世界，我觉得有好也有不好。最初想出来，其实是想知道自己从师父身上学到了多少本领。我只要见到自己感兴趣的人就会去救，也不吝惜从蓬莱带来的仙草灵药，我随心所欲，感觉十分快乐。”

他看着荣光，双瞳如同猛兽的眼睛，在夜色里闪动着异样的光辉。

他刚出去的那段日子正好遇上兵荒马乱，征战连连，他从飘着血沫的战场上寻找还剩一口气的人，给他们缝补残肢，给他们服药敷药。岛上太过宁静祥和，哪可能有这种让他真正动手的机会？而这正是他渴望着从岛上出来的原因。

战乱之后又是瘟疫，大量的人染病死去，末世般的情景使得人人自危，日日生活在恐惧之中。秋茴却感觉仿佛置身乐园，他可以尽情地施展他的本领，那些只能从师父口中听到的、从古册上看到的药效，从来不能令他满足。

只有看着血肉之躯与药性相符并发挥作用，他才感觉到自己毕生所学并没有白费。

荣光禁不住赞叹：“那你很了不起啊！”他是打从心底这么认为的，济世救人，这不就是神医吗！

秋茴苦笑一下，道：“你还没听出来吗？我在高兴啊，因为战祸、瘟疫而高兴。我甚至在想，再来一场天灾就更好了，世间的人愈是痛苦无助，我愈高兴。”

荣光刚刚那一脸笑意顿时凝固在脸上，他的想法太简单，秋茴自己说出来后，他才发现，是哦，好像是这样哦。

没有受苦受难的人，又怎么显示出恩惠的可贵？

秋茴看着他，说：“你要知道，我救人不分好人坏人，只救我看上的人，或者我感兴趣的人。有一年遇到饥荒，我身上带着九穗禾——九穗禾看起来与一般稻米差别不大，但吃一颗就能充饥延寿。我途经那些地方，人人饿得犹如骷髅，好像只剩一层皮贴在骨架上。满街满城都是苍蝇，它们吃人的尸体，不愁吃喝，人却无法以虫子果腹。一个母亲抱着我的腿求我，她说她饿得没有奶水喂她的孩子，她的手指就跟稻草一样黄而干瘦，却还是死死地抓着我，她不求我救她，只求我救救她的孩子。你能想象她的孩子是怎样的吗？”

秋茴比画着：“那孩子的头还没一个小姑娘拳头大，身体蜷缩起来就像一枚蝉蜕，你根本感受不到那样的躯体里面还有生命存在。”

“很可怜吧？”秋茴问荣光，后者傻傻地点点头，“可我没有救他，也没有救他的母亲，饥荒中饿死的人，我一个都没救。因为饥饿不是疾病，我不感兴趣，所以他们的生死苦难与我无关。”

一瞬间，荣光是想说什么的，可他要说什么？指责秋茴见死不救吗？但是秋茴并没有义务必须去拯救那些人。

“我并不是因为心地善良才救人，我只是为了我自己。每当有人在我手下捡回一条命，对我千恩万谢，我就会很快乐。”秋茴说，“人都是虚荣的，我也是。你知道那种感觉吗？就好像我成了神仙，我看到那些垂死之人，就好像人类看到冰坑里濒死的企鹅，就是那般的高高在上。”

他一点儿也不仁慈，他很傲慢。

“所以，我会遭报应的。”秋茴轻轻地说。

岛上的时间与人世间不一样，每当秋茴回蓬莱一趟，再出来时人世间便又是不知道几十年过去了。那一次，他离开岛后到了一片不知道位于哪里的森林，那即使最厉害的猎户都感到棘手的深山，对秋茴来说却是再轻松不过的。

他朝山下走，半路上却听闻一声虎啸，还有一个男人的惨叫。

他循声过去，正好瞧见一只猛虎把一个男人按在爪下。哪怕是秋茴也是第一次看到这么威武的老虎，它的身躯比一头成年的牛还要大，浑身骨骼隆起，能看见包覆着的肌肉的强健线条，毛皮油亮，黄毛黑花纹，一根根硬毛看得分明，远看着就像披了一身利针。

老虎朝秋茴的方向看过来，猛兽的瞳中似有电光闪烁。

秋茴与这头猛兽对视，哪一方都没有轻举妄动——老虎似乎知道秋茴不好惹，秋茴看得出这只老虎不是一般的山野走兽。

虎爪下的男人发出悲鸣，他身上血肉模糊，肩上到胸口有一道老虎利爪留下的伤痕，伤口深可见骨。他的喉咙被撕裂了，血一直咕嘟嘟往外冒，可他看见秋茴了，露出求救的眼神。

森林里的老虎若不是饿急了一般是不主动吃人的，老虎袭击人类一般是为了捍卫地盘或者纯粹产生了好奇心。

秋茴也不是没见过被老虎或其他猛兽袭击的人，过去他表现得无动于衷，也从不出手阻拦。可今天不知怎么的，他突然动了点儿心思。他听说人被虎杀死，便会变成名叫“伥”的鬼，这种鬼会变成老虎的帮凶，引导老虎去杀人。

秋茴想的是，若在人即将变成鬼的一瞬间将他救活，鬼重新变回人，是不是也等同于救治了一只鬼呢？对鬼使用的药草和用在人身上时，效用会不一样吗？

愈想便愈是好奇，他从袖间抖落一瓶有麻痹效果的药粉，朝老虎靠近。

老虎紧紧盯着秋茴，动也不动。秋茴只听见一道沉厚的声音从老虎嘴里发出：“这个人今天注定是要死在这里的。”

老虎会说话，若是一般人听见了不是吓得仓皇逃走，便是跪下磕头求饶，可秋茴不是一般人，他在蓬莱又不是没见过会说人话的珍奇异兽，这时也只是觉得这老虎果然并非一般野兽，而是有灵性的。

“我想救谁就救谁，凭什么要听你的？”秋茴反问道。

“不行，不行。”老虎只是摇头，它也不愿与秋茴为敌，但它会说的话可能不多，句子都很简单，“这个人必须死在这里，是他的命。切莫勉强、切莫勉强。”

“若我偏要勉强呢？”秋茴的性子就是这般，越是说“不行”，他偏就要试试。

“生死有命，他的名字写在了生死册上，就是要死的了。”老虎说，“你若是阻挠，冥君知道了，你是要遭报应的。”

秋茴没忍住笑了一声，他从蓬莱仙山而来，有着一双能起死回生的手，还有满身珍贵药草，他自信天下间没有他救不了的人。救了濒死的人就要遭受惩罚？他这么多年救了那么多的人，现在不还好好的吗？什么冥君，听这名字挺了不起的，可他怎么从未见过呢？

后来他才明白自己那时多么狂妄，竟以为自己能凌驾生死。

老虎见秋茴不打算退让了，仰天发出一声长长的虎啸，虎啸生风，森林里顿时卷起了一股妖异的大风，刮得乱沙迷眼。老虎的爪子终于从那奄奄一息的男人身上移开，五柄小刀般的利爪展开，朝秋茴扑了过去。

秋茴急忙闪身一躲，手中的药粉随之撒了个铺天盖地。他明白了老虎的意思，今天在这里，若想那个男人不死，便只能杀掉这只老虎——这只猛兽意志坚定如此！

“行吧！要知道虎骨可是上好的药材呢！”秋茴回以笑声，在风中挺身而立，看不出丝毫惧意。制作药品可不止采集药草那般简单，飞禽走兽可都是能成为上好的药材的，他从小就没有缺少过这方面的历练。

他拔出随身携带的短刀，刀身洁白，不似一般铸铁打造，而是由蓬莱中一种名叫“蜚”的野兽的牙齿打磨而成。蜚是一种不祥之兽，它从河流与湖泊中走过，水便会干涸；它从草丛中越过，草木便会枯死。连这种不祥之兽都被他制服，剥下牙齿制成贴身短刀，区区一只老虎算得了什么。

4

“你、你就把那只老虎杀了？”荣光听得目瞪口呆。

“当然啊，哎，那只老虎太大了，我不好全部带走，挺可惜的。我先给那个差点儿被老虎咬死的人缝合伤口，又给他灌了药，才回去把那只老虎的前脚胫骨砍了下来。”秋茴点着头，一只老虎傻乎乎地把自己的大脑袋搁到秋茴的大腿上，秋茴握住它的大爪子，捏捏它的肉垫。

荣光看看目光温柔、正无限疼爱地逗着老虎的秋茴，又看看这群猫一样挤在秋茴身边任他随便撸毛、兼当大型毛绒暖水袋的傻老虎，心情突然无比复杂。

喂喂，这个人可是把你们祖先之一痛宰了哦？你们这群没出息的毛东西！

“虎骨味辛，性微热，无毒，治邪恶气，杀鬼疰毒止惊悸。老虎身上最好的部分就是骨头，老虎一身筋节气力都出自前脚，因此老虎的前胫骨是所有骨头里最好的。”

“您可别再说了，动物园里的老虎是受保护的！”荣光已经开始思考，万一秋茴真的要动手自己该怎么晓之以理、动之以情地阻止他了。

秋茴话锋一转，继续说：“那头老虎死之前拜托了我一件事。”

猛兽倒下的瞬间，仿佛连山脉都为之颤动了。它奄奄一息地躺在血里，那一身钢针似的皮毛软了下来，虎目中锐利的光芒逐渐消退，喘息从剧烈变得衰弱。可尽管如此，它仍然是一头无比美丽的野兽。

秋茴摸出一枚止血丹服下，他也一身狼狈，一条手臂差点儿就要被扯掉了，看来等会儿还得先治疗自己。他把还能动的那只手放在老虎身上，感受着生命一点点逝去。

他并不会感到抱歉，弱肉强食是世间唯一的生存法则。但他会陪伴这头猎物度过最后的时间，会把它身上能用到的部位都好好利用，而残留的尸骸则会化作森林和土壤的食粮，大自然有它自己运行的方式。

“人类，”老虎说，“我最后有一个请求。”

“你说吧。”秋茴道，只是对于被称为“人类”，他心里总有点儿不舒服。

“你若是要用我的骨头酿酒，请把酒埋在我死去的地方，一年后来取。”

虽然感到奇怪，但这也不是什么大事，秋茴耸耸肩，答应了。

老虎的气息彻底消失了，秋茴回头去看那个被老虎袭击的男人，之前已经给他吃了吊命的丹药，所以他还剩了一口气。秋茴现在只有一边手臂能活动了，单手施针这也是头一回，他激动地舔了舔嘴唇，唇上还有不知道是老虎的还是他自己的血的味道。

他踢开药箱，取出一排银针，自言自语：“所以我才喜欢人间啊，若在蓬莱，可没有这样的机会呢。”

那个人活下来了，秋茴端详着恢复平稳气息的人，犹如端详一件由自己亲手雕琢、打磨的工艺品。他回味着自己刚才是如何只凭一只手准确下针，指尖上残存的感觉如此强烈，从此这双手又有了新的记忆，他感觉自己的技艺又有所精进了。

他抹了抹额上的细汗，把工具收拾回药箱里，最后又拿出一枚药丹，塞男人嘴里让他咽下去。男人服药后，原本瘫软无力的身体猛地坐了起来，然后慢慢爬起来。男人眼睛半睁，意识还迷迷糊糊的，只听见秋茴说："这药能在半个时辰内让你的身体暂时恢复强健，你自己下山去吧，少在这里耽误我办事。"

男人懵懵懂懂地点了点头，转身走了。秋茴看他走出老远，才回到老虎尸体旁边，准备制作虎骨酒。

虎骨酒做法简单，把骨头处理好后，以白酒浸泡，酿制三月以上即可。

秋茴把酒坛埋在老虎死去的地方，他记得与老虎的一年之约，一年对他来说太短了，他决定不回蓬莱。他循着天梯再去另一座山，山中不知时日，等他想起与老虎的约定，想再找回那条天梯回去时，却发现走不通了。

与埋着虎骨酒的地方相连的天梯消失了！

这是不可能的！秋茴吃了一惊，那天梯可是一整座山啊，一座山怎么可能凭空不见了？他在数道天梯中兜兜转转，他确信自己不会迷路的，他辨认山林树木的本领不比他辨识药草的本领差。

就是没有了，山消失了。

不过短短一年，到底发生了什么？秋茴惊讶极了，他从某座森林里出来，想找个城镇探问，然而山脚下的村庄空无一人，农田大片大片的荒芜了。他日夜赶路，终于在一个暮色时分赶到了最近的城池。

宏伟的城墙上布满战火的疮痍，城门半开，却看不见守兵的身影。血色残阳涂在冰冷的墙砖上，像抹了满城的鲜血。他直觉是发生了战争，在这个时代战乱是常见的事，可这次他觉得哪里不太寻常。

秋茴进了城，这偌大的城池里居然也是空荡荡的。不同于依山傍水的小村庄，这原本应该是一座大且繁华的城镇，但他从城门走进来，一路上一个人都没看见。

好不容易似乎听到了人声、金属碰撞声，秋茴快步走上前去，前方出现了人影，却不知为何看不太真切，好像隔着一层雾。这让他想起自己最早在师门里的记忆，拥有现在这个名字之前，他看到的东西也是这样的，如雾里看花，朦朦胧胧。

唯独有一个背影无比清晰，从身形看是个青年男子，他穿了一身玄色衣袍，外罩一件薄得像披着一层烟雾的大袖衫，身姿挺拔，长长的黑发只用一枚玉冠束起。从背后看去，他拿着一册书，另一只手提着笔，在纸页上写着什么。

秋茴走上前问道："这是怎么回事？"

男子闻声回头，他长了张极俊秀却又极淡漠的脸，好看得像一面湖水，秀丽、平静，仿佛永远不会泛起波澜。他神色淡然，眉间隐隐有一股肃然方正之气，见了秋茴并不吃惊，只是细细地打量着，仿佛早就在此处等候他的来临。

男子缓缓说道："一年前，有皇子与逆臣谋反失败，但谋逆之心不死，带着叛军仓皇出逃。皇子逃入深山，与部下失散，又遇上猛虎袭击，本该死于虎嘴之下，天下才得以平定，却不料猛虎死于他人手里，皇子侥幸活命。他逃出深山，深感自己大难不死，必定是天命之选，于是卷土重来，引发战争。"

他说话的声音徐缓却不拖沓，语气也并不犀利，却让秋茴感到一寸寸寒意。

"皇子记得自己在深山被老虎袭击，他是个心胸狭隘之人，记恨自己受辱的遭遇，便命人放火烧山。那山中无数生灵，连同数百数千年的神木一起葬身火海，一座灵山就此覆没。"

青年说着，抬起手按住秋茴的肩膀。秋茴向来讨厌与人接触，却不知为何躲不开这人，他的身体太冷太冷了，好像血液都结了冰。

"不仅如此，皇子还记得自己是被一名神医所救，记得神医口中提到'蓬莱'之名，他派人寻遍天下名医想找出那名神医，却不是为了感恩，只因为他想杀了那名神医。他想着世间居然有如此神奇之人，这人今天能救他，明天也能救他的敌人，是个祸患，必须铲除。他找不到那名神医，便把能找到的名医统统杀了。"

"愚蠢！愚蠢！"秋茴从牙缝间挤出骂声，却不知道骂的是那名皇子，还是他自己。

青年静静地看着他，随着夜色渐深，四周的景色居然清晰起来。秋茴听见的人声原来是呜咽哭泣的声音，无数的影子逐渐浮现，是一只只面相奇异的鬼吏来抓城里的亡魂，它们用铁链拴住亡魂，带回黄泉。

铁链被扯得哗啦啦地响，无数冤魂悲戚哭叫，这座城不是没有人，是没有活人。

"你救的那个皇子生性暴戾，遇到不服的，便下令屠城，这只是其中一座，战争远远没有结束。"

"就因为我救了他？"秋茴声音发颤，他知道自己犯了多大的错。

"对，你当初救了他一命，本该安排好的命运生了差错，所以这些本无须死去的人为了弥补那个差错必须死去。"

秋茴哑口无言，平生第一次说话结巴："那我以前……也救过其他人啊，怎么就没有事？"他抵死不认，他不想接受这个事实。

"你之前救的人都没有这么强的命格，能牵连如此之广。人生人死，数目是恒定的，你救了人，又有人因为你救的人而死，数目便是不变，虽然乱了倒也出不了大事。但尽管如此也是逆天而行之事，我们一直在探查到底是何人扰乱生死常纲，令生死册一遍又一遍出错，可你行踪飘忽，有时候甚至从这世间销声匿迹似的，我为了保持阴阳平衡，不得不反复修改。”

青年说完，秋茴也早已猜到他是谁了。

“之前我找不到你，是因为你能通过天梯游走四海，我的鬼吏根本追不上你。”冥君的手从秋茴肩上滑下，紧紧扣住他的手腕，“这次，我终于抓到你了。”

“那老虎……”秋茴苦涩地笑了笑，没想到最终自己还是输给了老虎。冥君的人捉不到他是因为他一直行踪不定，又常待在灵气重的山里，又或者干脆回到蓬莱，而这些地方不在冥君管辖范围内，而且他往往一走便是十年、几十年，所以他们一直无法将他擒获。

老虎与他定了一年之约，必然是知道随后会发生什么大事，只要他一年后踏入人间，冥君自然便能马上捉住他了。

冥君说：“你绝不可留在人间，我也不会让你返回蓬莱，可你命格十分奇怪，分明应该是人类，我却没在‘生册’上看过你的名字，也无法把你写上‘死册’，所以我只能把你带回冥府，你永远都不得离开。”

秋茴闭上眼，长叹一声。

5

虎山里的群虎突然警戒起来，纷纷从卧趴的放松姿势改为防守的站立姿态。它们急躁地低声呜咽，不像是发怒，倒像是在害怕。

荣光却还没发现情况有异，傻傻地追问：“那然后呢？你就被抓走了？那你现在是怎么出来的？”

“你觉得永生永世被囚禁冥界就是我的报应吗？”秋茴突然反问。

“呃？也……算是吧。”荣光犹豫地回答，“可你当时也没想过后果是那样的吧……”

“我被带到冥界之后，蓬莱岛上便出事了。我知道的时候，整座岛都已经被献祭了，那是我的故乡、我的家啊，我却什么都做不了！”秋茴说得很慢，仿佛每一个字都在用刀割他的心，“这才是我的报应。如果当时我在岛上，或许事情还有转机，或许不会变成现在这样。”

这才是让他痛苦后悔到几欲发疯的事。春景是对的，他不应该到外面的世界去，外面太精彩、太有趣了，让他变得骄傲自满，让他忘了什么才是最重要的事物。

直到他一无所有，永远被囚在幽暗的冥底。

他恣意妄为，救一人却害成千上万的无辜之人成了冤魂，当他品尝这个苦果之时，被他视若家人的那些人、珍若宝贝的那个地方遭逢劫难，他却束手无策。

一切都源于他的错。

荣光张了张嘴，本想说点儿什么，却又发现说什么都太无力了。

“你该走了。”冷清平缓的声音从虎山一处阴影传来，身穿玄衣的青年走了出来，他身后跟着一群相貌丑陋的鬼吏。冥君那张冷峻的脸不管多少万年似乎都不会融化。

秋茴没有反抗，他朝冥君走去。从荣光面前走过时，荣光想伸手拉住他，迟疑了一下，却反倒被秋茴抓住了。他把嘴凑近荣光耳边，说道：“虎震邪气，所以我特意带你到这里，小心身边，一直有东西在窥探着你。”

荣光吃了一惊，问：“是什么？”

秋茴退开几步，摇摇头说：“我也不知道，但我想应该与师父脱不了关系。蓬莱岛上发生了什么，我原本还想你告诉我呢。我那个小师弟原本不是这个性格的，而师父……他好像也变得不是我知道的那个师父了。”

那边冥君盯着两人，罕见地皱起眉来，催促道：“秋茴。”

他一开口，身边的鬼吏便提着抓人的锁链跟着动起来，但似乎是惧怕秋茴身边围着的老虎，又害怕地退了回去。原来这些小鬼也惧怕虎威，恐怕秋茴也是把这考虑在内了。

秋茴也不在意那些小鬼，回嘴：“烦死了，时间不是还有一点儿吗，你急什么，让我多说几句又不会怎样！”不知道在冥界发生了什么，他竟然对冥君也不客气起来。

冥君沉默了一会儿，道：“秋茴，是你求了我千年，我才答应让你暂时离开冥界，去解决你心头未结之事，你也答应过我不扰乱生死，可你……”

“啧，一个垂死老人想争取一点儿时间，跟她后人说些话罢了。”秋茴回答。那是发生在那栋养了无数虫子、几乎成了“五倍子”的老屋里的事。

“那也是误了时辰。”冥君十分认真地计算起来。

秋茴懒得理冥君，回头拍了拍荣光，说：“你这个人，虽然我认识你不久，可也知你是个无法拒绝他人求助的烂好人，若以后真的发生了什么事，你肯定是无法不管的吧？我希望你记住我的教训，不该干涉的事情千万不要干涉，如果……”

他并没有把话说完，却笑了起来，荣光觉得这是自己第一次看到秋茴发自内心的笑容。

“如果还有机会见面，跟我说说那些南极企鹅的结局吧。”说完，他潇洒地走向那群等候着他的鬼吏。

秋茴被鬼吏押走，直到他消失在夜晚的阴影中，荣光才回过神来，赫然发现冥君居然还站在那里，直勾勾地盯着自己。

荣光被盯得毛骨悚然，瑟瑟发抖地问：“那个……冥君大人？不好意思，您是还有事吗？”我求您了，可千万别是想起要把我也一起带走啊！

冥君缓缓开口：“把手给我。”

“嗯？”荣光发出疑问的声音，虽然莫名其妙，但还是乖乖把手伸了出去。

冥君托住荣光的手，他的手很凉，令荣光觉得自己的手仿佛枕在一块冰上。低头细看时，冥君已经执起一支黑漆描金的毛笔，在他掌心写下了什么。

荣光正想问这是什么，然而抬头一看，眼前已空无一人，只余下一群老虎。

“等、等等！”荣光突然想起什么，心惊胆战地大喊起来，“你们……谁先把我从虎山里带出去啊！喂！哈喽？还有人在吗——喂——”

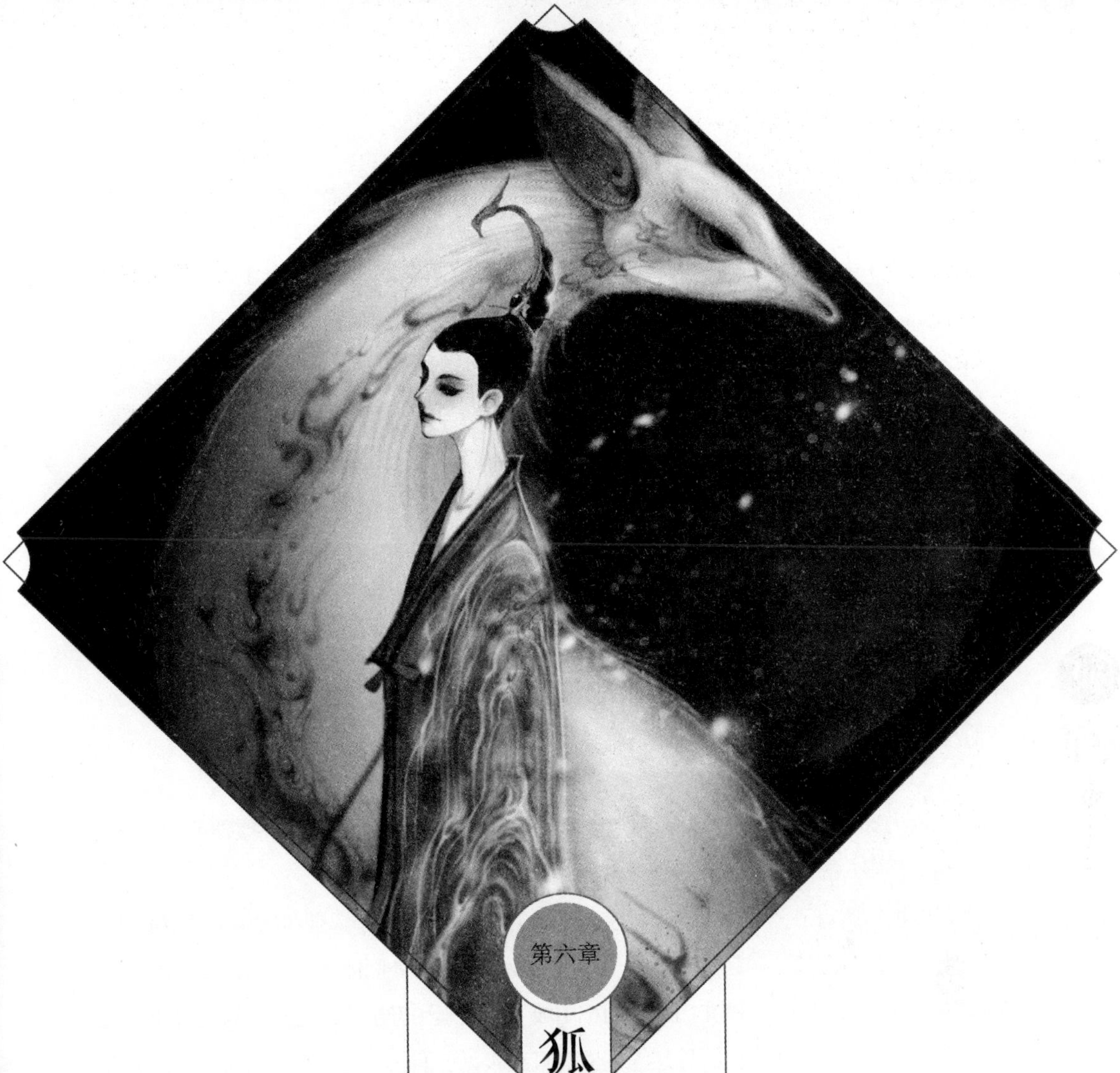

第六章

狐魅珠

狐：形体像小黄狗，有黄、黑、白三种，声音如幼儿，气味强烈。狐肉味甘，性温，无毒，煮、烤后食可补虚损及五脏邪气。狐胆、头、四足、五脏、肠肚均有不同药用。《山海经》说，青丘山有九尾狐，食人。

HU MEI ZHU

1

世人皆道狐狸狡猾薄情，却似乎很少有人说起“狐死必首丘”。据说狐狸死的时候，头一定是朝着狐穴的方向，哪怕身在千里之外，也不忘根本。

她现在虽然拥有了“夏荔”这个名字和人类的外形，但还是小狐狸时的事仍记得清楚。

它们一窝都是白狐，一起出生在一个下雪的冬天，当时外面冰天雪地的，连绵茂密的松林堆满积雪，像一大块云盖在山上，而小山坡下由父亲和母亲一起挖出来的洞穴却很温暖。它和其他兄弟姐妹一起挤在母亲的怀里叽叽乱叫，它们刚生出来时光溜溜的，还没来得及睁眼便争先恐后地吮吸甘甜的奶水。

冬天对于刚出生的小狐狸来说可不是什么好季节。冬季严寒，缺少食物，母亲为了养育它们需要足够的食物保证哺乳，于是父亲便成了当之无愧的捕猎主力。它记忆中的父亲身体强健、四肢有力、毛皮厚实，跑起来像一阵风。

这群小狐狸长成了一窝毛茸茸的小雪团子时，便开始知道兴奋等待父亲的归来。父亲会给它们带回来兔子、野鸟，甚至还会从山下农家偷回来肥美的母鸡和香喷喷的鸡蛋。

父亲也不是从来不会失手的，也会有受了伤回来的时候，但是小狐狸们不懂事，只知道因为肚子饿而嗷嗷直叫。向来温柔的母亲这时候却顾不上这堆叽叽喳喳的雪团子，漆黑但温暖的洞穴里，母亲耐心仔细地舔舐父亲的伤口，而父亲因为受伤疼痛而急促难受的喘息声会逐渐变得平稳。

仿佛感受到这份担忧和关心，吵闹的雪团子们也安静下来，发出咕嘟嘟的呼噜声，这样父亲就会露出很安稳的样子，放心地闭上眼休息。这样的时光对父亲来说也是无比珍贵的吧，直到生命的最后一刻都能与伴侣还有孩子们在一起，就是活着最好的意义。

它本以为自己也会如此平平淡淡地长大，从毛茸茸的小雪团子长成一只漂亮威风的大白狐，在这座森林里遇到自己的伴侣，然后拥有自己的孩子，就这么作为一只普通的狐狸度过平凡但充实的一生……

作为普通的狐狸的时候，它并不会人类的语言，父母和兄弟姐妹们之间的呼唤是不需要什么实在的名字的，野兽用气味和不同的叫声区分彼此。直到它后来遇到某个人，才知道原来“名字”是很重要的。

“小狐狸，你真漂亮。嗯？你没有名字吗？真可惜，应该拥有一个名字的……你希望我给你取名字？”

说话的人坐在巨大的树下——人坐在它的树根上小得就像一块碎石。狐狸趴在这人的大腿上，抱着自己的尾巴享受被抚摸的感觉。狐狸不是会亲近人类的生物，可是如果是这个人就无所谓，因为这个人是被整座森林深爱着的。

可记忆只有这个时候才会变得模糊起来,明明连还是小崽子时的画面都记得那么清楚，唯独这个人的脸庞总是看不清，他的脸、五官都像被什么大力抹去了一般，不管怎么努力看都只是一片空白。

“‘名字’是很重要的哦，以后你一定会遇到能给你取个好名字的对象呢。”

虽然被拒绝的一瞬间是很失落的，但同时又因为他的话对未来产生了期待。

这是发生在非常、非常、非常久远的过去，夏荔还只是一只普通的野生白狐时的事。

“唔呜，那起码告诉人家你的名字呢！”夏荔在睡梦中嘟嘟囔囔地大叫，却忘了自己睡在床上，一翻身不慎摔落，啪叽摔在地上清醒了。她已经不是“它”了，她现在拥有了人类少女的外表，可惜这一摔不小心把她的耳朵和尾巴摔出来了。

这是一家中医馆的某个房间，四处都飘散着中草药的味道。这家中医馆之前还挺热闹的，但自从夏荔跟着“师父”来了之后，就再也没见过他们之外的其他人，中医馆的大门上挂了“停业整顿”的牌子，自然也不再有患者上门。

夏荔摔蒙了，躺在地上，心想这画面怎么有点儿似曾相识？对了，荣光那个傻小子周末不用去游泳队训练，在家睡懒觉的时候，经常就这么睡着睡着摔下床，还经常砸到睡在床边地板上的自己。

想想那时候自己还是一只雪白柔软的大狐狸，作为肉垫子来说简直是完美无瑕，柔软的触感和恰到好处的温暖能带给摔下来的那个人至高无上的体验……呸！这才不是什么美好的回忆，重死了！痛死了！

天花板上突然探出个人头，是个相貌招人喜爱的少年，看见夏荔痛得眼含泪花躺在地板上，少年整个身体从天花板里钻出来。这画面看着着实诡异，不过夏荔作为一只狐狸精还不至于因此大惊小怪的。

少年轻飘飘地落在地上，他穿着一身考究的衣袍，乌黑长发以一枚小金冠束起。夏荔记得之前他用的是个小玉冠，之后还用过玉环束发，过段时间就变个花样儿，像个爱漂亮的小姑娘。不过少年也确实值得被精心打扮，他天生有一种高贵优雅的气质，就该是个被众星拱月般宠爱的小公子。

"小狐狸，痛不痛啊？"少年蹲在夏荔旁边，关切地问，"怎么啦？做噩梦了吗？"他伸手温柔地揉了揉她的后脑勺。

一瞬间，夏荔怔了怔，以为自己还没从刚才的梦里醒过来。

夏荔说："不要紧呢！不要紧呢！我没事的呢！"她说话时还是改不掉总爱加个"呢"字的尾音，以前荣光老说她这个语气过于娇俏，哼，这话可真过分呢！人家明明就是母狐……不对，是可爱的女孩子！

相处了也算有那么一段日子了吧，荣光那个猪脑袋居然连自己是公是母都分不清，夏荔想想就来气。不过她当时也没想过要告诉荣光这件事，毕竟自己不是真心待在他身边的，而是充当小间谍跟着他而已。

不过是利用和被利用的关系罢了，不需要告诉他太多的事情，因为总归是要背叛他的，迟早是要分开的，让那个傻子知道那么多有什么意义呢，只不过会让他更难过而已……

她想得出神，看起来呆呆的，旁边的少年左看右看觉得不对劲，又问道："小狐狸，你不是摔傻了吧？"他一直偏好这么叫她，尽管明明知道她的名字。

"没事！真的没事呢！"夏荔连忙回过神。自己怎么还想着那个傻子呢？现在旁边这个少年不是更好吗？长得好看、人又纯真，还这么温柔体贴，名字就叫冬蜜，听着就是个甜甜蜜蜜的好孩子。

只不过好像脑子有点儿问题的样子。夏荔又在心里默默补充一句。

而且比起那个男人给他取的"冬蜜"这个名字，他更愿意别人喊他"阿蜜"，似乎这才是他的名字。

夏荔其实也不太清楚冬蜜到底是个怎样的存在，比起妖魅鬼怪，他更像一个游魂，像虚无的影子般随意穿过任何地方；可是比起游魂，他又更像人类，他有实体、有体温，会开心，会困惑，会肚子饿，偶尔也会闹脾气。

他有七情六欲，懂咸甜酸辣，他像人却又不像人。夏荔不清楚他怎么看待自己，她心里有那么一点儿……觉得冬蜜很可怜。

因为他什么都不是，而他自己却似乎对此一无所知。

“哦，对了。师父跟我说，见到你的话让你去找他。”冬蜜这才想起自己是有使命在身的，连忙摆出严肃的样子，可没保持几秒，因为担心夏荔撞到脑袋，又继续伸出手给她揉，并说道，“还痛的话要跟我说哦，我会给你配药的。”

夏荔这时已经从地上爬起来了，冬蜜比她高，她踮起脚拍拍他的肩膀，笑着说：“好的，我要是还疼的话就来找你呢，我现在得去见师父了。”

说完，她打开了房门，在门边深吸一口气后踏进外面的走廊。

走廊上仿佛弥漫着薄雾，这是从墙边的香案上摆放的香炉里散发出来的，是燃烧某种香料产生的烟雾。走廊两侧本是这家中医馆分别用来做针灸、艾灸、推拿按摩、拔火罐之类的房间。

现在这些房间统统房门紧闭，若是从门缝往里看，里面也是黑漆漆的，空无一人，寂静无声。但若是仔细听，便能隐隐约约地听见这些房间里传来诡异的声响，有些是虫子爬行时发出的声响，有些是植物生长的声音，甚至有着奇怪的喘息、呻吟，偶尔还会听见一点儿哭声。

每次从这些房间前走过，夏荔都不禁屏住气息，提心吊胆地加快脚步。她总觉得这些门后面随时会冲出什么东西，把她也拖进那片寂静无声的恐怖黑暗。

她冷汗津津地来到那扇门前，虽然在冬蜜面前她也跟着喊那人一声“师父”，但其实更正确的说法应该是“主人”。她敲了敲门，里面传来一声温柔的“进来”，她却觉得愈发毛骨悚然。

那人越是温柔的时候，越意味着有坏事发生。

2

夏荔战战兢兢地走进房间，房内保留了中医馆特意营造的中式风格，四处可见存放各式药材的百子柜，悬挂在天花板上的是宫灯造型的照明灯，灯光有些昏暗，像走进了暮色时分的森林。

夏荔小心翼翼地从那些百子柜的中间穿过，房间最里面用竹帘做了隔断，竹帘半卷，可见有人在后面。夏荔凑近竹帘，小声地问：“主人，找我有什么吩咐呢？”

一只苍老发皱的手冷不防从竹帘后伸出来，像蛇一般缠上夏荔的后颈。这只手像是快要枯死的树根，可它又是湿润且微凉的，在少女光洁的脖颈上留下粗糙怪异的触感。

“你这耳朵跟尾巴可真有意思。”手的主人慢悠悠地说，语气平和缓慢，像个耐心的长辈。可夏荔吓得连忙吸一口气，仓皇失措中听见竹帘后的人轻轻叹了口气：“果然是少了……”

她正忙着把尾巴和耳朵赶紧收回去，没听清楚。

“总是这么容易暴露自己可不行，记得我说过你要每天密切关注那个叫荣光的孩子吧？虽然他看起来并不是那么机灵，但他身边的人可不能小看，是不是？”他一边说着，一边像是抚摸小动物般摩挲着夏荔的后颈。

“对、对不起呢！”夏荔急忙道歉，又讨好似的补充，“不、不过呢，那个碍事的秋茴好像不在了！也不知道发生了什么……”

“嗯？‘不知道发生了什么’……”竹帘后传来轻笑声，“这不是因为你疏忽偷懒，所以才没看到发生了什么吗？你看，你现在不就是躲在这里睡觉吗？”

夏荔顿时觉得冷汗流遍了全身，她想说点儿什么辩解一下，可对着荣光和卖药人时伶牙俐齿的这张嘴此时连一个字都说不出来。

这时，那只手放开了夏荔的脖颈，收回竹帘后。一瞬间，夏荔从宽松的袖袍中瞥见，发皱的皮肤已经蔓延到袖子深处，皱纹已经爬上了小臂，她记得最初见到时才不过到手腕的地方呢……

此时，半卷的竹帘突然唰的一下全部降下。

主人的声音隔着竹帘传来：“你现在就是我的眼睛了，你可要记住这一点。快去吧。”

他这么说简直是大发慈悲，夏荔赶紧滚了，并且是字面意义上的就地一滚变回狐狸飞快地溜了。有时候她也觉得自己实在太没原则，改变立场可能一秒都用不了，愧对她现在这副可爱美少女的皮囊。

正是上课的时间，夏荔鬼鬼祟祟地在荣光的学校大门附近走来走去。她现在的外貌就是个初中生年纪的可爱小姑娘，该上课的时间她在外面游手好闲，已经让路人觉得十分奇怪，她不得已施了个小法术，好让其他人不那么容易留意到她。

夏荔其实并不是什么道行高深的狐狸，但除了幻化人形这件事几百年来都做不到之外，别的法术还是修炼得不错的。以她的能力，要溜进校园里监视荣光是很轻易的，她只是不愿意。

并不是因为害怕被发现，荣光那个迟钝的傻子根本不会发现她，卖药人和之前那个叫秋茴的家伙也不是时时刻刻都在他身边，她就是做不到而已。

她不是没试过隐去身形偷偷跟在不远处。荣光好像已经把之前发生的事都忘了，但有时候他还会下意识往自己脚边看一眼，夏荔知道荣光是在找她，因为当她还是那只无法幻化出人形的白狐时，就喜欢跟在他脚边打转。

明明我都把你的喉咙撕开了，都差点儿杀了你，为什么你还记挂着那么一只没有良心的野兽呢？她不愿意再以这种抱有目的的心态留在荣光身边，但正如主人所说的，她现在是他的眼睛，他对她的一切行动了如指掌，她没有别的选择。

虽然并没有真正受过什么处罚，但属于野兽直觉的那份本能告诉夏荔，在那个人看来恐怕没有“处罚”这个选项，如果她再不把事情做好，他会把她“处理”掉，就好像处理那些药材一般，研磨、切片、熬煮……

既不违抗命令，也不需要亲自监视荣光的方法并不是没有，夏荔也不是真的什么也不做就窝在中医馆里睡懒觉。

一个穿着荣光他们学校校服的少年绕到夏荔身后，本想吓唬一下她的，没想到夏荔一转身，往少年鼻尖上就是一弹指。

“夏荔姐好过分！”少年连忙捂着鼻子委屈地叫道，“亏我还帮你的忙呢！”

“掩藏气息的修炼太差了！”夏荔没好气地教训少年，“连川，你好歹是涂山一族之后，整天就知道玩乐，都不好好用功！”

叫连川的少年吐了吐舌头，亲昵地靠到夏荔身边撒起娇来：“可是夏荔姐，修炼好累啊，我又不想得道什么的，每天装成人类开开心心地玩耍就够啦！”

夏荔在心里叹了口气，这大概就是是否拥有古老血统的区别吧。她当初拼命修炼就是想摆脱寻常野兽的身份，可连川这种出生于青丘、拥有涂山氏九尾狐一族血统的孩子，天生便懂得幻化人形。

看啊，少年这副水灵灵的好皮相，眼睛黑亮有神，五官精致，活脱脱是从漫画里走出来的美少年。但其实连川也快两百岁了，在人类看来这寿命似乎长得不可思议，但在妖狐一族里还是个小孩子，又没怎么吃过亏受过苦，所以才这么一副天真烂漫的模样。

夏荔与连川少说也有一百年没见了，对于人类来说漫长到不可思议的时间，在妖怪们看来不过是刚好有点儿记挂的程度。

偶然的一个夜晚，他们在这座繁华热闹的城市意外地碰到对方，都市的夜晚灯火通明，再也不是过去连灯火都稀少的时代。布置了精致灯饰的广场上搭起了一个巨大又华美的舞台，舞台像一个雪白的、涂满了奶油的甜美蛋糕，交错的灯光下，一个漂亮的女孩儿在台上独舞。

舞台后是广场中心的音乐喷泉，伴随着舞蹈变换着角度喷射出水柱，形成一片透明的水幕，灯光落在水墙上很美，跳舞的女孩儿也很美。

她跳的是芭蕾，弹跳、回旋、抬手，修长绷紧的腿抬起又落下，舞姿中糅合了力量和柔美。她是那么美，身体的线条、灵动的身影，连发丝和指尖都美得叫人心颤，她一个人的舞蹈便虏获了台下所有观众的心。

那天连川远远地看着女孩儿，一副魂不守舍的样子。他把自己打扮得很好看，人类外形的他有着浅栗色的头发、白皙的皮肤——狐狸幻化的人形都有张好皮囊，路上与他擦肩而过的男男女女都不由得看呆了。

狐狸天生便是魅惑的代名词，周身都飘荡着难以捉摸的、迷离而暧昧的气息，能轻易地虏获看上的猎物。与其他狐狸相比，夏荔虽然好不容易得到了现在的外貌，而这皮相明明也不差，却唯独缺少了魅惑的感觉。

多亏了狐狸这份独特的气息，夏荔一下就从茫茫人海中认出了连川，虽然他当时并没有发现自己。她问连川在干什么呢，连川迟疑着，脸红红的，扭扭捏捏地说："其实……我在跟着一个女孩儿。"

说完，他才好像发现什么似的，惊讶地喊道："啊！你、你终于能变成人啦！"虽然听起来多少会让夏荔有些尴尬，不过看连川那双突然闪闪发亮的眼睛，明白他为自己高兴的那份心情是发自内心的，也就怎么也无法对他生气了。

"我现在还有名字了哦，我叫夏荔。"虽然有点儿得意，但她也诚实地坦白，"唉，能幻化人形也不是全靠自己，还是得了他人相助。"

"嗯？"连川的眼睛瞪圆了一点儿，好奇地追问，"是怎么回事？"

夏荔不是很想把那个人的事说得太清楚，含糊地说："就是有个人给了我一枚灵丹，我含化了之后就发现自己能变出人形了。"

"灵丹！"连川的眼睛瞪得更圆了一点儿，又迫切地问，"那人很厉害吗？你认识他吗？很熟吗？我——"

虽然连川十分感兴趣的样子，夏荔却不想多说，她直接打断连川的话，道："我想让你帮个忙呢！"

她拜托擅长化形的连川变成荣光同校学生的身份，潜伏在荣光身边。连川一开始有点儿犹豫，不过他琢磨了一下，跟夏荔提出要求："我可以帮你这个忙，可这之后你也能答应我一个请求吗？"

夏荔这时只当连川是在游戏人间不务正业，她还在为自己的事情心烦意乱，自然没有太把他的要求当回事，随口便答应下来。

连川别的法术那是马马虎虎，幻化之术和魅惑之术却是得心应手，他用魅惑之术让其他人以为真的有这么一个人，然后以一个事实上并不存在的身份堂而皇之地当起了高中生。

一开始，连川是想跟荣光当同班同学的，行动起来更方便，夏荔却坚持让他选一个同级的其他班，以免被发现。同时千叮万嘱，一旦他遇到一个背着巨大药箱、自称卖药人、说自己什么药都能卖的家伙，一定要先逃为上！

“那时候我不懂你为什么非要这么麻烦，因为那家伙看起来就是个普通人啊，总觉得很迟钝的，怎么可能会被发现嘛！后来我才知道是我错了——”溜出学校与夏荔会合的连川发出感慨，“我发誓我已经很小心了，但有一天他突然找到我，跟我说‘我好像没见过你，最近没有转学生啊’，可把我吓出冷汗来了！还好你有先见之明，才能用不同班不熟蒙混过去……明明在迷惑之术上我是很有信心不会失败的！夏荔姐，他到底是什么人啊？”

两只狐狸披着人类皮相找了个咖啡馆坐下。听着连川一脸不可置信地给她报告，夏荔心想，算你走运了，真正可怕的那个你还没碰到呢，嘴上还是安慰道：“就是因为他不普通才要你帮忙盯着的嘛，不过你放心呢，他也不会伤害你的呢。”

“对了，”连川从刚才就一直很想问了，“你说的那个背着巨大药箱卖药的人，我倒是一次都没见过。”

夏荔顿时被吓成尖叫鸡：“你不会想见到他的呢！”

连川却一改平日天真烂漫的样子，认真地说：“不是的，我想见他，问他要一种能让人死心塌地爱上另一个人的药。”

夏荔一听差点儿笑出来，她说：“你开什么玩笑呢，还有你俘获不了的人？还花什么心思找那种破药呢？”

“不是我要用的。”连川脸上一丝开玩笑的意思都没有，“我想给一个女孩儿，这样她喜欢的人也会喜欢她了。”

3

“那是不可能的呢。”夏荔摇摇头，“即使人心可以一时被法术迷惑，但不管看起来再怎么像是真的，你也知道那是假的，虚假之物并不会给人带来幸福呢。”

“哪怕是假的，只要她开心就好了啊！”连川并不同意，他说，“人的寿命不过几十年，就算是假的，假上一辈子那就是真的！”

“就算真有那种药那也是要付出代价的！你觉得人类能承受那个代价吗？”夏荔激动起来。咖啡馆里已经有人投来奇怪的目光了，她伸手在虚空中一划，划出一片结界来。

“代价我来承受就好了。”连川平静地说，原来他早就想好了，“我不是人类，损失一部分的生命也好、力量也好，都由我来承担吧！她不需要付出任何代价！”

“你现在说得轻松呢！万一需要全部拿走呢？跟那种人做交易的代价可比你以为的要

高呢！”

连川话锋一转，又露出笑眯眯的样子来：“那就让我见见那个人啊！还没见过面，怎么知道到底是什么代价呢？等我听了再拒绝也不晚啊。”

狐狸这种生物啊，在关乎自己渴望得到的事物之上可是一直都很狡猾的。

但夏荔哪里猜不到他这点儿小心思。

“对不起呢，连川。我骗了你，其实我不认识那样的人，我说起灵丹时你一副很感兴趣的样子，我就想可以把这个做诱饵吧，才故意编出这么个人，只是想你替我办事罢了。现在你不需要继续监视了，我自己来就好。”

“你说过你会帮我的！”连川不服气地说。

“只有这件事除外！”夏荔毫不退让。

连川默默地看着她，受了委屈似的咬着嘴唇。

还跟个小孩子似的呢……夏荔心里重重地叹气。她认真地注视连川的双眼，以坚定的目光表露自己绝不会退让的决心。

突然，她觉得眼睛抽了一下，随之而来的是一阵轻微的刺痛。

刺痛来得突然也消失得快，大概是一瞬间她露出了有些痛苦的表情，连川惊讶地看着她，好像从她眼中看见了什么。但在他反应过来之前，夏荔便解开了结界，拿起账单叫咖啡馆的服务员结账了。

结账过程中，连川坐在椅子上，不知道在想什么，眼神有点儿古怪。夏荔没好气地问：“你真的那么喜欢那个女孩儿？为什么？她有好到你愿意为她做这么多？”

连川简明扼要地说：“因为她漂亮啊。”

夏荔哑住了，她知道连川从小就是一只爱漂亮的小狐狸，不但自己任何时候都漂漂亮亮的，也喜欢漂亮的东西。就连跟着涂山一族的大狐妖修炼，他都能被一只路过的小蝴蝶勾了魂，屁颠屁颠地追着跑，为此可没少挨骂。

“你傻呢你！”夏荔气得不行，“区区一个人类，不值得你这样犯傻呢！”

连川反问她：“可是，你不也是因为喜欢上人类，才那么努力想变成人类的吗？”

夏荔一下愣住了。

她想起在那棵巨大古树下、自己怎么都想不起脸来的人。她一时说不出反驳的话，脸色变了又变，最后生硬地说了句“拜拜”便离开了咖啡馆。

她希望连川做一只在人世间快快乐乐玩耍的狐妖就好了，每天都追着漂亮的蝴蝶跑来跑去也没关系，她喜欢他无忧无愁的样子，她不希望把连川卷进麻烦事之中。

夏荔喜欢连川，也喜欢青丘之国的每一只狐狸，涂山一族虽然血统高贵、力量强大，却不会欺负她这种出身普通的狐狸，哪怕她是所有狐妖里唯一一只变不成人的狐狸。

是的，如果不是误入了那片森林，她一定会作为一只普通的狐狸度过短暂的一生。

她记得很清楚，那是夏天，一年中最好的季节，不冷、食物充沛，唯一不好的是猎人也会经常上山。

猎人想要它们的皮毛，也会与它们争夺猎物，但人类又笨又重，动作慢，气味又大，只要小心点儿就能避开他们。但是猎人的狗就很讨厌，可以说是狐狸的头号对手。

夏荔的姐姐就是被猎犬咬死的，它记得自己躲在树丛后，看着猎人把姐姐的尸体扛在背上，领着狗、哼着歌下山。

姐姐雪白的皮毛被血染红了，一个从小就熟悉的气味消失了……还是狐狸的夏荔想，姐姐死的那瞬间，找到家的方向了吗？

到了今年，轮到它被猎犬疯狂追逐，它拼命、拼命地跑，可那条可恶的猎犬的脚步声紧追不舍，它甚至都能听见那条狗兴奋的喘息声。当时它脑子里什么都没想，只知道一件事——活下去！

活下去！活下去！活下去！

它一直跑一直跑一直跑，仅仅凭着直觉，在迂回曲折的森林里狂奔，从浓密的灌木丛里钻过去，它甚至不知道自己跑到了森林的哪里。当小狐狸筋疲力尽、不得不停下来的时候，它还没有意识到自己误入了一个什么地方。

生长的植物、流动的水声、风的味道和森林的气息……统统不一样了！这是一片陌生的森林！为什么？这是怎么回事？难道自己跑着跑着就翻了一座山？

这里尽是些从未见过的稀奇古怪的东西，树木又高又大还奇形怪状的，偶尔听见鸟叫的声音却看不见鸟飞过。树枝之间挂着一种细细的藤蔓，乍一看以为上面停着蝴蝶呢，仔细一看才发现那是开出来的花。

地面上散落着从树上掉下的果实，小狐狸想过去啃两口充饥，却发现熟烂的果肉里露出一张笑眯眯的老猿猴的脸，刚一走近它便咯咯地笑起来。小狐狸吓得一蹦而起，迸发出残余不多的力气，一溜烟地跑了。

彷徨的小狐狸又累又饿，不知名的果子它也不敢吃，虽然正循着水声往水源走去，可现在它根本没有抓鱼的力气。

这时，它听见了脚步声，是人类！它向来是不怎么喜欢人类的，以往听到脚步声总是会立刻躲起来，可现在这脚步声听起来可真是亲切，一直以来的敌人在这一刻居然成了这座怪异森林中它唯一熟悉的东西。

一个少年背着手在森林里慢悠悠地走着，小狐狸只能看见他的背影，不算高挑，但四肢修长。他一身华贵的杏黄衣袍，长长的黑发用一个小金冠束起来，垂在身后，随着步伐一晃一晃的。他身上仿佛带着一层微光，像个小小的太阳。

小狐狸一边小心翼翼地藏身在草丛里，一边紧紧跟着少年。少年仿佛在自家庭院里散步似的，一会儿扯扯树枝，一会儿逗逗长着两个头的小鸟。

小狐狸后知后觉地发现，随着少年的出现，那些只闻其声不见其影的鸟儿亦纷纷飞了出来。不单是鸟儿，还有长着金色蹄子的白鹿、长着翅膀的蛇、尾巴上是两条蛇的又像猫又像豹的动物……

少年走走停停，其间他俯身摘了一种结在花蕊上的果子吃。小狐狸看他吃得津津有味，不像有毒，便学着他也啃了几个这种果子。

味道有些奇妙，但不难吃，而且才吃了一个，饥肠辘辘的肚子便一下子满足起来，力气也逐渐恢复了。少年边走边吃，小狐狸便跟着吃他吃过的果子，之后的果子味道可神奇了，有甜脆而多汁的，也有吃起来绵绵的带着鸡蛋香味的。

小狐狸吃得差不多的时候，也靠近了水源，它大口大口喝着水，冷不防听到一个声音说：“小狐狸，吃好了吗？”

它吓得尾巴一下子炸了开来，压着耳朵摆出戒备的姿态。那名少年正坐在泉水边的石头上，它看不清他的脸，只知道他笑容温和。它突然明白了，少年其实早就发现它了，他摘那些果子吃，就是为了告诉它什么能吃。

小狐狸放松下来，尾巴盘着自己的爪子，端端正正地坐着，看向少年：“你是谁……咦？我说话了？我说话了！”狐狸的尾巴又炸了一次，它不但能说人话了，刚刚还听懂了少年对它说的话。

“你吃的果子里面有一种叫皛皛的果实，野兽吃了它会通晓人类的话语，但人类吃了它就会失去言语，只能像野兽般嘶吼了。”少年回答，“你是普通的狐狸吧？虽然从现在起，你也不普通了。”

“这是哪里呢？”小狐狸问，能与人对话的感觉很新鲜，它小心翼翼地往少年身边走近了一点儿。

“这里是蓬莱，真正的蓬莱。”

小狐狸歪着脑袋，没听懂。

“没关系，你就跟着我吧。这儿可不是随便能来的地方，你既然来了，那就是我和你之间的缘分，我很久没见过蓬莱之外的生物了。小狐狸，你知道吗？我以前有过一只大黑鸟，跟你刚好相反，浑身都是黑的。”少年开心地笑起来，小狐狸觉得他好像也挺寂寞的。

小狐狸在蓬莱待下了，因为它也找不到回家的路，而且跟在少年身边让它感觉很舒适。

这个地方很奇怪，时间的流逝仿佛没有感觉，白天和黑夜是混乱的：有时候会度过很漫长的白天，黑夜转瞬而过；有时候黑夜又很长很长，仿佛天空再也不会亮起。

少年说，蓬莱很快就要沉睡了，小狐狸之所以能从外面的世界跑进来，也是因为蓬莱的力量越来越不稳定。

“森林也要睡觉的吗？”小狐狸不懂就问。它靠在少年脚边，这已经是它最喜欢的位置了，它从未想过自己会如此喜欢一个人类。

“嗯，因为我希望它沉睡。”少年说，“力量越强大，也就越危险。蓬莱需要一个管理者、看守者，可我快不行了，我希望在蓬莱找到下一个适合的人之前，都不要醒过来。”

“什么不行？”小狐狸从他的话里感觉到不安，“你怎么了？”

少年没有说话，他把脸埋在狐狸柔软的皮毛里。第一次，小狐狸无比渴望自己是人类，这样就能拥有可以回抱对方的双手。可它做不到，只能一遍又一遍地问：“你怎么了？”“哪里痛吗？”“受伤了吗？”

少年没有回答小狐狸的问题，他说：“小狐狸，虽然没办法把你送回家，但我会让你回去原本的世界的。你不可以留在这里，不然会随着蓬莱一起陷入沉眠，你原本不属于蓬莱，等不到蓬莱苏醒那天你便会在沉眠中死去。”

我不愿意！我想留下来！小狐狸想这么告诉少年，却突然觉得睡意袭来，困得眼睛都睁不开。最后的最后，是少年温柔的声音，他说：“小狐狸，活下去吧……”

当小狐狸惊醒时，它发现少年不见了，蓬莱的气息也消失了。后来它被一只赤狐发现，对方告诉它这里是青丘之国，九尾狐涂山一族的领地。

青丘的狐长老说它是一只奇特的小狐狸，明明应该是一只普通的狐狸，身上没有灵脉，却带着异样的灵气，于是被留在青丘修炼。

其实它不小了，在蓬莱的那段日子，这世间也不知过去了多少年，可它总觉得像是睡了一觉那么短暂。而且就连少年的长相它都记不得了。

它没有名字，别的狐妖曾问要不要给它取个名字，它拒绝了。反正青丘的狐狸都各有自己的名字，那它就是青丘唯一的小狐狸，它是那个人唯一的小狐狸。

4

夏荔不得不再次拾起监视荣光的任务。这家伙的日子平淡得像编剧想罢工的电视连续剧，她隔着一段距离偷偷张望，不知道是不是用眼过度了，近来眼睛时不时总有些抽痛。

令夏荔意外的是，连川居然很干脆地没来纠缠她，联系他也没有回应，不知道是不是还在赌气。以夏荔对连川的了解，他要是得不到想要的东西可是很会缠着对方撒娇的，这种情况可真少见……是长大了认识到现实的残酷，所以不再那么天真了吗？

如果他真的能就此放弃那可最好了，夏荔想，既然他不想跟自己说话，那么大家保持距离冷静一段时间也好。

但没有遵守约定这件事确实是她不好，为此夏荔在监视之余，也去了解了一下连川喜欢的那个女孩儿。在城市里到处奔跑的结果就是她没回去中医馆，不过她也不喜欢那里，只是冬蜜那家伙可能会有点儿寂寞吧。

连川喜欢的人是那个在水幕前跳芭蕾的女孩儿，一见钟情倒也像是狐族的浪漫。女孩儿叫朱美蝶，虽然名字俗气，却是一个真正的大小姐。

朱美蝶的父亲是海运大亨，母亲曾经是国家级芭蕾舞团的首席，她自己的长相也是无可挑剔，15 岁时就出国参加芭蕾舞比赛，还得过优胜。

她虽然不是独生女，但因为是唯一的小女儿，从小就被家人宠着哄着，受不得一点儿委屈，如此一来，自然是养成了最让人头痛的性格。

几天下来，夏荔深深地怀疑起连川的品位。

这不，她在高楼顶层的高档餐厅里独自占据餐厅景致最好的一张桌子，夏荔乔装成餐厅的侍应生，伺候这个大小姐半天，她一会儿嫌弃夏荔倒水的动作不够得体导致水洒出来了一点儿，一会儿嫌弃她站得离自己太近，站远一点儿又嫌她站太远了叫都叫不过来……

夏荔气得心里直翻白眼，心想这女孩儿真是烦人呢！连川这个大狐蹄子！自己如果要跟这样的人相处，肯定半天不到就得发疯！

朱美蝶等了老半天也不见自己等的人出现，于是拿出手机拨通电话，朝着那边发脾气："是你逼我的！我要是出了什么事，我要你后悔一辈子！"

夏荔觉得女孩儿的语气不太妙，正想追上去，眼睛突然又痛了起来。虽然不是多么难受的痛，可老是这么时不时抽一下，也够烦的。她本以为像之前那样一会儿就好了，可偏偏这次眼睛越来越痛，眼球好像快要融化似的。

她冲进洗手间，趴在洗手台上拧开水龙头，接了水便往脸上泼，希望眼球上那股灼热的疼痛能缓解一些。接着，她抬头，正前方便是镜子，她眼睛四周的血管经脉怒张，从眼皮那片薄薄的皮肤下凸起，她看到自己的眼球不规则地乱转，像蜥蜴或者蛤蟆。

可她的视线又是很平稳地直视镜中——她的视线与自己的眼睛对上了。

她的眼睛里有另一个人。

——"你现在就是我的眼睛了。"

这句话在她脑中突然炸响，伴随着那个声线冷酷、毫无慈悲的回响，一行血泪从她眼中滑落。

她之前跟连川说什么来着？那个背着巨大药箱的、怪异的卖药人，他会卖给你想要的任何药。

连川想要什么来着？他想要能为喜欢的女孩儿俘获心上人的药。

那天连川看着她的眼睛，好像从她眼中看到了什么……对！他看到了！他看到的是另一个卖药的人！那个令夏荔胆战心惊的人！

夏荔顾不上疼痛，她从洗手间冲出去，外面的顾客都被她满脸是血的样子吓坏了，惊叫不已。夏荔顾不上那么多，她推开面前的每一个人，冲出这个高层餐厅的露台，然后在一阵更惊恐的尖叫声中跃出露台，跳入夜色之中。

使用法术移动是极为消耗力量的，但夏荔还是不顾一切地用上了，她几乎是在自己极限的时间内赶回了中医馆。她颤抖着手，第一次这么害怕踏入这里。中医馆内依旧烟雾缭绕，为什么这时候才发觉呢，这股草药的味道能掩盖多少不可告人的气味。

她站在那扇门前。

这次她没有敲门，而是直接推开门走了进去，依旧是林立的百子柜，尽头是竹帘半垂的隔间……不，今天竹帘全部卷起来了，露出后方摆放着的两张巨大案几，上面堆满了医书、药材和制药工具，再走近一些，才发现里面还有一张长方形的案几。

这张案几上放的是各式各样的刀具，一把砍刀直接插在案上，哪怕燃点再浓烈的药草熏香也驱不散一股血腥的味道。

夏荔觉得上方挂着什么，她很慢、很慢地抬起头，那是一张狐皮。

被漂亮地剥了下来的，连川的皮。

那只爱漂亮、爱撒娇、追着蝴蝶的傻狐狸，那只喜欢上了人类女孩儿的傻狐狸，她的手足、亲友……

夏荔缓慢地跪倒在地，满脸血泪。她张大了嘴巴，满腔怒吼却发不出一丝声音，那喊不出来的悲鸣回涌在胸腔，让她的心脏发痛。

一个药瓶咕嘟嘟从后面滚来，停在夏荔身边。她身后，蒙着双眼的男人坐在他的药箱上，笑眯眯的，好像看了一出好戏，此时心情正好。

“你对连川做了什么！”夏荔转过来，她脸上眼睛的位置只剩下两个血窟窿，还在不住地往外冒血。她四肢伏地，虽然外表还是人类的模样，但姿态已逐渐兽化。

“是那只狐狸想要的药，就交给你去用了吧。”那人淡然地说。

“你都做了什么……我又做了什么……连川……”夏荔没有听他的话，她手指陷入了地面，地面剧烈一震，她身体四周的地面崩开了裂纹，“是你……引诱他的……是你！”

“他有所求，而我只是实现了他的愿望，各取所需罢了。”虽然蒙着双眼，但他似乎能清楚地看见夏荔此刻的姿态，并发出低声的嗤笑，“你现在可真丑陋啊，夏荔。”

少女的衣衫被膨胀起来的身躯撑破，白色的长毛从光裸的皮肤上长出来，飞快地覆盖全身，獠牙从小巧的嘴唇里钻出来，俏丽可爱的脸蛋变成尖尖的兽嘴，双眼仍冒着血水，这姿态既丑陋又可悲。

“是你骗了他！你骗了他！”发狂的狐妖咆哮着，流蹿的妖气割裂了墙壁、天花板，百子柜被切成了木碎。男人却纹丝不动。它作势要扑向面前的男人，却蓦然发现自己动弹不得，仿佛被无形的枷锁束缚在地面上，越是挣扎，身上的枷锁便越来越紧、越来越重。

地面上被压出了一个浅坑，它被压在坑里，几乎要被这股无形的力量碾碎。

“你以为我为什么给你取名？‘名字’可以约束你这样的妖兽。无名之妖一旦拥有名字，它就是赐名者的所属物了。”男人优雅地从药箱上起来，走到“夏荔”面前，摸了摸她染满血的鼻子。

“我不明白，不过杀了你一个同族，你在生气什么？你难道还没发现吗？你到底是怎么获得变幻之术的？”男人的声音听起来就像是教训顽劣孩童的长辈，“狐妖体内有魅珠，又称媚珠，能蛊惑天下所有的人。像是青丘那边的狐狸天生便怀有魅珠，与生俱来便通晓变化之术和魅惑之术。极少数的普通狐狸在机缘巧合之下，也可通过修炼形成魅珠。可你不一样，你的灵气不是来自自身，而是来自外界，所以你无法自己修炼出魅珠。”

他在说什么？夏荔听得心慌意乱——我不想听了！我不想知道真相！我不想！

“夏荔啊夏荔，小傻瓜，你以为我给你吃的真的是什么灵丹妙药吗？”男人笑了起来。夏荔的双眼已经什么都看不见了，但她想他一定是很开心的样子。

“你吃的是我从另一只狐妖身上拿来的魅珠啊。”男人说，“但强行把魅珠给你，融和得不好，你的人形总是容易露出破绽，必须隔一段时间再吃其他魅珠。”

夏荔感到什么东西被喂到嘴边，她虽然看不见了，但感受到一种熟悉的气息，是连川的魅珠……这个人要逼她吃下连川的魅珠吗？

“我是个守信用的人，你替我办事，我完成你的愿望，帮助你变成人类，这有什么不对吗？”

对啊，这没什么不对，错的是我。

这个人装出一副无欲无求的模样，其实比谁都贪心！

连川啊，你死的时候在想什么？不，你大概什么都还没弄清楚就死了吧……就像我，身为狐妖却过于天真，为了所爱之人不顾一切，最终却只是悲惨地沦为他人的工具。连川啊，抱歉了，你的愿望我可能无法替你实现了……

一开始，只是如同微弱的紫色电光在狐妖皮毛上乍现，紧接着，一股紫色的火焰在狐狸身上熊熊燃烧。紫色的火焰时而深邃，时而清浅，像一个妖媚婀娜的绝代佳人披着最薄最轻的纱翩翩起舞。

狐火是靠燃烧生命和妖力产生的，火焰如此之美，如此曼妙，却又如此炙热，烧得骨髓都在沸腾，烧得血液都化作白烟。

“狐火！”男人吃了一惊，他正想退开，就被狐狸一口死死咬住了手臂。

不许走！不许！狐狸在心里发出愤怒的狂喊。

狐火以极快的速度蔓延，被火焰触碰到的东西都瞬间烧成了灰，空气中传来什么东西碎裂的声音，灼热的狐火把一切束缚焚烧殆尽。

狐狸很清楚这火焰也会把自己吞噬，既然如此，就一起在这火焰中烧成灰烬吧！

终于，男人脸上的表情不再那么轻松了，狐狸的“名字”被他束缚，这头畜生现在这么做无疑是在与绝对的“规则”作斗争。地面一寸一寸地下陷，强行要冲破束缚、忤逆规则也要杀死主人的狐妖正在遭受最惨烈的反噬。

它身上的每一块骨头都在粉碎，可释放的狐火却愈加猛烈，连男人的脸上也露出了痛苦的神色——狐火灼烧的不仅仅是肉体，这妖异的紫色火焰可是连灵魂都能烧尽的。

突然，一个声音响起：“小狐狸，你在干什么呢？”

是冬蜜！少年的声音让狐狸猛然一颤。下一刻，它觉得脖子上一阵剧痛。一把短刀插进了狐狸的咽喉，刀刃上不知道是什么毒药，狐狸浑身都麻痹了。

“小狐狸，不可以哦。”冬蜜说着抽出短刀，生气地说，“不许对师父这么无礼。”

——“小狐狸，你真漂亮。”森林里被遗忘了面容的少年温柔地说。

一瞬间，两张脸毫无征兆地重合在一起，被抹去的记忆在这最不堪的时刻复苏了，森林里那个温暖得宛如小太阳、她最初喜欢上的那个人，为什么……居然是冬蜜啊！

这张脸曾那么熟悉，现在却那么陌生。

在匿魂匣中，她知道男人一直在治疗某个人，当时她并没有见过对方，也没有把这件事放在心上，因为她一直以为匿魂匣里的一切都是假的，是为了欺瞒卖药人而制造的幻境。没想到那居然是真的！当时男人治疗的人就是阿蜜！

因为重伤而愈发模糊的意识中，她感觉自己明白了非常重要的事情。

“名字”是有力量的，可以束缚灵魂，所以男人给她取了名字从而束缚她，那么他给“冬蜜”的名字难道也是……

她无从得知阿蜜为什么会成为男人的徒弟，但她知道这个混账一定有什么不好的企图。她想提醒阿蜜，可是刀刃拔出，伤口顿时血如泉涌，她再也支撑不住，倒在地上，在妖力作用下巨大化的身躯逐渐缩小，浑身抽搐着变回了普通狐狸的模样。然而在生命的最后一刻，她还是奋力而起，用尽全力咬断了男人的手。

男人压抑着痛呼一声，布满皱纹的手被咬断后却没有流出血来。被释放出来的狐火仍在燃烧，不把这里所有的东西都烧尽，这火是不会熄灭的。

冬蜜说："师父，快走吧。"

男人颔首同意，他从自己的药箱里扯出一块布，卷住两人，瞬间便从狐火中消失。

火焰中心只剩下一只小小的狐狸，它已经被烧得看不出原形，浑身焦黑，引以为豪的雪白皮毛不复存在。它在火中啜泣，为死去的连川，也为愚蠢的自己。

"小狐狸，活下去。"

就在它心灰意冷的时候，回忆中的声音冷不丁响起。

这时，一片紫色的火海中，一个人影施施然地走来，他背着一个巨大的药箱，药箱上无数眼睛眨巴眨巴，眼珠子滴溜溜地转，只是缺少了一只金色的眼睛。

人影的脸逐渐能看清了，是个俊秀的年轻人，他走路时伴随着铃声，铃铛是他手上那把扇子上挂着的扇坠。他执扇一挥，火焰之间便辟开一条道路，凶残暴戾的狐火甚至碰不到他衣角半点儿，毕恭毕敬地让他通过。

他再一次挥动手中的扇子，狐狸身上的火焰熄灭了。

他弯腰抱起狐狸，叹了口气："可别就这么死了啊。"

5

第二天，电视上的新闻报道了市内某中医馆突发大火，从深夜一直烧到次日中午才终于被扑灭的事。消防队在中医馆内没有找到任何人员，被采访的消防队员说："太奇怪了，我们从没见过这样的火，里面的东西全都烧没了！没了！"

火灾现场被烧得干干净净，只留下一些黑色的痕迹，其余什么残骸都没有。据了解，这间中医馆一个多月前便停业整顿，而医馆的相关工作人员一部分在家休假，好像什么都不知道似的，另一部分人从上个月起便下落不明。

与此同时，网络上的一则新闻也传播得热火朝天——芭蕾公主朱美蝶坠楼重伤！性命垂危！

第七章

鬼兮蝶

曼陀罗花：味辛，性温，有毒，能制麻药、迷幻药。相传，此花笑着采摘酿酒，此酒饮而令人发笑；若舞着采摘酿酒，此酒饮而使人起舞。采花阴干，研磨成粉末，热酒三钱调服，少顷晕晕如醉。

GUI XI DIE

1

有这么一种蝴蝶，无论雄雌，它们的翅膀都拥有瑰丽且迷离的磷光，那是一种介于紫色和蓝色之间的颜色，宛如幽冥的火焰，美得令人心怀畏惧。

这种蝴蝶会在冬天湖泊结冰之前成群结队地扑入湖中。那是一支壮丽的赴死队伍，并且在赴死前就已经染上死亡的色彩——雄性蝴蝶已经作为养料被怀孕的雌性蝴蝶吃了个干净。

这种蝴蝶翅膀上的磷粉有毒，湖里的鱼此时都会远远避开。怀孕的雌性蝴蝶在冰冷的水中产卵、死去，然后大雪来临，冰封湖面……漫长的冬天里，蝶卵在冰水中发育、生长，每一个卵里都有一对蝴蝶的双生子，却只有一只蝴蝶能活到冰雪融化之日破茧而出，另一只则会成为对方熬过这个漫长冬天的养分。

待隆冬过去，春天来临，湖面的冰化成水，大群大群初生的蝴蝶从湖里飞出，它们扇动翅膀，紫蓝色的磷光连成一片，仿佛在湖面上燃起了一层幽冥之火。

古人看见这些蝴蝶赴死，却又从湖中重生，以为是这种蝴蝶打开了黄泉之门。归去来兮，他们了解这种蝴蝶的可怕之处，所以把它们叫作鬼兮蝶、黄泉蝶。

林道茂租住的小破房里来了一名不速之客。

林道茂最近一段时间状态很差，昨晚又熬了个通宵，刚刚倒头睡了不到几个小时，就听见门铃吱吱作响。这个破门铃声音不大，但那种有如破碎电流的声音仿佛与脑电波波长吻合，不需要响得惊天动地也能直达大脑，让他觉得好像有毛毛虫从耳朵钻进了脑壳，一个激灵便自动惊醒。

他在床上翻来覆去，希望那只是上门推销或者走错门的笨蛋，过一会儿就会自动离开。然而事与愿违，门铃仿佛要与他抗争似的，一直响个不停。不得已，林道茂只好从床上爬起来，走到一半就听见外面有女孩子的声音在“林小猫”“林小猫”地喊个不停，他立刻就知道是谁来了。

是朱美蝶，从小时候学芭蕾舞开始就认识的女孩儿，她是貌美多金的娇蛮公主，还是天才的芭蕾舞舞者。十五年来伴随着舞蹈的，还有他们之间不知该如何定义的暧昧关系。

因为自己叫林道茂，于是从小就被对方取了个“林小猫”这般可笑的外号，一叫就是许多年，一直让他感到头疼。可朱美蝶怎么会突然来找自己呢？他们才刚刚大吵一架，以她的脾气，自己不去哄她，她是不会先低头的……

不对啊！林道茂突然清醒过来，如果他没记错，昨天他才在网上看到朱美蝶意外坠楼、身受重伤性命垂危的消息！当时他脑子一片空白，下意识就去联络朱美蝶，可她的电话怎么也打不通，好像是真的出事了。

他和朱美蝶还保持来往，知道她家住在哪里，本来想直接找过去，可转念一想，他们之间也不是多么亲密的关系，真的有必要做到这一步吗？而且网上的消息向来真假难辨，他本想等等看有没有可靠的消息发布，却干着急地等了一个通宵。

应该还在抢救的朱美蝶怎么会跑到他这里来？林道茂急急忙忙地跑去开门，中途撞翻了不少东西。

一阵曼妙的花香扑面而来，同时到来的还有女孩儿不满的抱怨。

“太慢了！”朱美蝶在门外气呼呼的，但看到林道茂后，她的怒火有所减缓。

门外的女孩儿穿着缀满荷叶边和蕾丝的雪白洋装，披散着微卷的长发，戴着一顶大大的宽檐帽，帽子上系着的粉色缎带轻飘飘地随风而动，像一只展翅的蝴蝶。

林道茂租住的这间房子位于旧街的深处，是一栋五层民宅的一楼，道路两旁都是老榕树。风从层层叠叠的树叶间吹过，吹在朱美蝶身上，冷得她打了个哆嗦。她气嘟嘟地埋怨：“这什么鬼地方！”

她的嫌弃也是有道理的，这栋楼外观就像被火烧过一般有些发黑，仔细一看，墙面上还有大片湿漉漉的地方，也不知道哪家漏水了，墙角处甚至长着杂草和苔藓。一楼墙上零零散散挂着几个木头信箱，用生锈的铁锁扣着，在少女看来无异于是古董一般的存在。

这栋楼连个防盗门都没有，一楼只有两户人家，平台上放着一辆林道茂的自行车——

在这个电线纵横交错、落满灰尘、连阳光都照不进来的地方，算得上是唯一还称得上新一点儿的东西了。

“你……”林道茂感觉自己的脑子有些转不动，眼前是活蹦乱跳的朱美蝶，是完完整整的一个人，完全不是网上新闻说的那样，他语无伦次地开口，“我……那个……新闻……你……”

朱美蝶拨了拨自己披肩的长发，不耐烦地说：“网上胡说八道的，我就是在楼梯上滚了一下，什么事都没有。”她顿了顿，露出笑意，“你担心我？”

“嗯。”林道茂老实地点头，笑了，“担心死了，你没事就好。”这种事可不是开玩笑的，他都吓坏了。

朱美蝶心情大好，看林道茂脸上挂着两个黑眼圈，脸色惨白惨白的，下巴好像更尖了，怪可怜的样子，心里虽然担心，但嘴上还是不饶人地说：“看你这个鬼样子，憔悴得像死人似的。你老是打工、打工的，挣得了多少钱啊？还耽误练舞时间！你状态这么差，甄选会过不了怎么办？”

林道茂的笑容差一点儿没能维持住，她总是这样不以为然地说些最能戳到他痛处的话。

朱美蝶是富家千金，父亲是海运大亨，母亲曾经担任芭蕾舞团首席，她天生具备芭蕾的天赋，万千光芒都聚集在她身上。林道茂一直觉得，上天大概是把所有的宠爱都给了朱美蝶。

这样的她，又怎么会真的了解一个普通家庭出身、艰难却又热爱芭蕾的男孩儿的心？

朱美蝶在话说出口的时候就后悔了，她也知道自己很多时候说话很讨人厌，但她有什么办法呢？一旦生气，她就会口不择言乱说话。可林道茂还是微微地笑着，这个清瘦的男孩儿笑起来可真好看啊，朱美蝶的心脏怦怦地跳。

为了掩饰害羞，她推开林道茂就要往屋内走。林道茂有些手忙脚乱，问道：“等一下、等一下！你这是要干什么？对了，你来之前怎么不跟我说一声？”

朱美蝶给林道茂扔下一句“给我把门外那个行李箱拿进来”，自己进屋里转了一圈，然后宣布：“林小猫，我决定了，我要在这里住一段时间！”

“哈？”林道茂正替她提行李箱，以为自己听错了，“什么？”

“你也看到网上那些胡说八道的东西了吧？也不知道谁捏造的恶毒传言，真是的，就会给人添乱找麻烦，害我最近总觉得有人跟踪我。熟悉的地方都不能待了，来你这里借住几天，不行吗？”虽然听起来像是在询问对方的意见，但朱美蝶的语气根本没有给林道茂选择的权利。

尽管听起来似乎有几分道理，可林道茂心里还是充满疑惑，以朱美蝶家的财力，别说把五星级酒店的套房包下来几个月，就算是出国散心一段时间都是小事情，为什么非要跑到他这里来呢？他这儿只有一室一厅，朱美蝶来了就意味着他只能睡沙发了。

“怎么？我爱去哪儿就去哪儿，乐意怎么做就怎么做，不行吗？我就要住下来！”她大方地一挥手，“大不了我也付租金嘛，你这里月租多少？我按日租跟你算，可以了吧？”

见朱美蝶态度强横，林道茂只得叹了口气，以自己对她的了解，在她失去兴趣之前，谁也无法说服她。他当然没有完全相信朱美蝶的解释，只觉得她可能是跟家里闹矛盾了，所以来个离家出走，过几天就回去了。

林道茂说：“不用给我钱，你跟叔叔阿姨说了吧？你想做什么都行，可别让家里担心啊。”说这话时他正低头摆弄行李箱，没留意朱美蝶只是含糊地“嗯”了一声。

明明是 29 寸的大行李箱，却意外得轻，因为太轻了，林道茂用力过猛，差点儿把箱子弄翻了。朱美蝶尖叫：“林小猫！小心点儿，别笨手笨脚的！”

虽然朱美蝶动不动就爱闹脾气，骂人从来不讲道理只看心情的，可刚刚那一瞬间表露出来的惊慌失措，是林道茂这个认识她十五年的人都很少看到的。

行李箱里是什么？林道茂有点儿好奇。

林道茂正准备扶起倒下的行李箱，却见一只小巧的手突然覆在他手上，他愣了一下。朱美蝶不知道什么时候走到他旁边，用一种他从未听过的轻柔语气说：“可别摔坏了呢。”

林道茂浑身一颤，那是朱美蝶的声音，却又不是她。

他发愣的时候朱美蝶已经自己把行李箱带进屋里，回头瞪着傻兮兮蹲在门外的林道茂埋怨道：“你还在干什么？快进来啊！”完全把这里当她自己家了。

现在又是平时的朱美蝶了，刚刚是怎么回事？林道茂挠挠头，觉得应该是自己听错了。

在林道茂还小的时候，愿意学芭蕾舞的男孩儿少之又少，可以说是非常稀罕了。比起令人感觉娘唧唧的芭蕾舞，男孩子们还是更愿意选择街舞、现代舞、爵士舞之类更能体现“帅气”一面的舞蹈。

可林道茂从小就喜欢芭蕾，同龄的小男孩们抢着玩变形金刚和超人的玩具时，他能独自盯着八音盒上的芭蕾舞小人看上半天。偶尔在电视上看到芭蕾舞者的演出，他总是目不转睛地盯着屏幕，看多了之后，就在家里笨拙地学着舞者的动作跳来跳去。

林道茂的父母都是大学教授，平时也喜欢看一些音乐剧的录影带，所以对儿子在其他人看来“有点儿奇怪”的兴趣还是挺支持的。

林家虽然收入普通，经济条件不是特别好，但也不算太差，给儿子找个芭蕾舞学校还是承担得起的。

林家父母作为那个年代的教授级人物，对儿子自然也是很严格的，既然要学，那就要认真学，不能随便玩玩。因此他们最终给林道茂选中的不是那种随便学学的兴趣班，而是托了学术圈里的一些关系，给他报了一个专业的芭蕾舞教室。据说那间芭蕾舞教室的创始人之一是国家芭蕾舞团的首席，也就是朱美蝶的妈妈。

五岁的林道茂牵着妈妈的手走进芭蕾舞教室的第一天既兴奋又紧张，光滑的木地板、放在三角琴上滴答作响的节拍器、一整面墙壁的大镜子……镜子里有个漂亮的女孩儿在跳舞，她穿着跳舞的练功服，乌发束起，在脑后紧紧扎成一个发髻，轻薄的布料裹在女孩儿还未发育的身体上，竟也隐约有了让人心动的线条。

女孩儿跳舞的动作像呼吸一样自然，踮脚、抬手、起、落、起、落……每一个节拍都干净利落。她比音乐盒上的芭蕾小人好看一百倍，比芭蕾小人跳舞好看一千倍。

那是六岁的朱美蝶，光凭练习中的几个动作便叫五岁的林道茂一见难忘。

第一天上课，教室里放眼看去全是水嫩嫩的、穿着粉红粉白练功服的小姑娘，林道茂因为找不到男孩儿专用的芭蕾舞练功服，只好穿了一身黑白的紧身裤和T恤，像只掉进猫窝的小狗狗般格格不入。

他看到镜子里自己拧着衣角的样子——手脚都还短短的，灰头土脸的，唯独眼睛闪闪发亮。能做自己喜欢的事情、跳自己热爱的舞蹈比什么都幸福，他是这么想的。小小的他还有个小小的妄想，如果有一天，他也能跳得跟那个女孩儿一样好，他希望能和她一起跳舞。

2

行李箱里只有一盆植物，种在鲜艳的红色花盆里。这盆植物只有一株，叶子是不规则的锯齿状，花苞初开，形态像牵牛花。林道茂对这方面的知识并不熟悉，也不知道是什么植物。

植物的花朵带有浓郁的香气，和林道茂之前开门时闻到的曼妙花香是一样的。他刚才就发现了，这种花的香气似乎拥有舒缓精神的功效，能令人感到很放松。

这盆花被朱美蝶小心地安置在这个破房子光照最好的地方——林道茂的房间，虽然现在已经变成朱美蝶的房间了。

她住进来的第一天，就把林道茂屋里所有的东西都嫌弃了一遍，然后自掏腰包把她看不顺眼的东西全扔了买了新的。现在林道茂这个不起眼的出租屋里换上了全系列的戴森家用电器，还添了超大弧形液晶电视、PS4和任天堂主机以及各种游戏。林道茂房间里那张睡起来嘎吱作响的床也被扔了，换成了天然乳胶床垫的豪华大床。

客厅里林道茂当作床睡的沙发换成了L型的真皮沙发，其他各种生活用品还有换洗衣物自然也立刻更新了一批。要不是客观情况不允许，朱美蝶大概还能把这出租屋拆了重新盖一遍。

虽然这些不需要他花一分钱，可看着焕然一新的房间，林道茂有种自己也被嫌弃了的感觉。这才刚开始呢，之后几天可怎么过？林道茂有种错觉，接下来恐怕要永无宁日了。

第二天，林道茂要回大学上课，所以调了闹铃要起床，然而在闹铃响之前，却先被一阵食物的香气弄醒了，厨房里还传来做菜的声音。林道茂睡得迷迷糊糊，还想着自己明明是独居，厨房怎么会有人，接着他想起了昨天朱美蝶强行住下来的事，那么现在厨房里的人是她？

林道茂吓醒了，十来岁时他有幸吃过一次朱美蝶做的“料理”，结果得了急性肠胃炎，进医院挂了一周盐水。

他急急忙忙冲进厨房，看见把长发束起的朱美蝶正动作利落地切菜，平底锅里煎着两枚漂亮的荷包蛋，两块烤得正好的全麦面包从吐司机里跳出来，一切井然有序，说不上多有技巧，但确确实实是熟练的手法。

林道茂还傻愣着时，朱美蝶转过身来，似乎并不意外林道茂站在自己身后，她打开电饭煲，里面居然还煮了粥。

食物的香气中还混入了某种花香，仅仅过去一夜，朱美蝶带来的那盆花就已经完全盛放了，浓郁的香气盈满了这间小小的出租房。

“我随便做了点儿早饭。我说你冰箱里就那么点儿东西呢，”朱美蝶抱怨起来，“尽是些鸡胸肉、西兰花、番茄、黄瓜……哦，还有点儿南瓜呢。你们年轻人现在都吃这些东西吗？”

朱美蝶说话的语气和腔调都有些怪怪的，可林道茂现在正消化着“朱美蝶会做饭了”这个冲击性的事实，而且他才刚睡醒，更别说肚子在这时候还不争气地咕咕叫起来。他不好意思地说：“呃，练芭蕾舞……还是要注意保持体型的。”

“诶，这样的吗？”朱美蝶好像真的完全不知情的样子，可她明明也练芭蕾的啊！

林道茂洗漱好时，热腾腾的早饭已经摆上桌。因为过去的悲惨经历，他小心翼翼地尝了口，眼睛一下亮了起来，接着呼噜几口把粥喝完，擦着嘴巴赞美道：“你什么时候这么会做饭了？”

朱美蝶慢条斯理地吃着鸡肉，明明听见了却没有回答。这样的朱美蝶让林道茂感觉很陌生。他熟悉的是爱撒娇闹脾气、虽然比自己大一岁却好像永远长不大的朱美蝶，而面前这个朱美蝶却很冷漠。

可没时间让他想太多了，他在大学外租房，现在必须得出门了。出门前他对朱美蝶说：“我今天课比较多，估计要晚上才能回来。”

要是以前的朱美蝶，这时候肯定要不高兴了，非得缠着自己陪她打发时间才开心，所以林道茂说得有些迟疑。然而意外的是朱美蝶一点儿反应也没有，低头自顾自吃早餐，过了一会儿看到林道茂还在，疑惑地问：“你不是说要出门的吗？”

她舔了舔嘴角沾到的食物，林道茂觉得自己好像看着一只狐狸，这应该是很诡异的感觉，但不知为何他感到很平静。

啊，花的香气是不是有些太浓了？他想。

但真的不能再耽搁了，林道茂赶紧拿起书包出门，关上门的一瞬间，他听见屋内的朱美蝶自言自语：“哎哟，生什么气呢？你自己早起不了跟我有什么关系呢，我可不想饿坏‘我的’身体呢……”

林道茂站在门外歪了歪脑袋，还是想不出朱美蝶这是怎么回事，突然就跟换了个人似的。

这天晚上九点多林道茂才回到家，刚进门就被堆了一地几乎无从下脚的快递吓傻了，他家现在是要变仓库了吗？

卧室的门忽然被打开，朱美蝶兴高采烈地出来，亲昵地抓住他的胳膊把他往里拖：“林小猫你可回来了！我给你买了好多新衣服，你快来试试看！惊喜不？”

“新衣服？”林道茂满心困惑，他旧衣服都还穿得好好的，“我不需要啊……”他突然想起了什么，惊恐地问：“你把我的衣服怎么了？”

朱美蝶撇撇嘴，说：“都给你扔了。买的什么便宜货，难看死了，质量又差。”

林道茂欲哭无泪，很想问一句“大小姐，你不是把我内裤也扔了吧”。他走进房间一看，衣柜几乎都空了，新买回来的衣服铺在地上、床上，也不收拾，乱糟糟的，不过幸好一些贴身衣物还是给他留下来了。

林道茂有些心痛：“有些衣服我很喜欢的啊，怎么能说扔就扔了。”

“反正我待着也没事干啊！我在网店直接下单让他们给我送来的，都是我常买的牌子的男装。”朱美蝶可没觉得自己有错，“谁让你去上课不理我，我只好自己找点儿事情做啊！”

“我是学生啊，肯定要去上课，这不是很正常的事吗？”林道茂也不知该气还是该笑了。朱美蝶买回来的衣服光看标牌就知道价格不菲，可林道茂并不喜欢这种风格，他还是喜欢穿自己习惯的牛仔裤、T恤。

“林小猫，你愣着干吗？快来试试啊！”朱美蝶满脸期待地举着一件薄外套。

林道茂忙了一天，又困又累，现在只想洗澡睡觉，可想到朱美蝶可能一整天都在等他回来，就为了这么一点儿事，又不能冷酷地拒绝她。

眼皮都快打架的林道茂只好硬着头皮假装自己是个等身换装娃娃，任由朱美蝶一件一件的让他穿上看看效果，每换一套还得拿手机拍照。朱美蝶是高兴了，可林道茂真的很想念早上那个有点儿冷漠的朱美蝶。

这么下去不行的，真的不行，林道茂心里很清楚，有些话他是应该跟朱美蝶说清楚的。

房间里飘荡着迷人的花香，那些白色的花完全盛放。这个香气让人很放松，林道茂自然地开了口："我明天没课，所以……一起去哪里逛逛吧？"

第二天一大早，朱美蝶特别兴奋。林道茂昨晚提出今天一起去玩后，她整个人高兴得像在发光，还要林道茂骑自行车载她兜风。虽然林道茂不明白这有什么意义，况且自行车载人不好，但公园离得不远，所以他还是答应了。

"哎，你快把自行车推出来啊。"朱美蝶催促，她已经跑到外面等着了。她把手背在身后转了个圈，只是很简单的动作，由她做来却仿佛是顶级舞者的一个舞步旋转。

今天的计划是骑车到附近公园，然后去看电影、逛街、吃饭，朱美蝶为此做好了详细的安排。林道茂骑着自行车，朱美蝶坐在后面，轻得仿佛没有重量。朱美蝶揽住他的腰，把身体贴到他背上，林道茂闻到从女孩儿身上飘来的一阵淡淡的花香，不由得一阵心神荡漾。

穿过旧街，出了街口就是马路，林道茂靠边骑，从后座飘来的花香好像愈加浓郁了，他觉得脑袋有些晕晕的，却又有种迷离的舒服。

朱美蝶放在林道茂腰上的手越来越紧，他逐渐觉得有些喘不过气来，紧接着便听见朱美蝶的尖叫声："林小猫！"

林道茂猛然惊醒，才发现自己把自行车骑进了机动车道里！一辆自行车突然插入，原本在机动车道上正常行驶的司机们都吓得够呛，一时间喇叭声此起彼伏。这辆莫名其妙失去控制的自行车歪歪扭扭地开在车流之中，险象环生。

林道茂也慌得失了神，有那么一两秒他脑内一片空白。他抓紧把手往反方向一摆，稳住了车身，把自行车方向调整回来。多亏后面的车辆早已减缓了速度，这条马路也不是什么大马路，车辆本来就不多，林道茂冷静下来后很快就把自行车骑回了自行车道上。

林道茂才松了口气，冷不防自行车的龙头不自然地一晃，自行车顿时往外侧翻！车子"哐当"摔在地上的同时，他感觉到身体与地面碰撞的疼痛。正爬起来时，他听见"哔哔哔"的刺耳鸣笛声，一辆从后方开来的小车因为来不及刹车直直朝他开来！

林道茂来不及反应，却有人及时拉了他一把，让他在千钧一发之际躲过了那辆车。

林道茂惊魂未定，猛然想起后座上的朱美蝶，他顾不上检查自己有没有受伤，转头就去找女孩儿的身影。朱美蝶好好地站在一旁，丝毫没有狼狈的样子，只是脸色有点儿不自然的白，嘴唇似乎都在发抖。

林道茂只当她是被吓到了，着急地问道："你没事吧？对不起，我——""我都不知道这是怎么了"，他原本是想这么说的，但又总觉得好像是在为自己的错误找借口。

"臭狐狸你干什么！"朱美蝶厉声道，不但对林道茂的体贴丝毫不领情，似乎还很愤怒。

林道茂其实没听清她在骂什么，他认为这件事确实是自己不好，自行车载人上马路还走神，差点儿出事了，朱美蝶怎么骂都是应该的，但就是……心里有那么一点点的受伤。

"抱歉。"林道茂把自行车扶起来——框架有点儿歪了，脚踏掉了一个，不过总体问题不算大。他自己身上刮伤了一些地方，流了点儿血，不过没有大碍，算是可喜可贺了。

"我……那个……"朱美蝶大概也回过神来了，觉得自己有些失态，"林小猫，我不是怪你……"

"行了，你没事就好。"林道茂笑了笑，这话倒是真心的。朱美蝶会发脾气就证明她没把事情放在心上，她知道自己发火过了头时就会这样，还真是从小到大都没有变，她确实喜欢发脾气，但从来不记仇。

"林道茂。"朱美蝶突然认真地叫了他的名字，脸色十分难看，"真的不是你的错。"

"哦。"除此之外，他也不知道说什么好。

其实林道茂有感觉到刚才自己被狠狠推了一把，所以自行车才失控的。但当时除了后座上的朱美蝶，又没有其他人，怎么可能有人推他？总不能是朱美蝶想杀了他吧？不可能的！林道茂劝自己不要胡思乱想。

朱美蝶咬着嘴唇不说话，一看就是生闷气了。

林道茂不喜欢气氛这么僵，问："你想去哪个商场？我们打车过去吧。"

朱美蝶没立刻回答，她拿出湿纸巾替他擦伤口，思考了一下，反而问道："林小猫，你有什么想去的地方吗？"

3

林道茂承认自己是个很无趣的家伙，他想去的地方只有一个，那就是练舞室。他现在就读的舞蹈学院里有提供给学生自由使用的练舞室，但面对全校那么多学生始终是供不应求，林道茂也不喜欢一大群人挤在一起练舞，总觉得那样很难专心。

在学校外，市内最便宜的练舞室租一个小时约二十块。这种练舞室比较小，但如果几个人相约一起用，按照一次四个小时左右计算，价格和环境都还可以接受。但一个月、一年下来花费也不少，为了应付各种开支，他还努力四处兼职打工。练舞室和学校也有点儿距离，为此他还放弃了学校住宿，选择在外租房。

林道茂常去的练舞室就在他的租房附近，他提出想过去的时候还有些忐忑，总觉得朱美蝶应该不会答应。过去他陪她逛了无数商场、游乐场、水族馆、博物馆，都是朱美蝶想去的地方，反过来他想去练舞室的时候，朱美蝶总是很嫌弃。

一点儿都不好玩啦、林小猫是个死脑筋大笨蛋、谁要去那么没气氛的地方啊……这些都是朱美蝶拒绝的理由。久而久之，他也就不在她面前提了。

这次朱美蝶罕见的没有一句抱怨，好说话得让林道茂怀疑她是不是换了个人。他们先折返回去取林道茂练舞要用的背包。练舞室距离不远，走路也不过十来分钟，可林道茂并没有把自行车放回去。

“坐上来吧。”他对朱美蝶说，“你不是说不想走路吗，我推你过去。”

朱美蝶能感觉出林道茂心情很好。

他们去过很多地方，每一处都是她精心挑选、提前做足调查的。为了方便家境一般的林道茂出行，她甚至还让自家的司机来回接送。

那时候，林道茂不能说完全不高兴，但从来没有过此刻这般轻松欢快的感觉。其实想想这也能理解，因为过去那些地方都是她以自己的标准选择的，是她认为“好”的地方，她从来没有考虑过林道茂的意愿。

现在她侧坐在被撞得有些变形的自行车后座上，林道茂扶着龙头推着自行车，沿着绿荫夹道的旧街慢慢走，明明也没有互相说话，但光是这样悄悄看着他的后背，便足够让她心情雀跃。

过去我们真的浪费了好多时间，朱美蝶心想，而且……过去那么无理取闹的自己其实很让人讨厌吧，虽然林道茂没有明显地表现过，但其实他也一定觉得……

——你是个烦人精呢！他一定讨厌死你了呢！

脑海里一个声音发出嗤笑。就是发出这个声音的家伙，刚刚差点儿害死了林道茂！朱美蝶习惯性想发火，可这是徒劳的，因为她没办法对“自己”做什么。那个卖药人说了，这个声音会抓住一切机会攻击她、挖苦她，让她难过、伤心、失去希望。

“朱美蝶”的身体里现在挤着两个灵魂——两个濒死的灵魂，两个疯狂地渴望着把对方吞食掉然后占据唯一一个生存名额的灵魂。

这是一场以生命为筹码的豪赌，她从一开始就知道了，所以她绝对不能输。

林道茂似乎察觉到一丝不对劲，回头看了一眼。自行车后座上的女孩儿朝他露出笑容，那是很美的笑容，但那张脸好像割裂成了两半，一边笑得甜美，一边笑得阴森。他吓了一跳，心想大概是刚刚摔晕了，才会产生这么诡异的错觉。

练舞室很快就到了，这其实是一间舞蹈教室，会在不上课的时段里把舞蹈室短暂出租。林道茂今天没有提前预约，但他跟老板很熟了，加上不在上课时段内，所以还是顺利租到了一间练舞室。

朱美蝶上下打量这间练舞室，大概一间普通高中教室的大小，铺着木地板，镜子、把杆这些基础配置都齐全，不过没有窗户，墙面破落，处处透着陈旧的气息。她家里也有一间练舞室，比这儿大一倍，还带一个弧形的小阳台和一扇落地窗。

要是以往，她肯定已经把“这里还没有我家阳台大”这样的话说出口了。

林道茂走在后面，把练舞室的门关上，说：“我知道这里很小，别说你家的练舞室了，你家阳台都比这儿大。”

林道茂只是先把丑话说在前，可他不知道这话在正反思自己过去作为的朱美蝶听来，恰好充满了讽刺的意味。林道茂的话确实是她心中一闪而过的想法，仿佛在告诉她，她的高傲和浅薄，林道茂早就看在心里了。

“你怎么了？”林道茂一直小心观察朱美蝶的神色，发觉她好像有心事。

朱美蝶心烦意乱，带了情绪的话语脱口而出：“你少管我！快练习啦！你不是一心只想练习嘛！”话一出口，她就已经后悔了。

不是的，不是的！她其实不想这么说的！

——嘻嘻。

朱美蝶绝望地听见脑海里那个“她”欢愉地轻笑起来，幸灾乐祸地说“看吧，你又搞砸了呢”。

林道茂被呛得呆了呆，他不懂为什么朱美蝶上一秒还好好的、心情很不错的样子，突然又发起脾气来，真是阴晴不定、捉摸不透。

而且这话在林道茂听来也挺伤人的，他沉默了一下才说：“嗯，我大概真的没什么才华吧，所以只能多花时间练习了。”他对自己的水平心里有数，尽管热爱芭蕾，可舞蹈这种东西，不是你不顾一切去热爱它，舞蹈之神就会眷顾你的。

天赋和才华是与生俱来的。朱美蝶拥有这一切，不但如此，她还有一个身为顶级芭蕾舞演员的母亲对她从小悉心栽培，她是被眷顾的宠儿，所以看不起他这样平庸的家伙也是很正常的吧。

两个人的想法背道而驰，似乎永远没有相通的一天。

林道茂已经换好衣服——外套一脱，里面就是练功服。他往镜子前一站，开始热身。练舞室是最让他感到放松的地方，他在这儿就好像逐渐回到他们都还小的、最初的那个时候。朱美蝶不打算跳舞，她对芭蕾的热爱绝对不及林道茂的百分之一。她自己想过，如果不是林道茂，她早就放弃芭蕾了。

是因为能和你一直在一起，所以我才一直跳舞的。

“下次甄选会是什么时候？”看了一会儿，朱美蝶突然问。

有演出需要的芭蕾舞剧团不时也会对外吸收新鲜血液，虽然几乎都是小角色，但对于林道茂这种还在读、没得过什么奖项的新人来说，是十分重要的机会。朱美蝶在十五岁时就得过国际比赛金奖，在不少知名芭蕾舞团的表演里担任过重要角色甚至主角，相比起来，林道茂就连正式演出的机会都少得可怜。

朱美蝶在这方面自诩为经验丰富的前辈，过去就经常替林道茂报名甄选会面试，还特意包下最好的练舞室，亲自给他辅导、陪他练习。

只可惜每次都事与愿违，林道茂在各种甄选会中频频失败。也有那么几次林道茂真的站到了舞台上，但表现实在差强人意，事后连他自己都有些心灰意冷。

“之后有个面试。”林道茂回答，他没有看着朱美蝶，而是避开了她的视线。

“什么剧目？哪个舞团？让我妈妈帮你打个招呼吧？”朱美蝶热心地问，说到这方面，她的自信就回来了。

林道茂没有回答，避重就轻地说：“还是先练习吧。”

虽然感觉他在隐瞒什么，但朱美蝶忍耐着没有追问。但随着林道茂跳起了舞步，朱美蝶又惊呼起来：“不对不对！林小猫，你跳的什么鬼！我跟你说过的啊，要这么跳才对！”她一边说着，一边赤脚在木地板上做起动作示范。

虽然只是穿着日常的服饰随便跳了一下，但要是那些甄选会的专业评委在场，肯定会两眼发光地选择朱美蝶，而不是林道茂。

“来来来，林小猫跟着我做啊！你这样下去不行的！”朱美蝶一心只在纠正林道茂的动作上，没发现他的目光暗了暗，随后的动作愈发僵硬起来。

朱美蝶忙着指导了半天，林道茂更是累得满头大汗。他一脸疲惫不堪，靠在把杆上大口喘气，被汗水打湿的头发支棱乱翘，练功服的紧身布料几乎就是第二层皮肤，把男孩儿常年练习芭蕾塑造的优美体型显露无遗。

朱美蝶一时有些慌乱，借口上卫生间出去了。她哼着歌，心情很不错。刚才练习的时候跟林道茂之间感觉很好，他那么喜欢芭蕾，果然还是离不开自己的，朱美蝶暗自高兴。

洗手池上方挂着一面镜子，镜子里的“她”有着与朱美蝶同样的脸孔，却是截然不同的表情，阴沉着脸。朱美蝶朝镜子里的自己得意地笑了：“我会赢过你的，臭狐狸。”

朱美蝶往练舞室走去，推门前听见里面传来陌生的说话声。在她走开的间隙，来了三个同样二十岁出头的年轻人，其中两个是女生，他们与林道茂好像认识，应该是经常一起合租练舞室的朋友。四个人正熟络地聊着天。

其中一个女生问："道茂，昨天的面试怎么样？顺利吗？"

面试？什么面试？朱美蝶忍不住偷听起来。

"还不错，你教我的技巧很有用，我觉得表现起来自然多了。"林道茂回答，他是真的很感激。

他跟朱美蝶撒了谎，他不是"之后"有个面试，他是已经去面试过了。昨天大学的课只到下午，然后他去了一个没名气的小舞团面试，他觉得那是他表现得最放松、最自然的一次。

"不错嘛，你小子看起来挺有信心的！"这次说话的是个男生，他还拍了拍林道茂，然后四个人都笑了起来。

"这个舞团虽然没什么名气，不过经常能接到小节目的表演工作，其实还挺不错的呢。"第二个女生说道，"道茂以前总是去很有名的舞团剧团的甄选会，我给你推荐这个的时候还觉得不好意思呢。"

"怎么会，我感激你才是。"林道茂认真地说，"其实这样才适合我，以前压力太大了，我自己都发挥不好。"

"对了，道茂，正好你是练芭蕾的，那个事你听说了没啊？"第一个女生一边回想什么一边问，"就是那个跳芭蕾很厉害、拿了奖的天才少女，她——"

"等一下。"林道茂打断了对方，他才发觉朱美蝶上洗手间的时间也太长了，本来还打算把朱美蝶给他这几位朋友互相介绍的。

林道茂走出练舞室，刚好清洁阿姨从女洗手间出来，说里面并没有其他人。林道茂跑去前台，前台说跟他一起来的那个女孩儿已经先走了。

4

天已经全黑了，朱美蝶站在舞蹈教室的天台上。不是林道茂带她去的那个，而是他们小时候相遇的那一间舞蹈教室。这个舞蹈教室开了十五年了，规模扩大了不少，上个月才搬迁到这栋八层高的新楼。

如果现在有人看到她的样子一定会大吃一惊，因为她泪流不停，表情却很平静，不知道该说那眼泪是假的，还是那份悲伤是假的。

朱美蝶拿出一面随身带的小镜子，镜子里的"她"哭得快喘不过气，与镜子外的她仿佛是两个人。实际上，她们确实是两个人。

三天前，朱美蝶就是从这个地方跳下去的，严格来说，其实也真的是个意外。

那天她约了林道茂，特意订了可以看见夜景的高级餐厅，结果林道茂打电话来说临时有事，不来了。她什么都安排好了，还在新搬迁的舞蹈教室里给林道茂搞了个惊喜，想替他为下次的甄选会打气，可结果什么都白费了。林道茂在电话里甚至不愿意跟她多解释，只是不断地重复“抱歉”“对不起”。可是朱美蝶想听的并不是他的道歉，她一个人在餐厅里等了那么久，满怀期待却只剩一场空。

她当时很生气，直接跟林道茂在电话里吵了起来，最后怒冲冲地说了些气话，离开餐厅独自来到这里。她上天台只是想吹吹风，可是靠近围栏的时候，她突然冒出一个危险的想法，就像许多恋爱中毒的傻女孩儿一样，她想，如果我死了他会为我伤心吗？她觉得自己可以爬到围栏外，拍个照片给林道茂，看他会不会紧张地赶过来。

她想到就要去做，从小被娇惯着长大、从来没有遇到过什么真正困难的人，总是自信地认为自己是幸运儿。可这次上天没有眷顾她，在翻越围栏的时候，她因为穿着高跟鞋，不慎摔了下去。

接下来除了剧痛和懊悔，她什么都不记得了。有人把她送到医院，她觉得好痛，身体仿佛支离破碎。再次恢复意识的时候，她大约知道自己在重症监护室。

“这么下去你会死。”黑暗中有个声音如此宣布，“这些机械救不了你。”

那是个陌生的青年，似乎一直在等她醒来。他穿着很奇怪的衣服，背着一个很大的箱子，他说自己是个卖药人。卖药人怀里还抱着什么，好像被火烧过一样，若不是那微弱的呼吸，看起来就像一团焦黑的烂布。

然而朱美蝶也没有好多少，她躺在床上，只能依靠呼吸机维持生命，她感觉不到自己的身体，连动一下脖子都做不到，脸肯定也肿得不能看。她并不傻，知道现在最坏的情况就是高位截瘫，她再也不是那个天才的芭蕾舞少女了。

“你和这只笨狐狸现在都只剩下半条命。我这里有用一枚鬼兮蝶的卵做出来的药，名叫‘丹元子’，你们各自服用一半，在七天时间内，你们合二为一，把两条残缺的生命融合为一个完整的生命。鬼兮蝶的卵里是两只注定必须吃掉同胞的蝴蝶，七天过后，只能活一个，虽然有风险，但相比现在的情况总归是有一线生机。”

人在绝望之中是会不顾一切地抓住哪怕再渺小、再不切实际的希望的。

她不想放弃活下去，她还想与林道茂在一起，所以她同意了。

于是她得到了一具完好无损的身体，以及身体里的另一个灵魂。代替她躺在病床上等待死亡的，是被卖药人抱在怀里的一只狐狸的身体。狐狸在被放到病床上时化成一个浑身被烧焦的少女，缠上绷带后，谁也分辨不出来。

“谁想活下去的欲望更强烈，谁就能吞噬掉另一方，把对方的灵魂作为养分修复自己。”那个古怪的卖药人是这么说的。

他还对朱美蝶说：“你活下去的欲望源自对那个人的爱，请保持下去。而你的对手，她渴望活下去的欲望源自恨。”是爱会战胜恨，还是恨会吞没爱，他其实也很好奇。

他还交给朱美蝶一盆曼陀罗花，叮嘱她带在身边。曼陀罗的花香能迷惑人的神志，好让林道茂不会注意到“朱美蝶”的一些异常之处，同时也具有令灵魂安定的作用。

一开始，是朱美蝶掌握了主动权，她几乎感觉不到狐狸的存在，它的灵魂比她虚弱太多了，为此她甚至有些窃喜，感觉自己赢定了。可狐狸也不是省油的灯，它总能逮到空子钻出来，甚至企图杀死林道茂，让朱美蝶失去活下去的理由。

在听到林道茂和他朋友说的话后，朱美蝶感觉心碎了，她一直费心给他的一切原来都只是给林道茂带去压力。他一次次在他最向往的舞台上失利，原来都是因为自己吗？

她知道自己不讨喜，但第一次明白自己原来那么讨厌。

为什么要喜欢那个人呢？出生在富裕家庭里的小女孩，从小就没有人对她有什么要求，一切都随她喜好，高兴就做，厌烦了就走开，就连过去作为芭蕾舞首席的妈妈对朱美蝶学芭蕾这件事也并不严格。

美貌、金钱、才华，朱美蝶都具备了，太容易得到的东西就不会珍惜，她的兴致来得快去得也快，唯一的例外是林道茂，那个长相尚可、家境平平、才华欠缺却疯狂热爱着芭蕾、与她截然相反的男孩儿。

为什么他能一直一直那么喜欢某个东西呢？他不会厌倦的吗？他什么时候会厌倦呢？抱着这样的想法，她不知不觉地就关注起那个身影来，当回过神的时候，目光已经不能从他身上移开了。

“我喜欢他啊，想一辈子都和他在一起的那种喜欢！我想成为他最最最最喜欢的第一位！”镜子里哭泣的朱美蝶撕心裂肺地说。

“朱美蝶”看着镜子里泪流满面的“她”，喃喃道：“真是个傻姑娘。”

真傻啊，毫无保留地去爱一个人，就跟她认识的那只小狐狸一样。或许连川当初会喜欢上这个坏脾气的人类女孩儿，就是因为这方面他们特别像。

朱美蝶的灵魂正在慢慢变弱，人类的心可真脆弱啊。虽然很同情，但“她”怎么会错过如此难得的机会，“她”趁着这个空隙，淡然地、无情地吞食起另一个灵魂。

“她”舔了舔嘴角，品味两个灵魂慢慢融合的滋味。是那仿佛流不尽的泪水的缘故吗，“她”只尝到苦涩的味道。“她”赢了，但胜利的滋味并没有想象得那么好。

又有人走上了天台，林道茂看着那个站在围栏边上迎风而立的女孩儿，熟悉的脸庞上却是陌生的目光，她表情冷漠疏离，并不是那个狂热地喜欢着自己的女孩儿。

“我收到微信，说你在这里。”林道茂知道朱美蝶突然离开，很可能是听到自己在练舞室和朋友的聊天，他鼓起勇气，“其实我今天约你出来，是有话要跟你说。”

林道茂不是个笨蛋，他当然知道朱美蝶喜欢自己。当一个女孩子那么热切地向你表达她的好感长达十五年，你是不可能感觉不到她喜欢你的。他不是不喜欢朱美蝶，虽然女孩儿比他还年长一岁，可在他看来她永远都像个小妹妹。

他崇拜、羡慕，甚至有些嫉妒她的才华，也会为她过于蛮横的任性头疼，可同时他也打从心底觉得她那种爱恨分明、坦荡激烈的性格很好。他承认自己虚荣，有个漂亮、有才华、富有的女孩子天天缠着自己，别人都投来羡慕的目光时，那份优越感是难以抵抗的。

人类是情感复杂的生物，无数的感情交织在一起，令人表达起来犹豫不决，于是他们便这么含糊不清地暧昧下去。

林道茂也想过自己应该早一点儿把话说清楚，可总是话到嘴边就说不出口。他对她的感情不是那么纯粹的“爱”，所以并不会随着时间变得醇厚，拖得越久，最后只会把她伤得越深。他明白自己总有一天会狠狠伤害她，所以总是无条件地包容她的一切任性，仿佛在提前赎罪。

可他现在明白这样是不行的，不只是朱美蝶缠着自己，自己也依赖着她给予的帮助和便利，所以这么多年来，自己一直没有进步。是到了要前进的时候了，他不能束缚自己，也不能继续束缚朱美蝶了。

“美蝶，其实我——”林道茂的声音飘散在夜风中。

他的话没有说完，因为“朱美蝶”突然冲上来往他小腹上打了一拳！林道茂没来得及反应，一股浓郁的花香把他包围，他逐渐失去意识。

拥有朱美蝶外貌的女孩儿抱住倒下的林道茂，没让他摔着，又慢慢把他放在地上：“别说了。其实，她都知道。”

她知道的，他最爱的永远是芭蕾，而她喜欢的也是那个热爱着芭蕾的少年。林道茂心中的第一名永远是舞蹈和芭蕾，朱美蝶爱上的就是这个努力而执着的他，一旦他的第一名变成了她，那她爱的那个人也就不存在了。

就是因为明白这一点，所以长达十五年的时间里，朱美蝶才一直陪他暧昧不清。她不是头脑发热为爱痴狂的傻姑娘，她心里一直清如明镜。

这场以生命为筹码的豪赌，从一开始，朱美蝶就注定是输家。

“朱美蝶”轻声呼唤身体里的另一个灵魂，却得不到任何回应，只有眼泪控制不住地滴落，“她”也不知道这份残留在身体里的悲伤何时才会结束。

这是什么俗烂的剧情，“朱美蝶”觉得有些可笑，你爱的人不爱你，但有一只傻傻的小狐狸为了成全你这份爱情死掉了，而现在，那只小狐狸的朋友来与你争夺唯一能活下去的资格。四个角色演了一出无人知晓的戏，落幕时竟不知道这结局是好是坏。

黑夜中，背着巨大药箱的卖药人从月亮下的阴影里缓缓走出来，他走到“朱美蝶”身边，轻松地把晕过去的林道茂抱了起来。

“我会把他送回家去。”卖药人说，“恭喜你赢了。你得到这个人类的身体，力量也会一点点恢复，同时继承她的名字，‘夏荔’那个名字已经不能再束缚你了。”

她活下来了，而且自由了，但是……“朱美蝶”摇摇头说：“其实，是我输了才对呢，我的恨远不如她对这个人类男孩儿的爱来得深。”

她是因为太爱他了，所以才放弃的。如果有更多的时间，两个人与时光一起成长，磨平棱角变得柔和，能互相体谅和接纳，她的愿望应该是能实现的。

可惜，她没有时间。

真巧啊，怎么偏偏在自己最需要的时候，卖药人找到了朱美蝶？是他安排好的吗？从自己背叛的那一刻起，他就知道自己会落得那样的下场，所以准备好一切吗？

狐狸……不，她现在是朱美蝶了，她站起来，拍拍身上的灰，认命地说：“天下没有免费的午餐呢，你救我，可不是单纯善心大发吧？”

5

林道茂从床上惊醒，房间里有一盆花，已经枯萎了，那股曼妙的花香也消散得干干净净。

他觉得自己做了一个很长很长的梦，记忆有点儿模糊不清，好像缺失了一部分。家里有很多地方不一样了，家具和家用电器不少都换了新的，打开衣柜，里面全是不符合他风格的名牌新衣服。

明明是很奇怪的事情，但不知道为什么他轻易就接受了，一定是朱美蝶那家伙任性起来擅自给他添置的吧，不过是什么时候发生的事呢？

一旁的手机屏幕上跳出一条新闻，他没来得及看。

——国际芭蕾舞金奖得主朱美蝶因抢救无效死亡，享年二十一岁。

第八章

溪鬼虫

溪鬼虫：又名射工、射影、水弩、水狐，《玄中记》云，水狐虫长三四寸、黑色，一寸多宽，背上有甲，口中有角，向前如弩，用气射人，十死六七。带在身上，可辟溪毒。

XI GUI CHONG

1

空屋里燃着数百根蜡烛，在不安定地摇晃着的烛光中，仿佛有数不清的影子覆盖在斑驳的墙壁上，空白的墙就像被画上了生动的壁画，由物件和窗外树枝构成的影子们欢欣狂喜地舞动着。

被这些杂乱的影子簇拥着的少年，乌发用玉冠束起，露出一张纯真的脸庞，他睁着一双透彻的眼睛，关切地询问面前的男人："师父，你的身体没事吗？夏荔太过分了，怎么可以这样伤害师父呢！"

面对少年的愤愤不平，被他称为"师父"的男人并没有表示什么，至少并不能从他脸上读出什么情绪。

他盘腿坐在地上，赤裸着上身。不同于穿着衣袍时看起来略显单薄的体态，男人拥有块垒分明的肌肉，这是一副仿佛经过千锤百炼的战士的身体。但这副身体是残缺的，男人的右臂只剩下三分之一，像被什么猛兽撕扯过一般。而他还完好的左臂布满皱纹，仿佛一根干瘪的树枝，与他年轻的躯体和面容格格不入，仿佛是用他人肢体强行拼凑的。

"呵呵。"男人突然笑起来，"狐火果然厉害，不愧是用生命乃至灵魂作为燃料燃烧的。可惜啊，不能为我所用……"他的语气甚是遗憾，好像也不太在意自己失去的手。

"这可怎么办？"少年歪着脑袋，十分认真地苦恼着，"师父，有我能帮上忙的地方吗？"

两人普通地交谈着，似乎丝毫不在意那些倒在地上、被烛光阴影所掩盖的尸体。地面上是一个用血画的、巨大的圆，四周是古怪的图案和看不懂的文字，圆心的地方画着一只紧闭的眼睛。

少年与男人就坐在这只眼睛上。

男人伸出剩下的那条手臂，把苍老的手掌放在少年头上，柔声道："有啊，当然有了。冬蜜，待会儿可能会有些难受，可是为了我，请你忍耐一下，可以吗？"

"嗯！"少年笑容灿烂地点点头。

"好孩子。"男人说出夸奖的话，接着自言自语道，"反正，也差不多是时候了……"他侧过身，身后放着一个巨大的药箱，像个缩小了的百子柜。男人打开一个抽屉，取出一个用布包着的条状物，掀开后，里面是一把半臂长的砍刀。

2

荣光把左手握紧再张开。他最近偶尔会下意识地重复这个动作，之前有个叫冥君的奇怪家伙往他手心上写了什么，那个冷冰冰的笔触令他一想起来就毛骨悚然，却不知道到底写了什么，不管他再怎么努力看，手心里依然什么都没有。

更糟糕的是，他连个可以商量的人都没有。春景早就消失了；或许知道些什么的秋茴被冥君带走了，自从那天起就再也没有出现过；卖药人也很久没出现了；狐狸就更不用说了，咬了自己一口差点儿害他魂归西天，还抢了东西头也不回地跑了……唉，想一想都觉得心酸。

荣光正难得地伤感着，一个男同学凑过来开玩笑："怎么，给自己看手相吗？"

"这么八卦！你是女孩子吗？"荣光不轻不重地给了对方一拳。

男生之间的打打闹闹倒也用不着认真，可是同班的女孩子并不这么认为，立刻有人带头吵起来："荣光你说什么！女孩子怎么就八卦了？没礼貌！"

"就是啊，就是啊！""男生真讨厌！""你这是歧视哦！"女生们顿时叽叽喳喳地吵闹起来。

荣光和开玩笑的男同学对视一眼，不约而同地露出一副"看你干的好事"的表情。

荣光失言在先，连忙坦诚道歉："对不起对不起！是我错了！我没有要说你们的意思啦，都怪这家伙太烦了！"说着又给了同学一拳，把他也拖下水。

女生们嘴上虽然骂着，但脸上其实都是笑嘻嘻的。多亏荣光一直都是直率又有点儿傻乎乎的性格，稍微跟他熟悉一点儿的人都知道他绝对不会存什么坏心思的。可是呢，就这么放过他也未免太便宜他了，女孩子们的心可都是很精明的。

“帮我们一个忙就原谅你们啦！”女生们的领头人说，“来投个票吧！支持下我们的小哥哥！”

“什、什么？”荣光满脸的问号，她们是在说中文吗？这是什么专有名词吗？

挨了两拳的男同学倒是听懂了，用肩膀轻轻撞了撞荣光，说：“她们在说那个选秀节目啦！”

荣光很少关注这些，他身边稀奇古怪的事情够多了，轮流上阵的妖魔鬼怪与正常人去选秀相比，惊险刺激的程度确实不在一个次元。

不过被人这么一提醒，荣光也想起最近有个综艺节目非常受欢迎，好像是叫什么《星光接班人》，搜罗了一群年龄在十四岁到十七岁之间的少年进行选拔。参赛者们都是些长相十分标致俊美的男生，每个人都能唱会跳，乐器至少会一门，在荣光看来都是些优秀得让他觉得羞愧的同龄人。

虽然首轮参加者众多，但最后的胜利者只有寥寥几人，这样的天选之子才能获得一流经纪公司的专属合约。竞争如此激烈，自然也是看点十足，加上尽是些年轻标致的少年，宣传推广又给力，学校里成为他们粉丝的女生们真的不少。

这时，嚷嚷着要荣光帮忙的女生已经往他手机上发了一条链接，点开后是个投票页面，荣光一看上面的文字，果然看到《星光接班人》这个醒目的节目名称。

页面上一共有十二个和荣光年纪差不多的少年，他们的打扮、风格、类型各不一样，造型都是经过节目组精心设计的，每个人看起来都白得发光、俊美逼人，看得荣光眼花缭乱。

“投鲁习习！投鲁习习！必须投他！他最棒了！”“是的是的，我们都支持习习！”“每个人手机绑定只可以投一票，你可不要搞错哦！”

女生们紧张地你一言我一语，生怕荣光把宝贵的一票投错，手把手地指导他投票。

“呃？真的这么有意思吗？”荣光低声嘀咕，滑动页面，把十二名男生看了一遍，虽然都挺好看的，可一时半会儿也分不清谁是谁。他的手指定在刚才让女生们疯狂尖叫的“鲁习习”的照片上，剪了个齐刘海的男生看起来乖乖的，眼睛像小鹿一般灵动温顺，轮廓却又很立体，不失英气。

虽然没有具体的获取票数，但每个参赛者的照片下有不同的色条显示其人气指数，鲁习习的色条是非常醒目的红色，可见人气十分高。荣光对这些根本不感兴趣，可目光就是离不开屏幕，好像这个页面有什么吸引了他。

他把十二名少年看了一遍，排在最后的是一个叫肖炫的男生，他有着和其他男孩儿不太一样的单眼皮，哪怕得到了节目组化妆师的专业加持，还是跟其他人差太多了，却也因此有了一种亲切、平和的气质。

见荣光目光停住了，也被摁着投了票的男同学插了句嘴：“咦？肖炫也晋级了吗？我记得他不是被淘汰了吗？先说好不是我看，是我妈在看！”

“你不知道吗？他复活了。听说原本晋级的人里面有人突然退赛，他顺位顶上，超级幸运呢。”一个女生解释道。

“诶，我知道，是杜小再吧，发生那种事太可惜了。”另一个女生补充，“最近出了不少事呢，二十四强晋级那段时间就乱七八糟的，天天上热搜，听说好几个人都……”

“这种没有实锤的小道消息不要信啦，八卦杂志乱写的吧！”别的女生打断了她。

荣光一边听一边继续看，除了十二名晋级少年，先前被淘汰的少年们的照片也还保留着，只不过他们的照片已经灰暗了。突然，屏幕上的页面模糊起来，就像受到什么东西干扰般变成一片密密麻麻的黑点，不过仅仅是一瞬间，眨眼就恢复原状了。

女生们见荣光看得这么认真，不知为何突然兴奋起来：“哎哎哎！荣光，你对我们家习习是不是很感兴趣啊？我跟你说，他真的很棒，歌唱得好听，跳舞又好看！”

“是啊是啊，跟习习比起来，我们班上的男生都跟没进化的大猩猩一样！”

荣光头上万条黑线，心中千言万语，有一句“那个……我也是班上的男生之一，你们好像把我也骂进去了”始终没敢说出口。周围的男生也是敢怒不敢言，生存的本能告诉他们——正在夸耀偶像的追星女孩的战斗力大约等于一台高达，千万、绝对不可以扫了她们的兴！

荣光很快便收获了一堆照片、X音短视频、Y站剪辑MAD……甚至还有表情包，他看了一下，感觉到“爱”这个词的表现形式果然是很多样化的。最重要的是，其中一个女生兴高采烈地说：“对了，这次的十二晋六比赛会来我们这里录制呢！你要不要和我们组团一起去应援啊？”

女生们用找到知音的闪闪发亮的眼神包围了荣光，虽然荣光感到很荣幸，但内心更加感到恐惧，所以还是委婉地拒绝了她们。

就在女生们还想努力再说服一下时，上课铃终于响起，女生们依依不舍地散去，荣光松了口气。虽然对选秀真的不感兴趣，但是……他在桌肚里打开手机，停留的页面依然是《星光接班人》的节目主页。

——去看看吧。荣光的脑海里有一个声音这么对他说，是个女孩子的声音，有点儿熟悉，可他想不起来了。

不！不对！

“啪嗒”，手机掉在了地上，荣光捂着一边耳朵从自己的座位上蹦了起来，他刚刚觉得耳朵痒痒的，好像有人将温润潮热的气息吹进耳中。

是真的有人在他耳边说话！他左右张望，然而看到的是同学们莫名其妙的目光。数学老师从教室外走进来，看见在一群坐着的学生中独自站立的荣光，扶了扶眼镜说："这么迫不及待要上课吗？行吧，荣光同学，待会儿黑板上第一道题就你上来做吧。"

荣光在同学们的偷笑声中无比尴尬地坐下，准备专心上课。

晚上，荣光做了一个很奇怪的梦。梦里，他坐在观众席上，周围是类似摄影棚的地方，正前方是精心设计的舞台，营造出漫天星光的璀璨样子。

台上巨大的 LED 屏播放着《星光接班人》的精彩画面，四周随处可见相关的宣传物料，舞台上一个人都没有，台下的观众也只有他一个。

明明是室内，地上、墙壁上、观众席座位的缝隙间却长出了各种各样的植物，应该是天花板的地方被茂密的树冠遮盖，须根和藤蔓四处攀爬，和各式各样的电线纠缠在一起。舞台布景板和装饰上开出鲜艳的花朵，大大小小、五颜六色，色彩更为妍丽的蕈类从角落处冒出，在灯光稍暗的地方还会微微发光。

虽然没有除了他之外的人，却有些奇奇怪怪的动物安静地走来走去。浑身雪白的狮子、像刺猬似的偶蹄类动物，还有驮着白鹤的巨大乌龟……它们都是一副游离迷茫的样子，就像是在梦游。

荣光的右手边突然有人说话："它们啊，其实是睡着的哦。"右边的空座上坐着一个女孩子，她穿着一身改良过的中式衣裙，梳着精致的盘发，姿容端丽，侧过脸来对荣光微微一笑。

荣光看着她的脸傻了眼，震惊地问："春、春景？"

可是，春景已经死了啊，很久很久以前就死过一次，后来在他面前又死了一次，这一次就连梦中残留的幻象都消失了，可现在她怎么又重新出现了？

这时，左边的空座上传来另一个声音，这次是属于少年的声音："她不是真的哦，但是也不能说是假的。"

说话的少年也侧过头来，朝荣光微微笑着。少年金冠束发，一身杏黄锦衣，长相柔和秀美，笑的时候和煦如春日暖光。

"阿蜜！"荣光也认出对方来了，他通过移魂灯曾经陪伴过这位可怜的小皇子一段时间，他被自己的杀父仇人长久下毒，十五六岁了依旧傻傻的如同痴儿，最后为了解救卖药人而作为他的替身被投入药炉。

但是此刻梦里的这个阿蜜不是那个傻傻的小皇子，更像是后来与他在蓬莱里有过一面之缘的那个神志清醒的阿蜜。

荣光手足无措，他左看看右看看，大脑彻底转不过来了，只知道反反复复地问：“这、这是怎么回事？你们怎么会在这里？”但他根本不知道自己问的到底是谁。

“蓬莱还在等你。”梦里的阿蜜笑着说，却也是答非所问，突然他脸上一沉，“你必须……尽快做出选择。”

“选择？什么选择？”荣光一点儿都没听懂。这时右边的春景突然扯住他，好像催促什么似的抓着他的手晃来晃去，荣光不得不转头看她。

“春景”指着舞台的方向，笑眯眯地说：“喂，去看看吧。”这是……他在教室里听到的那个声音！但这个“春景”只会不断地对他说“去看看去看看”，跟台复读机似的，完全无法沟通。

他连忙又扭头看向阿蜜，但阿蜜突然离他越来越远。荣光伸出手想抓住他，他明明够到了他的袖摆，却发现袖子里空荡荡的。

“阿蜜，你的手呢？”他惊诧地问，“你的手怎么不见了？”可是没有人回答他，舞台、植物、动物、春景和阿蜜都化作云烟，他在这片虚无的云烟中猛然下坠，仿佛要坠入永无止境的深渊——

“啊！”荣光叫了一声从梦里醒来，他从床上坐起来，大口喘着气。过了一会儿，他才发现自己手里好像握着什么，摊开一看，是……一抔泥土？

看来……荣光在心里叹了口气，他这是要当一回追星男孩了。

3

多亏了班上那群鲁习习的死忠粉，荣光没怎么花力气就了解到了《星光接班人》的行程安排。因为节目强调与粉丝和观众的互动，所以有一些活动安排是公开的，比如今天，官网上早早就放出消息，晋级《星光接班人》十二强的少年们将在荣光所在城市的某电视台进行预演。

官方既然敢公开，就是另有打算。节目比赛环节即将进入最后阶段，这次将直接决出最后十强，如此大张旗鼓自然是为了宣传，把粉丝们的热情推到最高峰。

这天并不是周末，不过荣光借口之前受了伤要去复诊请了假，偷偷跑到主页上说的电视台。一开始荣光还担心找不到地方，结果证明是他多虑了，地铁上已经有许多穿戴了应援服饰的人，几乎全都是女生，个个兴高采烈的。

荣光只需要跟着他们走就行了，连导航问路都省了。面对时下最热门综艺节目的粉丝，电视台方面也做足了准备，开放了电视台的出入口，并划出一片区域让这些粉丝们待在那里等候，不但安排了保安队维持秩序，还不断有工作人员用喇叭提醒大家遵守秩序。

随着来的人越来越多，电视台里面的区域已经满员，后来的人只能站到电视台外面的马路上去，结果这一段路两旁站满了年轻的女性，也有少数年轻男性夹杂其中，他们穿着五颜六色的衣服，挥舞着手里应援的扇子和牌子，弄得跟夹道欢迎似的。

一开始所有人都好好的，一心等着自己应援的对象出现。可是时间一点点过去，那些一大早就来了的粉丝开始不耐烦了，原本平静的空气逐渐焦躁起来。

这时，两个女孩儿因为一点儿口角争吵起来，她们各自拿着不同的应援道具，一个拿着写有“周成允”三个字的扇子，另一个拿着印有鲁习习头像和名字的手幅。

“你家一天到晚装乖卖萌，看得人想吐！还老拉踩我们家成允，谁给你们的面子啊！”

“你们家那个破锣嗓子还说不得了？唱歌难听，跳舞拖后腿，靠后台靠刷脸晋级的废物就你们粉还好意思吹？”

“哼，鲁习习才假唱不要脸，直播口型都对不上了，你们不但耳朵聋了眼睛也瞎了吧？全世界都知道你们正主靠小手段抹黑杜小再把人家整下去了，人品恶臭！”

“营销号的话你也信？对哦，你们正主啥也不会就晓得买热搜自炒，当然跟营销号关系好啦。呵呵，拼实力拼不过就造谣，等着吧，你正主才废物，马上就要孽力回馈了！”

她们一副随时要打起来的样子，况且她们也不是独自前来的，几个同好结了伴，这么一吵自然就变成了两个小群体之间的斗争。荣光哪里见过这种架势，离远了也感到硝烟弥漫。

其他人不但没有帮忙阻止，还窃窃私语起来：“互相扯头花可真难看……”

荣光对她们的态度感到费解，他班上的女生也追星，可还是清醒、理智的。但他不想看到有人因此受伤，他包里还有一些镇静的药粉，是秋茴还在时他们一起配的，遇到有怪事发生时撒一大把出去，能很方便地让无关人士晕过去。因为十分实用，所以他们多配了一点儿，现在正好派上用场。

他从人群里挤出去，找了个不起眼又处于上风的位置，捏了一点儿药粉撒开。粉末随风而下，这点儿用量不至于令人晕倒，只会让人情绪平复安定，有很好的舒缓功效。药粉效果立竿见影，两派脑门发热差点儿要打起来的粉丝们随即冷静下来。

这时，载着《星光接班人》参赛者的大巴姗姗来迟，等待了许久的粉丝们顿时精神一振，也顾不上吵架了，纷纷激动地挥舞起手里的应援物，大声呼喊起自己支持的选手的名字。

荣光看情况恢复正常，心想也没他什么事了，果然不需要太在意那个梦。可就在他准备走时，一只手从后面伸出来拽住了荣光的手臂，同时一股压迫感向他袭来。荣光虽然脑子不太灵光，但毕竟也经历过那么多奇奇怪怪的事情，好几次还差点儿挂掉，反应能力早已经磨炼出来了。

他抓了一小把药粉，转头就准备撒过去，结果对方先一步开口："请、请等、等一下！"声音蛮好听的，是个男生，他戴着压低的鸭舌帽和口罩，看着十分可疑，但语气又很有礼貌。

"吓到你不好意思，我不是故意的，但我一直在找你。"男生说着，扯下了半边口罩。

眼前的这个男生五官端正，虽然是单眼皮，但给人感觉挺亲切的，不太像坏人，咦……自己好像在哪里见过他？

"啊！你是……肖那个什么？"荣光想起来了，他在《星光接班人》的主页上见过这名男生！他不是那啥十二强吗？可他怎么没有跟其他人一起坐那辆节目组的巴士？

"嗯，是我。"肖炫也有点儿意外，没想到荣光认识自己，他先主动解释，"我找了个借口说要来晚一点儿，没跟他们一趟车，反正我只是走运顶替进十二强的，也不是那么重要的啦。"

肖炫说着有些贬低自己的话，但看起来确实也没有很在意。他抓着荣光，好像怕他跑了似的，说："我刚刚看到了，你是用了什么东西让那些粉丝安静下来了吧？那个人没说错，你、你一定可以帮我！"

"谁？"荣光被这番语无伦次的话绕得头晕。肖炫的意思是有人告诉他，自己会出现在这里？会有那种人吗？

等等……荣光突然想到了，他一边比画一边问："你说的那个人是不是背着一个很大的药箱，长得虽然挺好看，但给人感觉很诡异，会给你推销些奇怪的药？"

肖炫回忆了一下，表情古怪地回答："呃……是背着一个很大的箱子，那是药箱吗？我不太清楚，我也没看到他的脸，但确实很诡异，因为他脸上罩着面纱。"

荣光怔住了，是那个男人，卖药人称之为"师父"的人，也是教唆狐狸偷走魔方甚至企图杀了自己的人。

他突然感到不妙，再迟钝的傻瓜也会因为生存下去的本能而感知到危机。梦里的"春景"让他到这里来，而躲在暗处的敌人早就知道这一点。

不解的东西越来越多，可他依然找不到可以为他解答的人。

肖炫拉扯着荣光，压低声音说道："你能跟我来一下吗？我们换个地方比较好。"虽然他觉得没什么人关注他，但这里的粉丝毕竟太多了，他好歹也是个艺人，绝对不能被认出来。

去？不去？荣光迟疑了，这很可能是一个陷阱，面前这个看似很诚恳的少年可能已经被"师父"操控了。那个男人身上古怪又危险的药只会更多，若他有心抛下这个诱饵，那等着他的绝不可能是什么好事，最聪明的做法就是马上离开。

可是……荣光看着肖炫，他刚刚对自己说了"你一定可以帮我"这样的话。荣光知道自己不聪明，可一个人是不是真的遇到了困难、是否真的在烦恼，他还是看得出来的——肖炫是在非常认真地向自己求助。

而且都到了要盲目相信那么诡异的一个人说的话的地步，肖炫肯定是遇到了常理无法解释、也无法用正常手段解决的事。

不过自己跟肖炫非亲非故，连熟人都算不上，有必要为了他冒险吗？同情心泛滥但能力不足，那就是软弱无能的圣母，无法解决任何事情。

但他讨厌逃跑。况且那个人都能当卖药人的师父了，自己想逃也是逃不掉的，还不如看看他到底想搞什么鬼。

荣光点了点头，答应了肖炫的请求。肖炫大大地松了口气，好像只要这样他的问题就能解决了。荣光也不清楚到底自己哪里给了他这样的信心。

这时全部粉丝都热情高涨地聚集在正门，他们似乎没有发现从大巴上下来的十二强只来了十一个，就像肖炫自己说的那样，他这个替补的人气真的不高。

但肖炫还是谨慎地把口罩戴好，领着荣光绕到电视台后门。他把通行证向保安出示了一下，带着荣光进了电视台。

进了电视台后，肖炫终于把口罩摘了。电视台里面与外面好像两个世界，外面闹哄哄的，里面倒是很安静。荣光第一次来这种地方，好奇地东张西望。肖炫说要先去打个招呼，于是把荣光带到了等下预演的摄影棚。

4

看到和梦里一模一样的摄影棚，荣光倒抽了口气，和梦里不一样的是，这里没有长满植物，也没有奇怪的动物走来走去，只有一群工作人员忙碌地做着准备。

肖炫走开了，荣光也不好到处乱跑，就找了个角落站着，也没有人关心他是谁，摄影棚里来来去去的人实在太多了。荣光没看到《星光接班人》的其他参赛者，不过联想一下电视台外里三层外三层的粉丝，也可以理解他们为什么还没来。

两个扛着道具的工作人员从荣光面前经过，其中一个说道："外面粉丝为了争 C 位撕得腥风血雨，还没争出结果人都进医院了。之前也听说有几个人莫名其妙得了怪病……这档节目这么邪门，到底为什么这么火啊？"

"哥，你别说了，退赛退得都差点儿不够人了，替补都是临时抓回来的，我说那个肖炫也是个不怕死的。"另一个人说到一半，估计想起这里人多嘴杂，连忙改口，"不过我们就是个打工的，管他们呢。"

荣光听得没头没脑的，只知道这个节目组里好像还真的发生了什么。

肖炫还没回来，等待的过程有些无聊，也没发现有什么不对劲儿，荣光便拿出手机打开《星光接班人》的主页。第一次看时他没有注意，原来参赛者除了按姓名拼音顺序排列，还会按人气、成绩积分、网络投票等几个不同分类排序。

他这次选了人气排名，鲁习习排名第二，第一是周成允，肖炫当之无愧地排在最末；切换成成绩积分排序，第一变成了鲁习习，周成允排在第三，有点儿意外的是肖炫居然排在第六。这么看来他也没有很差嘛，怎么会被淘汰呢？荣光对这类选秀节目的打分规则一概不知，总觉得也是门学问。

屏幕突然又闪了起来，照片上标致的少年们的五官都扭曲了，这让他们的表情一瞬间看起来十分古怪。荣光突然感到有些恶心，那些密密麻麻的黑点让人看着就想吐。

“这个积分是按比例计算的，我被淘汰之后积分没有清零，复活之后原本的积分依然有效。”肖炫这时候回来了，还给荣光带了饮料，“不过总榜的分数跟很多东西有关，人气比较重要。”他说得很平淡，似乎没什么竞争心态。

荣光接过饮料，喝了好几口才把刚才那股诡异的恶心感压下去。他们站在暗处的角落，前方灯光璀璨的舞台看起来无比华丽。肖炫出神地看着，他组织了一下语言才开口说道：“你应该也听说了吧，关于这个节目的事……”

荣光迷茫地摇头：“是退赛什么的吗？我没看过节目，真的完全不了解。”

肖炫点点头，拿出自己的手机找出一张照片，是他和另一个男生的合照。照片上两个男生各自抱着吉他坐在两张小板凳上，朝对方半侧身子，他们低头拨弦，脸上带着笑，荣光仿佛能透过照片听见他们在吟唱。

他认出来一个是肖炫，另一个男生反戴着棒球帽，头发剪得短短的，年纪应该比肖炫大一些，长相颇具男子气概的粗犷，但他弹吉他的模样温柔得像对心爱的女孩儿低语。

“他是我的朋友，我们参加海选的时候认识的。他很厉害，会弹吉他，会自己写歌、写词，他音域很广，声音很特别，他……在我看来，他是最厉害的，是冠军。”肖炫说起对方时眼睛都亮了，随后又暗下来，“他叫杜小再，如果他还在，我就不会在十二强里。可是如果没有他，我可能更早就回去了。”

荣光明白过来了，原来就是十二强里退赛那个，他问：“你朋友遇到什么事了吗？为什么你会认为我能帮上你？”

肖炫轻轻哼了一段歌，荣光听着很耳熟，有段时间他经常听到这段高潮部分的旋律，他觉得挺好听的，但一般听过就算了，并没有深入了解歌手。

“这是小再自己作词作曲的，他靠这个曲子保送晋级，当时很多人关注他，总榜排名一直在前三，和大热的鲁习习还有周成允势均力敌。我一直相信，即使他没有夺冠，他的才华也一定会发光的。”

“但是那首歌红了没多久，网上就有人说那首歌是抄袭的。”肖炫说这话时有点儿咬牙切齿，似乎是想起了那时候网上铺天盖地、毫无根据的猜测和指控。

“原曲是这首，杜小再是这首，大家听一听吧，我觉得真的很像。”“我听了，真的很像，就是抄了吧。”“我也觉得抄了，副歌简直一模一样。”“我就知道。国内选秀节目能做出什么好原创？果然，呵呵。”

可笑的是，最早跳出来说杜小再抄袭的那个人其实连乐谱都看不懂，他们完全不知道鉴定两首曲子是否存在抄袭，是需要拿出完整乐谱对比，而不是光靠听到的旋律来判定的。然而就是一群连简谱、五线谱都搞不清的家伙，在网上理直气壮地大骂杜小再抄袭，只要有人出来为杜小再辩解两句，统统会被打上“杜小再的脑残粉”的标签一起被骂。

冰冷的语言、谩骂和指责，不是当事人的肖炫看了都气得浑身发抖，反倒是杜小再看到解释无果后，也不打算跟那些人多花时间解释了。肖炫问他：“难道你不生气吗？这么下去你的名声会被搞坏的。”

杜小再说：“我当然生气啊，可这能怎么样？他们可以骂这一首歌是抄袭的，但我以后还会写十首、一百首新歌，然后让他们统统闭嘴！”

“那首歌真的不是抄袭的，我可以作证，当时我陪着小再写歌，我看着他写废了好多版，那首歌绝对不可能是抄袭的！”肖炫说着苦笑起来，“可是连专业老师的话都没人听，我的话就更没人听了。他们还说我抱团炒作，说不过了就让我‘自由心证’。”

一首歌曲的诞生，音符的排列和组合，这是一项精细而复杂的工作，是杜小再一点一滴亲自编织出来的。但那些连证据都没有就开始谩骂的家伙根本不在乎杜小再为之付出了多少心血。

“抄袭”只是一个借口，只是为了“打倒”他们不喜欢的人而已。

荣光听得目瞪口呆，他完全不知道在自己不关注的地方发生了这种事，回想起之前班上女生说的八卦，他现在才算听懂了。虽然同情杜小再的遭遇，不过……这和他有什么关系呢？

肖炫接着说下去：“抄袭谣言最猛烈的时候正是晋级的关键时刻，但小再还是挺过去了，凭实力进了十二强。可网上针对他的攻击一直没有停止，其他参赛者的粉丝说他成绩造假、节目组包庇……一下子又吵得闹翻了天。”

“同期几个成绩比较好的男生都受不了这种被网上指指点点的生活而退出了，但小再一直很坚强，坚持不退出比赛，可突然……真的很突然，他就倒下了。”肖炫痛苦地说，“他得了很奇怪的病，刚开始像是伤寒，但很快全身都长出黑痣，黑痣的边是红色的，一碰就刺痛。你……你可能无法想象，就好像一个人身上原本好好的，却突然孵化出了一窝虫子，密密麻麻地爬满你全身，无时无刻不在啃咬你……”

这种症状看起来确实很不正常，荣光问道：“那他现在怎么样了？”

“住院了，而且陷入了昏迷，医生什么都检查不出来，不知道是什么病。”肖炫说，“但我知道他中毒了，是那个背着药箱的男人告诉我的。”

那天夜里，肖炫替杜小再的家人暂时照看昏迷中的杜小再，他进去没多久，杜小再的生命指数突然暴跌，治疗仪器发出紧急的嘀嘀声，但医生和护士都没来，肖炫急得跑出去要喊人，可没等他跑出病房，仪器又安静下来。

他一转身，发现病房里出现了一个背着古怪药箱的男人，不知道什么时候来的，更像是悄无声息地从影子里钻出来的，像个幽灵。

这个幽灵站在杜小再的病床边，握住他的手腕给他把脉，然后喂了几滴药，杜小再的情况立刻稳定了。男人说：“他中了溪毒，这里没有医生知晓如何解毒，你如果想救他，我倒是知道一个人……”

荣光知道说的就是自己，可是卖药人的师父的本领应该比自己强，他怎么不自己动手呢？荣光越想越觉得不对劲儿……

“我问了很多人，包括医生，没有人知道‘溪毒’是什么。”肖炫继续说，“但下毒的人，我有怀疑的对象。”

“谁？”荣光警惕地问。

这时候其他参赛者终于也到达摄影棚了，十一位风华正茂的标致少年鱼贯而入，要是荣光班上那些女生在，估计当场就会血压飙升然后晕过去。

肖炫指了一个人，似乎十分确定：“鲁习习。造谣小再抄袭那件事，最开始发帖的那个人就是他的粉丝！”他愤恨地说，“他害怕小再会赢过他，所以干脆下毒害他退赛！”

5

本以为两个人躲在角落里说话不会被人听到，但鲁习习的耳朵似乎出奇得敏锐，他进来时一言不发地坐在一旁，这时突然站起来径直走到肖炫和荣光面前。荣光只知道鲁习习长得挺秀气的，可没想到他比同龄人都高，手长脚长的，又因为跳舞而显得颇有力气，荣光下意识往后缩了缩。

离近了看，鲁习习也没有照片上那么精致无瑕，他也戴了顶帽子，帽檐压得很低，这让他的气色看起来更差了，上妆之后都掩不住他大大的黑眼圈。荣光怀疑他有很久没好好睡过觉了。

鲁习习来势汹汹，肖炫也不退缩。肖炫记恨鲁习习陷害了自己的朋友，心里有恨；鲁习习看起来也老大不爽肖炫，两人四目相对，空气里仿佛都带上了火花。

一个吊车尾要和人气选手对刚！大新闻啊！摄影棚里除了工作人员还有不少受邀的记者，都露出搞到了大新闻的喜色，手里的相机、录音笔全都举起来了，看样子他们不仅不打算阻止，还巴不得两人打起来。

荣光生出一种讨厌的感觉，四周的气氛令他很不舒服。这时，他的眼睛被闪了一下，舞台上的大屏幕突然故障，滋滋冒出了雪花，满屏的黑点……就跟他手机上的一模一样。

“肖炫，我警告你不要再搞小动作，杜小再的事跟我没关系！”鲁习习明显压抑着愤怒，握拳的手上青筋都凸了起来，他瞪了眼荣光，“逮着个什么阿猫阿狗都把你那番毫无证据的屁话说一遍，你这是造谣！”

“造谣”两个字明显刺激到了肖炫，他冷笑几声：“你也好意思说‘造谣’？你粉丝做的事情才叫造谣！你自己心里清楚！”

“那是她自己编的，我说过了，跟！我！没！关！系！”最后几个字鲁习习几乎是吼出来的，他眼睛都红了，似乎马上就要抡拳头砸过来。

但肖炫火气上来了也是个不怕死的，直接呛声：“她是你的头号大粉，管着你几个后援群呢！你敢说你团队没下水？你自己假唱，所以害怕小再那种真正有本事的，你就是要把他搞下去！你没资格站在舞台上！”

“你说什么？你有种再说一遍！我假唱？我从来都是全开麦！别把我跟靠后台捧起来的花瓶相提并论！”鲁习习暴怒起来，肖炫的话真的踩到他的底线了，眼看着就要扑过来。

“等一等！等一等！别打架啊！”荣光跳出来劝架。让他感到意外的是，除了自己这个毫无关联的陌生人，其他参赛者、工作人员都没有帮忙的意思，似乎并不想多事，毕竟还有虎视眈眈的记者在一旁呢。

可惜劝架的没有，被鲁习习拖下水的又多了一个，那个叫周成允、长得特别好看的男生也不满起来，尖锐地说：“闭嘴吧鲁习习！少来含沙射影这一招，我看你才是造谣精，跟你粉丝一个德行！”

他这话说得简直太是时候了，把一触即发的气氛推到了极致。

荣光勉强拦在鲁习习和肖炫之间不让他们打架，可拦不住鲁习习随手拿了个什么道具就往周成允那边扔过去，还真的就那么准地砸到了周成允。那是个边角有点儿尖锐的东西，顿时把周成允漂亮的脸蛋划出了一道血痕。

周成允呆了一下，接着脸色变得可怕极了。别看他秀秀气气的，骂了一句与他外表不符的脏话，撸了袖子过来就要还击。他和鲁习习是十二强总榜前两名，加上一个复活的替补选手肖炫，这场混战无论从什么角度来看，都话题性十足。

其他人吓得纷纷退开，而随着骚动一同而来的还有闪烁不断的镁光灯，那些虎视眈眈的记者终于等来了他们心目中的“大场面”，不停地拍了起来。荣光早就拦不住肖炫和鲁习习了，不知道是谁给了他一脚，把他踹出战斗圈，现在的情况是鲁习习一挑二，光鲜亮丽的三名少年打成一团。

这时虽然有人最终看不下去挺身而出劝止，但也有积怨已深的人加进来浑水摸鱼，一下子成了大混战。粗暴的拳脚来往间夹杂着谩骂，场面一发不可收拾，镁光灯不断闪烁，仿佛狰狞的闪电。

荣光呆呆地坐在一旁，他感到一阵强烈的头晕，从刚才开始一直散不去的那股恶心感越来越强烈了，他难受极了，也难过极了。

他想说肖炫你也错了，你恨网上那些人指责、陷害你的朋友，可你现在不也是在做一样的事吗？他作为一个并不是很聪明的旁观者，也发现了其实没有任何证据能证明鲁习习亲自指使人散布流言。而鲁习习也是一样，周成允真如他所说的一无是处吗？又或者只是他从头到尾就没有中肯地看待过对方？

说到底，不管公司和节目组再怎么精心包装，他们也不过是一群十六七岁的少年，正是血气方刚、最不肯认输、最冲动，也是最勇敢和最脆弱的时候。

来自他人的恶意，来自巨大群体的恶毒揣测，藏在网络里，藏在那些袖手旁观、只渴望着更大利益的人的阴影里，从少年们背后攻击他们、吞噬他们。

“够了……够了……”荣光捂着晕乎乎的脑袋，艰难地挤出话来，“别再吵了……不然、不然……”

可是没有人听他的话，他脑子里闪过一阵又一阵光，他又听见植物疯长的声音……

不然，要来了。

“啊！”混乱中突然有人倒下去了，是鲁习习，只见他痛苦地蜷缩在地板上，从他裸露的皮肤开始，一种被火灼烧的痕迹开始蔓延。

可是，没有火啊！

突如其来的怪象让所有人都停了下来，地上的鲁习习不断发出痛苦的呻吟，好像浑身都在被火烧一般，红色的伤痕以肉眼可见的速度快速扩张，已经从脖颈往脸部蔓延——

“怎、怎么回事？”“不是我！我没有碰他！”一无所知的人群不安起来，呼啦啦又散开，谁也不敢上前了。

只有荣光忍着晕眩得要吐的感觉朝肖炫大吼："这也是溪毒的一种！他不是害你朋友的人啊！"

肖炫被吼得一个激灵，陷入了迷茫。

啪，电源突然断了，还没回过神来的所有人吓了一跳，但摄影棚并没有完全陷入黑暗，因为舞台上的显示屏还亮着。但画面是不正常的扭曲。哗哗哗、嘶嘶嘶，音响设备里发出奇怪、刺耳的声音，屏幕上全是密密麻麻的黑点，越来越多，满得几乎要涌出来了——

而这居然不是错觉，屏幕上的黑点溢出了屏幕，它们哗啦啦地在地板上快速爬行，然后爬满墙壁、天花板和地板，像黑影笼罩大地。一旦接触到人的影子，它们便会快速地钻进去。

一时间，被占据了影子的人们纷纷痛苦地倒下，他们身上不是出现黑痣，就是像鲁习习一样浑身出现被火烧的痕迹，还有的人身上长出脓疮，痛得在地上不断打滚，脓疮溃烂，又是另一种痛苦。

他们的症状来得快速又突然，恶化得甚至比刚刚倒下的鲁习习还要快，只有在荣光身边的几个人幸运地逃过一劫，因为那些黑色的虫子并不敢靠近荣光。

"这到底是什么！"周成允吓得尖叫，但他居然记得拉了一把动不了的鲁习习，让他靠近荣光身边的安全范围，感觉他其实也并不很坏。

"是溪鬼虫，李时珍在《本草纲目》中有记载，这种虫生活在溪水之中，含沙射人影，射中的人便会得病，病有四种，除了你们现在看到的这三种，还有一种会让人身上长出石头一般的凸瘤，这就是'溪毒'。"

"说得很对。"一个声音从虫子堆里传来，背着药箱的男人慢慢悠悠地出现，"是春景教你的吗？还是雨泽呢？"

荣光咬着牙，没有说话，他很清楚自己嘴笨，搞不好就会被眼前的男人骗了，还不如说少错少。

"别这样，我只是想跟你好好聊一下。"男人又从暗处走出来一点点，"你不是有很多问题想问吗？我都可以回答你。"

这是继匿魂匣之后，荣光第一次真正意义上与他面对面。在匿魂匣中他看到的"师父"蒙着眼，拥有一副如老人般苍老的双手却年轻的体魄，而这时出现在他面前的"师父"戴上了面纱，左手缠着绷带，右手却裸露出来。

那是一条年轻、完美的手臂，丝毫没有苍老的痕迹。荣光看到他似乎还牵着一个人，大概是个孩子，但几乎全身都被阴影遮盖了，根本看不见脸。

"不、不好意思，我不是很相信你。"荣光紧张极了，他自认骗不了对方，还不如有话直说。

男人轻轻笑了:“这样吧,你跟我走,我们聊一会儿,然后我就治好这里所有人,如何?”

多么令人心动的提议,看准了荣光心软这一点。但荣光没那么容易上当,他摇摇头:“你本来就打算用他们骗我来,现在也不过当他们是人质,我不信你会遵守承诺。”

“你这么替他们着想,可知道这些溪鬼虫是怎么产生的?虽然书中有记载,但见过溪鬼虫的人少之又少,因为它们并非只生活在水中,它们生活在一切可以流动、传播的东西里。”

比如水和空气,比如网络。

男人随手捉了一只虫子,说:“孕育它们的,是人的欲望、恶意。”

《星光接班人》是一档人气极高的节目,它拥有极高的热度和讨论度,汇集了千万人的想法,溪鬼虫便诞生自其中的恶意。粉丝的纷争、制作方的唯利是图、媒体的唯恐天下不乱,各种丑陋扭曲的欲望凝聚成溪鬼虫的毒液,肆无忌惮地喷向作为舆论中心的少年们。

杜小再中的“毒”就是这么来的,溪鬼虫栖息在流言蜚语中,随波流向所指的对象。

“我先声明,这些溪鬼虫并非我有意培育,而是在这个节目巨大的舆论影响下产生的,我也不过是被吸引而来。我正愁缺了一味毒虫做引……所以,你看啊,现在这些人也是罪有应得罢了。”男人笑眯眯地说,又问,“你以为被害者就是无辜的吗?你怎么知道他们没有背地里骂过人,没有编织过谣言,没有冷眼旁观、落井下石?”

“不、不要再说了!”荣光听不下去了,他居然觉得对方说得似乎也没有错,人类的欲望滋生了毒虫然后招致报应,这符合因果循环的定律,但是……

人类或许充满缺陷,人性或许真的卑劣不堪,可是……也有着像杜小再那样全心努力的人,也有像肖炫那样敬重、仰慕朋友的人。而追随偶像星光而集聚的人之中,也有真实地被他们的付出所打动的人,有把他们作为榜样追赶而希望自己变得更好、更优秀的人……

荣光不是很会说话的人,他只是觉得人类很复杂,哪怕是他也知道福祸相依、好坏并存的道理,人类也好,任何事物也罢,都不是这个男人那般用寥寥数语可以概括的。

“你……不是人类吧?”荣光问道。

男人失笑,仿佛觉得这是什么滑稽荒谬的问题:“当然不是了。”

“那……人类如何也轮不到你来评判什么吧!你以为你是谁啊!”荣光怒吼,再也没有犹豫。他身上除了镇静的药粉,还带着一把泥土。

刚才男人唠唠叨叨的时候,他已经悄悄拿到了装着从梦里面带出来的泥土的塑料袋,现在他一把抽出袋子,把泥土撒了出去。

泥土不多,落在地上却顷刻间长出了一株娇嫩的植物,它生长速度飞快,眨眼间已经快速地抽长、分枝，然后长成了……荣光觉得这是一棵巨大版的捕蝇草，从分枝处长出了宛如贝壳的捕虫夹，连成一串，宛如形状诡异的葡萄。

男人似乎也感到意外：“这是蓬莱里的植物，怎么会……”

植物灵活地摆动着自己的枝茎，捕虫夹探入影子里，所过之处溪鬼虫不断被惊飞。

大片大片的虫子从人们的影子里飞出来，聚合成巨大的影子，它们四处躲闪，然而捕虫夹紧追不舍，不断地撕扯啃食那片黑影，顿时把整片黑影撕得七零八落，然后尽数吞食干净。

被溪毒影响的人平复下来，他们中毒不深，捕蝇草在吃掉溪鬼虫的同时，似乎也把毒素吸收掉了。

吃完了虫子的捕蝇草又缩成小小一株，扎根在那一抔土上，摇曳着叶子，一副无害可爱的模样。照明在这时恢复了，黑暗被驱散。是肖炫跑去把电闸重启了，虽然他也吓得够呛，但哆哆嗦嗦的还是尽力帮上了一点儿忙。

地上全是倒下的人，他们都失去了意识，大概醒来也只会觉得是做了一场噩梦吧。

荣光回过神一看，男人已经不见了，就在灯光亮起的那个瞬间，他连同那个一直一言不发的孩子一起消失了。他消失的那一刻，荣光看见了，那个男人似乎……没有影子。

他说他不是人类，那他到底是个什么东西？之前的疑惑还没得到解答，又多了新的疑惑。

荣光走到男人刚才站着的地方，发现那里留下了一个古旧的卷轴。

第九章

不朽俑

花椒：味辛，性温，有毒。治风、邪气，温中。陆玑《疏义》记载：树像茱萸而有棘刺，茎叶坚挺而滑泽，味道辛香。除入药、烹饪食物之外，还有防潮、防腐、防霉之用。

BU XIU YONG

1

荣光对着自己书桌上那破旧的卷轴发愁。打开还是不打开，这是个非常重大的问题。

这东西是他在电视台摄影棚捡到的。

热门选秀节目《星光接班人》因为人气极高在网上引发了激烈讨论，当人们的意念扭曲和膨胀到极致的时候，便滋生了带有剧毒的溪鬼虫。毒虫袭击了正准备开始拍摄的《星光接班人》节目组，而荣光在摄影棚里见到了被卖药人称为“师父”的男人，虽然他说溪鬼虫的孕育和孵化与他无关，但这个卷轴绝对是他故意留下来的。

捡起卷轴之前荣光也犹豫过，说实话，他并不想再引发什么奇怪的事情了，而这个卷轴肯定不是什么“安分守己”的东西，但留在摄影棚里……也说不过去。

现在《星光接班人》的节目暂停播出，对外并没有公布到底是什么原因，只说是调整赛程，但参赛者之一的肖炫告诉荣光，事情的真相是绝对不会公开的，为了替无法继续比赛的朋友完成梦想，他会试着调整心态，坚持下去。

荣光最后还是把卷轴带走了，因为不管未来的道路如何，好不容易重拾信念的少年们都不应该再受到干扰。他并不后悔这么做，但他又真的不知道该怎么处理这个卷轴。

“唉，要是卖药人在就好了。”荣光幽幽地叹气，“再不济，狐狸在也行啊……”

“咚”，外面好像有什么东西在敲他房间小阳台的窗户。荣光的家在十五楼，这可不是一个可以让正常人路过顺手敲窗的地方，尤其现在还是大晚上。

咚！咚！敲击窗户的声音再次响起，仿佛在告诉荣光这并不是幻觉。

通往小阳台的落地窗拉着窗帘，外面黑漆漆的，隔着窗帘什么都看不清。荣光慢慢靠近阳台，他还算镇静——过去有一段时间因为卖药人下落不明，经常会有一些妖魅魍魉跑到他这儿来求药。

而自从卖药人归来，已经平静很久了，即便偶尔有些小妖怪会来放下一些奇奇怪怪的礼物，作为之前荣光帮它们的谢礼，但也是静悄悄地来，不曾打扰过荣光。所以这时到底是什么东西在外面敲窗，荣光心里也没底。

之前击退过溪鬼虫的那株植物也被他带了回来，种在一个小花盆里，现在就摆在书桌上。荣光想了一下，自己走出阳台之前得有个东西防身，那株植物看来就很不错。

正当他回到书桌前准备拿起那株植物时，一股强风把阳台窗户吹开了，窗帘被狂风灌满鼓了起来，一个影子闪了进来，那是一只毛茸茸的野兽，白色的皮毛看起来十分眼熟。它径直朝荣光扑来，荣光下意识地一躲，那只动物便灵巧地落到了他的书桌上。

荣光终于把它看清楚了，他多看了几眼，确保自己没看错，然后大叫起来："狐狸！"

毛皮雪白、油光水滑的狐狸甩了下大尾巴，荣光硬是从它毛茸茸的狐狸脸上看出几分扭捏的神态。荣光还记得自己被狐狸背叛了，虽然他直觉狐狸并不是真的想杀他，但被野兽尖锐的牙齿撕破血肉的记忆太过深刻，即便现在感觉不到狐狸的恶意，他还是下意识地害怕，不由自主地后退了一步。

白狐的目光一开始有些躲闪，似乎不太好意思面对荣光，但就在它想对荣光说些什么时，突然被什么可怕的东西惊吓到了，身上的毛全部倒竖，尾巴炸成一团。它死死瞪着荣光的方向，警惕地弓起背，从喉咙里发出带有威胁意味的嘶吼。

荣光被它突然转变的凶相吓得赶紧捂住自己的脖子，他可不想再被抢救一次了。狐狸看见他的动作愣了一下，然后低头叼起了书桌上的卷轴，飞快地从敞开的阳台跳了出去，那模样仿佛是落荒而逃。

荣光呆了一会儿才回过神来，等他跑到阳台上往外张望时，早就连狐狸的影子都看不见了。

看来它一开始的目的就不是袭击自己，而是为了那个卷轴。可刚刚到底是什么东西把它吓成那样？想到当时狐狸是看着自己的，荣光摸了摸自己的脸，心里十分困惑——自己有那么可怕吗？

"荣光，你在房间里搞什么？"门外传来妈妈询问的声音，大概是刚刚的动静被妈妈听到了。荣光一边回应着"没什么"，一边打开反锁起来的房门。妈妈往里面看了一眼，确实没发现什么异常。

“咦？刚刚是我听错了？”妈妈显得十分疑惑，不过很快就决定先把这件事放一边，她把一个东西塞给荣光，没好气地说，“跟你讲多少次了，自己的东西要放好！”

荣光低头一看，妈妈给他的是一个比手掌稍大一点儿的木偶，他困惑地问：“这是什么？”

妈妈意外地说：“咦？不是你的吗？我看落在我们家门口，你爸昨天出差去了，这东西我也没买过，还以为是你的呢。你小时候不是挺喜欢这种玩具的吗？”

妈，我已经不是小孩子了……荣光在心里为自己申辩，不过没说出口。他打量着这个木偶。

木偶是用粗糙的刀法雕成的一个大约的人形，有一个圆圆的脑袋和一个鼓鼓的身子，应该是头部的地方被挖出了三个窟窿，大概是眼睛和嘴巴，看着有点儿像名画《呐喊》里的人形。

荣光掂了掂这个古怪的东西，很轻，里面是中空的，摇晃起来有轻微的沙沙的声响，不知道是装了什么。木偶表面很光滑，可能是涂了什么，颜色是木头本身的颜色，估计是有点儿年头的东西了，颜色偏深，身体的部分曾经用油彩上过色，只是现在掉得七七八八了。

这个木偶看起来破破烂烂的，又正好掉在家门口，所以妈妈可能以为是自己的旧玩具。荣光是这么猜测的，但这个木偶他真的从来没见过，而且……也实在是太旧了吧！

“应该是别人的东西吧。”本来荣光想说要不扔了算了，可木偶脸上那三个黑漆漆的窟窿仿佛正幽幽注视着他，他背脊上掠过一丝凉意，连忙改口，“我拿去楼下保安室，如果有人不小心弄丢了应该会去那里找吧。”

虽然他觉得这么旧的东西估计是不会有人来认领了，但是就这么扔了的话，好像会因此招致木偶的怨恨。

荣光拿着木偶下楼，非高峰时间电梯很快就到了，他拿着个破木偶孤零零待在电梯里，想着刚刚狐狸跑进他房间的事，虽然替他叼走了卷轴这件事真是再好不过了，但他总觉得好像哪里有点儿不对劲儿。

对了，狐狸不是投靠了卖药人的师父吗？那个卷轴明明就是卖药人的师父故意留给他的，为什么又要让狐狸来把它拿走呢？总不能是他给错了吧？

荣光想得入神，没注意到木偶的表情悄悄发生了改变——木偶脸上作为眼睛的两个黑色圆洞凹了下去，变成了“▽”的形状，作为嘴巴的窟窿往上凸起，变成了“へ”的形状，原本由三个黑洞洞窟窿组成的有点儿呆滞的表情此时变得怒气冲冲一般。

电梯抵达一楼，荣光走到保安室跟值班的保安大叔说了声，就放下已经一脸怒气的木偶，然后一无所知地走了。

因为在外面吹了点儿风，荣光回到屋里时，鼻子痒痒的，他伸手揉了揉，却闻到手上有一股奇怪的味道——有点儿像香料，又有点儿像药材的味道，不是能作为熏香的那种芬芳的气息，而是略带一点儿刺激的气味。

他近期对药草的味道十分敏感，摊开手又仔细嗅了嗅，没错，是从手上传来的，那只拿过木偶的手。

2

发现自己站在一片漆黑里时，荣光就知道自己又做奇怪的梦了。他觉得自己越来越习惯这种突如其来的怪梦了，这可不是好兆头。

他意识清醒，清醒到非常明确这是个梦，梦里黑得伸手不见五指，好像太阳坠亡了一般，他被厚重如浓墨的黑暗包围，除了能感觉到脚下是坚实的地面外什么都不清楚，所以也不敢轻举妄动。

这种诡异的梦境总是特别的逼真，他能感觉到这个地方透着丝丝寒意。他吸了吸鼻子，闻到一股药草与香料混合的气味。

这是哪儿？好黑啊……他在心中叨念，仿佛是为了回应他，脚边突然亮起一点淡淡的荧光，他低头一看，是一朵散发着蓝光的小蘑菇。紧接着，越来越多像这样的蘑菇从黑暗中的各个地方长了出来。还有一些苔藓，它们有着不同的形状和颜色，却都散发着淡淡的光芒，似乎是同一类别的夜光菌类。

这片没有温度的微光中出现了一名少女的身影，她细致地盘着发髻，穿着袖子宽大的中式衣袍，冷光映衬之下，她的脸仿佛毫无血色，连身影都像是半透明的。

荣光认得这张脸，是春景，但又不是真的春景。

“春景”朝某个方向抬起手臂，那些生机勃勃的蘑菇便一股脑儿地往那个方向生长，就像指挥着一支小小的蘑菇和苔藓的军队，在漆黑中铺出一条荧光流动的小路。

荣光感觉对方是在指引他往那个方向走，于是没怎么犹豫就沿着那条路走，反正不这么做的话这个梦是不会结束的吧。

发光蘑菇和苔藓的生长速度快得不可思议，它们沿着一切可供生长的地方蔓延，从脚下到头顶，荧光铺天盖地，仿佛落下了一片极光。借着这些没有温度的光线，荣光终于看清楚这里是个封闭的空间。

这个空间不是很大，看起来像一个小房间，但天花板很高，蘑菇和苔藓还没生长到的顶端依旧保持一团漆黑。地面和墙壁都是粗糙的土墙，正中央有一个台子似的东西，“春景”

就站在那个台子旁。

墙边有一个出口，似乎通往另一个地方。蘑菇和苔藓一路长了出去，荣光好奇地把头探出去看了看。外面是一条很窄很长的通道，仿佛无尽地延展在黑暗中，少量的苔藓铺盖在通道两侧的墙壁上，依稀可见通道旁边是一个一个的小房间。

看来这儿是某个存放东西的地方，可是存放什么的呢？畏惧黑暗是人类的本能，因为黑暗是危险与袭击最佳的隐藏之地，他不是很有勇气走进这条漆黑的通道。

荣光又转回小房间里，只见“春景”从房间正中走到了一面墙前。“春景”一直在他身边，但是没有说话，荣光如今已经知道这个“春景”是蓬莱的化身，可是他不知道该如何跟她——或者它——沟通。

“春景”突然把头转过来，动作一看就不像是活人，一点儿都不柔软灵活，僵硬得像某种机械，但是神态很生动，她……它朝荣光眨了眨眼，还笑了。

荣光觉得它是想让自己到墙边去。

发光生物的数量又增加了一些，刚刚一眼扫过去黑乎乎一团的墙壁也因此显露出了细节。墙壁上挖了许多方形的凹槽，整整齐齐地排列着，每一个里面都放着一些古老的卷轴或者书简，也有记录在石板或者骨头之类的东西上的。除了出口之外的另外两面墙壁也是这样的，这些墙壁仿佛是一个巨大的书架。

卷轴……荣光想起被狐狸抢走的东西，看起来跟墙壁里的这些很像，都是很旧很旧了的，不过因为存放在密闭的空间里，没怎么落灰。他小心地抽出一卷来，生怕碰坏了。

之前那个卷轴他没敢打开仔细看，所以不是很清楚具体的质感，如果和现在他手上捧着的卷轴一样的话，那么应该并不是普通的纸张——比现在使用的纸张更厚、更柔韧。慢慢展开之后，上面写着荣光看不懂的古代字体。

荣光借着蘑菇和苔藓的微光，瞪着那些火柴人涂鸦似的文字看了好一会儿，最后还是选择放弃。他把卷轴收起来，重新放回墙壁里，正要再拿另一个看看时，一个卷轴“飘”到他面前。

这个卷轴是被一根藤蔓卷着举到荣光眼前的，他立刻看向“春景”。果然，藤蔓是从它右手食指上长出来的，它的中指和食指也变成了长长的藤蔓，伸进了上方的黑暗中，没过一会儿，一根藤蔓缩回来，上面卷着第二个竹简似的东西。

荣光先接过自己眼前的第一个卷轴，上面的文字不多，是一幅连贯的图画。

最开始的一张图上画着许多弯弯曲曲的线条，代表的应该是河川，有地上的河川，也有天上的河川，百川之水汇聚在一个地方，然后流入一道深壑。

第二张图是水流进入了深壑，在一片水面上漂浮着五座山，每座山旁都标注了名字。

不过荣光依旧没看懂那些字，而且这张图里的每座山也只是大概画了个轮廓。

继续把卷轴展开，后面几张图描绘的似乎都是这些山上的景色，他看到那些似曾相识的奇怪动物，还有充满威严的树木，甚至有一张图上还记录了会发光的蘑菇。

之后，这个深壑里似乎发生了什么灾难，五座山被冲散，其中两座沉没了。

荣光隐约猜到这些图画是在记载什么了。没猜错的话，这五座山里有一座就是“蓬莱”。他一直很想知道更多关于“蓬莱”的事情，也难怪“春景”特意找出这个卷轴给他看。

“你想要的，都给你。”拥有春景外貌的人形说，它看着荣光的眼神称得上“深情”了，但脸上的笑容就像按下了“暂停”的固定画面一样。

“呃……那就，谢谢了。”荣光老实地道谢。他想知道上面的文字到底是什么意思，可惜面前只有一个无法沟通的“春景”。对了，上次在梦境里他还看见阿蜜了。荣光连忙四处张望，可是这次他没有找到阿蜜的身影。

荣光试着问“春景”：“你……知道阿蜜吗？就是之前跟你一起出现的那个……”他都不知道“春景”能不能听明白他的话。

“春景”只是看着他，没有回答，它的眼珠一动不动，荣光觉得十分瘆人。

算了算了，还是自己再看看吧。正当荣光打算继续往下看时，一个硬硬的东西从天而降，“砰”的一声砸在他的头上，把他砸得“嗷呜”一声叫出来。

荣光定睛一看，是个木偶，跟被他送去保安室的那个一模一样。

不过和最开始看到的不一样，荣光觉得这个木偶现在非常非常生气。他分明看见木偶作为眼睛的两个黑洞猛地睁大了，它张开黑漆漆的嘴巴，似乎在无声地嘶吼。

“咦？等等，我……”荣光想让它平静下来，但连他自己都不知道这是个什么情况，他转头想找“春景”，却发现它并没有站在原来的地方。

“春景”爬到了他的背上，它的动作静悄悄的，在荣光回过神的时候把手臂缠在了他身上。它把脑袋从荣光的肩上探过来，那对不会转动的眼珠几乎是贴在他面前——正常人的头是不可能伸这么长的，但是“春景”都能把手指变成不断生长的藤蔓了，这点儿小事肯定不算什么。

荣光一时间竟说不准到底是暴怒的木偶比较可怕，还是这个趴在他背上的“春景”比较可怕，他觉得两边都不太好惹。本以为这只是个奇怪的梦而已，没想到还是个噩梦啊！拜托了，我想醒过来！

就在此时，荣光脚下的地面突然像崩塌一般纷纷碎落，露出底下无边无际的黑暗。荣光掉了下去，那个木偶趴在缺口的边缘俯视他，而“春景”依旧在他背上，它其实没有任何重量，但荣光觉得它正拽着自己在这片黑暗中一直下沉。

荣光听见一个声音说："如果你不愿意接纳它，它就会把你拖进去。"

"谁？"荣光大叫，"救救我！"

黑暗中浮现出阿蜜的脸。荣光与他面对面，惊诧地失声叫起来："阿蜜！你的眼睛——"

阿蜜的双目被剜去，就像那个破旧的木偶般只剩下两个漆黑的窟窿，与上次相比，他的脸色更惨白了，束发的发冠碎了，铺散的黑发与黑暗融为一体。

他们一同坠入深渊。

3

闹钟准时响起，荣光猛地睁开眼。他还没完全清醒，但是习惯性地转向闹钟所在的床头柜——那个昨晚被他拿去保安室的、宛如《呐喊》人形的木偶正立在他的枕边，黑洞般的双眼凝视着他，仿佛已经观察了他一整夜。

荣光吓得以为自己还没从噩梦里醒来，直到妈妈过来敲他的房门，他才确定这不是梦境。荣光一边应付着催他起床吃早餐的妈妈，一边瞪着木偶，心里警铃大作，这该不会是什么被诅咒的人偶吧？怎么扔也扔不掉，还会回来找你索命的那种！

荣光从床上爬起来换衣服，时不时瞟它两眼，发现木偶原本面朝床边的，现在竟跟着他转了过来。

没错了，绝对没错了，这玩意儿就是盯上他了啊！荣光在心里惨叫，他也没做什么缺德事啊，这种一惊一乍的日子什么时候才是个头呢？

自从跟那个卖药人扯上关系，荣光也算是经历过大风大浪了，他尝试跟木偶沟通："不知道……您有什么事呢？如果能告诉我的话，我会尽量想办法帮忙的……"他顿了顿，补充道，"当然，不要用太过激的方法！"

木偶脸上的表情没有昨晚梦里的那么凶神恶煞，这让荣光稍微放心了一点儿。木偶张大嘴巴，就像一个不断吸气的人，荣光觉得它可能下一秒就要发出大吼，然而等了好一会儿，还是静悄悄的。

"兄弟，你有话就说吧。"荣光十分诚恳。

然后，这个木偶张嘴就……吐了。没错，就是字面意义上的"呕吐"，一堆黑色细线状的东西从木偶口中涌出来，仿佛还伴随着稀里哗啦的呕吐声。

荣光想过木偶会不会扑上来咬他之类的突发事件，可没想过一个像是《呐喊》人形或是《咒怨》鬼小孩的木偶会突然呕吐。他呆呆地看了一会儿，才发现木偶嘴里吐出来的那些细线般的东西原来是……文字。

不过那是如同卷轴上的古代文字，荣光一眼看过去，只觉得是一团乱糟糟的黑线。他朝木偶摇了摇头，表示自己看不懂。

木偶沉默片刻，接着一张嘴，又吐出一堆文字，跟第一次吐出来的文字不太一样，不过依然是一种古代文字。对于荣光来说，区别就是笔画多一点儿的甲骨文和笔画没那么多的甲骨文。再说这到底是不是甲骨文他都不清楚。

看来这个木偶无法讲话，只能通过吐出文字跟他进行沟通。可是木偶肯定没想过荣光的古文学水平并不出众，根本看不懂。

荣光与木偶茫然无语地互相对望，双方大概都感到很无奈。

上学的时间已经到了，荣光把木偶放进自己的书包里，反正嘛……类似这种东西即使他不带着，等到了学校打开书包，它横竖都是会在里面的。他对这种恐怖片一样的发展套路已经十分熟悉了。

讲台上，语文老师正在讲文言文，荣光看着语文老师在黑板上写的龙飞凤舞的字，不由得好奇老师能不能看懂象形文字。他早上出门前有把木偶吐出来的字捡起来，用一张纸巾小心包好放进口袋里，不过到了学校一看，那些字已经消失了。

书包就挂在课桌旁，荣光发现书包拉链慢慢被拉开，那个酷似《呐喊》人形的木偶露了出来，饶有兴致地看着讲台上授课的老师。

它听得懂吗？荣光带着这个疑惑上完了上午的课。中午他跟班上玩得好的朋友一起去食堂吃午饭，回来时见教室里发生了一阵小骚动，一问才知道有人的《新华字典》不见了。

“奇怪了，明明今天上课才用过啊。”失主一脸茫然，把自己的抽屉和书包翻了个底朝天。有人问他是不是借给别人了，他摇摇头。

丢了字典也没人往小偷这方面想，因为除了字典之外，没有其他人的东西不见了，哪个小偷这么热爱学习只偷字典的啊？所以最后就连失主也自认倒霉不找了，反正再买一本新的就是了。

荣光坐回自己的位置上，发现书包已经完全敞开了，他往里面看了看，木偶安分守己地待在里面，但荣光觉得它好像打了个饱嗝。

“咦，有人闻到吗？”突然一个同学开口，“怎么好像有股药味？”

有的人说好像还真的有，有的人说闻不到，吓得荣光立刻把书包拉链拉好，因为他知道这股药味就是从他书包里飘出去的。准确地说，是木偶身上带着的味道。这股药味放在通风开阔的环境里还好，一直放在书包里的话就散不掉了。

下午还有课呢，荣光不希望被人发现这个诡异的木偶，他都还没搞清楚这木偶是否安全。这种带有灵性却又不属于正常生物的东西是不会遵守人类的规矩的，一旦被同学们发现了起哄，会发生什么事谁都说不好。

荣光抓起书包，装装样子地往里面塞了笔记，说午休要出去一趟。朋友问他干什么去，他解释之后小长假要跟游泳部的人出去玩，趁午休时间讨论一下，然后快步离开了教室。

跟游泳部的人一起出去玩的计划确实是有的，但荣光当然不是真的去讨论这件事。午休时学校图书馆也是开放的，荣光进去找了个不会被发现的角落坐下，把木偶拿出来，然后打开书包散散味道。

一回头，他就看见木偶在他面前张大了嘴，吐出一串……简体中文。对，没错，是荣光终于能看懂的简体中文，还是最通用的宋体字！

——还来！快还来！

嗯，还很贴心地带标点符号呢……荣光正感动着，突然发现不对啊，他拿了这个木偶的什么东西吗？等等，他疑惑地看着木偶，轻声问：“怎么突然会简体字了？”

——我吃了字典！

木偶吐出一行字，这语气……还有点儿小骄傲呢。

——还来！你这个小贼！偷书贼！

“偷书？没有啊？我什么都没……”荣光灵光一闪，难道是昨天梦里那些古旧的卷轴？他试探着问：“你说那个卷轴？”

——对！

这次吐出来的字还加粗了。

“可是……那个卷轴被一只狐狸抢走了，你找我也没用啊。”荣光无奈地说。该死的狐狸怎么跑得这么快，回想昨天晚上狐狸惊慌失措的样子，荣光就十分郁闷，他是鬼吗，怎么弄得好像是自己把狐狸吓跑了一样？

木偶连绵不绝地吐出一大串省略号，看来它并不相信这种鬼话。荣光从来没想过会有差点儿被省略号淹没的一天，他跟赶蚊子似的挥开不断往他身上喷来的小点点，小声求饶道：“是真的啦！真的有只狐狸！而且那个卷轴也不是我拿的啊，是……是别人给我的！”事实如此，他根本不想要。

——请快点儿还给我。

这木偶果然是成精了，看来硬的不成就换成怀柔攻势。

——不然会坏掉的！TAT（表情符号）

喂，等等，《新华字典》可不会教你颜文字啊！你是吃了什么奇怪的书吗？

可能是看多了让他产生了幻觉，荣光看着面前涌现的一堆“QAQ”“〒▽〒”“〒__〒”

颜文字，觉得木偶脸上那两个黑窟窿眼睛好像真的饱含泪水楚楚可怜，他心一软，问："那个卷轴……对你很重要吗？"

——是的。

木偶如此回答。

4

放学之后，荣光背着装有木偶的书包在大街上四处寻找狐狸的踪影。

狐狸以前跟在他身边一段时间，所以他还记得附近有什么地方是狐狸比较喜欢的，但尽管如此，荣光认为自己其实并不了解狐狸。

不然的话，他脖子上也不会留下几乎夺去他性命的伤痕了。从一开始，狐狸接近他就是有目的的，看准了他无法独立处理那些怪异事件的时机乘虚而入，而他一丁点儿都没有察觉。

要说完全不在意那是不可能的，他还没有好人到这个地步，他也想把狐狸揪出来，扯着它的尾巴问个清楚。所以表面上看起来他好像是勉为其难才答应帮木偶寻找狐狸的下落，实际上也包含了一点儿他自己的私心。

但是想在一座大城市里找一只走丢的小猫小狗都困难，更何况是一只成了精的狐狸？找到天都黑了，熟悉的几个地方找遍了都没发现，荣光跟家里报备了不回去吃饭，但也就多争取了那么一两个小时。

荣光找了间米粉店坐下来，准备垫垫肚子，等待米粉上桌时他坐着掰手指头，一个一个数：横巷里那家卖牛杂的流动小摊去过了，狐狸喜欢吃那家煮在牛杂里的油豆腐；马路边上那间有着大玻璃的宠物店也找过了，狐狸喜欢趴在窗户上看被带来洗澡的宠物猫尖叫挣扎的场景……荣光把还记得的地点统统数了一遍，附近能去找的地方一个没少，哪儿都没看见狐狸的影子。

再远的话就要去郊区的湿地公园了，狐狸还挺喜欢那里的，去了就跟撤了狗绳的哈士奇一样疯狂奔跑。不过太远了，今天肯定是去不了的。

木偶似乎也知道不太顺利，但荣光没有敷衍也没有骗它，确实很认真地找了，所以它暂时没再吐出任何文字和颜文字。

荣光点的米粉上了桌，他拿起筷子正准备吃，一抬头，就看到他独坐的这张小桌子对面端端正正地坐着一个女孩儿，她看起来像水中幻影般虚无缥缈，店里的其他人都看不见她。

春景！荣光刚送进嘴里的米粉喷了出来。

米粉店老板受到惊吓，看着这名拼命咳嗽、脸都涨红了的高中生疑惑地想，我做的是清汤牛肉米粉没错啊，没给他做成劲辣地狱米粉吧？

荣光咳了半天好歹缓过来了，以往“春景”只在他梦里出现，他自我安慰地想，莫非今天一整天的事都是我还在做梦？好吧，这样也可以，会吐颜文字的木偶说真的其实还是有点儿可怕的……

这碗米粉挺好吃的，如果是做梦的话让我多吃两口再醒吧！于是荣光埋头猛吃，还时不时从碗上方瞄两眼，“春景”并没有说话，也没有消失，好像在等他吃完。这情景有些尴尬，荣光摸了摸鼻子，没话找话地说：“我在找一只狐狸，那么大那么白的一只狐狸，你知道在哪里吗？”

荣光其实只是说说而已，他现在还想着这要是做梦就好了呢，紧接着，眼前的“春景”就消失了。荣光筷子没拿稳，啪嗒掉了，他想，完了，我到底是做梦呢还是醒着呢？再这么下去我早晚得疯！

是真的！

三个大字连同一个感叹号从他的书包里飘出来，木偶善意地提醒荣光他并没有在做梦。

接受了现实的荣光很快解决了剩下的米粉，还剩下一点儿时间可以去江边转转。这个城市的夏天潮湿而闷热，一身长毛的狐狸经常热得难受，去江边吹吹风会让它舒服得眯起眼睛。

晚上八点左右的江边很热闹，下班遛狗的年轻人、组队跳健身舞的老年人，还有晚饭后出来散步的一家大小……江边吹来的风凉丝丝的，沿岸的一边都是老树，树上装饰了点缀的照明彩灯，另一边是滔滔江水，有种让人宁静的魔力。

但是要沿着江边一直走下去是不可能的，荣光打算就走到前面那个小广场，那里有个车站，有一班车可以直达他家楼下。原本就是夜晚，所以荣光并没有发现天色越来越黑。他走着走着觉得周围越来越安静，首先留意到的异样是树上的彩灯变了。

老树枝丫上的小光团来自一丛一丛的发光蘑菇，荣光对它们的印象相当深刻，立刻就意识到自己并不是走在现实的江边。

迎面走来一个轻飘飘的身影，是“春景”，它依旧是半透明如同幽灵的模样。它走到荣光面前，手里提着一只很眼熟的白毛狐狸。

皮毛雪白的狐狸被“春景”掐着脖子提在手上，它四肢乱蹬，从喉咙里发出难受的气音。荣光连忙说：“快把它放下来！它要死了！”

“春景”听话地松开手，狐狸“啪”的一声摔在地上，像一张摊开的白面饼。荣光深知狐狸狡猾，生怕又被它跑了，连忙掏出木偶往狐狸面前一放，说："冤有头债有主，是它拿了你的卷轴！"

狐狸觉得自己刚才几乎死第三次了，是谁说的大难不死必有后福，它怎么觉得自己大难不死必会再死一次呢？狐狸头昏脑涨地一抬头，看见的是三个偌大的、充满怨念之气的黑窟窿，它定睛一看，叫道："哎呀，是个不朽俑呢！"

"不朽俑？"荣光问，终于知道这是个什么玩意儿了。

"什么？卷轴？哦哦，我知道啦，已经还回去了呢……你不信？你不信自己回去看啊！我骗你干什么……什么叫狐狸精嘴里没一句真话！你们这是偏见！"狐狸顾不上回答荣光，已经先跟那个木偶沟通起来了。

这大概也算是一门外语吧……荣光心情复杂地想。而"春景"扔下狐狸后便又趴到了荣光背上，它似乎很喜欢这个位置。

过了一会儿，狐狸跟木偶沟通完毕，它用爪子拍了拍木偶，有点儿不自然地转过来对荣光说："这东西叫不朽俑，'俑'是殉葬用的偶人，这个东西呢……其实是个陪葬品。"

"跟你抢走的那个卷轴有什么关系？"荣光立刻追问。

"什么抢走……我这是为你好呢！"狐狸举着爪子高呼冤枉，"这可是那个男人故意留给你的东西，我们怕你有危险才来拿走的！"

"真的吗？"荣光不是很相信，"那你说说，那个卷轴到底是什么东西。"

它害怕地看了眼荣光背后的"春景"，才开始解释："这个不朽俑说的是真的，你得到的那个卷轴是那个男人从某个被封起来的古墓里偷出来的呢。那个墓属于非常非常古老的一族，这个族的人以记载和传承为己任，就是说他们喜欢记录东西，不管大事小事、好的坏的，他们觉得有意义的都会记下来。"

"但是呢，这也给这一族的人招致了灭族之灾。"狐狸缓缓说道。

"因为……知道太多东西了？"荣光问，他看了一眼不朽俑，似乎从它呆滞的面容上察觉到一丝悲哀。

"是的呢，他们知道太多秘密了，而且他们只会记载真实。为了保住秘密，有太多的人巴不得他们这一族从此消失。一族的人越来越少、越来越少，他们的祖先和同胞用生命记下来的东西也往往会被找出来，付之一炬。"

这一族里最后的一个人决定终结一切，他把能找到的族人尸骨和所有的记录都埋葬在墓里，从此不见天日。自此之后这一族就灭绝了，但是那座坟墓里还保存了大量他们过去记录下来的事情。

"因为古墓中卷轴啊书简啊一类的东西太多太多，而族人本来就有收藏书籍和记录的习惯，所以他们在研制用于保存这一类东西的防腐剂上颇有心得。这个不朽俑里填塞了防腐剂，古墓里像这样的不朽俑应该还有许多呢，为的就是守护里面记录的东西。”

所以木偶才那么急着要找回卷轴。荣光听说过考古发掘中对这类发现的保护必须很注意，不然一旦接触空气氧化，诸如图画、文字、色彩之类的东西很快就会消失。

但他听完还是觉得有些奇怪，疑惑地问：“你说那个地方是坟墓？可是我在那里一副棺材、一副骸骨都没看见啊。”

“你什么时候去过那里了？”狐狸比他更疑惑，“连我都没去过呢，我也只是听说的。”

荣光便把自己做的那个梦告诉了狐狸，狐狸毛茸茸的脸看不出任何怪异，之后淡淡地说了句：“你早就看见了。”

荣光回想了一下梦境，突然明白了什么，不由得一阵战栗。他下意识地绕过这个话题，问：“你说你没去过，那是怎么还回去的啊？”

“是那个卖药人去还的呢，我只是负责从你那里把卷轴拿走。”狐狸回答，“所以事情已经解决啦，这个不朽俑你不管它，它也会自己跑回去的。”

荣光愣了愣，意思就是事情已经解决啦？这么简单？

狐狸站起来甩甩尾巴，又伸了个懒腰，说：“没事了吧？没事我就先回去了。”

“等一下！”荣光一把揪住它的尾巴，“你现在怎么又跟卖药人在一起了？他师父呢？对了！你上次怎么一见我就吓成那样？”本来他还想问问关于阿蜜的事，可是一想狐狸又不认识阿蜜，于是就没有提。

“也不看看你背上那个东西！我能不怕吗？”狐狸哀号着回答，一身白毛炸起一阵，又平复下去。

是“春景”把狐狸吓成那样的？荣光回头看了看，“春景”像植物一样安静地趴在他身上，没有丝毫重量，无害得像一株小花，他怎么看都不觉得有什么可怕的。而且狐狸来的时候，“春景”也出现了吗？他怎么毫无印象？

狐狸歪着脑袋，思考该怎么回答荣光的其他问题。这段时间发生了太多事情，关于卖药人与他师父的事，它也不清楚。

它清楚的只有一件事。

“我现在不属于任何人了，我是自由的。我替那个卖药人做事，是因为我欠他的。我们妖怪的世界没有规则，但我们讲求信诺，给予和回报必须平衡。所以，以前的事我是不会跟你说对不起的，可是呢……”

狐狸舔了舔嘴巴，下了很大决心似的说道：“我可以为你死一次，这是我该回报你的。”

荣光连连摇头：“太夸张啦！我又没说要你做到这个地步……”

“不是你的问题。”狐狸摇摇头，“是我自己的选择。一命还一命，一事归一事，我们有我们的规矩。”

旁边的不朽俑好像说了什么，狐狸高深莫测地点点头：“对吧，你看不朽俑也是这么说的。”

荣光一脸茫然：“它有说过话？”

5

某天夜里，荣光写作业写得打瞌睡，阳台的窗户又传来敲击声。他想，难道是狐狸又来了吗？于是他走过去打开窗户。

阳台上站着的却是一名荆钗布裙、打扮朴素的女人，女人容貌普通，四十岁不到的样子，有一股知书达理的不凡气度，看似温柔但眉目间又存着不输男子的刚毅。她捧着一卷书简，很是客气地对荣光说：“前些日子多有打搅，劳小先生辛苦跑一趟，今日特地登门拜谢。”

荣光脑子一下没转过来，当他看到女子手上的书简时才反应过来。之前梦中他去过一座古墓，“春景”找出两份东西给他看，一份是绘图的卷轴，另一份他还没来得及看的好像就是这个书简。

“这卷书简小先生似乎颇感兴趣，特意送来，让小先生借阅，以表谢意。”女子得体地说。她小腿以下并非实体，而是一阵烟雾，大概便是狐狸所说的那座古墓里被灭族的最后一人吧。她死去之后封起了古墓，并留在那里成为孤独的守墓人，陪伴她的或许就只有那些不朽俑了。

荣光刚接过书简，女子便消失无踪。这份书简是用某种骨头削成的长条薄片书写的，然后串在一起制成书简，历史肯定十分悠久了。荣光摊开书简，本以为自己肯定看不懂，没想到那些古代文字一个一个的自己站起来，像是跳舞般转着圈圈，一转便成了现代普及的简体字。

荣光想起那个呆呆的不朽俑，笑了笑，这大概是它的一点儿心意吧。

他阅读着记录，看着看着，脸上的表情突然僵住了，笑意也一点一点褪去。这是……这是真的吗？狐狸说过，写下记录的那一族人绝不会说谎，只记载真实，所以，这书简上说的全是真的！

那上面记载着，曾经有一座海上仙岛，岛上生长着天地之灵气凝聚的各种奇珍异兽、仙草神药，流淌的泉水能延年益寿，水底下遍布着玉和翡翠，山上的每一块石头都是宝石。

岛上住着的不是真正的仙人，而是海难中被冲上来生还的百姓，以及被岛主救起带到岛上定居的人。这些人在岛上过着远离俗世的安逸生活。而岛主并非凡人，他在岛上修建了药庐炼丹制药，还收了不少学徒。

这座岛上每隔一段时间便要举行祭典，为了让岛上的一切生命更好地延续下去，岛主会从自己的学徒中挑选一名女孩儿作为祭典的主角。女孩儿将会被献祭，被献祭后，她会得到前所未有的力量，同时也会失去自我，成为这座岛的一部分。

这是一种残酷又伟大的自我牺牲，女孩儿是自愿的，但学徒中那名最小的男孩儿不愿意。他不希望女孩儿就此死去，于是在祭典的当天，他带来了“怪物”。这“怪物”是男孩儿一手造就的，他把它放在一个箱子里，在祭典最高潮时打开。

至于那到底是什么“怪物”，书简上写得很模糊，只知道在一瞬间，那“怪物”就吞噬了整座仙岛，所有活着的血肉都成了它的食物，山清水秀的仙境成了至深炼狱。树木枯萎而死，河水与泉水变得污浊，空气中遍布毒素，岛上到处都是悲惨的哭号。

那个夜晚，祭典的篝火失去控制，死去的枯木助长了火势，大火在岛上蔓延，海上火光冲天，像一枚燃烧的星辰陨落在海面。大火烧了几天几夜才熄灭，岛上的土地像被灼烧一般，留下被血浸泡后的赤红余烬和遍地尸骸。

只有那个养出了“怪物”的男孩儿活了下来，他收拾起岛上死去的人、鸟兽、植物等一切残骸，并用这些象征着他的罪过、包含着怨恨的东西造了另一个箱子。

那个箱子，就叫“匿魂匣”。

荣光刚刚看完卷轴上的这些记录，就听见背后传来一声轻叹。

“你还是知道了。”是卖药人的声音，他不知何时来的，依然背着他那个满是眼睛的巨大药箱。

这一刻，荣光觉得那个箱子前所未有的浓艳赤红，好像刷了一层又一层的血，箱子上数不清的眼睛一眨一眨的，眼珠乱转。他不禁想，这些眼珠是来自那些死去的人吗？是那些不甘安息的魂吗？

“这、这上面说的……是真的吗？”荣光问。

卖药人答非所问：“你看的这一份，并不是师父之前故意留给你的那份。是我大意了，他从一开始就并非要让你看他留给你的那一卷。”

“我问你，上面写的是真的吗？”荣光又问了一遍。

“他进古墓随手盗走卷轴然后留给你，就是知道不朽俑有守护这些记录的职责，势必会追着找到你。他是想引你去古墓，再让你发现这份记录。”

“我不是问你这些！”荣光生气地逼问，“我是问你是不是真的造出了怪物，杀了一整座岛的人？”

“虽然中间过程可能并非完全按照他所想般展开，但从这最终的结果来说，他的目的还是达到了。”卖药人无奈地笑起来，“不愧是师父。”

“我明白了，你不肯回答，也就是说那是真的。”荣光垂下肩膀，书简上的文字已经彻底消失了，就连书简本身都逐渐化作粉末飘散。这应该不是存在于古墓里的真正版本，大概是仿造的复制品，他看过之后便会消失。

荣光捏紧拳头，质问卖药人：“你到底造出了什么？我遇见春景的时候她已经死了，可其实她不是死于献祭，是你……是你杀了她！”

卖药人依旧没有言语，他低下头，不知道在想什么。当他终于抬起头，与荣光直视时，他说：“那确实是真相的一部分，但不是全部。”

荣光皱紧眉头，他不是很聪明，只觉得这回答十分矛盾，卖药人没有说那是假的，但这话的意思是那也不完全是真的。

“我来是想提醒你小心。你也发现了吧，蓬莱又开始苏醒了。”说着，卖药人抬起手，指向荣光背后：不知道什么时候，幽灵般的“春景”又趴在了他背上，正双眼直勾勾地看着卖药人。

“上一次蓬莱苏醒有多么可怕，希望你还记得。”说完这句话，卖药人便消失了。

这时，“春景”也不见了，大风从敞开的阳台往里吹，书桌上没合上的书页被吹得哗哗作响，荣光一个人呆呆地站着。

突然，荣光“啊”的大叫一声，他居然忘了，忘了告诉卖药人他在梦里还见到阿蜜了！而且阿蜜看起来与蓬莱之间有联系！他光顾着追问书简上的记载，竟然把这件重要的事忘了。

他垂头丧气，低头却发现手上还有一片用骨头打磨出来的长条。他翻过骨片，后面写着一小串字。抽象的古文字一个接一个跳起，化成简体文字，荣光跟着一字一字地念出来。

“四凶香，需蜈蚣腭牙一副，年岁越长越好；鲛人血一碗；树之心一枚，蒸熟晾干，辗为碎末；如蜜舌一条，火炙烤干，碾为粉末；妖骨一具，磨成粉末；将之一同灌入恶人骨中，以剧毒之虫为引，密封熬制……”

虽然最后一块骨片和文字已经消失，可荣光清清楚楚地记得药方上那些东西，他全部……都见过。

卖药人的师父一直在收集这些东西，难道就是为了……制造四凶香？

四凶香？那是什么？这玩意儿看名字就令人感到效果不妙。

第十章

四凶香

蕙草：又称薰草、零陵香、蕙草、燕草等，自古以来的香草，因其多产于零陵，故又有零陵香之称。宋《图经本草》载：常以七月中旬开花，至香，古所谓熏草也。常用以治疗心腹恶气、齿痛、鼻塞等症，亦可用于遮掩恶臭，如狐臭。

SI XIONG XIANG

1

汤璐正在妈妈烦人的唠叨中收拾行李。

说是帮忙，但妈妈只是坐在她床上指挥她收拾这收拾那，一会儿说“你可别忘了带牙刷，酒店里的脏死了”，一会儿又说“你记得带肠胃药啊，别乱吃东西，容易拉肚子”“你别带这个衣服，你穿着不好看”……为了些无关紧要的小事啰唆个没完。

最后妈妈总算肯把屁股从她床上挪开，汤璐以为她终于消停了，结果走出房间没几步，她又折返回来问汤璐出发时间和回程时间。这问题她都问过七八回了！

这都是因为周末她要和游泳队的同伴一起去短途旅行，她今年十七岁了，但在妈妈眼里好像只有七岁似的。可是她也不敢对妈妈抱怨。汤璐的妈妈是个很强势的女人，别看她现在婆婆妈妈像个去菜市场买菜连几分钱都要计较的主妇，一旦到了早上该上班的时候，她将套装往身上一套、高跟鞋一穿，就是个雷厉风行的事业女强人。

汤璐六岁的时候父母就离了婚。离婚是妈妈提出的，汤璐当时很难过，她很喜欢爸爸，因为爸爸不会像妈妈那样管东管西的，但爸爸总是出差，国内国外四处奔波，难得待在家里的时候没少被妈妈百般挑剔。汤璐长大后自己琢磨，就妈妈这个在公司在家里都要做主的强势态度，她觉得自己能理解爸爸的苦处。

“哦，驱虫药你记得带好，我才给你新买的，这次你们要去山里住两夜，风景好是好，但虫子是真的多，可别忘了……”

“妈妈，我后天才出发，不需要这么早就把东西都收拾好的。”汤璐不是很情愿，她今晚还想打一会儿游戏呢。

妈妈对女儿的想法了如指掌，说：“你就是想快点儿去打游戏，对吧？我教过你多少遍了，重要的事情早点儿做准备，百利无一害。这都是你的老毛病了，之前比赛也是，关键时刻总是发挥不好，就是因为你平时准备不够充分。你看看你们队里那个荣光，他表现就比你好……”

一听到那个名字，汤璐心里顿时就冒了火，大声嚷嚷：“行了行了！我这就收拾，行了吧！”

汤璐的妈妈可不是女儿发脾气闹两句就能打发走的，她要求汤璐在二十分钟内收拾妥当让她检查，等汤璐答应了才离开房间。

汤璐瞧了瞧床上扔着的衣服，懊恼地抓了抓头发。她瞧见镜子里的自己，乍一看像个小男孩儿。汤璐其实更多是遗传了妈妈那种轮廓深刻的美人长相，但是被她自己糟蹋得一点儿都看不出来。

她的皮肤因为经常游泳晒成了小麦色，不是大多数人推崇的雪白；头发是女生能接受范围内的最短；眉毛浓密但乱糟糟的；嘴唇上边还有细细的绒毛。

唯一能称赞一下的，就只有坚持运动而保持的匀称身材和强健且充满力量的美，不过总有人嘲笑她是“大猩猩”。

汤璐一直觉得不公平，如果男生像她这个样子就会被夸赞健康、充满活力，比如荣光，大家都夸他开朗又可爱。哪怕他成绩总是低空飞过及格线，队内训练时经常迟到早退，但就因为他是男孩子，所以大家都夸他好棒，就连游泳队里一贯严肃的徐明子前辈都会对他网开一面。

汤璐承认荣光的确有实力，参加比赛拿了不少奖，替学校争了光，但是她也拿奖了啊！她拿了全市女子自由泳比赛金牌，在省级游泳接力赛的紧要关头反超对手，虽然最后还是遗憾获得银牌，但也算表现出色。

可她总觉得在全校表彰大会上，给她的掌声就是比给荣光的少，稀稀拉拉的。等她下台回到班级队伍，还有人悄悄撞了她一下，跟她说“我发现你的小腿比男的还粗耶”这种没礼貌的话。

汤璐并不在乎别人如何评价她的外貌，她只是对这些人比起她凭努力获得的成绩和奖项，更关注的是她的身体不够完美这一点感到不服气。他们有一套评定女孩子的标准，她对此深恶痛绝。像荣光那样的男生就轻松多了。

其实她很清楚，荣光并没有得罪过她，他们甚至都没怎么说过话，但汤璐就是一听到

"荣光"这俩字就觉得刺耳。她知道自己这样很不讲道理、很任性,可她个性就是这么强硬,或许是来自妈妈的遗传,她总是倔强得不想输给任何男生。

"汤璐!"妈妈的声音又传来了,脚步声也越来越近。汤璐慌忙看了下时间,与妈妈约好的二十分钟明明还没到。

不过妈妈没有再次闯进她的房间,只是在门外问道:"最近你爸爸有跟你联系吗?"

原来是这件事,汤璐松了口气,隔着门高声回道:"没有啊,怎么啦?我正在收东西呢!"她故意翻动东西,制造出声响来。

"那没事了。"妈妈好像就是这么顺口问一下,然后就走开了。

汤璐停下手里装模作样的动作,悄悄打开房门往外看,确定妈妈真的不在了,又重新关上门。她打开上锁的抽屉,里面有个精致的小首饰盒,汤璐刚刚撒了谎,她前不久才跟爸爸见了面。

汤璐的爸爸从事进出口贸易工作,英文很流利,还经常去世界各地出差,在汤璐心中,爸爸是个非常了不起的人。得知游泳队要组织短途出游后,她立刻给许久没见的爸爸发了信息——她平时也会跟爸爸说一些自己生活上的小事,即使爸爸因为工作忙碌很少回复,她也还是想与爸爸保持联系。

本以为这种小事爸爸不会回复的,没想到过了一会儿爸爸就发来信息,问她最近有没有空见个面。这个首饰盒就是这次见面时爸爸送给她的。

首饰盒里是一条漂亮的项链,爸爸说这是玫瑰金的链子,吊坠比奖牌小一点儿,是一枚同样用玫瑰金镶嵌的桃心形状的粉红色水晶,是她这个年纪的女孩子多半会喜欢的款式。水晶表面经过精心切割,多个切割面折射着光线,使得吊坠像钻石般熠熠生辉。

爸爸说这是送给她的礼物,祝贺她之前在比赛上获得的好成绩。爸爸还说她现在是个大女孩儿了,要懂得把自己打扮得漂亮一些。

汤璐其实并不喜欢这条项链,但也说不上讨厌,只是从小就对这种花哨的东西不感兴趣。可这是好久不见的爸爸送给自己的——八年前爸爸再婚,她就很少跟爸爸见面了,所以尽管这条项链并不符合她的风格,汤璐还是开心地收下了。

父女俩的见面是瞒着妈妈偷偷进行的,周末汤璐跟朋友出去玩之前,跟爸爸约好了在商场附近的一家快餐店见面,爸爸请她吃了炸鸡和薯条。汤璐很珍惜跟爸爸见面的机会,爸爸从来不对她指手画脚,不像妈妈总是扯一大堆没营养、热量高的理由,仅仅是为了跟她说不要乱吃垃圾食品。

其实她也并不是十分喜爱游泳,只是因为最初是爸爸带她去的游泳馆。

爸爸虽然不严厉,但汤璐也觉得爸爸跟自己之间好像隔着什么,别的小女孩儿都曾经被爸爸顶在肩膀上，她跟爸爸之间却少有这么亲密的互动。所以当爸爸第一次带她去游泳馆，并夸她游得真棒之后，她感到自己与爸爸的距离总算拉近了，对此十分开心，于是努力游得更好。但是就在她开始在各种小型游泳比赛中频频获胜时，父母在她的一脸愕然中离了婚。

那之后汤璐本打算不再游泳了，可妈妈看她在这方面获了奖，干脆就给刚上小学的她报了游泳班。那之后，她就跟小学里别的孩子都不太一样了，她要花额外的时间去上课、练习，眼巴巴地看着同龄人蹦蹦跳跳地放学回家看电视，或者成群结队到街上玩。

汤璐觉得过去那段孤单的日子挺坎坷的，偶尔也会抱怨说离婚的时候能跟着爸爸就好了，爸爸听了苦笑着说:“这也没办法啊，一般来说都会判给母亲的。”汤璐没把话说出口，但她心里想，这样可真没劲。

2

游泳队的旅行出发时间安排在周五下午的第二节课后，已经由游泳队负责的老师和教练跟学校报备申请过，算是给在省赛上拿了优秀名次、为学校争光的游泳队队员的奖励。所有队员加上老师和教练，一共二十多人，包了辆旅游大巴从学校出发。

最近的天气一直很闷热，虽然阳光明媚，看着像个出游的好天气，可气压低得让人有点儿透不过气，仿佛把人都塞进了一个蒸笼里。这通常预示着一场正在酝酿的大雨。但这并没有影响到学生们的好心情，女生们还特意换下校服，穿起了自己喜欢的便服。汤璐是少数还穿着校服的女生。

在学校停车场等待旅游大巴开过来时，大家躲在树荫下乘凉。平时游泳队里跟汤璐玩得最好的女生因为家里有点儿事说不能来了，汤璐只好自己待在大树后人少的一面乘凉。其实她也不是不合群，只是现在聊到的话题是追星和打扮，她从来不关心这些，自然无法融入进去。

汤璐坐在自己的行李箱上，手里拿着爸爸送她的项链，犹豫着到底要不要戴上。她从来不佩戴饰品，而且这么闪亮亮的充满少女气息的东西跟她一点儿都不相称。但这是爸爸送的礼物，而且……她咽了咽唾沫，戴上的话或许就能融入女生们的话题了。

另一边传来一阵笑声，其他人三五成群地分散成几组在聊天谈笑，而最热闹的莫过于荣光在的那一群。荣光快出发了才发现自己把泳裤当作换洗内裤带过来了，闹了个大笑话，不得不跑去附近的便利店买。他跑出去好一会儿才气喘吁吁地折返，苦着脸解释自己忘带钱了，逗得大家都在笑，连老师都跑过来凑热闹。最后还是徐明子学长叹了口气，亲自拎着这个傻瓜去买内裤。

幸好赶在大巴抵达前买好回来了，但荣光还是得接受其他人无情的嘲笑，不过这并没有丝毫恶意，大家只是单纯被荣光的犯傻行为逗得不行而已。

汤璐觉得大概只有自己没觉得哪里有趣，这种丢三落四的行为不是给人添麻烦吗？要是真的因为他耽误时间导致出发时间推后了怎么办？其他人没觉得这是不对的吗？她觉得大家都太过纵容荣光了！

但不可否认，有的人天生就特别能讨人喜欢，能轻松地得到宽容和喜爱，汤璐看着那边闹哄哄的一群人，心里想，真不公平啊。

“真不公平啊。”

突如其来的声音把汤璐吓了一跳，要不是这是个男人的声音，她会以为自己下意识把心里话说了出来。

汤璐旁边出现了一个陌生的男子，气质儒雅，眉目含笑，很亲切的模样。男子看起来三十岁不到，感觉比爸爸年轻，他穿着一身衣袍飘飘的衫子——这么累赘的衣服他也不嫌热，长发随意地用木簪挽起，皮肤干爽，一滴汗都没有。

陌生男子的打扮有点儿奇怪，不过现在不少人喜欢穿汉服，汤璐也就没有多想。比起男子的打扮，汤璐更在意他是什么时候出现的，明明刚才都还只有她一个人，而且停车场是个开阔的地方，这人要是走过来，她怎么都应该察觉到的，况且……汤璐瞄了一眼男子，他身旁还放着一个很大的箱子，这样的人应该很显眼才对。

等等，她注意到一个古怪的地方——虽然是在树荫下，但由于阳光照射的角度还是会露出一点点影子，然而汤璐却没看见对方的影子。

这是怎么回事？

这个天气的风都是闷闷的热，拂过时就像被一条热烘烘湿漉漉的舌头舔过，但随风带来了男子身上那股淡淡的香气。很难形容到底是怎样的味道，有着像檀香一般高贵厚重的感觉，却又不会过于浓郁而发苦，像是身披白纱行走于绿荫盖顶的森林，植物的气息混杂着动物皮毛和泥土的味道，略带一丝凶险的气味。

汤璐觉得这个香味挺好闻的，在炎炎烈日之下令人心旷神怡，同时，关于男子的所有疑惑都随着香气从她脑中消散了。

“你说啊，这世上是不是总有这么不讲道理的事情呢？”男子轻声说着，汤璐这才回过神发现他是在跟自己讲话。

汤璐困惑得不知道该如何接话，她发现这个男子原来也看着荣光的方向。难道这个人也认识荣光？

“有的人总是能得到别人想要的东西，还不费一丝力气……”男子缓缓地说着，回过头朝汤璐一笑，“是吧？”

汤璐心中猛然一颤，仿佛有什么东西被这句话拨动了。

“项链很适合你，你应该戴上的。对了，还有这个。”被那阵香气夺去心神之际，男子给了她一件东西，是个小小的香囊，散发着与男子身上一样的香气。

“汤璐！”远远的有人招呼她，“大巴来啦，快上车！”

汤璐猛地眨了眨眼，左右看看，旁边哪有什么人啊，只有她靠着的这棵树在炙热的阳光下投下的一片树荫罢了。汤璐跳起来，拖着箱子往大巴那边小跑。刚才喊她的是比她高一年级的学姐，汤璐把行李放进大巴车底后准备上车，这位学姐看着她突然说：“哎哟，你戴项链啦？”

听了那男子的话，汤璐鬼使神差地戴上了项链，这时才紧张起来，她可从来没戴过这种小东西，不知道会不会很奇怪。学姐友好地拍了拍她，笑着说：“挺好看的，就是不太配校服啦。”

汤璐松了口气，笑了笑，开心地登上大巴。车上空调开得很大，大家兴致高昂地在座位上笑闹，聊天的、打游戏的、吃零食的……车厢里充满了年轻人活泼的声音。

汤璐挑了个还空着的二人座，一条过道之隔的位置上坐着荣光，可因为她上车最晚所以没办法挑位置了。汤璐有些泄气，刚刚被学姐夸奖的喜悦一下子减淡了，她选了窗边的位置坐下，戴上耳机，准备闭目养神，可是旁边的位置有人坐了下来，带来一阵属于少女的芬芳体香。汤璐睁开眼，发现是一个漂亮的女生。

“你……”汤璐疑惑地开口，漂亮女生朝她甜甜一笑，仿佛有毛茸茸的大尾巴在身后摇摆，狐狸似的。

汤璐迷迷糊糊的，她有种奇妙的、仿佛身处梦境中的感觉，还没等她想明白是怎么回事，话已经从口中说出来：“那个……你不是说不来了吗？”

奇怪，自己在想什么呢？这不是自己在游泳队里玩得最好的朋友朱美蝶吗？难道是中暑了？她刚刚居然有那么一瞬间以为对方是个陌生人。

朱美蝶挽起汤璐的手臂，亲热地说：“家里的事情解决啦，这么难得出去玩的机会呢，还能跟璐璐你一起，当然不能错过呢！”

汤璐觉得有些别扭，好像朋友的性格应该不是这样的，但是又说不上到底哪里出了问题，也就以为是自己想多了。这时她发现荣光正看着这边，他的表情不知道该如何形容，总之十分古怪，像看到妖怪似的。

“你……”荣光才说了一个字，汤璐就看到她的朋友朱美蝶几乎是扑上去，用一块雪饼堵住了荣光的嘴，笑呵呵地接过话："没想到我赶上了是吧？惊不惊喜，意不意外呢？"

荣光被雪饼噎住了，满脸涨红，一通猛烈咳嗽咳得眼泪汪汪的。这个小小的意外引起了其他人的关注，有人过来给他递水，有人给他拍着背顺气。朱美蝶好像也没想到会变成这样，手忙脚乱地解释自己不是故意的。

车厢里闹哄哄的，汤璐觉得自己好像成了车上唯一的局外人。

这时汤璐口袋里的手机震动了一下，她出发前给父母都发了信息，妈妈很快回了一条千篇一律的"注意安全"，现在这条是爸爸隔了好一会儿才回的，问她目的地是哪儿。

汤璐把手机拿出来时，一个东西被从口袋里带了出来，是一个香囊。

在与朱美蝶身上那种芬芳花香截然不同、更高雅深邃的香气中，汤璐像是打瞌睡的人猛然惊醒了一下，她想起自己的朋友应该是个挺文静的女孩儿，长得也没有这么漂亮，跟这个叫"朱美蝶"的女孩儿根本不像是同一个人。

汤璐觉得自己好像分裂成了两个人，一个在跟她说，这就和平常一样啊，没什么不对劲儿的，可另一个则悄悄地告诉她，不是这样的，这肯定有什么古怪！

3

大巴行驶了一个多小时后抵达远郊的一处生态度假村。

这里原本是个已经没什么人居住的小村落，坐落在半山，后来被收购改建成了度假村，重新铺了道路，过去破落的红砖房被改为了统一的木结构小屋，为客人提供住宿。同时又保留了一些原本的特色建筑物增添野趣，比如祠堂、磨坊等。度假村还与一片受到保护治理的淡水湖相连，只要入住就能观赏到美丽的湖光景色，颇受时下追求原野乡村风情的人欢迎。

他们到达度假村的时候已经是傍晚，夏日白昼时间长，此刻的天边才渐渐染上落日的色彩。在湖边观赏日落是这座度假村主打的招牌项目之一，从大巴上下来的这群学生又正是精力旺盛的年纪，等不及分配房间就叫着要出去玩。

或许是因为进了山里，气温陡然下降了许多，四周被静谧的树木围绕，若是仔细倾听，还能听见潺潺流水的声音。

游泳队教练和带队老师商量了一下，考虑到第二天的活动内容已经很充实，错过今天的话明天很可能赶不回来看日落，难得来一次，要是错过了也挺可惜的，便同意学生们先把行李放在接待大堂，然后去看夕阳。

当然，学生们不见得真的那么想看夕阳，但老师和教练的言下之意就是同意让他们自由活动，肯定是比待在大堂里干等要有趣的。看着其他人一阵欢呼后呼啦啦地走出大堂，汤璐犹豫着没有跟上，因为荣光也在其中。他跟几个男生勾肩搭背地走出去，他们甚至都不是一个年级的，但他总能轻易地融入人群中。

朱美蝶跑过来热切地说："璐璐，怎么不走呢？我们也去湖边看看吧！"

汤璐定定地看着对方，愈发觉得这张漂亮的脸蛋陌生，她认识的"朱美蝶"应该是个文静内向的女孩儿，容易害羞，每次练习要换泳衣时，哪怕在都是女生的更衣室里，都是要偷偷躲起来换的。

而且"朱美蝶"不喜欢凑热闹，虽然不至于让人觉得孤僻，一般要是遇上游泳队有集体聚会她也会参加，但她总是安静地待在角落微笑着看大家胡闹。正因为对方是这种性格，汤璐才会跟她走得近。而面前这个"朱美蝶"却对跟大家一起去湖边这件事跃跃欲试，满脸的兴奋期待。

"哎哟，你看荣光他们都走得不见人影了呢，我们也快点儿吧！说起来，我都还没怎么在湖边好好看过日落呢！"朱美蝶兴致勃勃，没留意到汤璐逐渐皱起来的眉头。她见汤璐没什么反应，还伸手去拉她。

肢体相触的一瞬间，汤璐猛地拍开她的手。

她这反应太大也太突然，还在大堂里的好些人都朝这边看了过来。朱美蝶抽回被打到的手，一脸愕然。汤璐这才发现自己做得太过，结结巴巴地道歉："对不起，我刚刚想事情太入神了……啊，不是说去看夕阳吗？"为了掩饰自己的尴尬和生硬，她反而变得主动起来，"快，我们快走吧。"

"哦，好啊。"朱美蝶应和着，仿佛没把刚才的事情放在心上。然而在汤璐快步越过她往门口走去后，她注视着汤璐快步离去的背影，像动物般舔了舔微微泛红的手背，自言自语道："好像有股奇怪的气味呢……"

夕阳下的湖畔总有几分离愁的滋味，大概落日往往意味着别离，越是艳丽的霞光反而越让人觉得心里空荡荡的。波光粼粼的湖面上，半轮红日徐徐沉入地平线，湖面被染成一片胭脂红，归来的水鸟从炽热的晚霞中掠过，轻灵地没入树林的影子里。

这群高中生还没到会品味这种景色的年纪，大多数人看了看觉得无聊，就趁着天还没彻底黑下来跑去探索其他地方了。湖边剩下三三两两的人，几乎都是来度假的成年情侣。

汤璐在湖边的小树林里散步，她是因为朱美蝶说过想去湖边，为了能跟她分开才故意选了与她不一致的小树林。朱美蝶也没有死缠烂打，爽快地同意了分头行动，她也乐得轻松地独自散散步。

树林里用鹅卵石铺了一条可以行走的小径，这片树林的地势高一些，走在小径上也能看到湖边的景色。汤璐一眼看到了在湖边与成双成对的情侣显得格格不入的家伙——荣光没跟他的朋友们在一块儿，正一个人在湖边慢吞吞地走着，看起来有些无精打采。

湖边有一座码头栈道，从岸边一直往湖心延伸，旁边系着几艘小船，应该是供客人游湖用的。不过现在湖边没什么人，夕阳已经没入地平线一大半，天空的颜色从艳丽的橙红往灰紫色转变。

湖边吹来的风带着凉意，树林里的汤璐打了个寒战，怎么好像更冷了？不过她并没有在意，她看见荣光走到码头栈道上，栈道两侧用粗麻绳索拦着，她有些坏心眼儿的想看荣光不小心掉下去的模样。他今天一整天都有些心神不宁，看他现在走路像梦游的样子就知道了。

荣光走到栈道的尽头，那里没有任何护栏，汤璐看见他朝湖面探出半个身子，好像水里有什么东西在呼唤他。说来也怪，平静无波的湖面突然泛起阵阵涟漪，汤璐离得有段距离，看得不是很清楚，但那一圈一圈往外荡漾的涟漪似乎示意着有什么东西要从水里出来。

荣光出神地盯着湖面，并没有发觉自己的身体正一点一点往湖面倾斜，眼看着就要扑进水里了。

"啊！"汤璐没忍住叫了一声，并不仅仅是受到惊吓而下意识地叫出声，还因为奇妙的紧张和刺激，那一瞬间，她心里有一点点窃喜，想看到荣光真的掉进水里。她甚至没有察觉地悄悄捏紧了胸前爸爸送她的水晶挂坠。

可惜的是，荣光并没有掉进水里，有人及时从后面拉住了他，是朱美蝶。她不知道什么时候跑到了栈道上，眼疾手快地拽住了荣光的衣服，把他拉了回来。

汤璐感到有些失望，她也意识到自己的想法不对，不过反正荣光会游泳，不会真的有什么危险，顶多是有些狼狈罢了。汤璐正安慰自己，紧接着她发现了一件可怕的事——她刚刚一直盯着荣光，却没有发现朱美蝶是什么时候出现的！

湖边没什么人了，码头栈道是笔直的，无论谁走上去她都一定会看见才是，然而她并没有看见！朱美蝶是凭空出现在荣光背后的！

不不不，一定是哪里出错了。汤璐连连摇头，想把这个诡异的想法从脑中甩出去。

栈道上，荣光在跟朱美蝶说话，与其说是聊天，更像是在为什么争论不休。他们交谈的样子不像是校游泳队的普通朋友，朱美蝶看着很关心荣光的样子，一脸焦虑地跟他说着什么。

汤璐记得自己的朋友跟荣光没有熟悉到这种程度，而且作为朋友，对方也清楚自己对荣光没什么好感，难不成被自己看作朋友的人私底下却悄悄跟她讨厌的家伙交好？汤璐正想办法厘清头绪，随意放在口袋里的香囊又飘来了香气，一瞬间，汤璐看到朱美蝶消失了，取而代之的是一只拥有白色皮毛的动物。

一只狐狸？而荣光还面不改色地跟狐狸讲话？汤璐使劲眨了眨眼。一阵风把香囊的香气吹散了，她看到的还是朱美蝶和荣光两人在栈道上说话，根本就没有什么狐狸。

可无论怎么说服自己刚才看到的都是错觉，汤璐还是无法控制地感到恐惧，她不知道该相信自己的眼睛还是该相信自己的大脑。她傻傻地待在树林里，一直死死盯着谈话的俩人，想知道刚刚的“错觉”会不会再次出现。

然而直到天色彻底暗下来，荣光和朱美蝶离开了湖边，汤璐也没有再看见什么不可思议的画面，只得离开树林。回去的路上，她一直捏着胸前爸爸送她的项链，仿佛这能为她带来一点儿勇气。

汤璐并没有注意到，昏暗的树林中凝聚起了一团浑浊的雾气，似远似近地跟在她身后。

4

回到酒店大堂，房间的分配已经完成，汤璐和朱美蝶住一个房间。汤璐不是很意外，毕竟她们是“朋友”嘛。

领队老师在给所有人说接下来的安排：待会儿回房间放好行李，就可以拿上房卡去酒店餐厅吃丰盛的自助餐，吃完可以在酒店里自由活动。这里有天然温泉，除了热泉，还有直接引了山泉水的冰池。除此之外，酒店里还有小型的游戏厅和私人影院，娱乐项目一应俱全。第二天能早起的可以去看日出，早餐过后安排了休闲轻松的观览活动。领队老师还在说，但其他人的心思早就飞了。

“这里也有水质很干净的标准池，大家可以多多练习一下！”教练在一旁故意说道，引来了学生们一阵起哄。

住宿的小木屋在大堂外，分布在度假村内各处。因为是非假日的淡季，他们还拿到了能看到湖的那片区域的房间。

房间里的布置是能使人放松的度假风，朱美蝶进房后转了一圈，不住地赞叹，饶有兴致地四处看。汤璐虽然一直说服自己不要胡思乱想，但暂时还是不想跟朱美蝶接触。她躲进洗手间，趁机洗一把脸，她想自己或许是中暑了，所以才会产生幻觉。

外面，朱美蝶似乎打开了电视，汤璐听到新闻播报的声音，但是隔着门板，她又正在洗脸，哗哗的水声中传来女主播断断续续的声音。

“警方通报截获重大走私案……进出口贸易公司涉嫌……相关嫌疑人……被带走协助

调查……目前正在进一步搜证中……”

汤璐从洗手间出来的时候朱美蝶正好关了电视，外面有人敲门，是其他人来找她们一起去餐厅。两人一起离开房间，与邻近几个小木屋的人结伴，一群人有男有女，有说有笑。

山间不知何时起了雾，度假村的路灯在雾气中模模糊糊地亮着，像一只只发光的眼睛。

其他人兴致勃勃地讨论晚上的活动，汤璐却没有心思加入，她仍满脑子混乱，苦苦思索自己所看见的到底是不是真的。而那个好像会变成狐狸的朱美蝶就在她旁边，若无其事地跟其他人聊天。

有人说：“山里晚上真冷啊，我还说夏天谁要去泡温泉，现在被打脸了，我想去泡温泉！”

另一个人接话：“人类果然逃不过‘真香’定律，泡温泉加我一个！”

朱美蝶回头问汤璐：“璐璐呢，要一起去吗？”

汤璐冷不防被她叫到名字，惶恐地看着“朋友”的脸，那本该是带给她熟悉和亲切的脸孔，此刻她却仿佛能从那姣好的薄唇底下看见一对锋利的兽牙。

一起走着的学生中有人提议“那就吃饱了去吧”，朱美蝶踊跃地附和：“我现在可饿坏了，想赶紧吃东西呢！”

其他人越是融洽，汤璐便越是恐惧，她说她饿了，这只怪物说她饿了！汤璐觉得自己连指尖都在颤抖，种种可怕的念头在她脑中浮现——漂亮的少女化身狰狞丑陋的妖怪，把包括自己在内的所有人都当作佳肴！

“你没事吧？”有人拍了拍汤璐的肩膀。汤璐短促地叫了一声，才发现自己满头冷汗，而那个拍她的人正是荣光。他接着又问：“你脸色不好，是感冒了吗？这山里的气温也一下子降得太猛了吧……”

不等荣光说完，汤璐就缩着肩膀躲开他的触碰。朱美蝶也走了过来，关切地问起汤璐的状况。汤璐被荣光和朱美蝶夹在中间，恐惧得浑身发抖，他们的声音和态度越是温柔，在汤璐看来就越像是居心不良。

汤璐费力地躲开两人，一个人走到旁边，虽然表面上看不出来，但她眼前的景象都模糊了，眼中的所有色彩和影像都像是被扔进了一台搅拌机，粗暴地搅和在一起。汤璐几乎无法呼吸，吸进的每一口空气都像带有剧毒，就在她觉得自己要晕过去的时候，一股神秘的香气让她精神一振。

香囊！她连忙翻出香囊，凑近鼻子深吸一口气，啊……她闻到的是沁人心脾的神秘香气。

但有人开口问：“诶，你们有闻到一股怪味吗？”

“哎呀真的，臭臭的。这里有温泉，是硫黄味吧？”

“有吗？我没闻到，不过美蝶身上香香的，你用什么香水啊？”

朱美蝶原本不知为何突然沉下脸色，此时冷不防被问到，有些慌张地露出笑容：“大、大概是衣物柔顺剂的味道吧！”

汤璐呆呆地看着每个人嘴巴张张合合，却听不明白他们在说什么，从他们口中说出来的话语仿佛被放慢了一千倍、一万倍，音调拖得老长老长，调子时高时低，像怪物在嘶鸣。

她吓坏了，拔腿就跑，一心只想远离这些怪物！

自然有人想追她，但雾气变得更浓了，大家不得不停下脚步，茫然四顾。大雾中几乎分不出方向，连路灯和建筑物的轮廓都看不清，四面八方都是灰蒙蒙的雾气。浓雾中有什么比雾气更重一些的东西，它的影子像软体动物的触手般缓慢蠕动。

“啊！”雾气中传来惨叫声，却分不清到底是谁的。

而另一边，汤璐跑着跑着觉得身体好重好重，连一步都迈不出去。背上仿佛有千斤重的东西压着她，使得她不得不弯下腰，可即便如此也支撑不住这份重量。手里的香囊不知道什么时候掉了。她不得不跪在地上，用四肢支撑起沉重的躯体，这副狼狈的姿态宛如最低等的野兽。

她睁着眼，眼前却只有一片浓雾，度假村的景色彻底消失了，所有人都消失了，她不知道自己这是怎么了，只能害怕地呼喊：“爸爸！爸爸！”

但是无论她怎么叫唤，都得不到爸爸的回应。就像小时候一样，不管她怎么努力，爸爸都不曾真正地、用心地看过她一眼。

浓雾散去，汤璐发现自己站在一扇门后，这扇门敞开了一条缝，有光漏了进来。她从门缝往外面看，但视野很矮，因为她还不到门把的高度。对于这个房间她有记忆，虽然关了灯，但她知道正中央是她粉红色的小公主床，被子上印着可爱的小花仙，松软的枕头绕了一圈荷叶边，床边的柜子上放着芭比娃娃，床上堆满了可爱的动物布偶。

房间侧面有一面镜子，映照出门边的小女孩儿，她穿着有蝴蝶结的白睡裙，一头乌黑柔顺的长发，手里抱着她最喜欢的小海豚布偶。

这是六岁的小汤璐，她被从睡梦中吵醒，躲在门后偷看。客厅里是爸爸和妈妈，两人各自坐在沙发的一边，表情冰冷。妈妈问：“璐璐那么喜欢你，你为什么不能喜欢她？她那么小都知道努力，为什么你不能努力一点儿？”

爸爸说：“我也是没办法，你不要这样了，我在乡下认识靠谱的人，他们想要个孩子，把璐璐送过去，他们会照顾好她的。”

妈妈盯着他，尖锐地问：“你不要她，就因为她是个女孩儿？”

爸爸的眼神飘向别的地方，妈妈哭了。她不是个爱哭的女人，但她还是哭了，她哭着说：“璐璐什么错都没有。”

“我知道，我明白。”爸爸气恼地挠了挠头发，“怨她自己，怎么就是个女孩儿。”

“离婚吧。”妈妈说，“璐璐是我的女儿，我绝对不会把她送去别的任何人身边。”

画面开始融化，爸爸和妈妈的脸化作一滴一滴的蜡泪滴落，各种色彩混在一起又分离，稳定下来时，汤璐发现自己正对着镜子，镜子里那个七岁的、刚穿上小学制服的小女孩儿正用颤抖的手握着剪刀，另一只手抓起了脸颊旁的一把长发。

咔嚓、咔嚓，长长的头发坠地，和那些被她剪破的小花仙床单、连衣裙、洋娃娃和布偶一起。

妈妈推门进来时，把头发剪得乱七八糟的小汤璐抬起脸问：“妈妈，我现在像男孩子了吗？”

画面继续变换，上了初中的汤璐拿着刚赢下的奖牌到爸爸的新家附近，这个高档小区对非住户进出检查得很严格，汤璐就在小区外的马路边等着。然后她看见爸爸抱着一个小男孩儿满脸笑容地走过来，嘴里一个劲儿地喊：“宝贝，爸爸的宝贝，今天想吃什么啊？”

汤璐从没见过笑得这么开心的爸爸，爸爸也从来不关心她喜欢吃什么不喜欢吃什么。她总以为爸爸对自己有求必应是因为爱她，但其实他只是不想在女儿身上多费心思。

她其实明白的，赢再多的比赛也没有意义，爸爸还是不会爱她。

“哗啦，哗啦。”汤璐听见肢体拍打水面的声音，场景又转变了，是高一加入学校游泳队后第一次训练，她来得早，就先游一会儿热身。

这时旁边的泳道有人赶上来与她齐头并进，他们同时触碰池壁然后折返。追上来的是个男生，他真的就像条充满活力的鱼儿，在转身的一瞬间就超过了她。汤璐拼尽全力想重新追赶，但还是徒劳地看着差距越来越大……

当她的手抵达终点从水中站起来时，那个先抵达的男生摘下了泳镜，笑嘻嘻地看着她，说：“你游得真棒！还好你是女生，这样我就不用跟你比赛啦，不然我恐怕会输。啊，你也是新加入游泳队的吧？我叫荣光，你呢？”

在这一刻，嫉妒、怨恨、憎恶……邪恶的种子在汤璐心中发芽。

5

汤璐痛苦地蜷缩着身体，陷入了一个巨大的、无法逃脱的漩涡，灰色的浑浊浓雾把她不断往深处拖去，一幕一幕她过去不肯承认、不愿回顾、被强行埋藏在心底的记忆不断地强行在她眼前重复。

她泪流满面地站在快餐店里，背对着自顾自打电话的爸爸。她记得这一天，隔了很久很久主动约她见面的爸爸却随意地将她约在廉价的快餐店里。她走进快餐店，并没有立刻叫爸爸，而是默默听着他对电话那边的人压低声音说话。

“不要担心，涉及的人员名单在我这儿，这东西不能销毁，还会有用的……我会放在我前妻的女儿那里。存储卡很小，我藏在项链里，谁也不会知道，警察也不会知道的……”

而爸爸手边，放着一个小小的首饰盒。

“呜……不要……停下来，停下来啊！”她悲伤地大叫，沉重的身体在浓雾中继续坠落。

这时有人拨开了浑浊的雾气，她感到沉重的空气变轻了。她艰难地抬起头，只见那个人朝她伸出手，说：“不要被‘混沌’迷惑了，这样你会看不见‘真实’的。”

真实……她喃喃重复，一阵花香渗入了浓雾之中，是与那个香囊不一样的香气，而雾气中另一个人的脸庞逐渐清晰起来，是荣光！汤璐一个激灵，这股花香……是朱美蝶身上的香气！

真实！她知道什么是真实！真实就是朱美蝶是一只妖怪，她迷惑了所有人，她和荣光是一伙的，他们要吃人！

原本澄清淡雅的花香突然被冲淡了，正逐渐稀薄的雾气一下又聚拢，汤璐挥开他的手，挣扎着大喊：“别靠近我！我讨厌你！讨厌你！去死吧！”她越挣扎，下沉得越快。

荣光显然愣了一下，他叹了口气：“汤璐，你其实没有那么讨厌我。”

“不！我就是讨厌你！你轻轻松松就赢了我！你还取笑我！所有人都取笑我！如果我是男的，我一定会比你厉害，比任何人都厉害！这样爸爸就会、就会……总之，没有你就好了！没有你的话……”

“没有我，你也会恨上另一个人。”荣光摇摇头，“你的记忆……我也看到了。当时我说话没过脑子，不知道会伤害到你，我为这件事向你道歉。有人跟我说过，人的欲望会滋生很多东西，恨也是其中之一，我没办法说这到底是好是坏，我只知道恨什么人、讨厌什么东西都是正常的，但至少……”

他猛地一蹬，仿佛是在水里般一下游到她身边，然后抓住她的手，把她往上一扯。借助惯性和重力，他与她位置互换。

“你要恨对人啊！”

汤璐听见荣光朝她这么喊道，然后就见他慢慢沉入浑浊浓稠的雾气之中，而她则感觉到身体逐渐变得轻盈。汤璐猛地醒了过来，紧接着冰冷的湖水灌入她的口鼻之中，她在黑暗的水中漂浮着。荣光呢？那股怪雾呢？

她找不到荣光，水底漆黑一片，她想往更深处游去，却被什么东西抓住了，然后飞快地往水面游去。

汤璐浮出水面，抓着她的人是冷着一张脸的朱美蝶。朱美蝶不知道哪里来这么大的力气，像拎个小猫似的直接提着她的脖子，一把将她扔在码头栈道上，然后浑身湿漉漉地爬上来，凶狠地瞪着汤璐。

她的眼瞳变成了瞳仁竖直的兽瞳，赤裸的身体上覆盖着一层雪白的毛，长长的指甲宛如刀刃般锋利，背后是一条狐狸尾巴。朱美蝶冷眼看着汤璐咳出一大口水，因为愤怒，她尖锐的指甲已经抵在汤璐的脖子上。

汤璐回过神来，却是扑向朱美蝶，也不顾自己脖子上被划出一道血痕，跪在地上恳求道："他、他……荣光……他沉下去了！他在里面！你救救他！"她脸上是湖水也是泪水，脖子上的血染红了她的衣领。

"救救他！求你了！"汤璐现在很清楚面前的"朱美蝶"不是她认识的朋友,并且"朱美蝶"确实是一只妖怪，但是她直觉能帮助自己的只有她了。

"我不是真的想他死！他说得对！他说得对！"她急起来甚至砰砰地朝眼前的怪物叩头，"我错了……是我错了……"她一直苦苦祈求抛弃她的爸爸能看她一眼，她如此卑微，害怕如果自己表现出对爸爸的恨意就会永远失去爸爸，所以她把心底的不甘、对爸爸的恨意，都迁怒到妈妈和其他人身上。

荣光说得对，哪怕她没有恨上荣光，也会去恨别人。然而她真正恨的是自己为什么不是爸爸所期望的男孩儿，她应该恨的是把她抛弃了的爸爸。

其实妈妈对她严厉是希望她更自立，让她坚持学游泳一方面是不希望辜负她的天赋，另一方面是希望借助忙碌的训练让她远离针对单亲家庭的流言蜚语。她获得优秀成绩和奖项时，大家都是公平地为她庆贺，她获得的掌声并不比任何人少，只是她被对爸爸的盲目的爱蒙蔽了双眼，看不见这一切。

"太晚了。"朱美蝶说，"他自愿与你交换去送死，这是'交易'，哪怕我愿意替他去死，也无法干涉。"

汤璐听不懂她在说什么。朱美蝶已经收回指甲，变回一只雪白的狐狸。狐狸脖子上挂着另一个香囊，里面正是那股带有花香的香料。这是狐狸来冒名顶替之前，卖药人给它的，里面是用蕙草配的香料，说是给它掩盖狐骚味用的。

"你那个香囊里装的是'四凶香'，这种香点燃后，香气会召唤来传说中的'四凶'之一——穷奇、梼杌、饕餮、混沌。但'四凶香'不是用普通的火焰可以点燃的，点燃'四凶香'需要人类的欲望，非常、非常、非常浓厚的欲望。"

白色的狐狸说道："所以那个男人盯上了你，你身上有因为欲望而滋生的强烈的怨和恨，还有……”狐狸的目光落在汤璐胸前的吊坠上，“那是别人给你的东西吧，那上面也附着强烈的欲望，是贪念。”

所以汤璐点燃了“四凶香”，她召唤来的是混沌，是上古时代的凶兽。《神异经·西南荒经》中记载：其状如犬，长毛四足，似罴而无爪，有目而不见，无法移动，有两耳而不闻……品性高尚的人它会抵触，品性恶劣的人会听从它的差遣……因其清浑不分、是非不辨、愚顽糊涂，是为“混沌”。

汤璐的欲望点燃了四凶香，但她本身只是凡人，并没有驾驭凶兽的能力。自古以来，召唤者若无法驯服凶兽，就会被凶兽杀死。尽管汤璐招来的不过是混沌中很小的一部分，但这也足够了，“四凶”之一无论是哪个，被召唤而至绝不空手而回。

汤璐并不知道，不但她自己差点儿送了命，这个度假村里的所有人几乎都要陪葬。那些浑浊的浓雾其实是混沌身体的一部分，所有人相当于在凶兽的肚子里走了一回，他们现在只是被毒素感染晕过去，已经算命大了。

狐狸没有把这部分告诉汤璐，当然了，所有人之所以能保住性命，是因为荣光选择牺牲自己。那个男人一定是猜到荣光会宁愿牺牲自己，所以才在他身边挑选下手的对象。

救护车和警车的鸣笛响起，是狐狸通知的，度假村里人类的烂摊子就该交给人类处理，至于造成整个度假村的人中毒晕厥到底是食物中毒还是毒气泄漏，它可管不着。

汤璐头都磕破了，她呆了许久，然后慢慢爬起来。她把爸爸送的项链摘了下来，重重地往地上一摔，水晶与镶嵌的底座裂开，一块被慎重藏起来的细小芯片掉了出来。汤璐把它捡起来，摇摇晃晃地往警笛声传来的方向走去。

有些事情可能太晚了，但有些事情还不晚。

目送汤璐离去，狐狸转过身，只见伸往湖心的码头栈道尽头站着一个人，那人背着巨大的药箱，箱子上嵌着一双双胡乱地转动着的眼睛——是卖药人。

卖药人沉默地看着吞噬了荣光的湖面。狐狸走到他脚边，一同沉默，然后难过地问：“怎么办？他……那个笨蛋……死了？”

“嗯，死了。”卖药人回答。

狐狸鼻头一酸，眼泪掉了出来，它想用爪子抹掉，但眼泪怎么都抹不完，它控制不住地呜呜哭了起来。突然，卖药人揪起它后脖上那一片皮肉，将它提起来，一把扔……不，是砸进湖里。

卖药人说：“所以，去把他的尸体捞回来。”

荣光飘浮在半空中，他不知道这是什么地方，四周都是浓得化不开的黑，上下左右都是虚无，他茫然不知自己该往哪里去。这时有什么推了他一把，原本飘着的他又开始往下坠落。

他看见黑暗中浮现出一张脸，是个儒雅的男子，虽然只见过对方之前蒙着双眼神神秘秘的样子，但荣光还是很快认出了对方——卖药人的师父。

荣光问他：“你为什么要做这种事？”

那张脸居然扯出了一个有些悲伤的笑容：“我只是想要回到故乡。”

接着那张脸就消失了，只剩下荣光一个人，孤零零的，不知要坠入何方。

就在此时，他的左手里冒出了一团光。

第十一章

幽之都

鬼草：叶子与葵叶相同，秸秆是红色的，开的花像是禾稼的花絮，吃了这种草的种子可以使人乐观，忘却忧愁。

多儵鱼：长相似鸡，有着红色的羽毛，长着三尾，六脚，四头，它的叫声与喜鹊很相似，吃了这种鱼的肉可以增加欢悦，乐而忘忧。

蕢草：形状很像葵，味道很像葱，吃了它可以解除疲劳，消除忧愁。

YOU ZHI DU

1

一片漆黑的空间里并不存在“方向”的概念，这里没有上下、左右、前后，也没有地面和天空，黑暗是这个空间的唯一特征。如果身处其中的是诗人或哲学家，想必一定感慨良多，但荣光只觉得在一片黑乎乎里飘浮实在很无聊。

荣光不知道太空中的宇航员是什么感觉，但他现在就有种飘浮于失重空间的感觉，他刚刚尝试了伸展手脚，但因为没有方向也就无法保证平衡。他很清楚自己处于“死亡”的状态，可目前他情绪很平稳，可以说有些过于平稳，他甚至因为过于无聊而开始练习游泳，一会儿是蛙泳，一会儿是自由泳，再过一会儿把肚皮一翻换成了仰泳。

这个场景若是被其他人看见，一定会觉得很诡异，就连荣光自己也觉得这像是在发神经，但在这个空间里，就连时间的流逝都感觉不到，也不知道这种状态要保持多久。这就是人死之后的经历吗？每一个灵魂都会这么孤独地、无边无际地飘浮在黑暗中？

他停下了狗刨似的动作，摊开自己的左手，手心有一点朦朦胧胧的光，在这片无边无际的黑暗中宛如一枚小小的星。荣光左看右看，大概是无聊使人降智，他装模作样地模仿起钢铁侠，把发光的手掌往前一推，低沉地说出那句经典台词：“I'm Iron Man.”

理所当然的，并没有射出预想中的激光炮，黑暗中静悄悄的，不过也算是免去了有旁观者的尴尬，荣光甚至还有点儿小得意。他并没有留意到手心上隐约浮现出的文字，又清了清嗓子，摆出一个满意的姿势，高声大喊：“发动吧！我的王之力！”

话音刚落，铺天盖地的黑暗突然尽数散去，他傻愣愣地站在一叶扁舟上，保持着刚才还让他得意扬扬现在只让他尴尬得想将自己就地掩埋的动作。

荣光能感受到从四面八方投到自己身上的目光，同样的扁舟还有许多，一同漂在一条宽阔的长河上。河水湍而不急，因为深不见底而显得幽暗无比，像一匹铺到天地尽头去的漆黑绢布。与长河对应的是头顶灰紫色的天空，云是烟灰色的，闪烁着漆黑的星子。

这是一个古怪的地方，所有东西都是压抑的灰暗色调，似乎只有河水是活的，其他一切都死气沉沉的。但这对荣光刚才的即兴演出可能是件好事，因为四周过于昏暗，邻近的扁舟上的人应该没看清他丢人的行径。荣光眯着眼打量其他扁舟，只能依稀看见上面有黑乎乎的影子，别说五官了，就连人的轮廓都看不清。

一叶扁舟紧挨着驶过，可即便离得这么近，扁舟上的人依旧是模糊的一团黑影。荣光喊了两声，影子没有回应，一动不动地坐在扁舟上，仿佛对自己即将去往何处漠不关心，一心随波逐流。荣光看着那叶扁舟载着影子越漂越远，逐渐消失变成这个幽暗之境中的一个小小黑点，不由得小声嘀咕："真奇怪……"

不过他也没好到哪里去，除了活蹦乱跳的，也跟这些影子一样不知道自己要去哪里。

他这时候再一次清晰意识到自己"死"了，他记得很清楚，他代替一个女孩儿被四凶香召唤来的凶兽混沌吞噬。他不太懂这些传说中的怪物的消化系统如何，但自己的身体恐怕已经……他觉得这么想象下去画面会很恶心，于是强行打住了。

从那个漆黑虚无的空间出来后，他觉得自己的情感正在一点点恢复——虽然在那个空间中他也依旧保持着清醒的意识，但懒洋洋的什么都不想思考，也没有害怕、担忧、焦虑之类的情绪。荣光凝视着幽暗的天空和河流，心脏仿佛正因为迷茫和不安而紧张收缩。这里或许是"死"后的世界？他挠着头，没想到居然真的顺利来到了这里……

他所在的扁舟猛地剧烈晃动起来，黑色的河水里好像有什么东西在翻涌，想爬到扁舟上来。小小的扁舟左右摇摆，荣光看见好几条黑色的手臂，它们并不像人的手，有的只剩骨头，有的指间连着蹼，还有的从手上又长出几只小小的手，怪恶心的……

这些诡异的手迫不及待地攀上了小舟，像极了饥肠辘辘的人急不可耐地要把手伸向面前的大餐。荣光一怵，心想，我该不会就是那顿"大餐"吧？

可是这扁舟上什么都没有，连船桨都没有，荣光也不知道该怎么摆脱这些手臂，要是贸然上前用脚把它们踹开，若是一不小心被抓住，恐怕反而会被它们拖进漆黑的河水里。

这时，一条长得不可思议的手臂探到了他面前，荣光下意识挥手去挡，恰好是左手。

左手手心那股光芒在脱离那个漆黑空间后就平息了下来，只在荣光手心留下笔画无比复杂、宛如图腾的两个古代字符，在这个危急关头，两个字符又淡淡地浮起一层亮光。

这光芒很微弱，但那些怪手像被炙热的火焰烫到了一般，荣光甚至觉得自己听见了水底下传来的一阵阵痛苦的惨叫。一瞬间，那些怪手便受到惊吓般全部缩回水里，漆黑的河水依旧奔流不息，水波载着他的扁舟稳稳地顺流而下。

荣光迷惑不已地看着自己的手心，这是之前那个叫冥君的家伙写下的，他“生前”怎么都看不出手心上有字，不过现在看到了也没看懂到底是什么字。他忽然怀念起那只可以自动翻译古汉字的不朽俑。

又一叶扁舟慢悠悠靠了过来，不一样的是这只扁舟逆流而上，一开始是个隐隐约约的影子，渐渐的才能看见小舟上有一个纤细的身影，戴着斗笠，撑着一杆竹篱。荣光发现自己居然能看清对面的人。撑船的人包裹在一身古代仕女的衣裙下，斗笠下只露出小半张脸，和之前那些黑漆漆的影子不同，她皮肤白净，唇色红润，只是看起来依旧像蒙了一层阴影。

两只扁舟的船头交错时，荣光听见对方细声细气地说：“您可千万不能再往前了，再往前就不能回头了。”这话无疑是撑船的女子说的，但她斗笠下的嘴唇丝毫未动。

“前面是什么地方？”荣光好不容易遇上个能交谈的，连忙问道。

“是幽都，死者的国度。”撑船的女子回答。

两只扁舟已经相交过半，眼看就要交错而过，可荣光还有很多问题，比如自己怎么好像跟其他人不一样，还能说话、思考，还有对面这个撑船的女子又为什么逆流而上……

就像读懂了他的内心似的，女子笑了一声，又问：“能让我到您的船上去吗？”

荣光内心并不抗拒这个提议，但他还未回答，就发现那年轻的女子已经提着竹篱站到了他的船上，而她原本乘着的那一叶扁舟，瞬间便不知随着黑色的河水漂到哪里去了。

女子把竹篱伸进黑色的河水里翻搅，小舟不再前进，只是随着水波起起伏伏地荡着。扁舟停下后，女子摘下斗笠，露出端丽的脸庞，黑发在头上束成一个发髻，额头光洁，双颊丰润，是温和圆润的鹅蛋脸，眼眸温顺，给人性格温婉的感觉。

不等荣光问她是谁，女子自己先笑了笑，道：“我叫招英，是这条忘川河上的船夫。”

2

忘川！

荣光只觉得自己跟这条河过于有缘！可他之前查过资料，得知传说中的忘川应该是一条浑浊湍急的大河，河中有各种毒虫毒蛇，生前犯下罪孽之人都会被投入忘川，身受万虫噬咬之苦，直到身上的罪孽被洗净。

光看传说，忘川应该是充满了灵魂痛苦哀号和嘶鸣的大河，但不管是传说中的忘川还是眼前这条漆黑而深沉的大河，都与荣光曾经见过的那条宛如银带的忘川截然不同。

荣光问：“这条河会流向哪里？”

招英说：“流向北海，幽都就在北海。我刚才说过了，那是死者的国度，所有死去的东西都会顺着忘川的河水流向幽都。您知道那位撞倒了不周山的神吗？幽都的统治者就是他其中一个儿子，而我们都是不敢直呼其名的。”

“你说我不能再往前又是什么意思？既然我已经死了，不是应该前往那里吗？”

“您看见了吗？”招英指向河面上其他的小舟，那些看不清五官和轮廓的影子木讷地呆坐于舟上，“那些是寿终正寝或者说寿命已尽的人，所以他们必须顺流而下抵达幽都。但是……但是您不一样，不一样……”她直勾勾地盯着荣光轻声低语，像是说给荣光听，又像是在自言自语。

荣光感觉到招英说着这番话的时候，温和的双目中闪动着一种渴望的光彩。

“那……”他咽了咽唾沫，不知为何有些紧张，“那你也……你也跟我一样？你看，你会主动跟我说话，还会撑船……”漆黑的河水哗啦啦地翻动，水波轻轻撞击小舟，船身摇摇晃晃，荣光好像看见水底下有什么黑色的东西飞快地游动。

“不一样的……不一样的。”招英自顾自地说，“您还有寿命，您是不该这么快到这里来的人……而我……”冲刷船身的水声一波一波地回荡着，好像某种诡异的韵律，招英的眼神也越发古怪起来。

“我还不想到幽都去，我还不能去，我要等他。”招英瞪大了眼睛，说话变得语无伦次，“那孩子太可怜了……一个人孤零零的……我不能留下他……我的小殿下啊！我答应过娘娘，要照顾好小殿下……可我找不到他，我在这忘川河上这么久、这么久……却没有一次见过我的小殿下……”招英哭了起来，掉出来的却不是泪水，而是黑色的水蛭，与她清秀端庄的面容形成叫人毛骨悚然的对比。

荣光浑身僵硬地站着，他好像……知道招英说的话是什么意思了——她早已死去，却为了生前的承诺一直徘徊在这忘川河上，久而久之，连自己成了冤魂也不自知。

从一开始，荣光就觉得她说话的语气过于恭敬，多看几眼之后，不知道为何有种似曾相识的感觉，但他又非常确定自己从来没见过这名女子。不过现在他明白这种熟悉感从何而来了，不是女子的容貌或长相，而是她的衣服——那一身宫廷打扮他确实曾经见过。当然不是电视剧里的表演服饰，而是他通过移魂灯依附在一只乌鸦身上，被一个痴呆小皇子养在那座富丽堂皇又残酷的宫殿里时见过。那小皇子的身边有一名年迈的宫女负责照顾他，他之前只知道小皇子喊老宫女“嬷嬷”，原来她的名字是“招英”啊……

如此一来，荣光立刻明白招英一直在这儿等着的人是阿蜜，那个心性纯洁却命运悲惨的小皇子。但招英等了这么久、找了那么久，却从来没有见到过阿蜜的灵魂。是她看漏了？错过了？还是……阿蜜并没有死？可他明明应该替代卖药人被投入了炼药的火炉，扔进去的一瞬间他就应该化作了灰，更别说从那时到如今都不知道多少年过去了，普通人怎么可能还活着呢？

荣光突然又想到在蓬莱的梦境中见过的神志清醒的阿蜜，最近再见到他时，他接连失去了手臂和双目。荣光不由得感到心痛又心寒，当年阿蜜被投入滚烫的铜炉受尽折磨，现在又不知道被谁砍了手臂、剜去双目，这些年他到底都经历了什么啊，未免太过凄惨了吧！

他不愿意相信那么好的一个孩子居然遭受了这么可怕的事，于是上前抓住招英的手腕，问道："你、你说的那个孩子是不是叫'阿蜜'？你真的一次都没在忘川见过他？"

听见阿蜜的名字，招英像是想起了什么美好的事情般笑起来，她又哭又笑，诡异、恐怖至极："阿蜜！阿蜜！我的小殿下！他还好吗？我没见到他，您见到了吗？我不会看漏的，我不会错过他的！我找不到他！找不到！"她松开了手中的竹篙，扑上来抓住荣光的肩膀，手指几乎抠进他的肉里，"我快没时间了，好心人，求求您了，您还有未尽的寿命，您把那些时间给我吧！给我吧！我要在这里一直等……啊，我的小殿下！娘娘！娘娘啊！"

她歇斯底里地喊，长久徘徊在忘川之上的她早已迷失神志，留下来的只有最深的怨念和执念。荣光拼命想摆脱她，可是怎么都甩不开她的手。纠缠中，荣光瞥了眼河面，那根竹篙正漂在黑色的河水上，他这才看清楚，那不是什么竹篙，而是一节一节拼接在一起的白骨！

荣光想起自己刚才曾经击退过从水里伸出来的黑色鬼手，于是忙张开左手手掌，一个劲儿地往招英脸上怼，可他都把巴掌贴到对方脸上了，手心却没有任何反应，只有两个空有复杂笔画的古文字死了般直挺挺躺在他的手心。

喂！关键时刻掉链子难道是"王之力"的必然设定吗？！

荣光也很佩服自己居然在这种时候还有心情说烂梗，他已经被招英摁在小舟上，她正骑在他身上掐着他的脖子。荣光满心悲怆地想，我都死一次了，难道还能再死一次不成？

这其实并不痛苦，也没有窒息的感觉，但荣光看到有金丝一般的东西从自己身上抽离，被吸到了招英的身体里。他挥舞手臂抵抗，却发现身体逐渐变得透明起来……这么下去自己会被吸光光啊！

他并不知道这瞬间自己到底是怎么想的，他只是猛地抱住招英，然后一个翻滚，借着原本就不断拍打船身的水流之力让扁舟侧翻。两人一同掉进了黑漆漆的河水里。

荣光下意识要张嘴呼救，但浑浊腥臭的河水立刻涌入了嘴里。忘川河的水底下不知隐藏了多少凶险的暗涌，水流立刻缠住了他的身体，好像有无数双手死死拽紧了他，要把他往更深处拖去。

荣光挣扎着，左手手心随即放出一阵强烈的光芒，宛如利剑般劈开了水底的黑暗。他这才看清，水底下黑漆漆的竟全都是黑色的影子，长得又奇怪又恶心。

原本荣光掉进水里时，这些影子都像看到肥肉般密密麻麻地围了上来，但光芒亮起的一瞬间，它们纷纷狂乱逃离，同时发出恐惧的凄厉尖啸。

忘川河里千千万万的鬼怪痛苦哭号的声音排山倒海而来，一时间，招英也不见了。但荣光还有好多想问她的事情，他在光芒笼罩中划着水，想从不断逃窜的黑影中找到她。可这是徒劳的，在落入忘川的一瞬间，招英就被抓住了，漆黑的鬼影四散而逃时，或许……把她也撕碎了。

“不！等、等等！别死啊！”荣光干脆大喊起来，“招英！招英——”

说来也奇怪，如今的荣光应该是没有重量的，但他一个劲儿地往下沉，速度还快得像身上绑了艘潜艇。不过既然身边已经没有纠缠的魂灵，他也就任由自己缓慢地下沉，反正也没有窒息的感觉。

荣光觉得自己可能会就这么一直沉到忘川的底部。

越往下沉，水里便越是宁静，混杂着腐肉和血水的腥臭气味也消失了，就像身处平静的湖畔，轻柔的水波宛如春日的微风。荣光仿佛看见底下是一条银光闪闪的暗河，像一条银色的丝带，像他过去见过的“忘川”。

这不是他的幻觉！他真的看见了那条银色的、美丽的忘川，还看见有个少女站在银色的暗河里。他看不清她的容貌，只能依稀看见她穿着一身薄甲，系着略微显得有点儿破烂的披风，远远看去身姿凛然挺拔。

这种打扮既熟悉又古怪，就像……荣光想了想，像网络游戏里强悍性感的女战士。少女张嘴，好像说了什么，但是水无法传递她的声音，看起来就像一条在吐泡泡的鱼。

荣光正要发挥他游泳健儿的本色游过去，突然，他的腰被什么卷住了，然后一股力量将他一拉，他被提出水面，还没明白是怎么回事，紧接着就被扔到了又冷又硬的地面上。

3

荣光摔在一座石桥上，摔得头昏脑涨，然后就听见一个女子用脆生生的声音难以置信地说：“天啊！我在这里这么久，还是第一次看到翻船的！”说着，她摆了摆自己尖尖的尾巴，那上面覆满了宛如幽暗宝石的鳞片，看着是青色的，但每一片又都流转着幽紫色的暗光。

蛇，荣光见过；人身蛇尾，从传说到游戏里也有很多，但背上还多长了一对翅膀的，他觉得不多见。

蛇女长了一张花容月貌的脸，身体非常柔软，赤裸的上半身覆盖着一层细密的鳞片。她现在蜷缩着身体，把自己缠在横在大河上方的一座石桥上，伸直了的话估计有七八米高……不对，应该是七八米长。

从河里把荣光捞起来的是她的尾巴，此刻只见她把尾巴从桥上垂入河中，过一会儿勾起了什么东西来，一口吞掉。她张嘴时下颌骨会彻底裂开，嘴角延展至耳朵下，别说吞人了，吞一辆卡车估计也绰绰有余。

荣光冷汗直流，很庆幸自己没看清她到底吞了啥。

蛇女一副懒洋洋的模样，嘶嘶地吐着信子，似乎并不准备做什么。但荣光感觉到她的目光不曾松懈地一直盯着自己，就像捕食的本能一般，绝不会让活物从自己眼前逃走。又过了一会儿，大概是把刚刚塞进嘴里的东西吞下了，她才开口："你第一次来？那些冤魂不散的家伙可真讨厌，不是吗？"

呃，这是在跟他聊天？荣光纳闷，可是你有没有想过，你们这地儿就不是能反反复复来的吧？

"冤魂不散？你是说招英吗？"荣光小心地提问，他跟妖魔鬼怪打交道也算小有心得，只要妖怪们愿意，它们会说出很多有用的信息，虽然还是会怕它们不知道什么时候心情不好发难，不过这蛇女看起来对他暂时没有恶意。

蛇女回答："什么招英？你指那个差点儿夺去你寿命的家伙吗？我对不能吃的东西的名字不感兴趣。"

您可千万别对我有兴趣啊！荣光觉得自己背上的肌肉都绷紧了。

"我看你挺关心那个魂灵的嘛！别担心，只要那一口怨气不散，她总有机会再聚成人形，继续飘荡在忘川河上，骗取像你这样的小傻瓜的寿命。"蛇女心情似乎很不错，她优雅地摆着自己的尾巴，好心地解释起来，"你不妨把扁舟看作承载你们的生命之船。忘川河上的小舟代表你们自身，你看见的那些黑色的人影都即将成为幽都的子民，他们的船是夺不走的，因为他们的生命已经耗尽了。但你不一样，偶尔也会有类似你这种情况的人漂在忘川上，你们生命未尽，处于濒死的状态，还有机会回去。那些魂体其实早就该散去了，但他们不肯消失，会想尽办法去抢、去骗你们的寿命。"

荣光一下瞪大了眼睛，他好像明白过来招英为什么要到自己的扁舟上来了。

"看来你知道自己做了什么蠢事了。"蛇女嘶嘶笑起来，"只有得到允许才能上你的船，但这种允许只要你心里不抗拒就行了。他们一旦上了你的船就等同于你自身，所以你手心里的字符也保护不了你。"说着，她露出有些不甘的眼神，上下打量荣光，好像在思索着自己是否应该鼓起勇气啃他一口。

“你知道这两个字是什么吗？”荣光急忙把手摊开。蛇女立刻紧张地直起身子躲开，似乎十分忌讳荣光手上那两个字，她捂着眼睛，连看都不敢看。

荣光赶紧把手收回去，蛇女松了口气：“你手心上写的是幽都那位统治者的真名，他是远古的神，他的名字本身就如同强力的咒文，我们不能、也不敢提他的名字，就连听到或者看见他的名字都会令我们胆战心惊。能在你手上写下他的真名的，也只能是他本人了……哎哟，刚刚可被你吓死了，让我吃点儿东西压压惊。”说完，蛇女一脸后怕地从河里捞了个还在挣扎动弹的东西囫囵一吞，美滋滋地打了个嗝。

荣光看得目瞪口呆，不是，难道这条忘川是您的零食柜吗？

不对啊，这么想来蛇女一开始是真的把他当食物钓起来准备吃掉的吧！她对自己态度这么好才不是没有恶意，是不敢有恶意啊！

荣光低头仔细端详手心，这两个字是把秋茴带走的那个冥君写下的，这么一说，这两个字可是非常珍贵的了。可荣光又想了想，当时自己也没做什么，他怎么会把真名写给自己呢？荣光隐隐约约觉得，冥君可能当时就已经预料到在不久的将来，他会来到这里了。

荣光搞明白现在有人给自己撑腰，胆子壮了，气也不虚了，朝蛇女提问：“那么，我现在已经没有船了，是不是就回不去了？”

蛇女正忙着咔滋咔滋咬骨头，闻言竖起尾巴往石桥的另一端指了指，道：“你这问题我回答不了。你往那边走，有一个药圃，你可以问问里面的人。”

荣光还想多问一些，但蛇女松开了缠绕在石桥上的尾巴，“扑通”一声钻进了河里。

4

这座石桥很宽，像一条横跨在河面上的大路，一些人影正悄无声息地从桥上慢腾腾走过去。石桥两侧是各种阴森森的怪兽石雕，仿佛在审视每一个从桥上走过的影子。

其实跟蛇女说话时他们已经在桥上走着了，只是存在感实在太微弱。他们并不说话，却都是笑眯眯的，仿佛沉醉在什么美好的场景中。他们也不像河面上那些黑乎乎的影子，五官都清晰可见。

他们往同一个方向走，与蛇女所指的方向相反，所以荣光走在一群迎面而来的人影中间总觉得自己格格不入，浑身不自在，走路的步子好像也越来越沉重……荣光停下来，低头一看，发现一只小小的石兽不知何时从桥上蹦了下来，正死死咬着他的裤管。

这只石兽长得像狮子，又像某种禽鸟，有着四只笨拙的小爪子和一双扑腾的小翅膀，它看起来似乎想阻止荣光的脚步，但奈何它实在挺小一只的，反倒是它自己被拖走了。

“怎么了？”荣光弯腰想把小石兽拎起来，没想到它小小一只却十分沉，荣光差点儿没能拿起来。

小石兽仿佛知道自己被小瞧了，用爪子一把拍开荣光的手，干脆往他小腿上一趴，赖着不走了。荣光拖着这条增加了沉重负担的腿往前走，不断地与茫然笑着的人影擦肩而过，不知走了多久，终于看到下坡了。

桥脚果然有一个用竹篱拦起来的院子，里面种了不少草药，一个人影背对着荣光，正照料着那些药草。荣光犹豫了一下，推开竹制的门走进去：“那个——”他刚开口，药圃里那人就听到动静转过身来，两个人打了个照面，你看我我看你，都愣住了。

荣光一认出对方，立刻比画着说：“秋茴！我刚刚在桥上看到一条蛇！她那么长，长着人的脸，还有翅膀！她让我来找你，你们认识？”

药圃里正蹲着晒干药材的秋茴愣愣地回答：“哦，那条蛇吗？她本来也算不上幽都的居民，只是来找东西吃的，我跟她不熟……不对，荣光，你这家伙……”

秋茴回过神来，气得一张标致的脸蛋都歪了，几乎是咬牙切齿地问：“你怎么死了？！我走之前不是提醒过你一定要小心吗？”

荣光无奈地看着系着围裙、打扮得十分贤良的秋茴，理亏地挠了挠脑袋，支支吾吾地说：“就是……那个……有各种各样的意外啦……”

秋茴既然是被冥君带走的，那他会出现在幽都真是再正常不过了，可是……

荣光奇怪地问：“你不是被抓走关起来的吗？”为什么一副怡然自得的样子在摆弄药草？他没记错的话，秋茴就是因为乱救人，打乱了生死纲常才被关押在冥界的。

秋茴努了努嘴，下巴朝药圃对面抬了抬：“对面就是孟婆的摊子，你没看见？我给她种熬汤的药草呢。”

秋茴的药圃看着小巧，但越往里走，便越令人感到深不可测，枝叶交缠的后方别有洞天，甚至还有一个水池，里面养着鱼。而且这片药圃与整个昏沉阴暗的幽都不一样，处处显现出生机。说起来，桥上那个蛇女也是色彩斑斓的好看。

“这是鬼草，这是蕢草，还有池塘里这种是多儵鱼……幽都里面啥都种不活，只有这个地方属于边界，不受幽都力量的影响。我反正在这里不能出去，也没啥事情可做，就让冥君那家伙让我在这里种种药草了。”

荣光“捡来”的小石兽扒拉着他的裤管，探出脑袋朝秋茴龇牙咧嘴，但也是空有一身气势，一旦秋茴轻飘飘地朝它看一眼，它就又立刻把脑袋缩了回去。

秋茴对自己的药圃颇为得意，一一指给荣光看。他说的这些药草都有类似的功效，服下后能让人忘却哀愁。传说喝下孟婆汤的人会忘却一切，荣光想到桥上走过的那些人脸上那副无忧无虑的笑容，恐怕就是这些草药的功效。

秋茴兴致勃勃地说了半天，见荣光只会跟在后面“嗯嗯”“哦哦”地应声，跟个傻子似的，便觉得十分无趣，终于想起正事来，脸色一沉，问：“说吧，你是怎么了？”

荣光把四凶香的事跟他说了一遍。秋茴听完，略加思索便明白了是怎么回事。

“四凶香看似用在他人身上，但其实最终的目的还是你。你这个人就是太容易被看清了，我说过了吧，别人遇到什么不好的事情你总是无法不去管。师父也是笃定了这一点，知道你宁愿牺牲自己也会去救那个女孩儿。”

这么一来，虽然别人得救了，但是他的死会让那些爱他、关心他的人很难过吧？他的父母会怎么想？他的朋友呢？这样的自我牺牲听起来很伟大，但同时也给关心他的人留下了巨大的痛苦，这何尝不是另一种自私。

不过，我并不后悔。荣光暗暗握紧了拳头。

扒在他裤腿上的小石兽仿佛感觉到了什么，抬起头来，耳朵抖了抖。

秋茴仔细想了想，喃喃道：“恶人骨、鲛人血、如蜜舌、树之心……其他几味药我不清楚，但我之前就奇怪鲛人血这么凶险的东西到底要用在哪里，原来都是做四凶香的材料。我本以为那只是传说中的东西，没想到真被师父做出来了。”顿了顿，秋茴猛地想到了什么，问，“他知道这些吗？”

虽然没有说名字，但荣光知道秋茴问的是卖药人，于是点点头，说：“他应该知道吧，他那时在魔方里，我一直带在身上。”

秋茴一时没有说话，他用一种古怪的眼神注视着荣光，问道：“你现在明白这是怎么一回事了吗？”

荣光摇摇头，表情十分茫然。秋茴瞪着他，不知该对他的迟钝说什么好，最后还是叹了口气，说：“我那师弟知道有人在收集这些药材，不管他当时是否知道那个人就是我们师父，但他肯定早就猜到有人存心要配出四凶香，却一直没有告诉你。”

荣光惊讶地“啊”了一声，秋茴看他一副傻傻的模样，都有些同情了——如果他那个师弟把这件事说出来提醒荣光，这孩子就不会惨死，现在他的灵魂飘荡在幽冥，都不知该何去何从。

“他果然就是那种人吗？自私的……为了自己的目的，牺牲其他任何人都无所谓。”荣光比过去任何时候都要失落地开口，“那个卷轴上记载的事情都是真的，是卖药人害死了那座岛上的所有人。”

“什么？”秋茴被他的自言自语弄糊涂了。

荣光咬咬牙说："我看过一个古老的卷轴，上面记载了你和他还有春景待过的那座岛上发生的事。你被冥君带走后，那座岛就毁灭了，原因就是卖药人，他……他造出了一个很不好的东西，把整座岛上的生命都吞噬了。所以现在他也是为了自己的目的，放任四凶香被制作出来吗？原来他是希望我死的吗……"

"等一下。"秋茴打断了荣光，"不对不对，那座岛的事先不说，他为什么想你死？我不觉得他是这种人。"秋茴也认为师弟这次太过分，可是以他对雨泽的了解，他并不是这么无情的人。

荣光被问住了，自己身上好像还真没什么可图的，要钱没钱的……除非，他打了个寒战，脱口而出："蓬莱？"不对，这不是他的东西啊！而且他老觉得"蓬莱"有自己的想法，他还没有那么厉害到真的能支配它。

秋茴也说："蓬莱有自己的意志，从来都是由它选择主人，如果没有合适的人，蓬莱就会陷入沉眠。"

"那如果我死了，蓬莱就会沉眠了，对吗？"荣光问。

"按道理来说是这样，只要没有其他合适的人选……"秋茴嘴上这么说，心中却涌起了极为不安的预感。他听冥君说过，真正的蓬莱是远古的宝藏，能成为它主人的人屈指可数，但没有人知道蓬莱挑选主人的标准。

雨泽继承了女娲的血统，甚至拥有接近于神的"创造"能力，对蓬莱来说似乎是很适当的人选，但是既然过去蓬莱没有选择他，现在自然也不会。他显然并不符合蓬莱的标准，所以哪怕荣光现在死了，他也得不到蓬莱的力量。

想着想着，秋茴敏锐地察觉到有一点儿不对劲，荣光说他遇见了一个蛇女，按照他的描述，那应该是名为"化蛇"的大妖怪，荣光这种落入幽冥的纯净灵魂对她而言应该是香喷喷的大餐，她怎么会让食物从嘴边溜走？而且据他所知，妖怪们可没有节食的需求。

秋茴忽然留意到荣光的左手，他一把抓起荣光的手腕，看见了他手心上的字。

秋茴一看就认出那是冥君的真名，他跟荣光不同，十分聪慧，顿时就把许多事情串了起来。

他之前一直想不通，为什么自己偷偷溜出冥界后一直很小心不泄漏自己的行踪和气息，但最后还是被发现了。虽然秋茴心里也清楚，这并非长久之计，冥君的手下早晚都会发现他并把他抓回去，但还是比他预估的要早太多。现在看来只有一种可能了，是他那个师弟把他给卖了，他告诉了冥君自己的所在，并以此与冥君做了什么交易。

雨泽知道四凶香必然会被用在荣光身上，荣光难逃一死，既然如此，不如早早地给他设下一个保险。他的交易，恐怕便是让冥君在荣光手心写下真名，以保证荣光在幽都不受精怪骚扰，不受任何侵害。

想通后，秋茴不怎么高兴地哼了哼，雨泽，你等着！等我下次从冥界出去，一定给你好看！

5

另一边，荣光也正在努力理解秋茴所说的推论，这显然比他自己的胡思乱想更有根据，卖药人说的话、做的事或许总是难分真假，可冥君写下的真名是再真切不过的证据。

“既然一切都是他的计划，连你要死一回都计算在内，那怎么让你回去他应该也有办法吧。”秋茴拍了拍荣光，“你就别担心了。”

荣光不知为何还是有些丧气，嘀咕道：“我还以为是我自己的想法呢，那个卖药人居然也料到了吗……”

秋茴眯起眼睛，问：“你的想法？怎么，你是故意想着要死一次看看吗？”

荣光吞吞吐吐地说：“你们师父的目标是我，靠运气我能躲过一次两次，但总不能一辈子都躲着啊！总有人想你死这种感觉太糟糕了，要不干脆如他所愿试试。更重要的是……”

荣光的眼神坚定起来：“卷轴上记载的事还有很多不清楚的地方，卖药人和你们师父说的话我都没办法完全相信，如果我想知道真相，只能去问其他经历过的人了。既然这是死者的国度，那么当年在岛上死去的人或许还留在这里吧？”

荣光其实不是真的有自我牺牲的觉悟，这个念头是当时电光火石间冒出来的，于是他下意识就这么做了。

“所以你就顺水推舟，来冥界这里找答案？”秋茴惊呆了，“你这是什么神仙逻辑？你没想过自己没办法回去的后果吗？”

“决定这么做的时候我真没想过。”荣光慢吞吞地说，“不过现在你们都说了嘛，我命大，还不到真的要死的时候，所以应该、或许、大概、可能……还是有办法的吧？”

秋茴觉得要不是自己定力好，真的要被气得一口血喷他脸上，赶着送死还心这么大，也是绝了！不过等他缓了缓神，还真的想到了什么。

秋茴说：“你刚刚的话提醒我了，那座岛被献祭是在我被困冥界之后。献祭之后，岛上几乎无一活口，但我从来没在幽都见过岛上的人。”

“会不会是他们已经那个……离开了？”

“死者越过忘川抵达幽都，有的会留下来成为冥界子民，有的会越过这座桥开始新的人生，但无论是哪一种，我都不曾遇见过熟悉的面孔。”秋茴摇摇头，他舔了舔嘴唇，“这么多年，他在人世间四处漂泊，收集人类的欲望，想必是有什么目的的。看来我那位师弟，一定还隐瞒了什么。”

荣光看见秋茴的脸上一点点泛起笑意，不知为何比看到蛇女大快朵颐时还心惊胆战。他连忙吞了吞口水，问起另一件事：“你知道你们师父到底是什么人吗？”

“你在说什么傻话，他根本就不是人。”秋茴说。他不是在骂人，只是在说实话。

荣光说：“我看见他没有影子，你们以前有留意到吗？”

秋茴说：“没有影子？按理说，活着的人都是有影子的，但他应该是活着的，不但活着，还活了很久很久，或许那是久远到连我也无法想象的。”听了荣光的话，秋茴有些意外，他思索了一下，道，“以前在岛上时，师父通常都待在房间里，药庐又是在半山，水气缭绕，植物茂盛，还真没怎么注意……”

更别说有很长一段时间，他都觉得自己好像活在一团雾气中，什么都看不真切。

当时他好像丧失了思考的能力一般，从不曾思索过身边的一切，也从来没有过探究那个被自己称为“师父”的人的念头。现在想来还真是有些奇怪，就好像当时的思维被控制了一般，根本无法自己思考。

“太古之初，神、人和野兽混居在地上，匪夷所思的种族遍布大地。”秋茴说，“古书上曾有记载，东北极处有峥人国，国民身长九寸。此外还有三身国，三身国的人都长着一个脑袋和三个身体。而三身国的北部还有一臂国，那里的人和动物都只有一条手臂、一只眼睛、一个鼻孔，需要像比翼鸟一样连在一起方能行走，可谓无奇不有。”

荣光这个傻子有句话倒是没说错，远古的事情，有谁能比身处幽都的人知道的更多？更何况，管辖着幽都的正是那位从太古时期就存在的神。

“走吧，我们去找后土。”秋茴扔下手里的药草，二话不说扯过荣光。

“谁？”荣光问，抱着他裤脚的小石兽这时已经爬到了他的肩膀上，一听到那个名字，吓得一哆嗦，差点儿又掉到地上去。

“后土，就是冥君，幽都的统治者啊！他的名字不是在你手心写着呢吗？”

不知是不是错觉，在秋茴说出那个名字的时候，荣光感到整个幽都都为之震动了一下。

秋茴领着荣光从桥上往幽都的方向走，可走到一半，荣光突然停了下来。他听见桥底下忘川之水哗哗流淌，仿佛有一个声音在呼唤他。

他到幽都来在卖药人的预料之中，或许……他希望他来这里。而冥冥之中，他自己的心中似乎也有这个念头，要到这个地方来。

那这里有什么呢？

这里有忘川，奔涌不息的忘川。

荣光不知不觉离开了秋茴，当回过神时他已经翻过护栏站在桥边，脚下就是翻滚着波浪的忘川。仿佛察觉到荣光的危险想法，他肩膀上的小石兽张着嘴发出无声的嘶吼，一副惊恐的模样，小小的爪子死死揪紧荣光的衣服。

"你干什么！"秋茴的声音传来。他发现荣光没有跟上来，再一回头，这家伙居然给他摆出一副要跳桥的模样！

"忘……"荣光咽了咽口水，"忘川在下面……"

不是这条充斥着惨叫和哀号的忘川，而是那条宛如银带、闪闪发亮的忘川，恐怕从最开始的时候，它就一直在呼唤他。

"不好意思啊，秋茴。"荣光回头歉意地笑了笑，"麻烦你先去找冥君，我一定会回来的！对了，你之前跟我说过，再见面时要告诉你关于那群遇难的企鹅的结局——人类研究员在冰壁上挖了一道浅坑，人类没有以救世主的身份自居去干涉自然，只是提供了条件，那些企鹅最后是靠自己的努力走出来的！"

"你这时候说这个干吗啊？"秋茴的脸色都变了，朝荣光大喊，"快下来！别干傻事！就算你受后土真名的庇护，也没法保证跳进忘川里会发生什么啊！"

"我、我只是想说……有时候，人类也是能做出正确选择的。"荣光说完，像过去参加游泳比赛时那般伸展身体，活动活动关节，然后深深吸了口气，以一个标准的跳水姿势从桥上一跃而下，在秋茴的惊叫中跳进了忘川。

落入漆黑水中的瞬间，他手心里的冥君真名再度发出纯白夺目的光芒，一切意图不轨的恶念被驱散，广阔的水底世界顿时被这片光芒温柔包覆，仿佛被净化了一般。

然而这片极盛的光又在眨眼间退去，最后只凝聚成荣光手心中的一点星光。黑暗再度支配水底，他手握一点亮光，宛如落入海中的流星，闪烁下沉。

我希望，这是正确的选择。荣光心中默默祈愿。

6

男人站在镜子前，仔仔细细地端详着自己的容貌和身体。他记得过去的镜子需用黄铜加入水银调剂，花费许多工夫才能打磨得光滑明亮。更早之前，人们只能通过水面辨认自己模糊的倒影。

男人摩挲自己的脸，这是一张儒雅俊逸的脸，看起来正是三十岁左右的模样。他已经很久很久没有亲眼看过自己的脸了，很长一段时间里，他的眼睛老化腐朽，就连身体也逐渐失去活力。

他的寿命比普通的人类要长很多很多，但他并没有神的血统，所以总会有衰败的一天。他的同族已经死去很久了，只有他还活着。他其实早该跟他的同胞们一同死去，只是他不甘心就此消失，客死异乡。

故乡，那个属于他们这一族人的故乡，那片本该属于他们的大地……如果要死，他希望自己的骸骨能埋葬在那里，魂归故里，方可安息。

所以他钻研医术，几乎尝遍天下间所有的药，每隔一段时间都要精心“修补”这具身体。但其实就连他自己也不太确定，经过了这么多次的修补，他还是原来的那个自己吗？

不过用不了多久，他的愿望就要实现了。那个叫荣光的孩子如他所愿的死去，“蓬莱”又成了无主之物，一切都在按照他的意愿顺利发展。

男人缓缓解开衣带，宽松的外袍从他肩上滑落。他有着看似强健的四肢，可身体上的皮肤有种颜色并不均匀的感觉，如果看得再仔细一点儿，还能发现一块一块的皮肤之间留有拼接的细微痕迹。他的腹部夸张地凹陷下去，他清楚自己的脏器已经衰败不堪，萎缩得过于厉害，所以躯干才变成了这副模样。

男人身旁有一个巨大的药箱，他挑开一个小抽屉，取出一把小刀，用一种药水仔细抹过刀刃后在侧腹划了一刀。他从身体里取出坏掉的脏器——它们已经不是鲜活的颜色，像黑色的、枯萎的果实，毫无生机。接着，男人从镜子前走开，身后是一张被帘子盖得严严实实的床。他掀起帘子，床上安静地躺着一个少年。

少年的双臂被截断，双眼蒙着纱布，眼眶的地方深深凹陷，眼睛已经不在了，腰部以下覆盖着被单，看不见下半身的情况如何。但少年仿佛完全没有感觉似的，他像是陷入了很深很深的睡眠，气息均匀却浅薄微弱。

男人挑开少年的衣服，手上拿着另一把同样经过药水处理的小刀，薄而锋利的刀刃紧贴在少年腹部。像是马上要得到心爱玩具的孩子般，男人掩饰不住地露出欣喜的表情。快了，快了，我马上就能变成你——

突然，男人的动作停住了，他有点儿不可置信地看了看少年的胸腔，紧接着脸色大变，瞳孔紧紧地收缩。

少年的心脏不见了！

第十二章

苦酒酿

苦酒：味酸、苦，性涩。入足厥阴肝经。理咽喉而消肿痛，泻风木而破凝郁。《释名·释饮食》：“苦酒：淳毒甚者，酢（且）苦也。”

KU JIU NIANG

1

夕阳西下，漫天霞光，仿若半沉的红日在湖中沐浴，把湖畔染得通红，如果是在平日里看到这一幕，大概会觉得瑰丽凄美，但现在，湖面上正在作业的是有着醒目图案的救援小艇，搜救人员正专注地在湖里打捞着什么。

岸边传来悲切的哭声，一对中年夫妻悲伤地注视着湖面——丈夫搂着哭得快晕过去的妻子，妻子正死死盯着湖面，仿佛看不到其他事物，嘴里不断喃喃地重复："荣光……傻孩子……我的傻孩子……"

男人一直没有说话，他的脸上毫无表情，眼珠仿佛不会转动似的，与妻子一样注视着鲜红的湖面。他连呼吸都很轻很轻，生怕自己一丁点儿的动静都会妨碍到搜救人员查探落水失踪的儿子。

伴随着落日光芒一点点消失，夫妻俩眼中的希望和期盼也一点点消失。

打捞的小艇从湖心回到岸边，一直看似平静的男人突然与一脸疲惫的搜救人员发生了肢体冲突，他的妻子无力劝阻，过了好一会儿他们才被旁边的人分开。

没有人忍心责怪这名悲伤的父亲，只见他突然跪在湖边号啕大哭起来，令人悲痛的哭声响彻湖畔。

在湖边远离人群的另一端，伸向湖心的木质栈桥上有一名俊秀的年轻男子，他倚着一个放在地上的巨大箱子，抱胸看着湖面。不同于另一边的悲痛欲绝，他只是平静地看着赤红的湖光逐渐褪去，对于传来的阵阵哭声无动于衷。

他的箱子看似刷了一层红漆，然而这红色映在夕阳红光之下，像是流淌的血液。箱子表面还有数不清的眼睛，在大大小小的抽屉间窜动。箱子旁放着一个精致的小香炉，里面不知道点燃了什么，能看见袅袅升起的轻烟，却没有任何味道。

湖面上荡漾起一圈圈的涟漪，卖药人直起身体，好像知道水里有什么要出来了。

水面上先是浮起一大把黑色的头发，看着怪恶心的，紧接着一名少女从水中钻了出来，她容貌美丽、身段婀娜，只是身上覆盖的不是雪白光洁的肌肤，而是一层白毛。

少女怀里抱着一条大尾巴，因为刚从水里出来，毛茸茸的大尾巴吸满了水，沉得跟岩石似的，每走一步都很艰辛。她气喘吁吁地爬上岸，然后一脸丧气地拧着尾巴，从大尾巴里拧出来的水像一道小瀑布。

少女听见了岸边的哭声。她很清楚这里发生了什么，就那么呆呆地看了好一会儿，然后瞥了眼卖药人，不知是感慨还是埋怨地小声说道："你可真是铁石心肠呢！"

卖药人没有理会她的话，问道："找到了吗？"

"哪儿找得到啊，这么大的湖呢！"狐狸化身的少女气愤地比画，"我长得像是寻回犬吗？我可不是专门给你做这种事的！"

"我还以为我救了你一命，你就应该替我好好干活，难道不是？"卖药人一脸意外地看向少女，像是才回过神来自己被无良奸商骗了似的。

"等等！替你干活和给你卖命中间还是有一点点差距的呢！"少女气愤地说，到底谁才是被"无良奸商"骗了的受害者啊？是她好吗！少女现在变回了狐狸的形态，抖动身体想把身上的水甩干，某种程度上来说，还真的挺像那种叫萨摩耶的傻狗。

卖药人对狐狸的抗议置若罔闻，他看了眼天色，说道："天黑之前，你再去水里找一回吧。"

要不是一身的毛都湿透了，狐狸此刻一定气得炸毛，她苦着一张脸嗷嗷叫着："我都下去多少回了呢！你说的那个东西我真的没看到啊！况且最重要的我们不是已经找到了吗？"说着，她朝卖药人的箱子看去。

箱子本身像一个被缩小了的百子柜，但上面的抽屉不但大小不一，而且仿佛会跟着那些到处乱动的眼睛一起捣乱似的，会在不知不觉中变换位置和大小，大的抽屉会分裂成几个小的，小的抽屉又会拼成一个大的……

狐狸说话的同时，卖药人的手掌在箱子表面抚过，那些大大小小的抽屉便全部合拢在一起，形成一道完整的柜门。他打开药箱，一名少年蜷缩在里面——少年原本的肤色是被阳光晒成的健康小麦色，现在却是灰白的，他双目紧闭，身体连同发梢都湿漉漉的，虽然表情看起来安宁祥和，但毫无生气。

“不把荣光还给他家人真的好吗？”狐狸不忍心看，她别过脸去，正好看见荣光的父母守在湖边，他们并不知道荣光的身体已经被别人偷偷打捞了起来，哪怕把整个湖的水抽干，他们也不可能找到儿子了。

卖药人无言地把药箱关上，大大小小的抽屉再次布满药箱表面，箱子里的内容物也随之变了，抽出其中一个抽屉，里面只是些晒干的植物制造的香料，他用手指拈了一点儿，添进药箱旁边的小香炉里。

卖药人说道：“你若是为他着想，就按我说的去做。”他声音很轻，却有着不容置疑的态度，“再到湖底找一遍，一定要找到那个东西。”

野兽的直觉让狐狸汗毛倒竖，她察觉到卖药人话语里的紧张和不安。啊，这个家伙也会有这种情绪吗？就像在害怕什么似的……真稀奇，他也会害怕。

狐狸知道现在不是任性的时候，卖药人要她找的东西一定十分重要，她没有拒绝的理由，于是重新化作少女的形态——要在水底寻找什么东西，还是人类的身体比较方便。

夜幕徐徐降临，但四周仍算明亮，因为度假村突然发生毒气泄漏的意外，附近一直有相关的调查人员在走动，只不过没有任何人发现他们。

大概是这个香炉里飘散的无色无味的烟雾的效果，狐狸瞄了一眼小香炉，没有多问。

她伸展身体，活动关节，然后回头对卖药人认真地说：“不过我得跟你说，这可是最后一次了，到了夜里，水里什么都看不见，哪怕再潜入水中多少次也是徒劳。”得到卖药人的颔首回应后，她再度跳进了冰冷的湖里。

卖药人看着少女的身影消失在湖水中。他要狐狸找的是那个装有四凶香的香囊。

师父把香囊交给荣光身边的一个女孩儿，利用那个女孩儿本身的欲望点燃了四凶香，召来了四凶之一的混沌。现在，被四凶香召唤来的混沌虽然消失了，但四凶香应该还有残留，可是女孩儿身上没有，她被狐狸从水里捞起来时那个香囊就不在她身上了，所以他猜应该是落在了湖里。

必须得找回来……

卖药人紧紧盯着湖面，他比任何人都清楚四凶香有多么凶险，哪怕仅有一点点残留，也必须找回来，不能给师父回收再利用的机会。

他相信以狐狸的敏锐，如果四凶香还在水底，她一定会有所察觉，然而找了那么久还是一无所获。之前狐狸一直跟在荣光身边，而他也一直保持距离守在附近，混沌消失后，他没发现有其他人靠近湖边，应该没有人能抢在他之前拿走香囊。

除非……卖药人极不情愿地想到一种最坏的可能。他正准备把狐狸喊回来，可惜已经晚了。

“你终于发现了？”熟悉的声音在身后响起，语气一如当年他悉心教导自己时的温柔耐心，只是现在这声音只让他觉得头皮发麻。

卖药人缓缓转过身去，朝面前的人喊道：“师父。”

2

这条联结着他与“蓬莱”最初相遇的银色暗河蜿蜒流淌在忘川底部，就像一条白银的矿脉，在深不见底的漆黑中熠熠生辉。

这给了荣光一种错觉——水底的空间逆转了，他并不是往河底游去，而像是往天上的银河游去。

银色的暗河近在眼前，但荣光觉得自己与它之间似乎存在一段永远无法缩短的距离，他往前多少，它便后退多少，看似触手可及，却怎么都无法抵达。虽然他现在是灵魂的状态，不需要呼吸，可如果一直这么游下去，好像能游到天荒地老。

比起这个，更糟糕的是荣光发现左手手心上冥君真名的光芒愈发黯淡，就像即将燃尽的蜡烛上的最后一点火光，随时都会熄灭。

他蓦然感到巨大的寒意从背后压来，原本一片死寂的河底又传来隐隐约约的哭号和惨叫，这些声音尖锐刺耳，并且越来越清晰。

荣光鼓起勇气回头一看，他身后不知何时聚集起了无数怨念，它们没有实体，但有着模糊扭曲的人形，罪孽和贪欲把它们染成最污秽的颜色，甚至比这水底的漆黑还要深重，像一大片乌云般紧跟着他。

“我——”荣光条件反射差点儿骂出一句脏话，随后拼命划动手臂往银色的暗河游去。但水流随着冥君真名效力的消失而变得黏稠浑浊，荣光感觉自己宛如在一片沼泽里游动。

幽都君主的真名庇佑他不受忘川河里数不清的怨念的干扰，但效力终归有限，到真名彻底消失的那一刻，荣光就会被身后那片由无数怨念组成的巨大黑影吞吃掉。

越来越近，越来越近了……其中一个黑影伸出它腐烂的手指，企图抓住荣光的脚。

“嗷嗷！”一只小石兽从荣光的口袋里冒出来，求生的本能促使它狠狠地往那只手咬了一口。

那只手缩了回去，然而更多的手伸了过来。小石兽寡不敌众，赶紧缩回荣光的口袋里，大概心里正无比后悔自己跟上了这么个找死的蠢蛋。

身后的巨大黑影充斥着疯狂和绝望，荣光不太清楚它们为什么如此钟情于自己，不辞劳苦也要把他追到手。他已经能清楚地感觉到身体被拉拽，要是被吞了的话，那就永远不会知道原因了。

黑影融合在一起，形成一个巨大的黑色漩涡，漩涡中心深不见底，一条硕大无比的手臂从漩涡里伸了出来——

糟了！要被捉住了！

已经淡得几乎看不见的真名再也没有效力保护荣光，充满恶意的怨念像冰锥一般刺穿灵魂，令他感到剧痛不已，耳边尽是如同响雷般的号叫和哭声，然而尽管如此，他也没有就此放弃的打算，而是使尽全身的力气继续往那条银色的、那么近却又那么远的河流游去。

手心里最后一丝光芒消失，那条巨大的手臂上蓦然绽开数千只眼睛，它们知道自己要捉住荣光了，露出宛如嗜血者般的笑意。

粗大的手指几乎就要捏住那个弱小人类的灵魂了！

嗖，几根黑色的手指被削断，随后消散在河水中。

那种锐利如刀的东西是从银色河流里钻出来的，仔细一看，好像是藤蔓。越来越多银色的藤蔓长了出来，一旦黑影与它们纯净无垢的光辉触碰便会烟消云散。

与此同时，一根接一根的银色藤蔓用与切割黑影截然不同的温柔编织成一张银色的网，把荣光包裹起来，隔开了他与那些黑影。

“咦，等等？”发现自己好像被装进了笼子里，荣光愣了一下。但藤蔓就是藤蔓，是不可能与他交流的，感觉捆得够结实之后，便将他往那条银色的河流里拖了进去！

这是一种很奇妙的感觉，就像穿过了一面镜子，天地易位，日夜互换。在倒转的一瞬间，荣光发现自己身上的藤蔓化作了一双少女的手，那双手不是银色的，而是像水一般清透——他被一名水做的少女从身后环抱住，带着他并不陌生的、古老而森严的气息。

有那么一瞬间，他仿佛看见了身后少女的模样。荣光发出疑惑的声音：“春景？”

当然，那不是真正的春景，而是蓬莱的意识所化的“春景”，所以理所当然地不会回应他的疑问。

再次回过神时，他正站在一条浅溪里，藤蔓已经消失了，只有银光闪闪的水流从脚背上潺潺流过，像一匹轻软冰凉的绢纱，往四面八方无尽地延展。

感觉到安全的小石兽也重新探出脑袋，好奇地左看右看。

放眼望去，四周是安宁的漆黑，像失去了星光的宇宙，而银色的河流就像是某位古老的神明抛下的一张银网。

是逆水上行，还是顺流而下？还是……银色的河水宛如一张精致而又复杂的蛛网，荣光根本不知道该往哪里走。

他茫然地看看前方，又扭头傻傻地看看后方，正当他不知道怎么做才好的时候，一个声音从他水中的倒影里传出来。

“不知道该怎么走的话，我来陪你走一段吧。”说话的应该是个女孩儿，声音清清冷冷的，荣光猜大概是个略显冷淡的女孩儿。

随着话音，一个女孩儿从荣光的倒影里钻出来，吓得小石兽又缩了回去。荣光真想问它跟过来到底是为了什么，调节气氛吗？

从水中倒影里爬出来的女孩儿一身软红薄甲，围着一件看着有些残破的长披风，腰上还绑着两把匕首。这套战衣虽然设计得颇为性感，但女孩儿冰冷的目光和气质让她显得凛然不可侵犯。

荣光对女孩儿的打扮并不陌生，大热的网络游戏《英魂》中就有这样的女角色，职业名称是驭龙法师，是操作难度非常高的角色，很少有人玩得好。这个女孩儿虽然没有带着驭龙法师标志性的龙，脸也和游戏里的不太一样，但那一身战衣荣光不会认错，那是游戏里非常有名的顶级职业装备。

荣光以前时不时会和朋友组队打游戏，虽然技术一般，但回想起自己坐在电脑前与朋友们连线开麦、大呼小叫地挥舞鼠标在游戏副本里并肩战斗的场景，不由得血脉偾张。

相比特效和通关奖励，真正给自己带来快乐的是与朋友们一起度过的时光。以后还有机会再和朋友们一起打游戏吗？想到这里，荣光又消沉起来。

“你要是乐意一直站在这里我也无所谓，”驭龙法师说道，“反正我离不开这里。但你不打算继续走下去的话，我就先回去了。”

“等一下，等一下。”在这里遇到的家伙怎么都这么任性啊，荣光简直要怀疑幽都是不是磁场有问题了，“你知道该往哪里走吗？有能出去的方法？”

“或许吧。”驭龙法师非常含糊地说。

到底是或许能出去还是或许再也不能出去呢？荣光猜不到对方的意思。只见驭龙法师偏了偏头，示意荣光跟她走。大概是这个熟悉的形象给了荣光安全感，他决定相信对方。

“谢谢你给我带路，那个……请问你是？”荣光小心地问，心想该不会又是什么厉害的妖怪吧。

“游戏账号和本名，你问哪一个？”

咦？你还真的是游戏里跑出来的？这到底是什么鬼地方，怎么连虚拟角色也有？

“你非要有个什么称呼的话，就叫我‘云时雨’吧。”驭龙法师说道。

“云时雨？你是那个云时雨？！”荣光突然大叫起来。玩过《英魂》的都知道游戏里有个超厉害的驭龙法师云时雨，使一套由铸剑师队友打造的名为“冰暴”的双匕首，以云时雨为输出核心的队伍还在职业赛中一举拿下优胜，虽然之后他们的队伍解散，但时不时还会上线刷高难度副本，即使不与职业选手相比，也已经是大众玩家心中的一个传奇了。

怎么办？我现在是该先要签名还是先握手？荣光内心陷入了不合时宜的迷茫，但身体还是乖乖地跟在云时雨身后。

踏着银色的河水前进，宛如把星河踩在脚下，这个地方过于安宁，无边无际的空间只剩下流水的声音。就这么走了一段路，荣光才突然想起什么，道：“谢谢你刚才救了我。”

“你在说什么？”云时雨看他一眼，“我没有救你，我只是在这里等着你罢了。”

“刚才那些银色的藤蔓……”

云时雨踢了踢银色的河水，道：“是忘川要救你吧，不对，它应该是单纯地希望你来这里。”

“忘川！”荣光发出惊呼，“这儿真的是忘川！和卖药人说的一样……”

“你果然认识那家伙。”云时雨似乎并不意外的样子，她淡然地点点头，“所以他让我等的就是你没错。”

荣光可没有云时雨这么平静，他还没从之前的惊讶中回过神，就又为此大吃一惊。他问道：“你也认识他？”这是怎么回事？难道卖药人也玩游戏？

云时雨这才第一次露出笑容，意味深长地说：“我啊，是他药里的一味药引。”

3

“雨泽。”男人慢悠悠地说出卖药人的名字，“真令人怀念，距离上一次我这么唤你，是多久之前的事了？你这模样可真是没怎么改变。”

“师父你倒是变了许多。”卖药人看着眼前的人，冷淡地说，“我都要不认识你了。”

被他称作师父的人现在看起来与他年纪相差无几，也就二十出头的年轻人模样。

男人有着一副儒雅的长相，不再以绷带缠绕双眼，露出了一张完整的脸，但这张脸像面具一般，给人生硬的感觉，好像轻易便会脱落。

过去，男人身上有掩藏不住的衰败气息，死亡的味道从他身体内部渗出，而现在，他焕发出新的生机，好像替换了新鲜的血肉——之前那双如同枯枝般苍老的手也变得光洁饱满、指骨有力。

他也背着一个巨大的药箱，是与卖药人那鲜红的箱子形成鲜明对比的黑色箱子，上面的金色纹路宛如流动的火焰。

“我从以前便觉得，师父的药箱就像一副棺材。”卖药人说着，不着痕迹地移动身体，挡住那个小香炉。

此时，天空中最后一丝残阳终于消失，整个湖畔再无其他人。夜色底下的湖水一片漆黑，像一个荒芜空虚的巨大黑洞。气温倏地降了许多，湖面上泛起薄雾。

男人仔细端详了卖药人一番，赞叹道：“上古创世神的血脉果然非同凡响。虽然女娲的力量随着血脉逐渐淡薄而变弱，但你依然不同于我，肉身并不会随年月增长而腐败衰老。你一定不知道内脏慢慢坏掉的感觉，那可真是太难熬了。”

“谁知道呢，或许终有一天我也会死去。”卖药人的脸上露出一丝厌弃的神色，“我会坦然接受那一天的到来。你的寿命早已到达尽头，你所感受到的痛苦不过是你选择苟延残喘的代价罢了。”

“我知道你是在说我自作自受。唉，你对为师说这种话，可真叫人伤心。”话虽这么说，却看不出丝毫“伤心”的样子，其实在他看来，卖药人如今就跟赌气的小孩子似的。

男人又问：“你不想知道我是如何恢复这个模样的吗？”

“要说医术，师父绝对在我之上，一定有许多匪夷所思的法子吧。”卖药人对这个问题并不怎么好奇。

说话间，湖面上凝聚的雾气越来越浓，若此时有人触碰这些雾气，便会发现它们冷得惊人。

男人好像觉得时机差不多了，从怀里取出一个香囊，笑吟吟地问道：“我猜，你是在找这个吧？”

装有四凶香的香囊！

卖药人神色微微一变，喃喃道：“怎么会……我一直看着，你没有接近过湖边，这不可能是你自己找回来的。”

湖面不知何时结了薄薄的一层冰，阴冷刺骨的雾气开始爬上岸，树叶和草尖一瞬间都结了霜，整个山涧像是被放进了一个冰窟里。

卖药人察觉到的时候，衣袖和发尾都已染上了薄霜，他动了动指尖，才发现身体不知不觉间已经被冻住了。

“这是……”

男人身侧有一团灰色的雾气盘踞，这团灰色的雾气不像一般的浓雾，虽然没有固定的形态，却给人一种巨大铅块似的沉重感。这团诡异的雾气以某种既定的节奏流转，就像是……脉搏！

“这便是混沌，有意思吧？”男人开怀笑道，“令你失望了，混沌不但没有消失，还把四凶香带回来给我了。”在他的话里，上古凶兽之一的“混沌”宛如一条听话的小狗。

“你使役了混沌？”卖药人脸上罕见地出现了惊讶的表情，事情脱离了他的预计，正往最坏的方向发展。

“四凶香能招来顶级的凶兽，而只要懂得使用窍门就可以操纵它们。”男人手腕一翻，把香囊收回袖子里。幽幽的冷香以他为中心弥散，冰冷的雾气更浓了，空气仿佛也被凝固，冻成了巨大的冰块。

雾气以肉眼难以发觉的速度流动，好像被那股冷香吸引了一般往男人身上聚拢。这种会把一切温度抽走的雾气并没有对他造成任何伤害，更像是为他披上了一层铠甲，而且与他身旁没有形态的混沌联结在了一起。

男人抬起手，五指在虚空中一抓，刹那间，宛如荒蛮时代的冰寒再次降临，草木枝叶瞬成冰晶，然后碎成粉末散落，湖水也被冻结，厚厚的冰层封死了整片湖。

男人脸上的表情可称得上亲切温和，任谁也不会想到，这样温文尔雅的皮囊下是无尽的杀机。

冰霜迅速从卖药人的衣角蔓延，他的脖颈已经被冻住，冰霜攀附在他的发际和眉间，一朵朵细小的冰花绽放在他眼瞳之上。

“好了，现在请你把我想要的东西交给我吧。”男人缓缓地说道，似乎已经把一切掌控在手心。

卖药人没有说话，不知道是因为雾气带来的低温被冻僵了，还是单纯不想回答。

男人的目光落在他的箱子上，自言自语道：“你不说，我也知道在哪里。那个人类少年……啊，是叫荣光吧？他就在你的箱子里。”他想起了卖药人之前的话，不禁笑起来，“你还说我的药箱像棺材，你的不也是这样？”

男人背着自己的箱子朝着卖药人走来。卖药人动弹不得，只能眼睁睁看着对方带着巨大的灰色雾团走到自己面前。男人蹲下身，大概是觉得自己背着这么大一个药箱有些碍事，便把它从肩上卸了下来。

卖药人赤红色的药箱上，那些黑色眼珠不安地眨动，不知从什么时候开始，金色的眼睛全都安分下来，它们像是认识这个走过来的男人似的，安安静静地注视着他。

这些黑色的眼睛是卖药人收集来的欲望，同时也是他的“药”。

在春景被献祭、整个岛被毁灭的那一天，他一度失去活下去的欲望，但春景死前对他说：“我永远不会原谅你，你不能死，你要活着，即使比任何人都痛苦地活着，你也要活着……来赎罪。”

她要他永远痛苦地活着，上古神族的血脉赋予他多漫长的生命，他就必须痛苦地赎罪多久。他不敢忘却那一天带来的噩梦，所以为自己酿了“苦酒”。

但那些金色的眼睛有的细长，有的圆润，有的弯弯的像含着笑意，有的像小孩的眼睛充满好奇……除了卖药人自己之外，没有人知道它们代表着什么。

我好像在哪里见过这些眼睛……男人察觉到那些金色眼睛的视线，心中突然冒出了这么个诡异的念头。那些眼睛正整整齐齐地看着他，像有数百个人注视着他，注视着许久不见的故人。

不要看我……不要看着我！

男人猛然一颤，他自己也说不上为什么，就是觉得十分慌乱。他有点儿不敢伸手触碰这个布满眼睛的箱子，但是里面又有他必须要得到的东西……

男人咬咬牙，终究还是抓住了赤红的药箱。手与药箱触碰的那一刻，他的身体与箱子间形成了一道“桥梁”，所有金色的眼睛都躁动起来，它们疯狂地眨动，充斥着愤怒！

“啊！”男人发出一声惨叫，他感觉有什么强烈的情绪涌入他的身体、大脑，以及每一根神经。

无数的哭声和求饶声涌了过来，无数个尖锐的声音在他的脑海里质问：“为什么？为什么？为什么要我们死？”

“住口！住口！”男人不知道自己已经浑身冷汗，他认出了这些声音，他终于想起了这些眼睛，他们是……

就在他精神动摇的一瞬间，混沌的力量似乎随之减弱，湖面的冰层突然出现了细小的裂缝。湖水在因为什么东西而沸腾，冰层上的裂缝不断增加，整个冰湖随之碎成无数的冰块。紫色的火焰从冰块的缝隙间窜起，随后席卷整个湖面，偌大的冰层刹那间被火焰蒸发，化作蒸腾的白色水汽。

“狐火！”男人惊呼，他曾经差点儿被狐火烧死，对此多少有些恐惧。

紫色的火焰来势汹汹，与冰雾接触的瞬间，大量的水蒸气腾腾生起，甚至还能听见滋滋的声音。狐火包覆了冰雾，而雾气同时也在抵抗，两种力量互相抵消，都想要吞噬对方。

这是火与冰的碰撞，是炙热与严寒的厮杀。

漫天的水汽与雾气中，一个身影从湖水里弹了出来，姿态曼妙的少女从水中跃向半空，漆黑的长发融入夜色，而皮肤白得宛如月光。她掠过半空，影子落在地面上，映出一只巨大的兽。

咚！少女跳落在栈桥上，分毫不差地正好护在卖药人身前。她的身体仍是人形，但四肢已然兽化。紧接着她抬起脸——那是一张狐狸的脸，伸出利爪挥向面前的男人。

血花四溅！

男人在紧要关头仓皇退开，但没有忘记带上他的药箱。虽然反应已经很快了，他还是受了伤，半张脸都被抓得血肉模糊。

男人脸上虚伪的笑容终于维持不住，他恶狠狠地瞪着眼前的少女，道："小小妖狐，就凭你也想与四凶之一的混沌抗衡，未免太过不自量力！"

少女舔舐爪上的血迹，瞳仁尖细的眼眸紧紧盯着对方，耳朵和尾巴是燃烧的狐火，而她身后，整个湖面上全是妖异的紫色火焰。

大量的蒸汽往空中升腾，方圆百里恐怕都已陷入了一片白茫茫中。

"只有我固然不行。"

随着少女的话音响起，白茫茫的水雾中，一双接一双的兽瞳熠熠亮起。

少女带着恨意缓缓地说道："你杀掉的那只小狐狸叫连川，来自青丘。"

男人的脸色顿时难看起来："呵呵，没想到你不但活着，还把青丘的狐狸也叫来了……真是一群重情义的畜生……"

少女也不跟他废话，后腿用力一蹬，挟着狐火朝男人冲去。与此同时，隐藏在白雾中的无数身影也纷纷跃出——

4

"药引？"荣光复读机似的又问了一遍。

拿人做药引？不对，拿游戏角色做药引？是我疯了还是卖药人疯了？

"他酿的'苦酒'需要一个苦涩的灵魂作引子。这是我自愿的，我对现实世界已经很厌倦了，用我去换另一个比我有前途、更有资格活下去的人的命，我觉得再划算不过了。"

荣光不能认同云时雨的选择，但是想了想，他自己根本不了解对方过去到底发生了什么，也不曾经历她所经历的一切，既然连灵魂都如此苦涩，想必她自己也有说不清的苦衷，任何人都没有评价她的立场，于是他闭紧了嘴巴。

"酿苦酒的水必须是忘川之水，而我的灵魂其实没有完全消失，所以作为引子的我有一部分意识与忘川相连了。"云时雨轻声说道，"很漂亮吧，这是从忘川源头流出来的，是忘川最本质的样子。"

"苦酒……"荣光喃喃低语。

“苦酒会唤醒你最悲痛、最不愿回想的记忆，从此生生世世，永不复忘。”

荣光倒抽一口气，忍不住说道：“什么人会愿意喝下这样的苦酒啊！”

“大概是……害怕自己在太长的生命中遗忘掉自己犯过的错的人吧。”云时雨好像叹息了一声，“所以一次又一次酿制苦酒饮下，一遍又一遍强迫自己绝对不能忘记……”

荣光觉得心脏抽痛了一下，他知道云时雨说的是谁，卖药人犯下的错是毁灭了那座平和的岛，葬送了岛上所有人的性命。他之前以为是卖药人因一己私欲造成了那样的后果，可云时雨现在告诉他的，却说明卖药人其实深陷痛苦之中，一直无法原谅自己。

那时候到底发生了什么？

荣光正想着，云时雨突然停了下来。

“就在那里。”她抬头指向前方，那儿有一座岛，银色的河水正是从那里流出来的，“接下来你就自己过去吧，我不能靠近那里。”

“谢谢。”荣光说道，“说起来，你为什么要帮我呢？虽然你说卖药人让你等我，但你给他做了药引酿了酒，你们之间就互不相欠了，而且……”“我看你不像是那么好说话的人啊”，这句话他有点儿不敢说出来。

云时雨看他一眼，说：“我还以为你不打算问了呢。”语气中似乎充满了对傻子的嘲讽，荣光希望这只是自己的错觉。

“真是被人卖了还替别人数钱，我怎么说你就怎么听，有你这么听话的吗？我要是故意把你往错误的方向带呢？”

看来是真的在嘲讽自己啊，荣光嘿嘿傻笑两声，也不为对方的话生气，要是真的想骗人的话，她就没必要这么说了。虽然看起来不好相处，但其实云时雨心地并不是很坏。

“你可别把我当好人了。”云时雨仿佛能从荣光的脸上读到他在想什么，“你们真的很容易被看穿。像你们这种老好人最讨厌了，应该全部消失掉，不然会被人骗得连骨头都不剩。”

她不自觉地用上了复数形式，似乎她认识的人里面有和荣光性格差不多的家伙。不过到了这里她还挂念着对方，看来即使嘴上说着讨厌，其实一定是很喜欢对方吧。

“也不一定吧，我相信世上还是好人比较多。”荣光说，“我对你是不怎么了解啦，不过你现在不也是在关心我吗？”

“你身上的圣光刺到我的眼睛了。”云时雨翻了个大大的白眼，“如果你认识真正的我，就不会这么说了。我做了很多很过分的事，还差点儿害死一个和我年纪差不多的女孩儿，这样你还觉得我不是坏人吗？”

荣光没有回答她这个问题，只是朝她伸出手，又说了一次：“总之谢谢你。”

"你们这些老好人就是这样，真叫人放心不下，所以我才……"云时雨冷冷哼了一声，身影变得透明起来——她只是残留的一缕意识，在忘川里走了这么久，已经是她的极限了。

她也伸出手，但还未与荣光相握就已经完全消失了。荣光看了看自己空荡荡的手心，没有任何握住什么东西的触感，但是他听见了她最后的一句话："我的名字，纪苗。"

接下来这一路荣光走得很顺利，只要不踏出银色的河水就不会遭遇任何危险，好像这潺潺流水一直守护着他似的。

之前看着很远的岛不一会儿就到了面前，岛上峰峦起伏，翠色连成一片，萦绕着朦胧的薄雾，薄雾之下可以看见黄金与白玉打造的宫殿、栏杆，古老庄严的大树蓬勃生长，站在山下仰望，能看见树上长着的宝石和美玉。

偶尔有羽毛雪白漂亮的动物在树木间出没，但是整座岛很安静，就像是沉眠在纱幔下的美人一般，令人不忍心打扰。

忘川一直把荣光引到这座岛的山林里，两岸不再是无尽的黑暗，而是各种珍稀奇异的花草树木，花瓣形同宝石的花朵、叶脉如同黄金的草丛……脚下的水越来越清浅，水底全是无瑕的美玉，还有拇指大的珍珠，一颗颗圆润无比。

这熟悉的气息令荣光立刻就知道这是什么地方了。这是无数次在他梦里出现的蓬莱，真正的蓬莱！

仿佛为了印证他的猜测，一个全身透明的少女出现了，她长着春景的脸，然而缺失了她灵动的眼眸和表情，显得呆呆木木的。

看来是蓬莱的化身来迎接自己了，荣光有点儿受宠若惊。

其实打从一开始，他就不明白蓬莱为什么对自己这么特别，卖药人、春景、秋茴、狐狸……他们都说蓬莱选择了他，但他不明白自己身上有什么特质能让蓬莱另眼相看。或许在有些人看来这是一份无上的"殊荣"，但他只觉得吃尽了苦头。

"春景"朝他伸出手，荣光握住它，触感就好像掬了一捧冰凉的水。他走进蓬莱，好奇地东张西望，和梦里看什么都不太真切的感觉不同，这里的一草一木、一花一叶都在告诉他这是真实存在的。

"春景"蹦蹦跳跳地往前走，它踩过的不是绿得惊人的翡翠就是晶莹剔透的水晶，荣光仿佛能明白它的心情——它十分开心，像个无忧无虑的孩子。

他想起以前真正的春景跟他说过，动物和植物的本质就是单纯的小孩儿。或许蓬莱也是这样的，如果喜欢你，它看到你就会开心，会给你一切最好的，只想你留下来，期望你的陪伴和依偎。

越往深处走，荣光越能清楚感觉到蓬莱的生命力。最开始他在梦里见到的蓬莱死气沉沉，只能感受到微弱的脉动，也不怎么能见到活动的飞禽走兽，现在，他不仅看到了慢吞吞地从身边走过的奇异野兽，还能听见鸟类振翅和鸣叫的声音。

蓬莱似乎正要醒来……或者说，它已经醒过来了，正是睡眼惺忪犹待清醒的时刻。

突然，他鼻子抽动了一下，闻到一阵阵清甜的香气。这时他才发现一路上所看到的动物都和他朝着同一个方向，鸟类的声音也是从香气的源头传来的——那里好像在举办一场聚会。

他前方的杂草和灌木在“春景”的指挥下退让开，给荣光敞开一条没有任何障碍的通道。他抬起手遮挡从前方突然射来的强烈白光。适应之后，他眯了眯眼睛，发现光是从湖面折射而来的。

他眼前是一片很浅很浅的湖，说是湖，或许称作水潭更贴切些，它不是很大，水也很浅、很清。各种各样的生物围绕在水边，它们多数是纯白色的，也有些斑斓异彩的，听到动静后齐刷刷地把头扭过来看着荣光。

被这么多奇珍异兽注目，荣光吓了一跳，他很不安，因为他知道岛上的生物都聚集在这里，意味着必定有非常重要的事情发生。

这些长着偌大脑袋、巨大犄角、尖锐獠牙或是身带剧毒的生物们看了他一会儿，随即让开一条通道，纷纷朝荣光低下头。这是臣服的姿态，是岛上所有生命对这座岛的主人所行的礼仪。

水潭上开着姿态、颜色、大小各异的莲花，因为水太过清澈，看起来就像悬浮在空气中似的。这些莲花的花蕊中长着会发光的宝石，娇艳的花瓣仿佛簇拥着一团光，看起来像一盏盏花灯。

在“春景”的带领下，荣光踏进了水潭，水波荡漾，发出银铃般的轻响。荣光惊讶不已地发现，这就是水发出的声音。

水潭中有一片小小的沙洲，上面满是一种丛生的草，草叶长得有点儿像韭菜，又像菰苗，还有点儿像兰草，叶间开满细小但香气浓烈的花，花瓣是透明的，花蕊如同黄金一般。

花丛中躺着一个人，荣光不用走近就认出了对方，惊讶地大喊道：“阿蜜！”说着，他飞快地跑过去，一时间，水中的铃声连绵不绝地响起。

“阿蜜！阿蜜！”荣光看到他的那一刻，差点儿要哭出来了——曾经那么精致秀气的少年，现在只剩下一具残破的身体，手臂被齐齐截断，眼睛也没有了，身体内的器官似乎也都消失了。

虽然没有鲜血淋漓的场面，但残破的身躯与簇拥着他的美丽花朵形成了鲜明强烈的对比，显得更加凄惨可怖了。

但即使已经变成这副模样，他仍然微笑着，吃力地挪动一小节上臂，像是想握住荣光的手。荣光忍着难过伸出手，扶住他的肩膀，艰难地说：“阿蜜，你怎么……”

阿蜜好像要说什么，但他的气息太弱了，荣光几乎要贴在他嘴边才能听见他的声音。

阿蜜断断续续地说：“太好了……你终于来了……我的……蓬莱的……继任人……我快……不行了……”

5

混沌虽然是四凶之一，但被召唤来的不是它最完整的形态，所以力量极其有限。因此男人虽然能操纵混沌，但面对狐火和青丘一众狐狸的猛烈进攻，还是逐渐居于下风。

少女四肢着地，几乎完全退回了野兽的形态，她以自己的生命为代价再次燃起狐火，高温和燃尽一切的属性克制住了寒冷的雾气。但她心里清楚，这么下去狐火会把她自己也烧死，所以必须争分夺秒。

她集中精力对付那个难缠的男人，其他的狐狸则把混沌团团围住，双方都在消耗，皆是伤痕累累，但无论哪一方都不打算就此放弃。

紫色的火焰缠绕灰色的雾团，灼热与极寒两种极致的力量激烈碰撞，产生了猛烈的暴风，整座山都因为这场战斗而震动，平静的湖面甚至掀起了巨浪。山中的动物早已察觉到危险，纷纷避难，不知道是什么鸟发出凄厉的叫声，好像整座山要迎来灭亡了。

“真是个傻瓜……”卖药人看着狐狸奋战的身影，低声叹气。

他看了看一直点燃的小香炉，很好，没有打翻，于是定了定心神，爬向自己的药箱——他的身体可能被刚才的雾气冻伤了，动作不太灵活。

趁着男人与狐狸纠缠分不了神，卖药人打开了那些小抽屉。

“找到了。”他翻出一个小酒瓶，将一整瓶都灌进嘴里。随着酒落入咽喉，四肢百骸的寒意都被驱散了。这是师兄秋茴之前给他的虎骨酒，能驱除寒邪之气。

身体能稍微活动之后，他又找出另一个药瓶，里面是一些药丸。他想也没想就倒了几颗在嘴里，咽了下去。

“喂，狐狸！”恢复了一些元气的卖药人突然喊道，“把他的药箱抢过来！”

狐狸耳朵动了动，传达“知道了”的信号，随后把燃烧着狐火的尾巴朝着男人甩去，紫色的火焰散落在空中，像落下一场火雨。火星像片片的雪花般轻盈，然而一旦沾上便会瞬间燃烧成大火！

男人狼狈躲闪，仍有许多地方被严重烧伤。他也听见了卖药人的话，脸色陡然一沉，目光显得愈发狰狞。

狐狸见限制住了对方的行动，觉得机不可失，便一跃而起朝男人扑去。灰色的雾气在男人面前形成一堵冰雾组成的墙，想要从中间穿过，那滋味恐怕像从八寒地狱里走一趟，而狐狸身上的皮毛已经结起了冰碴，但她并不在意，只想一口咬断那个男人的咽喉。

见狐狸似乎打定主意死也要跟他一同死，男人出人意料地解开了冰雾的墙。他冷笑一声，狠毒的目光却投向提醒了狐狸的卖药人。

男人沙哑地说道:“雨泽，我说过，你会后悔的！”说着，他把自己的药箱放在地上。

不知道他做了什么，那个黑木鎏金的药箱上突然出现无数道裂纹，在狐狸即将降落、狐火马上要把他吞噬之际，药箱整个碎裂。

“不！”在看到药箱里的东西后，狐狸发出撕心裂肺的惨叫。

药箱里是一个被白布包裹的少年，猛一看好像已经是一具尸体，但微微起伏的胸膛显示出少年尚存一丝气息。但他的模样根本已经不能称之为人了……

“阿蜜！可恶！你——”狐狸发出愤怒的吼声，却不得不停下自己的攻击，因为那个无耻的男人把阿蜜抱在了身前，若是放出狐火，就会把阿蜜一起烧了。

原本为了与男人一决生死而积蓄的力量几乎全部反噬到自己身上，一大团紫色的火焰像小小的太阳坠落，然后很快熄灭了。

狐狸恢复为少女的形态。她被自己的狐火烧伤，但因为本来就是自己的力量，倒也没有因此丧命，但短时间内她恐怕是爬不起来了，只能咬牙切齿地瞪着男人。

对方狡猾地笑起来，他计划得逞，要的就是她下不了手伤害阿蜜而自伤。

其他狐狸察觉到这边的异样，纷纷从混沌身边撤了回来，围在少女身侧，摆出防御的架势。而男人也趁机将混沌召回身边。

残余的狐火零碎散落，余火未尽，而层层冰寒刺骨的灰色雾气又卷土重来，围拢而至……

卖药人呆滞地看着师父怀里的阿蜜，脸上是不加掩饰的震惊。他万万没想到，阿蜜还活着，他更加没想到，再见面时，阿蜜会是这个模样……

许多年前，他像一头牲口般被关在漆黑的铁牢里，仰望牢笼之外那个坐在满树梨花枝头的少年，他那样高贵无瑕，洁净得如同一块白玉，而如今——

“阿蜜……呜呜……天啊，你对他做了什么！”狐狸哭了出来，挣扎着嘶吼，“你这样还不如让他痛快死了！”因为过于激动，她嘴里不断地涌出血来。

“让他死？不，你居然说出这么残忍的话。”男人装模作样地摇头，“雨泽，我们来做个交易吧。我把阿蜜给你，他还有一口气，凭你的本事还是有六成机会能救回他的。作为交换，你把那个叫荣光的少年给我，如何？”

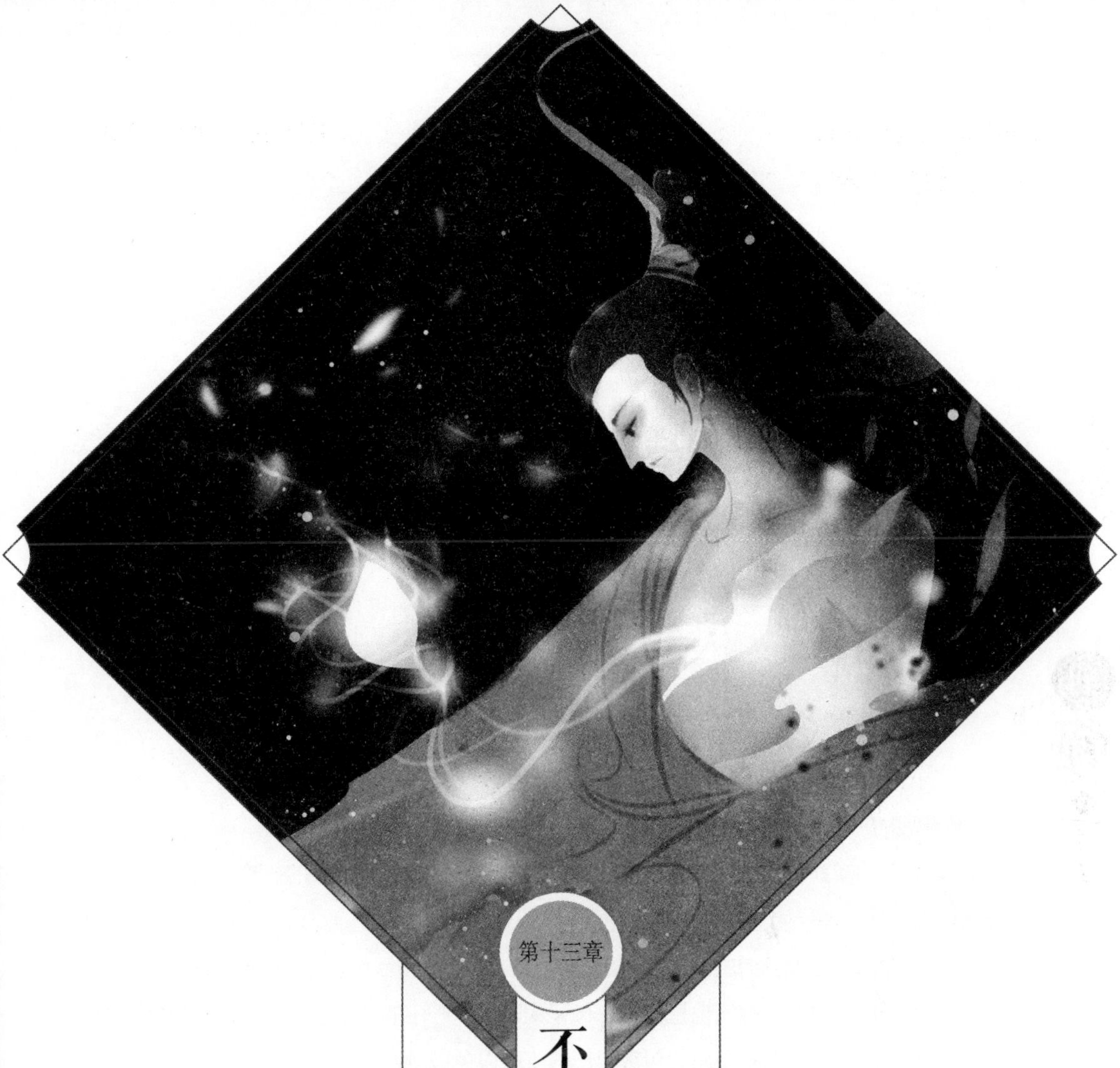

第十三章

不死草

麦门冬：又称忍冬、忍凌、不死草、阶前草。味甘，性平，无毒。明代赵继宗《儒医精要》记载，麦门冬以地黄为使，服用令人头不白，补髓，令人肌体滑泽，除身上一切恶气、不结之气。

BU SI CAO

1

用荣光的尸体交换尚存一息的阿蜜!

只要面前的卖药人答应，他长久以来的愿望便总算达成了最困难的一步，男人又喜又悲地慨叹。

从孩童时起便在他脑海中滋生的最深刻的记忆，是那永远不会随日落而缓解的炎热和滚烫的沙地，风是热的，空气也是热的，像是太阳直接呼出的气息。生活在这片沙地上的人们居住在大石之中，用粗布层层包裹自己的皮肤以免被晒伤;他们只能小口小口地呼吸，以免灼伤肺部；他们甚至不会流汗，因为汗水渗出便会立刻在高温中蒸发。

他和其他人一样，一出生就没有影子，老人们说这是因为太阳总是高悬于他们的头顶，连影子都受不了这个地方。老人们还说，他们一族本不应该居住在这里，若不是因为一场天灾，他们的祖先根本不会失去原本的家园。

如今，故乡已经成为代代相传的传说，再也回不去了。留给后代的，只有这片被诅咒的、鸟兽绝迹的大地。

十年或者二十年，甚至更久才会下一场雨，而他从出生到离开这片大地，只见过一场雨，一场通过盛大祭祀才落下的雨。那场雨是红色的，正如他的名字“赤砂”一般，赤红如血。

被狐火灼烧而产生的痛楚唤起男人孩童时的记忆，那时他每日行走在那片滚烫的大地上，连血液都是炽热的，如果抬头看看天空，眼睛便会燎起一阵剧痛，仿佛眼球都会随之融化，从眼眶中流淌出来。

赤砂……他很久没回想起这个名字了，就好像这个属于他的名字早已在那片大地上被高温炙烤成灰，与那些滚烫的沙子一起永远留在了那片荒芜之地。

混沌化作的冰冷雾气让他被狐火灼伤的地方感觉好受了一些。不仅是皮肤，他的衣衫也被烧得破破烂烂，若是没有支使混沌保护自己，估计他早已被烧成灰了。

被烧死……这可是他最不能接受的死法。

“呵呵。”因为笃定面前的两名敌人不可能对他发起任何攻击，男人低声笑起来。他看向自己怀里抱着的少年，缓缓地移动手臂，扼住少年的脖颈……

“阿蜜！”

“阿蜜……”

狐狸与卖药人不约而同地喊出同一个名字，他们飞快地朝对方看了一眼，此时才意外地发现双方都认识那个少年。

男人缓慢地直起身，快速地再次估算眼前的情况。

他有混沌作为倚仗，而对面拥有最高战斗力的只有那只能使用狐火的狐狸，不过连番的进攻之下她已经很疲惫了——“狐火”是属于修炼到较高层次的狐狸才能使用的高等法术，而曾经被他赐名“夏荔”的狐狸强行使用狐火，是要以燃烧自己的生命作为代价的。

其他被召唤来的青丘狐也在与混沌的纠缠中受了伤，至于雨泽……男人对自己过去的弟子很了解，他并不擅长进攻，更何况他最早提防的就是他，所以一开始就先驱使混沌冻伤对方，可惜……只差一点点，他本该能毁掉那个药箱的。

那些眼睛……那些眼睛……男人想起刚才触碰匿魂匣时的感觉，惊诧地发现自己的身体在不受控制地微微发颤。

不能被发现！现在仍然由我主导一切！

他维持住平淡的样子，笑着看向卖药人：“我不是说过吗？你会后悔的。我可是给过你忠告的，我是你师父，你应该到我这边来，而不是忤逆我、与我作对。你看，你现在是不是后悔了？”

“你说那个梦里并不尽是假象……原来，原来……”卖药人恍若身处梦境并未醒来一般，喃喃自语，“原来阿蜜还活着，你把他藏了起来，你一直在欺骗我！”

狐狸极少听到他有这般激烈的语气，仿佛又悔恨又懊恼——这些挫败的情绪却不是针对别人，而是指向他自己的。她虽跟随过男人一段时间，但对他的一切都只是模糊地知道一些，对卖药人和这个男人的过去也并不了解。被安排到梦境中监视卖药人时，她也只是听命行事，并不敢多问，就连那梦境中发生的一切到底是真是假，她也不太清楚。

她勉强支撑着维持人类少女的形态，如果再虚弱一点儿，就要被打回普通狐狸的原形了。狐火的反噬让她的伤势看起来比对手还要严重，原本漆黑的头发现在也大半褪成了灰色，就像被熊熊大火焚烧后残余的灰烬一般。

这时，她听见面前的男人再次开口说道："雨泽。"

啊，卖药人的名字原来是雨泽……

"把那个少年的尸体给我，我就把阿蜜给你，让你救治他，也算是弥补你心里那一直无法原谅自己的过错。"说完，好像怕他忘了什么似的又强调一句，"这是你欠他的。"

狐狸的眼珠滴溜溜地转，她忍耐着身上的痛楚，谨慎地观察双方，然后她听见卖药人长长地叹息一声，好像想法有所松动，不免心脏一紧。

她很喜欢阿蜜，但同样也不讨厌荣光，况且自己还欠他一条命。之前没能救得了荣光，眼下她绝对不能眼睁睁看着男人带走他的尸体！可同时她也很清楚，自己此时的状态极差。她不在乎以命相搏与男人同归于尽，但不愿意青丘的其他狐狸为她陪葬。不能放弃荣光，但同时也想救阿蜜，这可真是两难的抉择……

卖药人陷入同样的困境。他沉默着，向来冷淡地嘲弄着所有人的脸上此时此刻充满了挣扎。他抬起手，捂着脸，发出痛苦的低哑嘶鸣："不……"

男人笑吟吟地看着他，混沌的冷雾早已在他身侧形成了坚实的防御，他并不打算催促卖药人做出决定，甚至有些愉悦地欣赏起卖药人与狐狸痛苦的表情。

因为他恨，他恨每一个在水源充沛、四季分明的地方出生、成长的生命。那来自遥远过去的酷热至今仍灼烧着他，而在那片大地上遭受酷热的人们并不应该承受这种痛苦，那里根本不是他们的故乡！他们的故乡被夺走了！那是从天而降的毫无道理的灾难，是那些不讲道理的傲慢古神恶劣玩笑般降下的罪罚，可他们并没有做错任何事！

他们恨！他也恨！为什么偏偏是他们被放逐到这样酷热、荒芜、一无所有的大地上？那些一辈辈流传下来的传说中，他们的故乡气候湿润温暖、四季分明，土地肥沃，群山苍翠，庄严的古树高耸入云，水流潺潺，冲刷着河床上熠熠生辉的宝石，遍地是碧玉翡翠……

可是他们失去了这样的故乡！所以他们的先祖立下誓愿，一定要夺回他们的故乡，只有重回那片美好的土地，祖祖辈辈的灵魂方可安息！

他的思绪汹涌翻动，心中产生了巨大的波动，不自觉地咬紧了牙关。他并不知道自己脸上总是挂着的欺骗性的温和笑容已经消失，因回忆而被勾起的灼热感让他面目狰狞起来。

不对！男人猛然回过神来，自己的状态不对劲儿！他不可能这么轻易就被情绪干扰！

漆黑幽深的湖边，狐火逐渐熄灭，只余星星点点，宛如夜空坠落于地面。混沌带来的冰冷雾气不知何时被一缕缕轻烟入侵，这些轻烟曼妙、轻盈，像豆蔻少女入睡时轻浅的吐息，又像早春第一朵盛开的花悄悄逸散的淡香，细密无声，叫人难以察觉。

“你终于发现了。”卖药人终于开口，刚才那副痛苦挣扎的表情早已消失不见。

就连狐狸也愕然地看向他。

卖药人的身影动了动，露出那个一直被他谨慎隐藏起来的小香炉——

2

丁零零、丁零零。

荣光站在水中央，循着声响看向水面，全身透明如同水凝聚而成的少女正在水上翩翩起舞。她——或者说“它”，宛如一根羽毛毫无重量，身姿如小鹿般灵敏，它在水面上旋转、跳跃，伴随着清脆的铃声，脚底下一圈圈涟漪荡漾。舞蹈动作很简单，“春景”脸上也没有任何表情，却明显地表达出了它欢喜愉快的心情。

与之形成强烈对比的，是虚弱地躺在那片小小沙洲上的阿蜜，他残缺的身躯被奇异的花丛包围，气息微弱，就像残烛蜡泪上最后那一点火光。

荣光的心情很复杂。这个“春景”是蓬莱意识的化身，应该很喜欢阿蜜才对，现在阿蜜奄奄一息，即将死去，蓬莱却好像很高兴的样子，甚至时不时会在忘我的舞蹈中往这边投来目光，好像在观察阿蜜死了没有。

这不对啊！荣光不但纳闷，还有一种惴惴不安的惶恐。阿蜜说我是他的“继任人”……他想到这儿，眼前不由得浮现出一个人躺在娇艳花丛中的场景，但那人不是阿蜜，而是同样身躯残缺不全的自己。身处宁静美好、仿若仙境的地方，荣光却感觉自己出了一身冷汗。

这时他感觉到有“目光”落在自己身上，不是来自自顾自跳舞的“春景”，也不是来自围绕在水潭边上的那些诡异美丽的生物，而是来自失去了双目的阿蜜。他在“看”着自己。

荣光小心地握住他只剩下半截的手臂，轻声问道：“阿蜜，怎么了？”

“不要觉得奇怪……”阿蜜的嘴唇嗫嚅着，几乎发不出声音，他的话语是直接回荡于荣光脑中的，“你猜得没错，蓬莱在期待我的死亡。”他直接点出了荣光心中的疑惑。

“为什么？”荣光难以置信地问，顿了顿，连忙补充道，“你跟蓬莱到底是什么关系？你为什么会在这里？”

“因为在你之前，‘蓬莱’选择了我，而我答应了。”阿蜜说道，“蓬莱是一座巨大的宝藏，它的力量来自天地初开之时，如今连古神都逝去或者沉眠，可它依然存在，由此你可以想象这到底是多么可怕的力量。但这种力量是无序的、混乱的、野蛮的。蓬莱虽然有自己的意识，但没有‘理性’，更类似生物的本能，就像根茎强壮的植物，若是放任不管，只会吞食一切养分，野蛮地成长。所以蓬莱需要一个理性的人去管理它，就像宝藏需要守护者。而我和你，都是它选择的守护者。”

这时，一点点宛如萤火的光点从阿蜜身上析出，它们宛如雪花般落在荣光身上，转瞬消融，仿佛就此融入了他体内。因水波荡漾而响起的铃声中，荣光感觉自己一下想通了很多事情，知晓了那些关于被囚禁深宫的傻皇子阿蜜的事，就好像他们的意识彼此交融。

刹那间，荣光的视野里涌入遮天蔽日的海浪，巨浪从很远的地方掀起，像一条透明的、宽阔的大桥横跨在森林与群山之上，升起的水墙几乎触及天际。他看见宛如泡在水里的太阳，它是淡金色的，轮廓柔和成波浪。

紧接着，巨浪塌下，天空仿佛随之碎了，水流如同瀑布扑向大地，地动山摇，荣光只觉得眼前一晃，他下意识地抬起手臂阻挡，心里却绝望地知道这是徒劳。那可能有一整个海洋的水，降落的冲击力可以把岩石拍得粉碎，任何东西在它面前都是渺小的。

在他以为自己要被海浪淹没时，落下的海浪却只穿透了他的身体——那是光与影构成的幻象，真正的他其实还站在那片宁静的水潭里。

“这、这是什么？”他惊呼出声。

“是我所知道的关于蓬莱的知识和记忆。”阿蜜微微一笑。

与此同时，荣光脑海里突然出现了五个名称，分别是岱舆、员峤、方壶、瀛洲和蓬莱。他猛然回想起自己曾经看过一些卷轴，那是在不朽俑带他去那座古老而巨大的坟墓底下时，由“春景”递给他的。当时他没看懂那些古文字，而刚才，他终于知道卷轴上记载的事情是什么了。

卷轴上最开始描绘的那个深壑名为“归墟”，它深不见底，汇聚了百川海洋的水和天河的水，是所有水源的归处，也是源头。

归墟里面有五座神山，正是岱舆、员峤、方壶、瀛洲和蓬莱。

那份卷轴中记载了五座神山遭遇了某种灾难，也就是荣光之前所看到的巨浪。前所未有的可怕海浪冲散了五座山，其中岱舆和员峤因此沉没于海底，另外三座神山虽然不至于覆灭，却顺着水流漂向了不同的地方。

“原来……还有其他像蓬莱这样的岛啊。”荣光一边消化那些记忆，一边忍不住感叹。

“这些对传说中的神山而言应该是一件好事。余下的神山中，数蓬莱最为出名。那些富贵与权势都已经达到极点的人听闻神山的传说后，不惜花重金打造船队，派遣方士入海寻觅这些神山，一心想找到不老不死的仙草。”

但是，那些人间帝王没有一个能抵达神山。

“不老不死啊……”阿蜜低低地叹息，仿佛在嗤笑什么。

荣光感觉他是在自嘲，所谓“不老不死”不正如同他现在的模样吗？他替阿蜜感到惋惜，如果得到不老不死的代价是现在这副不死不活、不人不鬼的模样，一辈子当个傻皇子会不会更幸福呢？

荣光曾经通过移魂灯经历过那一段不知具体存在于哪一个时间节点的历史，当时他附身在一只乌鸦上，遇见了阿蜜——他是前朝皇帝的遗孤，被幽禁在深宫中，日复一日地吃下掺了毒药的糕点，这个本该聪明伶俐的小皇子变成了一个小傻子。

然而就是这么一个傻皇子，却能在守卫森严的深宫中避过监视四处晃荡，甚至轻松发现了囚禁了当时仍是个少年的卖药人的地方。那时候的高武帝想必也十分困惑，一个呆呆傻傻的孩子到底是怎么避过他布下的重重眼线的。

当那些光点融入自己体内时，荣光得到了这个问题的答案——阿蜜是通过蓬莱穿行的，他所行走的并非一般的道路，而是由蓬莱的力量为他开辟的特殊的“天梯小路”。

所谓“天梯”，可追溯到远古之时，凡人与神仍未彻底分离的那个时代，有灵性的山和古树都能成为“天梯”，连通尘世与天界。只是后来天地彻底分离，神不再行走于凡间，仙境也不再与尘世连通，天梯便消失殆尽。而蓬莱依然能通过自己的意识连通外界，只要蓬莱愿意，它能与外界的任何一草一木产生联系，形成能短时间存在的通道。

当时阿蜜走的就是这样的通道。

只要他有那个想法，他完全可以通过蓬莱为他敞开的天梯小路逃离那座巍峨宫殿，或者干脆就此进入蓬莱，再不出来。不管他选择哪种方式，都能避免最后的惨死。

可阿蜜为什么不那么做呢？荣光想不明白。

因为彼此意识正处于相连的状态，阿蜜立刻得知了他心里的疑惑，回答道：“从父皇母后死后，我就被迫吃那些有毒的糕点，早就是个痴儿了。一个脑子不好使的痴儿不知道要逃命，只知道那座深宫是他的家，只知道要待在‘家’里等父母回来，哪儿都不肯去。”

他低低地笑：“都说傻子是感觉不到痛苦的，所以没关系的。”他那张惨不忍睹的脸微微笑起来，好像也拿那番话里的小傻子没办法。

可他说的明明是他自己啊……他受了那么大的苦难，到现在也承受着无人能体会的痛苦，但说起自己的事情时像是在说别人的事。

是麻木了，还是觉得自己终于能解脱了，所以一切都无所谓了？荣光拿不准阿蜜的想法，但为他的经历感到十分难过。他艰难地开口：“可是现在跟我聊天的你一点儿也不傻啊。”

他本意是想鼓励阿蜜不要放弃，但对方好像误解了他的意思，以为是他有关于这方面的疑惑。

“我的灵魂被分开了，一部分在蓬莱这里，一部分在现实之中。这里的我才是真正的我，在蓬莱中的我拥有清醒的意志，所以能成为蓬莱的看守者，外面的我则更像是披着皮囊的傀儡。”

你这么说自己真的好吗？荣光心中的困惑没有消减，反而越想越觉得说不通。

虽然彼此的意识在交融，但那些光点似乎只限于过去发生过的事，以及关于蓬莱的记忆，而对方的想法和心情依旧是相互独立的。他只能感受到阿蜜对自己身上发生的一切都顺从接受，也从来不后悔，更没有恨任何人。

“荣光，清醒理智地看着自己活成一个痴呆的傻子，看着他人因自己而死，就连一直照顾我长大的嬷嬷也被我无意之间害死……这些我都看在眼里，这种感觉真的很不好受。”阿蜜仿佛哀叹般说道，“但我没有别的选择。”

“没有别的选择？”荣光重复了一遍，他感觉自己似乎隐约捕捉到了什么，那正是一直带给他矛盾感觉的重点。

“嗯，如果当初不答应蓬莱成为它的看守者，我就会因为那些有毒的糕点成为一个彻底的傻子，我不愿意变成那样。一个傻子感受不到痛苦，同时也感觉不到任何美好，我……”

他停顿了好一会儿，仿佛在回忆着当时的心情，久久才说：“我还是不甘心啊……我还没有看够、没有活够，我还想看一眼比池塘更大的湖泊，想看一眼宫墙之外，我还想结交朋友，还想感受美好的事物……”

所以他与蓬莱订立契约，由蓬莱保留他完整的、理智清醒的灵魂，代价是他的灵魂将一直被蓬莱束缚，直到——

它不再需要他。

3

荣光心里蓦然一冷，不只是因为蓬莱的无情，同时也因为他产生了一个可怕的想法。

他记得春景说过，蓬莱的本质是野蛮的、遵循本能的，就像植物为了活下去，会让根系不惜一切地深入土壤摄取水分，会拼命地让枝叶保持茂盛以抢夺最多的阳光。

“你……”荣光咽了咽唾沫，紧张地问，“你是什么时候接触到蓬莱的？”

“父皇与母后死后没多久……大概半年左右。”

荣光心里的疑虑更重了，万一、只是万一……高武帝放在糕点中的药或许并没有那么有效……单凭那些药不至于短短半年就让阿蜜严重痴傻……

不容他继续深思，一阵透心的寒意从背上传来。荣光下意识回头，只见一张半透明的脸从他背后探出来，“春景”不知何时伏在了他身后，没有任何颜色的眼珠子定定地看着他，仿佛在询问："你在想什么？"

有那么一瞬间，荣光头皮发麻，有种难以名状的恐惧。同时他发现"春景"的身体似乎不再那么透明，他隐约觉得蓬莱正逐渐发生某种变化。

转眼，"春景"像水一般从荣光背上"流"走，流进水潭里与之融为一片，下一秒，它又再次出现，这次它趴在那片沙洲上，趴在阿蜜的脑袋旁边。

"蓬莱不想再等下去了。"阿蜜没有了眼睛，但他似乎能看见"春景"就在离他很近的地方。

荣光立刻有了不妙的感觉，问："怎么了？什么意思？"

"我要死了，真正地死去，这样你才能成为下一个看守蓬莱的人。你得把我的心脏掏出来，然后吃下去。"

荣光愣住了。即使是说着这么血淋淋的话，阿蜜的语气还是很平静："不要责怪'蓬莱'，它虽然有自己的意识，但它没有所谓的人性。而你也不必把这件事想得很可怕，'活'了这么久，我早已不是人类，你更应该把我看成一株植物，我的心只是一枚果实罢了。"

荣光吓得连忙松开阿蜜，连连摇头摆手："不行不行！我做不到！我做不到不把你当作'人'看待啊！"

沙洲上的少年又笑了起来，他问："你看我现在这副模样，又有哪里像人了？"

荣光语塞，只得咬紧牙闭口不言。

"快点儿。"阿蜜的声音沉了下去，"不然……外面的那个人很快就会'取代'我了。"

"外面？"荣光连忙问，"你说谁？"

"赤砂……他叫赤砂。"

阿蜜身上不再析出萤火般的光点，他的状态看起来更糟糕了，像一尊残破的石膏人像，而包围着他的花丛依旧生机勃勃，绽放着透明的小花，花蕊灿烂得如同黄金。

这是不死草——荣光脑海里自动浮现出这种花的名字，应是从阿蜜那里得来的知识——据说东海祖洲上有不死草，生琼田之中，其叶似菰苗，丛生，一株可活一人。

阿蜜继续幽幽地说："我在外面的身体被人取走了不同部位，然后嫁接到那人自己的身体上，就像植物……所以你看到的我才是这般不完整的。"

"你……你不痛吗？"荣光总算问出了这句话。

"痛？"阿蜜摇摇头，说，"不痛。"

荣光知道他只是完全没有了知觉。他说自己像植物，可荣光看过一篇科学论文，上面说植物也并非毫无知觉的，被人扯下叶子、折断枝茎、摘走花朵和果实的时候，它们也会痛，也会悲鸣和饮泣。

“你不必替我难过。”不知道是因为两人的意识交融，还是他生来就如此心思玲珑，阿蜜再次猜到了荣光的想法，“如果你想为我做些什么，那就接替我好好守护蓬莱，不要让它……让它被别人利用……”

蓦然，他的表情扭曲起来，显得十分痛苦。

但直到刚才阿蜜的表情都还很平静，还若无其事地说着自己完全感觉不到痛楚，怎么突然就变成这样了呢？就好像……好像有什么东西在折磨他！

原本温顺地趴在沙洲上的“春景”也警觉起来，它直起上半身，似乎听见了什么声音。只见它的上半身不断地往上空延伸，而身体的下半部分与水潭连在一起，看起来就像一株不断往空中生长的水生植物，又像一条盘踞在水里的巨蛇。围在水潭旁边的各种奇异生物也纷纷感觉到了什么，它们显得十分紧张，却又好像有些期待之后会发生的事。

“不行，不行……回来！”阿蜜扭动着残缺的身体，他是在跟蓬莱说话，似乎要制止它做什么事情。

哗啦，“春景”半透明的身体化作水流落回潭水中，片刻之后，又再度凝聚成少女的模样。它看了看阿蜜，又侧着脑袋看了看荣光，仿佛在认真思考。猛地，它伸出手，本该纤细的少女手指却变成了一根根类似螳螂的镰刀状前足。

这么一只诡异的手伸到了阿蜜的胸膛上，就在荣光疑惑这是要干什么时，他被眼前发生的一幕惊得发出尖叫。“住手！”他朝“春景”大喊。

可是太晚了，镰刀状的前足打开了阿蜜的胸膛，现出一颗跳动的心来。

那“心脏”像一枚果实，温和明亮的光芒从果实的深处透出，让它显得那么鲜活美丽，甚至用肉眼就能感受到生命的脉动。

“春景”把心脏从阿蜜胸膛里取了出来，捧在手上，向荣光递过去。

“吃。”它说，语气突然拔高，变得急促，“吃！吃！吃！”

荣光一瞬间明白了，这不是阿蜜的心脏，这是蓬莱的心脏！接过这颗心脏，就代表接过看守人的职责，同时也意味着失去蓬莱力量的阿蜜立刻就会死去，这将是真正的死亡，是本身存在的消散。

“不……”荣光倒退几步，离水潭中央的沙洲越来越远，同时也是在远离阿蜜和蓬莱意志化身的“春景”。他拼命摇头，并不断重复：“我做不到，我做不到……”

从“心脏”被取出身体，阿蜜便没再说话，他就像马上要死去的植物般枯萎。荣光一看，止住了倒退的步伐，重新冲了上去。只见他几步跑上前，从“春景”手里夺过那颗心脏，然后重新塞回阿蜜的身体里。

他把心一横，大声道：“我、我拒绝！”

呼。看到阿蜜身体的“枯萎”缓慢下来，荣光不由得松了口气。

与此同时，他猛然打了个寒战，发觉四周的生物都屏息了，并且在下一个瞬间从潭水边四散逃离，仿佛感受到无法抵抗的危机将至。荣光觉得自己的颈椎骨节缝隙里好像被填满了冰碴，想抬起头来都无比困难，但终于，他还是一点点仰起头来，忐忑地看向“春景”。

他看着它，它也看着他。

“春景”那对没有瞳孔的透明眼球里仿佛荡起了猛烈的波澜，作为蓬莱意识的化身，它不该具有任何明显的表情，但荣光仿佛能从它脸上看出茫然、疑惑、惊诧……紧接着，一切的情绪都沉淀下来，仿佛被一股强大的力量压缩在一起。

“呵呵。”荣光尴尬而不失礼貌地干笑了两声，心里祈祷：朋友，你一直对我不错，现在不爽归不爽，能不能给点儿面子……

水潭表面的涟漪一圈一圈扩散，地面微微震动，古老的森林深处发出沉重的怒吼！无须任何言语都能感觉到它的愤怒！这是神山真正的主人、蓬莱自身意志的愤怒！

蓬莱生气了！

4

混沌形成的雾气逐渐散去，月亮随之露出清晰的轮廓，一草一木愈发清晰起来，不再被无边无际的冷雾萦绕。

卖药人的身旁多了个婀娜摇曳的身影，那是由香炉中升腾的轻烟汇聚而成的缥缈人形，它并没有真切的样貌，却让人感觉那就是个柔美温婉的女子。它穿着宽大华丽的衣裙，衣袂飘飘，披帛缭绕，轻盈迷离仿若谪仙。

轻烟人形仿佛活了一般旋转。它的袖摆衣角与披帛往四周延展，伴随着令人心旷神怡的香气，深入了混沌的雾气，与后者混合交缠。一旦那些冰冷沉重的雾气企图蔓延，轻烟便有如天女起舞般缠绕而上。

两种不同的烟雾此消彼长，相互撕扯、吞食、消融对方，但看起来相当曼妙美丽，丝毫感受不到这场角力的血腥与残酷。随着香炉中弥漫的香气愈发浓郁，冰冷的雾气被克制住了，厚厚的铁灰色雾气愈发浅淡。

狐狸惊喜道：“混沌在消散呢！”

同时，雾气带来的刺骨寒意也在减弱，甚至连她身上的伤也有所好转。

“不可能。”男人不敢相信自己眼前所见，辛辛苦苦召唤而来的混沌真的在逐渐减弱。虽然他所召唤来的混沌并非完整体，只是混沌的一小部分，但这可是古神级别的存在！在他所知道的范围内，并没有能克制混沌的东西！

卖药人见香炉里点燃的东西有用，这才稍稍放心，转头丢给狐狸一个东西，少女手忙脚乱地接住。她本以为是条人参什么的，看清楚一点儿才发现，这小东西长得可真是太别致了，像长了颗人头的干瘪章鱼，结满了花生米大小的瘤子，她就是没有密集恐惧症都要被吓出密集恐惧症来了。

卖药人抢在她尖叫之前说："别问，把里面的汁液喝下去。"

狐狸沉默了一会儿，看了看这条诡异的人头章鱼，顿时脸色铁青，肠胃痉挛，颇有点儿想呕吐。旁边保护着她的同族们纷纷露出同情的目光。

卖药人催促地瞪她一眼。凭着两人之间那一点点薄弱的信任，狐狸用尖锐的指甲小心划开人头章鱼，吸吮起从里面流出来的汁液……唉，她修炼这么久就是为了摆脱野兽的身份，现在又弄得像是茹毛饮血一样。

汁液的味道很奇怪，像是树汁又像是什么软体海洋生物化作的汁水，又咸又腥，又凉又辣，不过喝下去之后她感觉到身上的伤口几乎瞬间就恢复了。这个发现让她再也不嫌弃这东西恶心了，不但赶紧多喝了几口，还认真思考要不要整条吞掉算了。

卖药人又扬了一把药粉，治疗其他狐狸身上的伤口。

男人感觉到身上以混沌冰冷雾气凝成的"盔甲"正在慢慢消失，脸色不由得深沉了几分。

雨泽并不是擅长攻击的类型，但他箱子里稀奇古怪的药和材料绝不会比自己少，再加上对他"女娲"后裔血统的忌讳，所以在他计划中，一出手就要先发制人，剥夺其行动能力。

狐狸的狐火虽然可怕，但那自损式的进攻坚持不了多久，他有混沌作为倚仗，只要拖延时间打持久战，优势还是掌握在他手上。至于其他的青丘狐族的支援确实在他意料之外，但混沌不愧是四凶之一，其威力不是区区一群狐狸就能阻挡的。

只是……他没想到狐族对同胞居然有这么深的情谊，他深藏的回忆因此被触动——为了逃离那片炽热的大地，为了让自己的后代能在山清水秀、气候宜人的地方生活，他的族人们也付出了匪夷所思的巨大代价。

漫天的血雨，那是他出生后看到的第一场雨……他头部隐隐作痛，并且这种痛越来越尖锐，好像有一把锐利的刻刀硬生生凿开了他的脑袋，把那些血淋淋的记忆挖了出来——

他想起一张张人脸，又黄又黑的脸，皮肤干且发皱，哪怕十六七岁的少女也如同枯枝一般。他们佝偻着背走在烈日下，脚下没有影子，或许是因为太阳总是高悬头顶，白日的每一分每一秒都是正午。

他看见绝望的母亲企图扼死自己刚出生的孩子，因为她不忍心看自己的孩子逐渐枯死在这片酷热干旱的大地上；他看见幼小的孩童蜷缩在巨石的阴影下，用牙齿啃咬自己的手腕，饥渴地吸吮自己的血液以缓解干渴……

他还看见族人们匍匐在滚烫的黄沙大地上，最前面的是一名看似风烛残年的老人，他是这一族最后的首领，其实才四十岁出头。匍匐跪拜的人们围绕着一个祭坛，他们要举行某个庄严肃穆的仪式——

男人在这时强行中断了自己的回忆，现在不是沉溺过去的时候！这只是雨泽那个诡异的香炉里燃起的烟的效果！想到这里，他思绪顿时清明，果不其然发现双方的距离缩短了许多——在他刚刚出神地回忆过去时，狐狸已经恢复巨大的猛兽形态，压低了前身，如果他再晚一点儿回神，估计她已经趁机扑上来对他发动致命的攻击，把阿蜜夺回去了。

“你到底对阿蜜做了什么！”狐狸愤怒地质问。

“把他的身体给我。”男人坦然回答。

他说着，眼尾余光扫过，看到卖药人把那个小香炉拿了起来，捧在手上，然后把他那个赤红色的箱子重新背在了身上。男人赶紧把混沌剩余的部分全部召集到自己身上，不再让冷雾和那股轻烟相触。他已经发现那轻烟的缺点，就是它不具备任何攻击的力量，且范围有限，它只能对付混沌带来的冷雾。

“不愧是师父。”卖药人表情不变地开口，“你已经察觉到了，这是我针对四凶香创造出来的，它并不能克制混沌，只是中和了四凶香的气味。”而四凶之一的混沌是被四凶香召唤而来的，四凶香的气味减弱，它自然也无法维持。

“四凶香极凶险且不存在克制之物，可女娲开世造物，化生万物，而你是为她血肉所化的后裔，你那个香炉里点的东西，这世上本不该有，是你创造出来的。”想到自己对此早就有所提防，居然还是被摆了一道，男人眸光渐冷。

“从你收集的那些材料我推算出你要制造四凶香，虽然没有十足把握，但早做准备是不会有错的。”卖药人淡淡地说，“这也是你教给我的，师父。这个香我打算命名为‘天女香’，你觉得如何？”

男人没有正面回答：“看来，你是不打算答应我了。”他心里清楚，如果没有了混沌的加持，他根本没有强力的攻击手段——他与自己的徒儿也算是一脉相承，不会打架。

另一边，狐群散开，只余下身形变回巨兽形态的白狐，还有少数几只狐狸给她充当护卫。男人清楚其他狐狸并不是逃跑了，它们只是四散进附近的树林里，形成包围圈，把他围困起来了。

但他并不十分慌张，只要阿蜜还在他手里，他就不算彻底失败。他思索着接下来该如何应对，手里悄然翻出一把小刀，这是治疗时用于割除腐肉的小刀，十分小巧并且很锋利。他将刀刃抵在阿蜜的脖颈处，满意地看到由于刀刃反射的亮光，正在步步逼近的狐狸紧张地停了下来。

趁着他们的注意力都集中在小刀上，他用另一只手掏出个陶瓷小罐往地上一摔，碎了的罐子里飞出一群细小的毒虫，正是他之前得到的溪鬼虫，有一部分用于制造四凶香，他还留着一些，准备培育出更多的毒虫以备不时之需。

现在可不正好是需要的时机？

混沌的冷雾消散，月色之下是树林交织出的大片阴影，而溪鬼虫喜欢躲在阴影处，能在阴影中自由穿梭，叫人防不胜防。

一大群黑漆漆、密密麻麻的虫子铺天盖地地飞来，作为一只拥有少女心的狐狸，“朱美蝶”脑壳都要炸了！

毒虫从每一处有阴影覆盖的地方钻出来。没想到驱散了冷雾后，那个男人反倒借助夜色中阴影浓重的情势再次进行反击。

“烧掉。”卖药人低喝提醒，因为“天女香”对毒虫无效。

白狐昂起脖子，淡紫色的火焰在雪白的毛皮上流窜，她含了一口火焰朝四周喷出，但这喷出的火焰并非淡紫色的纯正狐火，而是白色的火焰。因为她再三思量，觉得应该保存力量，以防之后还有什么意外。

白色的火焰虽然没有狐火威力那么强大，但是火光明亮夺目、温度极高，用于对付溪鬼虫绰绰有余。

与此同时，担当守卫的几只青丘狐狸也朝目标冲了过去。

毒虫被白色火焰灼烧，发出一连串噼里啪啦的轻微爆裂声，同时产生了大量烟雾。狐狸心中一惊，这烟雾可能有毒！

不过她也没有太担心，因为她旁边站着的就是那个卖药的家伙啊！果然，卖药人在毒虫烧起的同时已经撒出一把药粉，中和了溪鬼虫燃烧时产生的毒烟。

可这么一来，四周免不得在短暂时间内烟雾弥漫，视线会受到干扰。

冷不防，一杆铁灰色的长枪破开烟雾朝卖药人刺来，目标是他手上那个香炉！

毒虫只是分散他们注意力的障眼法！

卖药人不慌不忙，因为“天女”飘然而至，依稀的人形两颊微鼓，向那杆长枪吹出一口芳香的气息，铁灰色的长枪顿时化作冰冷的灰雾。

原来那是混沌的雾气制成的，需要靠四凶香来控制，“天女”的一口吐息就把它打回了原形。

但卖药人眉头一皱，感觉未免有些太过轻易，依附在长枪上的力量并不多。这时，毒烟已经散尽，当他看清楚面前的情况时，顿时浑身都僵住了。

面前乌压压的一片人挡在了他与师父中间，那些“人”是冷雾捏成的，穿着古代的衣服，身形虽然模糊，但相貌出奇的清晰与逼真。此时，这些“人”纷纷抬起头来，茫然却整齐地看向卖药人，他们的眼睛里没有瞳仁，灰扑扑一片。

卖药人张了张嘴，这一张张脸他都记得。他们都是当初那座“蓬莱”上的居民。

他认出了住在山脚下的那对双胞胎小姑娘，五六岁的年纪，肉嘟嘟、白乎乎的，像两个刚出蒸锅的小白馒头。她们喜欢偷偷摸摸到山腰上的药庐玩，那时他刚养好伤，不愿跟春景以外的人来往，小姑娘就悄悄用芦苇编了蚱蜢放到他的窗台上。

他认出了那个老迈却腰板挺得笔直的老婆婆，她住在水车旁边，会做比蜂蜜还甜的果干，每到秋天她总要做很多很多，拿到药庐里分给众人。

还有那名脸上有疤的青年，他在药庐厨房掌勺，有段时间他总会特意给雨泽多熬一碗鸡汤。青年说他自己是遇到海难被冲到这座岛的，和他一起的弟弟死在海难里，所以看到年纪相仿的雨泽，就忍不住要多关照他一些……

他辨认着那一张张脸，他们都是普通人，因为海难或者意外等各种各样的原因流落到“蓬莱”上。虽然“蓬莱”是师父编织的谎言，是虚假的仙岛，可这些生活在上面的人是真实的，他们曾经的快乐和安稳也是真实的。

直到那座岛毁灭了、覆没了……

其实只要“天女”吹一口气，这些用混沌残余冷雾塑造的虚假人形就会全部消失，可卖药人一动不动，出神地看着他们，好像不忍心让故人熟悉的面庞再次消失。

“喂！”狐狸忍不住叫道，想把呆住了的卖药人唤醒，毕竟她可不能鲁莽地冲过去，男人手上还有阿蜜作为人质呢！

“呵呵。”男人低声笑了起来。牵制的目的达到了，他也不想久留。他有野心但不贪心，现在他几乎已经替换了阿蜜的身体，虽然还差最重要的心脏……不过没关系，可以另找机会。

他并不把几只靠近他身边的小狐狸放在眼里，但那藏在暗处包围他的狐群确实令他烦恼，正当他思索着下一步要如何驱赶那些狐狸时，他突然感到身体不太对劲儿。

“咳咳咳！咳咳！咳咳咳！”男人猛烈地咳嗽，他感到有什么东西要从他的身体里涌出来，不惜冲破一切也要出来。

他猛抓自己的喉咙，抓得一片血肉模糊，他张大嘴巴想发出声音，却只发出有什么东西在他喉管里爬行的湿滑声响。

狐狸惊讶地看着这突如其来的异变，赶忙让其他狐狸从男人身旁撤开，她能感觉到附近的空气都变得躁动不安，有什么远超她想象的巨大东西要冲破空间的限制，降临于此。

"哇！"

男人大声呕吐起来，一根根绿色的、粗大的藤蔓从他嘴里钻了出来，源源不绝地生长。它们穿透了他的血肉和皮肤，在他身上仿佛开花般绽放。

男人剧烈地抽搐、痉挛，虽然没有任何声音，但可以想象如果他能发声，那将会是多么凄厉、尖锐的惨叫。

混沌的力量彻底瓦解，冷雾散去，冷雾塑造的那些"人"也消失了，卖药人这才恢复了神志。他看清楚了眼前的景象，脸色剧变，脱口道："蓬莱！"

5

地动山摇般的震动中，荣光抱紧了阿蜜，他不清楚一瞬间发生了什么，只知道"春景"在他面前气到结冰，然后瞬间消失。平和的古老森林深处掀起一阵一阵的震动，伴随着不知道是野兽还是狂风的嘶吼，四周一点一点暗了下来。

转眼间，森林消失了，水潭消失了，沙洲消失了，百兽与飞禽消失了，一切活着的气息都消失得无影无踪。

荣光低下头，看到阿蜜被他紧紧抱着，自己手里还捏着一株不死草，大概是冲上去抱住阿蜜的时候不小心折下的。

虽然被摘了下来，但不死草的花蕊依旧保持着黄金般澄亮的色泽。

紧接着，荣光感到脚下的地面变得泥泞湿软，他闻到剧烈的腥臭气息，那是血肉腐败的味道，他觉得自己仿佛身处什么可怕猛兽的巨口之中。

黑暗湿软的泥土里有什么东西钻了出来，它们的力量很大，搅得这个空间天翻地覆。荣光本能地蹲在原地，同时非常小心地护住陷入昏迷的阿蜜。

过了一会儿，晃动平息，周围亮起了幽幽的光芒，如同鬼火。荣光抬头一看，只见四周不再是古木参天的森林，而是一具又一具巨大的骸骨！

他依稀辨认出一副巨龙的骨架，而且还不止一副！除此之外，还有许许多多形状稀奇古怪的骨架，而鬼火般的光正是从这些骨头上发出的！

"这、这、这……"荣光看着这一切，不知道该说什么，而这里也没有能回答他的人。

他只感觉到死亡的气息。

蓬莱呢？荣光觉得十分不妙。

第十四章

永生花

幽灵草：生长周期只有短短数日，一茎六叶，开花结果于一瞬，而花开即死，故又名「生死一瞬」。它开花结果的一瞬，生死相依。

YONG SHENG HUA

幽静的小小院落里栽着桂花，每逢金秋香气醉人，天井下晒着各种药材，角落里一口小井，井水清冽甘甜。有个约莫十五六岁、学徒模样的少年走进小院，拍打起厢房那扇古色古香的房门。

“雨泽！雨泽！要吃饭啦，待会儿就要准备祭典了！”

“我知道，你们先去吧。”门内传出另一个少年的声音。

“哦,好吧。哎,你一天天的不吃饭不睡觉,在里面干什么啊？”门外的小学徒好奇地问。

门内的少年没有回答。门外的小学徒犹豫了一会儿，小声地说：“那个，春景师姐她就要……你不去见见她吗？”

许久，门内才再次传来回答：“她又不想见我，我何必去让她不愉快。”

门外，小学徒想起自己的阿姐说过，女孩子特别在乎一个人时会特别口是心非，但张了张嘴，还是没把话说出来，只是说：“嗯，那你记得来吃饭哦。”

听见脚步声走出院子，没有点亮烛火的房间里，面容俊秀的少年正温柔摩挲着面前的一个箱子。箱子几乎有半人高，昏暗中看不清颜色，只觉得有隐隐的冷光流转，仿佛饥饿的野兽眼瞳里映出的光。

“我会救你的，春景。”他喃喃地说着，在箱子的冷光映照下，显出他过于苍白虚弱的脸色。

“我会救你的……”他似乎在说她，又似乎在说另一个人。

但他不知道，这是一切不幸的开端。

1

卖药人的脸上出现了难以掩饰的震惊、紧张和恐惧，混沌的灰色冰冷雾气被天女香之外的另一种东西驱散了，散去的雾气之后是表情扭曲、痛苦跪地的男人。他松开对阿蜜身体的钳制，失去生命的躯体倒在地上。

男人的嘴巴被撑得裂开，撕开他口腔的植物的须根就像从另一个空间涌出的泉水似的，源源不绝，这些须根落在地面后便迅速扎根，紧接着以令人难以置信的速度开始生长。衣衫早已被各种从他身上长出来的东西撕碎了，裸露出来的身体也已经失去了人类的模样，他好不容易得到的全新的健康的身体被各种各样、密密麻麻的须根、藤蔓、枝茎缠绕包裹，失去了原有的形状。在不知道是后背还是前胸的地方，除了植物之外还冒出了不同的菌类，伞状的顶端翕张收缩，喷溅出混合了无数孢子的粉末。

“这是什么鬼东西！”狐狸发出尖叫，她原本想趁此机会上前夺回阿蜜，然而她话音未落，身体猛地一晃。

原本坚实的地面凹陷下去，不是由于外力产生的崩裂，而是不知何时变得柔软，仿佛变成了一片沼泽。湿软的泥土像一片黏稠的湖泊，浓得已然接近胶质一般的“湖面”翻涌着，好像这“湖面”之下是猛烈的暗涌，并且从里面隐约传来了宛如怪物低声吼叫的声响。她只能眼睁睁看着植物的须根和藤蔓把阿蜜也包裹起来，拖向变得泥泞的地面。

狐狸不能清楚地说出这底下到底是什么，但她知道那些东西都是活着的，并且正努力着冲破“湖面”出来！终于，泥泞的“湖面”被撕开一道口子，一根细长的东西从里面探了出来，很难定义那到底是动物还是植物。它像一根舌头，仿若无骨。

一开始，它的动作很慢，有点儿小心翼翼的样子，像个第一次将脑袋探出自家篱笆外的孩子，紧接着它以快得能在原地留下残影的速度窜了出来，并且是朝着狐狸所在的地方！

随着它的动作，这根舌头般的东西底下的部分随之被拔了出来，它的下半身远没有它外表看起来那么细长，而是一大串葡萄般的肉瘤，上面布满不知道是血管还是须根的东西，并且微微抖动着，仿佛马上就要有什么从里面钻出来似的！

同时，那最初探出地面的“舌头”顶端宛如花瓣般裂开，一张布满利齿的嘴巴从里面长了出来。它仿佛知道新鲜的血肉在哪里，龇牙咧嘴地咬向狐狸！

眼前的事情诡异又突然，发生在眨眼之间，然而它的速度虽快，狐狸的反应也不慢，她一开始还不把这小东西放眼里，含了一口白色的狐火喷过去，紧接着她惊讶地发现那根诡异的“舌头”根本不怕这普通的狐火！

难不成还得用那种燃烧自己生命为代价的狐火？就这么一根小东西？狐狸惊愕之下的

稍微分神，便已经反应慢了。重伤后只是稍微有所恢复的狐狸来不及躲开，在她快要被咬住时，寒光闪烁，那根“舌头”被砍断了，随之喷溅出泥水般的汁液。

卖药人手中不知何时握着一把长刀，刀刃锋利无比、处处流转着异光，刀光闪出时他已然迅速收刀。他背着巨大的药箱，动作却依旧敏捷，就着收刀的动作顺势骑到了狐狸脖子上。

那不是普通的刀！狐狸十分肯定。

这时，她也没空计较卖药人随便爬到自己背上、把自己当成坐骑的行为是不是有些失礼，她没忘记叼上荣光的身体，飞快地跳到附近一棵比较高的树上，远离那片异变的地方。

点着天女香的小香炉因为落在地上，很快就被沼泽吞掉了。香气凝聚的婉约天女似乎发出了无声的呻吟，接着便消失不见了。

从上方俯视，那根被砍断了的“舌头”还在不断扭动，让人更加疑惑它到底是植物还是更接近蛇之类的动物。紧接着，肉瘤纷纷爆裂，一只只肥肥白白的虫子几乎同时钻了出来，密密麻麻地爬了一地。而这还不算最可怕的，更可怕的是泥泽里接二连三地探出类似这样的“舌头”！

看着这一幕，狐狸的脑子“嗡”地蒙了，紧接着她发出高昂尖锐的啸声，示意在附近的其他狐狸立刻远离这里！这诡异的变化来得迅猛又不祥，并不在原本的计划之中，必然自保为上。

另一边，男人的身躯重重地摔倒在地上，和阿蜜的身体一起，被变得软烂、湿润、肥沃的泥土吞没。

男人就像被捏成了一枚种子，某种威严强大的存在赋予了他全新的意义，此时此刻，他体内爆发出了过于旺盛的生命力，这本应是他渴求和追逐的东西，但这股力量已经超过了他本身可承受的程度，令他深陷被活生生压缩、碾碎的痛苦之中。他想唤来混沌的力量，却没有得到丝毫回应，原本他所借用的就只是混沌的一部分力量，加上之前与天女香抗衡又消耗了一部分，哪怕还有残余的力量，也根本不能与引发这一切异变的力量对抗。

哼，活该！狐狸冷眼旁观着男人徒劳挣扎，却依旧逐渐被泥土吞噬的模样，她只想拍手称快！这就是他过去轻视他人生命的报应！

此地不宜久留，虽然很想把阿蜜的身体找回来，但现在这种情况下恐怕是不太可能了，而且必须得保住自己，不然死了就什么都没了。她嘴里轻轻咬着荣光，只能发出含糊的声音，艰难地以眼神示意卖药人尽快离开这里。

但卖药人仿佛没有察觉到狐狸充满强烈求生欲的暗示，他说不清到底是漠然还是沉思的目光，一直注视着那个男人被吞噬的地方。

很久很久以前，他一直用充满感恩和敬佩的语气称呼对方“师父”，可现在他知道了，之前许多事情都是师父在背后操纵，恐怕那支贯穿了他心脏的金色利箭也正是师父射来的。他想杀了自己过去的弟子，他活生生把阿蜜的身体一点点“嫁接”到自己身上，这些都是他亲眼所见的真实，但过去他待自己的一切就是假的吗？

卖药人的思绪一下子飘到遥远的过去，那座隐藏在大海之上的神秘岛屿，那个美丽得仿佛仙境、像是世外桃源一样的地方。

蓦然，他感受到一种奇异的触动，就像脉搏和心跳的节奏一瞬间与什么东西联结了、同步了，带来了一阵轻微的眩晕，伴随而至的还有细细碎碎的含糊低语，而这些都是从他背后那个巨大的药箱里传来的。

狐狸眨了眨眼，在她看来，卖药人只是在发呆。该不会是吓傻了吧？能医不自医，好惨一男人。狐狸一边在心里疯狂给卖药人加戏，一边也没忘记当下的情况，既然卖药人吓傻了，那她更应该逃跑保命为上啊！

正当她准备溜之大吉时，脖子上的毛猛地被扯住了！

卖药人平静地说：“不能离开。”然后他从狐狸身上下来，与她并肩站在树上。

嗯？狐狸这次充分地用眼神表达出她的疑惑，她听见卖药人几不可闻地轻叹一声，仿佛服从了内心的某个决定，又像是与什么东西达成了共识。狐狸心中突然有了猜测，她变回少女的姿态，把荣光背在背上，问：“你要救他？”

卖药人没有回答，仿佛侧耳听着什么，然后点了点头。

狐狸差点儿张嘴就要大喊“您的善心现在是跳楼价大甩卖吗”，还枚等她反对，卖药人指了指已经完全是一片沼泽、并且不断翻涌的地方，那底下说不清、数不尽的东西都蠢蠢欲动着要倾巢而出。

卖药人沉声道：“不阻止的话，我过去经历的事情就会在这里重新上演。”在狐狸抗议之前，他继续说，“况且，我们就处在‘蓬莱’觉醒的中心位置，恐怕想走也走不了。”

此时，男人痛苦挣扎的身影已经完全被污秽、散发着腥臭的泥泞淹没了，被埋进深深的“地底”。

在距这个被山林环绕的湖畔稍远一些，是因为意外而被封锁的度假村，那里没有客人，却有为寻找儿子“尸体”而来的荣光的父母与随行人员，一旦沼泽蔓延开去，他们必定会受到波及。更别提这之外还有村镇、城市……狐狸也明白过来，不再作声。

与此同时，天色也发生了剧变，天际隐隐响起雷声，月亮不知何时被乌云严密遮盖，红色的闪电在厚厚的云层后若隐若现，愈发狂劲的风中满是水的气息。

卖药人昂首看着天空，低声道：“要下雨了。”

雨水，万物生长的初始与根本，一切生命的源头，是来自上天的馈赠，在远古的过去，人们会举行盛大的祭典只为求得一场雨。正如同他的名字一般，雨露天赐，恩泽万物。

红色闪电亮起，能看清楚卖药人脸上凝重的神色，他不自觉地把手里的长刀握得更紧。这把刀只会斩杀非人类的生物，正是这把刀当初杀死了被蓬莱支配的春景灵魂，它也是为此被他创造出来的。

在他濒死而进入匿魂匣时一度暂时保管在荣光那里，当他重新归来之后，这把刀自然又回到他手上，用来对付面前这些诡异的生物倒是正好。可惜女娲的血脉延续到他这里已经非常稀薄，短时间内想再造一把类似的武器已经不太可能了。

地面上，沼泽的范围已经扩大了，甚至流入了原本的湖里，并在交融的一瞬间把那片湖泊变成了自己的领地。

“喂！小心！”

在狐狸喊出这句话的同时，卖药人抬手一挥，斩断了一个朝他扑来的影子，它看起来像是一只蛤蟆，却有人头的大小，肚子上长着一只巴掌大、往外凸起的眼球。

类似这样的小型袭击不断发生，之前那根“舌头”也远不只一根，跟它类似或者比它更诡异的东西争先恐后地从沼泽里探出来，张牙舞爪地展示它们匪夷所思的躯干，还有些披着鳞甲的锋利爪子从泥浆中伸出来，令人不是很愿意去想象那之下到底是怎样的模样。

突然，他们暂时躲避的大树猛烈地摇晃起来，狐狸惊恐万分地看见这棵原本再普通、再正常不过的树上，树皮的纹路缓缓动了起来……已经是少女形态的狐狸瞧见了，脸上霎时炸出一层细细的绒毛。

卖药人却并不意外，缓缓说道:“在‘蓬莱’的领域内，任何活着的生物都会受它支配。”说着，他感觉脸上凉丝丝的，细雨飘散，像晶莹的蚕丝，又像少女纤柔的发丝。然而不管着绵绵细雨多么的朦胧多么的迷人，在这时候看来，无疑是恐怖降临的前兆。

雨势逐渐加强，转眼之间已经倾盆而下。

“噼啪。”大雨中响起轻微但无法忽视的声音，那是种子萌芽、花苞绽放、胎儿撑裂胞衣、生命挣脱桎梏的声音。

这样的声音此起彼伏，仿佛有成千上万个，卖药人与狐狸顿时都感到一阵头皮发麻。

2

并不知道外面世界情势严峻的荣光正茫然地在满地骸骨的黑暗中摸索前行，除了骸骨，还有干枯的巨树。黑漆漆的影子里好像藏着什么，荣光努力辨认了一会儿，感觉似乎是枯萎的大片植物，而更幽深的黑暗中还埋葬着更多的尸体和骸骨。

这里处处充满死亡的气息，仿佛远古坟场，那些森然的白骨上附着幽幽的蓝色火焰，他不清楚这些火焰以什么为燃料，只觉得它们仿佛能一直燃烧到地老天荒。

他把阿蜜因为残缺而轻得不可思议的身体背在身上，阿蜜已然与死人无异，但荣光把心脏还回去后，那颗心似乎一直在胸膛里微微跳动，所以他还是抱着一丝阿蜜可以醒过来的希望，告诉他这到底是怎么回事。还有，阿蜜所说的“赤砂”到底是谁？所谓的“代替”又指的是什么？

想不通、没有答案的事真是太多了！好比上一秒他还在蓬莱里，下一秒他突然就身处这个又黑又阴森、好像还没有尽头也没有出口的地方。

即使他也拥有不少奇异的经历，但他最熟悉的还是他出生、成长的那个普通世界，那时候他不知道魑魅魍魉的存在，他所处的世界与这个充满“异常”的世界是两道平行线，永无交集。直到遇上那个卖药人……不，不对，荣光轻轻摇了摇头，应该是在他自己也不知情的情况下，蓬莱选择了他——这才是一切的起因。

“现在该怎么办啊……”荣光现在是灵魂状态，感觉不到累，但是“不如放弃吧”这样的念头在脑海里愈发强烈。没有尽头，也没有目标，他逐渐想不到坚持下去的理由，有什么东西从他的身体里一点点流失。

荣光从幽蓝的火焰中看见自己的身影，它们就像一面接一面的诡秘魔镜，让他看见自己疲惫的脸，原本应该属于少年充满活力的脸庞，在镜中却脸颊凹陷、目光憔悴，仿佛也即将成为这些骷髅堆里的一分子。

不知不觉，他仿佛艰难走在沼泽中，脚步越来越沉重。

啪！清脆的一声响起，同时带来的还有脸上火辣辣的刺痛。荣光顿时清醒过来，定睛一看，差点儿吓出一身冷汗！

他第一眼看见的是自己的手。其实一开始他不太确定这是他的手，因为那只手上没有任何皮肤，也没有一丝丝肌肉，白森森的骨头裸露着，一直延续到上臂。

一个激灵，在荣光清醒的同时，消失的血肉又重新生长出来，他连忙把手臂举起来仔仔细细看了一遍，确定自己恢复原状后，他又连忙看了看自己身后，看见没把阿蜜弄丢，这才终于松了口气。他把阿蜜放下，仔细检查，虽然阿蜜也没啥可以再失去了，但他还是认真查看一遍，才放下心来。他不禁后怕，要是刚才再晚一点儿……

“要是再晚一点儿，你也要变成一副空荡荡的骨头了。”一个不疾不徐的声音响起，语气是不带一丝温度的冰冷，荣光觉得自己听过这声音。

“谁？你在哪里？”荣光急切地四处张望，却没发现自己之外的任何人，不管怎么看，这个鬼地方除了他就是满地骨骸。

他口袋里有个东西动了起来，是那只小石兽！刚刚是它在说话！而且抽了他一巴掌！

不过也多亏如此，他才清醒过来。

小石兽四爪并用，还扑打着背后的一对翅膀，努力地从衣兜里钻了出来。荣光瞪大了眼睛盯着它，从外表上看它依旧是一只石头雕刻的异兽，像是狮子与禽鸟糅合为一体，但这时却好像真正地活过来了一般，眼瞳中透露着冰冷的灵性。

正是这股冷冰冰的淡漠气质让他浑身一颤，荣光终于想起自己在哪里听过这个声音了！是冥君后土！把秋茴带走后，这人把他丢在动物园虎山里瑟瑟发抖待了大半夜，天亮前才终于想起来还有这回事似的，打发了两只小鬼差来把他带走。难怪一听这声音他就直打哆嗦，跟十几只成年老虎共度寒夜，可算得上是他人生中一大阴影了。

“我若是你，现在就不会思索些无关之事。”这分明是冷淡且包含威严的声音，却因为是从一只丑萌丑萌的小石兽嘴里说出来的，气魄上就有些打了折扣。

“这只封印兽是幽都的所有物，你把它从幽都带走，所以我才能通过它联系上你。”冥君主动解释道，他虽然外表冷漠，性格却似乎意外的体贴。

为此感到安心下来的荣光甚至还有闲暇在心里默默吐槽：这个小东西居然是封印兽？看着不太威风嘛……

冥君严肃地说：“这些封印兽的工作十分重要，它们在忘川河的桥上承担着镇压下面的亡灵的职责，相当于其上的守卫。”

荣光大吃一惊，你是不是会读心！

冥君沉默了一下，道：“不，我不会读心，秋茴说得没错，你确实很容易被看穿。”

这到底是挖苦还是赞美……荣光迷惑了。

“这种品质很难得，或许蓬莱也是这么认为的……”冥君低声说着，接着加快了一点儿语速道，“这个状态并不能维持太久，我认为最好还是集中在关键问题上。”

这么重要的事您倒是早点儿说啊！荣光顾不上吐槽了，连忙问道：“您能告诉我，我现在到底在哪里吗？”

“你还在蓬莱。”冥君很快回答，“更准确地说，是蓬莱的‘暗面’，代表着蓬莱中的‘死’。这也是直到刚才我才能联系上你的原因，我所管辖的幽都包含死者、死亡的力量，与蓬莱的暗面相通，你若是在‘生’那边，我也束手无策。”

死？荣光愣了一下，在他心中蓬莱是不会死的，毕竟它是那么的特殊！

冥君继续解释：“生与死本来就是二位一体，蓬莱既有‘生’，必然也有‘死’。就像这世间每一天、每一分每一秒都有新的生命的诞生，有不断茁壮成长的个体，但同样的，每一天、每一分每一秒都有人死去，有不断衰老衰弱的个体。生与死就像两根往相反方向却最终都会归于零点的时针，没有任何东西、任何力量能分离它们。”

荣光立刻便想到了蓬莱上古老庄严的森林，那些粗壮巨大、不知道生长了多少千年、万年的大树，那些穿行在斑驳树荫下灵动的生物，水里的鱼，天上的飞鸟……它们是那么生机勃勃，共同构筑起这座繁华茂盛的森林。

但是在他没有留意、无法看见的地方，在泥土的深处、在树冠隔断光照的地方，在岩石、树根之下，捕猎与死亡无时无刻不在发生。死去的生命是食物、是养料，被吞食、被吸收，继续作为“生”的一部分。同等庞大的死亡才得以滋养同等庞大的生命。

生命的生存得益于其他生命的死亡，而生命的死亡又源于其他生命的生存。

生以死为生，死以生向死。

荣光对此有种熟悉的感觉，好像以前谁跟他说过类似的话。

——那是幽灵草，生长周期只有短短数日，一茎六叶，开花结果于一瞬，而花开即死，故又名“生死一瞬”。它开花结果的一瞬，生死相依，可以让生者进入黄泉，也可以让死者重返世间。

是幽灵草！他与卖药人最初见面时长在他脑壳上的幽灵草！

一瞬间，荣光脑中仿佛有灵光闪过，他感觉自己捉住了什么，是某个非常重要的提示。

“秋茴转告我，你遇到一个没有影子却一直活着的男人，你们不清楚他的来历，我想我大概知道他到底是什么人。”

荣光顿时不自觉地挺直腰背，紧张地等待冥君说下去。

“在神灵还会行走在世间的时代，大荒西经有一个叫寿麻国的地方，他们的先祖寿麻立与阳光之下也没有影子，寿麻国的后人似乎也传承了这一特点。而寿麻国的气候十分炎热，环境非常恶劣，当时居住在大荒西经那片地区的人都说，不可以到寿麻国去。”

荣光不解地问：“既然那么艰苦，寿麻国的人为什么要在那里生活？”

“他们是逃难到那个地方的。据说寿麻的故乡是南方的一块陆地，那里气候宜人，青山绿水，甚是富饶。但有一天那片陆地遭遇了灾难，突生异变，整片陆地消失在海里，只有寿麻带着一部分人乘船逃离，往北漂流，最终抵达了后来寿麻国建立的地方。

“遭此灾难，能活下来便是大幸，当时他们也没有多想，暂时在那个酷热之地停留，打算之后再重新寻觅故乡。但后来他们再去探访原本的陆地，却发现怎么也找不到了，他们的故乡遗失在大海里，那片陆地上的人也不知道生死。”

冥君说到这里稍作停顿，才又接着说：“寿麻国之前的事情实在过于古远，甚至是在幽都建立之前，所以那片陆地沉没及其人民的死亡，我这里一时也难以找到记录。但根据你所说的内容，我猜那个男人应该就是寿麻国的后人。”

“但是，秋茴、春景和那个卖药人称他为‘师父’，他们住在一个海上仙岛上，按照他们所说，那个岛也宛如仙境，并不是什么气候炎热、环境严酷的地方。”

“寿麻国那样的地方注定是不能长久居住的。寿麻国之前那片陆地的情况虽然并无详细记载，但在幽都的记录中，能找到寿麻国灭绝的事迹——当时寿麻国只剩下三百余人，并且这些人几乎都在同一日、同一时间死去。”

虽然冥君用最平淡的声音转述，可是一瞬间几百人死亡的景象还是令荣光心中一寒，在他看来，除了战争和屠杀，现代社会中很难会有这种大量人死亡的事情发生，这带给他一种无法想象的恐怖。

“那时候到底发生了什么？他们被谁害死了吗？”荣光没发现自己的声音颤抖了起来。

“他们是自愿赴死的。”冥君依旧用那种平淡的声音说出惊人的真相，“在远古时代，除了战争、灾难和瘟疫，能同时造成这么多人死亡的还有祭祀。而寿麻国这场大规模献祭族人性命的祭祀，是为了向上天祈求可以把他们从干旱中拯救出来。”

冥君这番话虽然没有太多佐证，但既然能说出来，想必他心里对这个结论已经比较笃定了。

“那场祭祀只留下了每家每户中最小的孩子，他们的长辈、父母、兄长、姐姐统统作为祭品参与那场祭祀。他们用自己的牺牲，为后代换取一个适宜生存的环境。”

“为了祈求……”荣光听了有些说不出话，难以想象当时寿麻国的人是多么绝望，居然要用那么多人的命去换一场雨。

荣光依然想不明白，他问道：“那他为什么要针对我？又为什么要那么对待阿蜜？他好像对蓬莱有一种执念，他还把后来自己居住的那座岛取名‘蓬莱’……按您所说，他是寿麻国幸存下来的人，可他跟蓬莱有什么关系？”

“不。”冥君迟疑了一下，“他应该是——”

3

赤砂！赤砂！赤砂！

他昏沉的脑海里突然回响起一个女人撕心裂肺的哭喊，她搂紧怀里一具干瘦的尸体，发出痛彻心扉的哭声。那是个幼小的孩子，早已因为饥饿和高温而死去。

然后他又听到一个苍老的声音沙哑地说：“与从前相比，此地愈发不宜居住，炙热不退，土地干旱，新生的小孩儿根本活不下来……”

老者的话语声渐渐低沉，取而代之的是一个男子的声音，他高声吆喝道："我们离开这里吧！重新寻找属于我们的故乡！我们必须离开这个鬼地方才能活下去！"

然而另一个疲惫虚弱的声音打断了他："可是没有水，没有足够的粮食，你能走多远？我们又能走多远？"

"难道就在这个鬼地方等死吗？那我们的孩子怎么办？"

越来越多的声音加入了讨论，逐渐变成了争吵。

"也不是没有办法……"有人用低沉、决绝的声音说道。

一幅清晰的画面呈现在他面前，那是从高空中俯视的角度，干燥的滚烫沙地上被刻画出一个巨大的、复杂的圆形图腾，图腾布满扭曲线条组成的图案和咒文。数百人匍匐在上，口中用古老的语言反复念着祷告的句子，黑压压的人头填满了这个圆形图腾，圆的中心是一张石头叠起的祭台，但祭台上空无一物。

不是没有祭品，而是他们就是祭品。

祷告结束，所有人举起磨得薄且锋利的石片，或含泪、或狂笑、或双目紧闭地割开了自己的喉管——

霎时，满目鲜红。

地上的图腾被鲜血浸透，这片久旱无雨的大地不知道多少年来第一次被润泽、被滋润。炽热的风吹过炽热的沙地，上面的血同样是热的，染红了图腾上的每一个图案和咒文。

天空依旧万里无云，烈日当空，阳光像滚烫的刀子洒向大地。

不知道过了多久，直到那些被当作希望留下的孩子也死去，大雨终于瓢泼落下，仿佛是上天降下的一个巨大玩笑，讽刺那些绝望而死的人们。

连绵不绝的雨水下了足足好几个月，那些雨水是红色的，是寿麻国人祖祖辈辈凝聚落下的血泪，而他在这座早已空无一人的死城里醒来。

他不是那个死去的叫赤砂的孩子，他只是下意识地给自己取了这个印象深刻的名字。他甚至不是"人"，他是这座城所有人留下的不甘、痛苦、怨恨、希望和绝望的混合体。他是寿麻国的"魂"，他继承了这座城及其人民的所有记忆，还有他们强烈的执念——回故乡去！

他要找到那片消失在大海之上的陆地，那个属于寿麻国人的故乡！他要带着这个国家所有的灵魂回到那片土地上安息！

可是，那个地方到底是哪里？他在传承下来的记忆中找到一个线索——归墟！

归墟汇聚五湖四海百川之水，而归墟之中有五座神山，分别是岱舆、员峤、方壶、瀛洲和蓬莱。某一天，突如其来的滔天巨浪冲散了原本聚在一起的五座神山，岱舆和员峤因此沉没，另外三座神山虽然不至于覆灭，却顺着海水流向了不同的地方。

而这三座神山——方壶、瀛洲和蓬莱，广为流传后世的，只有蓬莱。

这记录正与寿麻国人的故乡十分相似。

他坚信自己找到了寿麻国人世代寻觅的地方，那就是蓬莱！

从此之后，他为了寻找蓬莱一直行走在凡世间，他不知疲惫，饥渴地收集与蓬莱有关的一切，在天上神灵与地上人间还未断绝时，他通过天梯走过一个又一个灵气荟萃之地，他游历过不知多少座山、多少岛屿，而蓬莱仍旧是无法触及的缥缈幻境。

很久很久之后，直到神灵都不再出现在世间的时候，他才终于得以知晓关于蓬莱的秘密——想进入蓬莱，只能得到它的允许，只有它选择的那个人才可以。

他想，既然我无法靠近蓬莱，那就让蓬莱来靠近我吧。他凭借自己过去的游历，挑选了一座最贴近他理想的岛屿，并将它称之为"蓬莱"。他一边在岛上休养生息，毕竟经过了不知多少年，他也开始感到疲惫，并察觉到自己身体的衰败。

他并没有放弃打探蓬莱的线索，这时，一艘载有因战争而逃难的人的船，在海上遇到暴风雨，机缘巧合地被冲到了他的岛上。他只是一时意起，救了他们。这些难民小心翼翼地对他恳求，希望能在这座岛上定居下来。

他逐一扫视过那些惊恐、不安、疲惫的脸庞，依稀中看见了那座下着血雨的死城。

他说："随便，但切记绝不可惊扰我。"

那之后又有其他遇难者来到岛上，他走过的无数灵性之地给了他足够深厚的知识积累，在俗世的凡人眼里便是神仙下凡。他们感激并敬畏他，将他视若神灵崇拜。这座虚假的"蓬莱"在他们心中变成了真实的仙境，他们在此安居乐业，繁衍后代。

岛上深处的森林有危险和奇异的植物，还有凶险的猛兽，他们就在深山下开垦田地，开始种植，建立村庄。冷冷清清的孤岛渐渐热闹起来。他独自站在半山，眺望山下，凡人的喧闹隔着云雾隐隐约约传来，到了夜里，家家户户亮起灯火，他竟感到几分寂寞。

可能是寂寞作祟，他第一次出手救了一名难产的孕妇，最后母子平安。有一便有二，他治好了村里一名农夫的顽疾，他教导他们如何制作简单的药品以驱逐蛇虫，告诫他们山林里什么有毒，不可触碰，告诉他们在不需要太深入森林的地方可以找到什么可供食用的山珍。

当时遇难者的后人世世代代将他奉若神灵，他们仰望他所在的烟雾缭绕的半山，并朝那个方向虔诚跪拜。偶尔他出门，总会在长长石阶下看到洗得干干净净的蔬菜和水果，还有鲜花编织的各种手工制品。

突然有一天，有个小孩儿跑到他面前，壮着胆子问他："我、我可以求您做我师父吗？

我也想给大家治病！”他的眼睛闪闪发光，如同他遥远记忆中那些渴求着雨水的孩子的眼睛。

那是他漫长生命中最安宁的一段时光，他几乎都要淡忘了寻找故乡的事，恍惚觉得其实自己身在此间，便已是故乡。

但，不行！不可遗忘！不可遗忘！

曾经一度稍微变得温暖的心再度冰冷起来，那个时代还保留一些隐秘的天梯，可以让他通往外界。他收留外界无家可归或被卖掉作为奴隶的小孩儿，把他们带回岛上，安置在自己的药庐里。

药庐里有太多的秘密，所以他会长期给他们吃一些导致轻微神志不清的药，对身体和日常生活都没有害处，只不过会恍若身处梦境，即使之后回想起什么事情，也是模模糊糊的。他一直耐心地从这些孩子里挑选出最适合的。

但花了很长时间，这些孩子中只有一个分外出色，他有着非同一般、超脱于普通人的灵感和天赋，他停了他的药，待他恢复清醒后，给他取名秋茴，正式收为弟子。

然后又遇到春景，那个因为遭逢家中大变又死里逃生的女孩儿，她对自己崇拜极了，对他所说的一切坚定不移地相信。

这一切都是为了之后的祭祀做准备，本来秋茴是更好的人选，但后来秋茴因犯错被冥君带走，囚禁于幽都，他只得退而求其次，选择春景。

他告诉春景献祭是为了“蓬莱”，但其实只是因为他的身体活得太久而出现衰退，他必须给自己换掉出问题的部分。作为蓬莱支柱的阿蜜还是濒死的状态，还需要很久很久才能恢复。他急需一场祭祀，一场当年寿麻国人举办过的祭祀，需要奉献出大量生命的血腥祭祀。他告诉春景是为了献祭，他告诉村民这是一场庆典，他骗了每一个信任他的人……

本来可以很顺利，但没想到雨泽……那个雨泽……

他突然感到头痛欲裂，不，他全身都感到疼痛难忍，仿佛四分五裂却又仅剩血丝相连。记忆中秀丽安宁的小小村庄飞快溃散，憧憬地看着他的孩童面孔、抱着初生婴儿对他流泪道谢的妇人、全家对他叩头跪谢的村民、无条件信任他的春景……全都消失了。

钻心的疼痛与宛如深埋地底的黑暗中，他听见了噼里啪啦的雨声。

一直以来，他对谁都没有说过，其实他十分厌恶雨天，雨水打落的声音总会勾起他关于那场血雨的记忆，他仿佛感觉到那些寄宿在他身上的灵魂都会一瞬间变得忧郁起来。

哗啦哗啦，雨越下越大了。

他感到更痛了，仿佛有什么把他的血肉一缕一缕分开，把他的骨头一点点磨碎，撕扯他的神经。

好痛苦……好痛苦啊……

大滴的雨水砸进泥泞的地面，溅起的除了泥水外，还有无数的虫子和它们的卵，随着雨势增强，四周的异变更加剧烈了，这个原本附属于度假村的美丽湖泊现在成了传说中炼狱一般恐怖的存在。

沼泽不停扩展自己的领域，不断有奇异的植物从里面生长出来，它们粗大的根茎如巨大的蟒蛇般扭动。一些同样诡异的猛兽也沿着植物打开的“通道”跑了出来，它们闪烁着幽光的眼眸中透露出对捕猎的渴望，很快锁定了攻击的猎物——那些狐狸！

一时间青丘的狐群成了被追逐的猎物，它们又不敢靠近沼泽，只能不断地往外退散。

可与它们行动相反，卖药人抬头看了一眼天空，天象有异，这是蓬莱苏醒造成的……

他思索了一会儿，便断然选择前往沼泽的中心，狐狸不禁高喊："你是不是疯了！"可卖药人对她的呼喊根本不闻不问。

他脚下走过的地方，每一步都有一张莲叶从淤泥中长出，碧翠欲滴，竟沿着他的脚步形成了一条莲叶小道。

可恶！狐狸看了一眼被她背着的荣光，一跺脚，咬咬牙跟了上去。

她后面的同伴们发出哀切的鸣叫，似乎在劝止她——这完全是赴死的愚蠢行径。白狐少女深吸一口气，抽出一只手臂扬起，绕着沼泽扩展的边缘顿时燃起一圈紫色的狐火，火圈内外隔绝，替同伴们制造出逃脱的时机。

“快走！”她厉声道，转而又苦笑，“可别为我陪葬了。”

其他原本正常的树木也受到沼泽的感染，变得心怀不轨，它们的树干上长出了带有尖勾或毒刺的触手，叶子上则绽开一只只眼睛，滴溜溜地转，往四面八方搜索它们的猎物。

越往前，蓬莱的力量便越强，诡异的植物编织出一张紧密的大网，这张由无数藤蔓、根茎、不知名生物身体一部分交织的“网”上沾满了黏液，色泽艳丽的毒虫不住钻出钻进，严密地把核心重重包裹。

卖药人与狐狸一个背着沉重的药箱，一个背着荣光，屡次只是勉强躲过带着恶意伸来的藤蔓。卖药人挥刀抵挡，不断有被砍断的藤蔓溅出汁液，有些汁液带着强烈的腐蚀性，落在皮肤上顿时一阵灼烧的刺痛。

尽管严重妨碍行动，但卖药人始终没有放下那个箱子。

沼泽领域越来越大，核心的地方一张一缩，仿佛响应着那逐渐紧迫的雷声，不断地在膨胀，像一颗强壮有力的心脏在跳动，这片土地几乎要承载不住它，翻滚着泡泡的黏稠泥水满溢而出。若是从高空俯瞰，这个地方就像突然变成了一只长出无数恶心触手的怪物。

“这是蓬莱，它再次醒来，自行打开了通道，不顾一切地要出来。”卖药人低声说道，眉头紧皱，“它失控了。”

狐狸急得大叫：“这个我知道了！你倒是想想办法阻止它啊！”她都被逼得不得不几次动用紫色的狐火脱困了。

“它要往外走！”狐狸又尖叫起来，荣光的父母都在度假村里！

在度假村里的人似乎也感觉到什么，一些灯光陆续亮起，窗户前出现了疑惑地探头张望的人影。

一道惊雷炸裂，蛇状的赤红闪电直劈而下。落雷的轰鸣在不远处响起，那片树林顿时燃起了火光。

卖药人抬头看向天空，猩红的闪电宛如发狂的巨龙在黑压压的云层里翻腾。他突然笑了，把刀收起，伸手往身后的箱子上一抹，数十个凌乱分布的小抽屉顿时纷纷移动，形成一面完整的柜门。

柜门打开，一只怪异的鸟飞了出来。这只怪鸟有四翼、六目、三足，身形似蛇，它张嘴，发出了尖锐至极、怪异至极的叫声。

狐狸愣了一秒，接着脱口叫道：“酸与！”

这是一种会带来灾厄的鸟，它出现的地方都会发生可怕的事。

这只酸与是一名吃了鵸首鸡的蛋的少年所变，为此他不得不离开父母，为自己鲁莽的选择承担后果。它仿佛知晓卖药人要它做什么，一声尖啼后又是一声。一声接一声凄厉尖锐的叫声中，它扇动翅膀直冲上空，在沼泽核心的上方不住盘旋。

卖药人看了一眼狐狸，笑了。

他又不知从哪里掏出一把伞，伞柄是黑漆漆的，如枯木制成，伞面却隐隐闪动着银白的鳞。他撑开，轻松往肩上一搁，说道：“做好准备。”

准备？准备什么？狐狸正疑惑，就看见一道粗大的红色闪电朝着他们这里劈下。

雷雨天最容易引来的灾厄是什么？

当然是天打雷劈！

狐狸赶紧变回巨大白狐的形态，周身燃起纯白的狐火——她的毛皮具有防御作用——她团成一团，把荣光的身体小心压在肚子底下。

轰——

雷声滚滚，另外还有数十道较细的红色闪电相继落下，像钉子般穿透进沼泽深处。

空气中顿时弥漫起浓浓的被烤焦的味道，四周都是滋滋冒出的白烟，那些狰狞往外生长的藤蔓和触手都停止了，保护着核心的“网”开始剥落。

被闪电劈中的树木烧起来，随即大火熊熊燃起！

4

“卖药人的师父、那个男人是寿麻国人集体的怨念？！他认为蓬莱就是寿麻国人的故乡，所以做了那么多事情，就是为了进入蓬莱？”荣光听了冥君的推测，不知道该做何表情，呆呆地自言自语，“得多强烈的怨恨和绝望才能让一个怨念坚持至今……”

突然，他想起阿蜜之前说到的那个名字——赤砂。他感到有什么东西流入了他的思想，就好像有人直接在他脑海里低语。他猛然醒悟，脱口道：“赤砂！那个男人叫赤砂！”

与此同时，荣光想通了很多事情，他看了一眼身体各处都残缺的阿蜜，他此刻依旧苍白冰冷地挨在自己身边，胸膛中的心跳微弱得像是幻觉。

阿蜜之所以会变成现在这副模样全都是这个叫赤砂的男人做的！他逐一取下阿蜜身体的四肢、脏器，用来替换自己的身体，他企图通过这个方法把自己变成“阿蜜”。因为蓬莱承认阿蜜，所以他计划靠这个残酷又荒诞的方法让蓬莱把自己看作“阿蜜”！难怪他从“梦境”里看到的阿蜜状态总是不对，现在回想起来，一定是叫赤砂的男人用什么方法控制了他的灵魂，而阿蜜未被控制的那部分一直在反抗，一次又一次在梦境里给他提醒。

荣光也终于明白为什么赤砂看他不顺眼，总想害他死掉，因为蓬莱打算放弃过于虚弱的阿蜜，另选他作为下一任看守者，而赤砂为了成为“阿蜜”准备了太久太久，已经无法改变了，最快的办法就是让他死去，让蓬莱不得不继续承认阿蜜，这样他才有取而代之的机会。

他当初会救下卖药人，是因为早已计划着要接近阿蜜，他不择手段、不惜一切代价，终此一生都只有这唯一一个目的，他就是为此而诞生、为此而存在的，若不是如此，他的一切都毫无意义。

荣光想起忘川上乘船的招英。螣蛇女妖说过，那样的怨念是不会消散的，直到他们生前的愿望实现，或者怨念消散，不然无论过去多少年，他们依旧只会围绕着同一个执念不断重复自己的行为。

就像招英一直在忘川上撑着船寻找她的小皇子，就像“赤砂”锲而不舍地寻找蓬莱。

“那蓬莱真的是寿麻国人的故乡吗？”荣光问。虽然不管是不是，这都不是他为了达到目的而伤害他人的理由。

“远古时代的地理位置很多已不可考究，但我认为这两个地方并不是同一个。蓬莱不是普通的一个岛、一块土地，它在很早很早之时就有自己的意识，更应该把它看作接近古神的存在。”冥君说着，小石兽仿佛跟随他本人的动作一般摇摇头，“那份怨念极深，只要有一点儿可能的希望就紧紧捉住，根本不想也不愿意追求真实。”

蓬莱不是“赤砂”所追求的故乡，那只是一个宛若肥皂泡般的虚无幻影罢了。

荣光想到在匿魂匣中，“赤砂”对卖药人说过，追逐无形之物者，最为悲哀。

最为悲哀的人原来是他自己。

突然，荣光感到整个空间剧烈晃动了起来。地震？但这种地方应该不会有地震吧……他正想着，突然发现小石兽的身上出现了细微的裂痕。

“没有时间了。”冥君说道，他的声音变得像从很远的地方传来，有种扭曲的尖细。

四周骨骸上那种幽蓝的火焰呼的一下膨胀，极快地燃烧着，然后荣光看见火焰中的东西被烧成微小的碎片，化作闪光的尘埃，徐徐升起。

发生什么事了？荣光第一感觉就是这种情况不寻常。冥君也有同样的感觉，沉声说道：“暗面的力量正在抽离，‘死’的力量正在减弱，在转变为‘生’的力量。”

现在，代表“生命”的那一边力量正在空前地急速膨大，而“死亡”这边的力量正在飞快地消耗。

一般情况下，这应该是一件好事，因为生命将战胜死亡，听起来就像是正义的力量正要战胜邪恶，但在蓬莱，生与死并不是这么单纯的关系，二者不应是对抗的，而是要像天秤的两端一般保持平衡。现在的情况只意味着一件事……

荣光喃喃地说道：“蓬莱失控了。”现在发生的异常现象就是证据。

小石兽深深看他一眼，对于荣光能说出这句话并不十分惊讶。他拒绝了蓬莱这件事，冥君透过一直藏在荣光身上的小石兽看得清清楚楚。而他曾经一度与蓬莱的上一任看守者思想交融，他理所当然会接收到关于蓬莱的知识和记忆，只不过不能立刻消化，所以一直处于懵懂的状态。现在看来，荣光已经开始融会贯通了。

“这是我的原因吧。”荣光低下头，“因为我拒绝了蓬莱，它才会变成这样。”

“当然主要是你的原因。”冥君说得相当不客气，“蓬莱虽然有自己的意志，但它并没有‘心’，它需要有人成为它的‘心’，作为它的支柱。”

但是，冥君接着说：“不过你是你自己，并没有义务牺牲自己。”

其实，对于荣光的决定就连冥君也感到十分意外。阿蜜之前是其他人，后来阿蜜成了蓬莱的“心”，到了荣光，他却拒绝了。

抵抗了这么一份接近古神存在的力量，拒绝了这么庞大的宝藏，即便是活了这么久的冥君也是从未见过的。

如此单纯的心确实是掌管蓬莱最适合的人选，也是蓬莱自己所希望的，但就像一个最恶劣的玩笑，正是因为内心过于单纯，反而对此无动于衷。

荣光感觉自己背负了极大的罪恶，一声不吭。骨骸化作尘埃的速度在加快，黑暗中尽是腾升飞扬的晶亮银灰，冥君轻轻叹了口气。

“世间唯一无药可治之症，其名为‘欲望’。”冥君以远古神灵的语调平缓地说道，听起来好像更遥远了，“哪怕是蓬莱也有自己的欲望，它的欲望便是它的本能，像世间万物一般的生存本能。试问哪一株植物不想把根钻进大地的更深处？试问哪一种动物没有捕食的渴望？

“蓬莱一旦失控，便会纵容生物野蛮地生长、蔓延，它会不顾一切地突破界限去侵占外面的世界。而这么一来，生与死的平衡就会被打破，失衡导致失控，失控引来毁灭，这也是为什么蓬莱需要有人成为它的‘心’。”

“本能”是蓬莱的绝症，那个作为“心”的人就是蓬莱的“药”。

荣光赫然明白过来，想要阻止这一切，要给蓬莱对症下药！而目前看来，他就是那唯一的一味药。

这也意味着他的灵魂将会被束缚在蓬莱之中，去度过以他现在的水平完全无法想象的漫长时光，并且终有一天，他也会枯竭，连同灵魂一起彻底消亡。

这就是获得力量的代价，很慷慨，很残酷，同时也很公平……

他吸了吸鼻子，努力不让自己露出悲伤的表情。还以为赌这一把能有希望重新回去呢，他好想念家里啊。爸爸和妈妈不知道怎么样了，希望他们不要太难过……还有徐明子学长、游泳队的前辈和后辈、他的同班同学、那些总跟他开玩笑挖苦他的死党，还有虽然以前很任性但现在逐渐让自己变得更好的骆晓晓……还有好多好多人，他都舍不得。

他从来没觊觎过什么神奇的力量，他真的很喜欢自己平凡普通又热闹温暖的日子，他一直以善意去理解这个世界，并因此感觉到自己被世界温柔相待。他被很多人爱着，他也爱着那些人。

这么想来，他这一生也没什么遗憾，他没有卖药人和阿蜜那么悲惨的过去，他无须经历那些苦难，他遇到过的那些小困难小麻烦与之相比简直不值一提。

真要说有什么舍不得，那就是他的人生真的太短了。

“看来你有了决定。”冥君说。

荣光重重地点了点头，听见冥君继续说：“不过也不一定要走到那一步，或许还有其他可能，虽然机会很渺茫……”

荣光原本攀升到极点的激昂心情一下子来了个宇宙垂直跳楼机，还是直降冰点的那种。

不是，我心理准备都做足了，你现在跟我说这个？荣光生平第一次有了想跳起来打人的冲动，而且对方还是个位格极高的神。

冥君对此毫无知觉，他说："关键在于秋茴的那个师弟，很久以前，他曾经……"

秋茴的师弟……那就是卖药人？荣光听得无比专注，却没了下文。联系着冥君的小石兽一下失去了全部灵性，"啪"的一声倒下，它身上布满了裂痕，像个残破的石雕。

等等？这个时候？这个关键时候？荣光捧起那只小石兽，也不管它完全不是个活物，大力地摇晃它，甚至尝试不怎么熟练地给它做人工呼吸。

大概是他的求生欲感动了不知道哪路天神，小石兽奇迹般在他手里蹬了蹬腿，发出完全失去正常音调的话语，听起来完全不像是冥君的声音断断续续地说："永……生花……"

失去联系的短暂时间里，冥君应该还说了什么，但荣光错过了，就像在信号不好的地方进行语音通话。封印兽还有话要说，荣光连忙全神贯注起来。

"把……它……带回来……它算……公共……设施……"

言尽于此，封印兽彻底安静，从它身上再也感觉不到丝毫力量的气息。

荣光呆愣了很久，脑子里各种想法精彩纷呈，嘴巴张了几次，一句话都说不出来，千言万语最后只汇聚成一句自言自语："冥君，我看您是得自己过来取它了！"

亘古不变的黑暗寂静无声，没有生命能回应他，银质的尘埃把这里点缀得宛如银河。真叫人难以相信，绝望竟然这般绝美。

5

郊区，湖畔的度假村里传出一声接一声的高呼，一对中年夫妻站在酒店房间玻璃窗前，呆呆地看着湖边的方向。

那里，燃烧的山火映红了半片夜空，雨水瓢泼而下，但丝毫影响不了猛烈的火势。天空中不断闪现着红色的闪电，雷声滚滚，黑乎乎的山林里好像有个巨大的黑影在动，好像一个巨人。但那怎么可能呢？肯定是有树木被雷击劈得倒下了。

"荣光……荣光！"呆滞好一会儿的妻子猛然扑向玻璃大叫，她的丈夫连忙按住她。

他们孩子的尸体——不，他们坚信他们的孩子荣光一定还活着，只是发生了什么意外失去联络而已——那孩子失踪的地方就在起火的地方！

"我要去找他！他一个人一定很害怕！"女人尖叫着，披头散发就要冲出去。她的丈夫点了点头。两人正要踏出房间，却被留下来负责跟进后续工作的酒店工作人员拦下了。

"发生了山火，火势很快就会蔓延，我们必须立刻撤退！"工作人员一脸严肃地说。

"不行！不行！我要去找我儿子！"女人说什么都不听。身为丈夫的男人更是一把推开工作人员，他也不允许任何人阻止他们。

留在酒店里、跟随来调查度假村毒气意外的刑警们大概想到这种情况下受害者父母肯定会冲动行事，所以很快就赶了过来。他们制住了这对冲动的父母。他们之中不乏为人父母的，面的这对夫妻虽然不忍心，但他们还有更重要的职责，那就是抓紧时间让这片地区的所有人撤离，必须控制火势，不能让山火蔓延到附近的村镇。

狐狸的耳朵动了动，隐约听到度假村那边传过来的骚动，她高兴地说："很好，这么大的动静，那边的人肯定会紧急撤离了！"她看了一眼被自己保护在肚子下的荣光的身体，心想，这么一来，你爸妈也就安全了。

刚才数十道闪电狂劈而下，那片不断膨胀的沼泽也停止了扩张，山火与它之前的狐火结合，火焰一下窜得有一棵树那么高，形成了一道环形的火墙，把沼泽隔绝在里面。

酸与还在半空盘旋，时不时发出独特的怪叫，它将持续地、不稳定地为这片区域带来灾厄，极大地牵制蓬莱的扩张。当然，她跟卖药人也在这危险区域里就是了……

"说起来,这酸与居然这么配合……"狐狸喃喃地说道。传说这种凶鸟性格可不怎么好，哪怕这只是人变的。

"因为他知道如果想变回人类，最好听一下专业人士的意见，比如我。"卖药人说。

他们看似轻松地说着话，但其实谁也没从沼泽的核心移开视线。那张"网"好像消失了，从沼泽伸出来的恶心藤蔓和触手在雷击下都平静下来，黏稠的泥浆上漂浮着不知是动物还是植物的残肢，散发着一股股烧焦的臭味。

沼泽中心凝聚了一团浑浊的烟雾，一开始像是电击雷劈后产生的浓烟，渐渐的这团烟雾中好像出现了一个漩涡，浓烟与残肢都被往里卷，烟雾形成一个古怪的龙卷风。然后，龙卷风里探出一只手的形状，就像渐渐收缩的气球里有一个人，正不断地挣扎、扭动。

紧接着，无数只手从龙卷风里全伸了出来，这些手把龙卷风撑成奇怪的形状。龙卷风被这些手撕碎了，空气中仿佛爆发出一个无声的轰鸣，虽然没有声音，但卖药人和狐狸都明显感觉到心脏猛地一震。

一个巨大的、五官模糊的人影从烟雾里立起来，他只有半个身体露在外面，腰部以下还在沼泽里。然而光是这半个身体就已经有十米高！他浑身呈现灰白色，长相酷似赤砂，从他脸上、身体上、头发上不断鼓起一个个气泡，每一个泡泡都是一个人的头颅，他们有着逼真的五官，外貌各不相同。气泡不断冒出又不断爆裂，这一张张脸庞或嘶吼、或哭泣、或狂笑不已……

狐狸张大了嘴巴，惊讶得连声音都发不出来。这个半身的巨人缓缓转动，挥手就把盘旋的酸与一掌打了下来。暴雨初歇，闪电与雷鸣渐渐隐去，一株株绿色的小芽在半身巨人周围钻出，这就是蓬莱惊人的生命力。

半身巨人低头，捕捉不到焦距的目光盯着渺小宛如尘埃的卖药人。然后，他缓缓张嘴，吐出沉闷、沙哑的声音："救……救救……"

话音未落，声音便被那些脸孔的尖啸覆盖，赤砂灰白的眼瞳中流出了浊白泥浆似的东西，就像是……在流泪。

灰白腐肉交织成的诡异雨幕中，狐狸感到脑海中有什么涌入，寿麻国……祭祀……赤砂……她紧紧皱着眉头，知晓了这是谁的记忆。她看向卖药人，只见他也眉头紧锁，看来是有跟她同样的感受。

药箱上的眼睛纷纷眨动起来，卖药人似乎听见了什么，随后，冷淡的目光柔和了下来。

"一日为师，终身为父。"他低语道，"不管你最初为了什么，又犯了怎样的罪孽，但没有你，我也活不下来。"

这时，原本显得悲伤又痛苦的巨人突然变脸，疯癫地大哭大笑起来。

"但你总是……与我对抗……那场祭祀……你居然造出了那种'怪物'！"流着白色泥浆般的眼泪，巨人吃力地说道，"然后所有人都死了！整个岛的人！就像……就像那个国家一样……是我杀了他们！但你也一样！哈哈！哈哈哈！"

因为与蓬莱同化，所以他也疯了。

"我相信你所说，春景的献祭是为了让蓬莱安定。我想，既然必须要牺牲什么人才可以的话，不如我来创造一个不需要这种残忍祭祀的蓬莱……一个全新的蓬莱！"

他不曾忘记那一天，他以为自己创造了希望，但在打开那个他亲自创造的箱子后，从里面释放出来的是绝望。

巨人的眼睛悬在他头顶，巨大的瞳孔能将他整个人映照在内。卖药人仰着头，平静地与那双恐怖的眼睛直视。

天真、狂妄、不自量力，他无数次后悔痛恨地回想，觉得那时的自己幼稚得可笑，女娲后裔稀薄的血统怎么可能创造出神迹！

"我创造出来的只是拥有无尽吞噬欲望的怪物。"他承认了自己的失败。

狐狸并不敢靠近，她把身体绷成一张弓，在稍微靠后的地方警惕地注视着，听到卖药人的话，她感到震惊和畏惧，那样的场景是她无法想象的。

巨大的灰白色面孔狂笑起来，他一边笑一边滴落那种恶心黏稠的白色泥浆，脸上不断冒出的人头则如同末日狂欢般尖啸，宛如群魔乱舞，它们发出的声音仿佛有着腐蚀的力量，能让听见之人的精神备受折磨，要是听得久一点儿，毫无疑问会因此发疯。

可卖药人丝毫没有因此而有所动摇，他说："我确实做了愚蠢至极的事，我亦一直为此赎罪。”

卖药人终于放下了他那个巨大的药箱，暗红的药箱仿佛是一层一层的血液干涸而成，那个箱子上有着黑色和金色的眼睛，而此时，黑色的眼睛纷纷闭合。

再睁开时，所有的眼睛都变成了金色！

一股强大而安宁的力量从药箱里喷薄而出，而卖药人突然把药箱朝半身巨人扔去！整个药箱化作一个金红色的巨大光团，像一轮辉煌夺目的红日。

“匿魂匣，以血肉制匣，方可藏得住魂魄。师父，你可知我藏的是谁的魂魄？”

红日下坠，鎏光倾泻满地，翻涌的沼泽顿成一片宁静的金色水面，一枚枚金色的眼睛睁开，它们化作点点金色萤火，溅向半空！

“我和你，和秋茴、春景……还有那座岛上生活的人们，都是因为你才活下来的。你给我们的‘蓬莱’不是真的，但那些平淡幸福的日子是真的。”

金色萤火环绕住两人，金色水面上，半身的巨人仿佛逐渐找回了属于自己的意识，虽然仍不断有人头从他身上冒出，可凄厉的哀鸣声小了许多。半身巨人灰白的皮肤恢复了一点儿血色，他的头发一点点变黑，眼瞳也恢复了神采。

“听你这话，难道还感激我？哪怕我献祭岛上所有人，仅仅为了延续我自己的生命……”

半身巨人说完，那些金色萤火中纷纷走出一个个熟悉的身影，他们是第一个开口喊他“师父”的孩子，是会用鲜花编织各种花环的灵巧姑娘，是即便佝偻着背也要每天把新鲜蔬果洗得干干净净送来给他的老妇人，是笑容满面地从山林里满载而归、说着“这只最肥的野鸭必须得留给您”的猎户……

每一只金色眼睛都代表过去那座岛上的一个人。

漫长的、不知道多少年的时间里，那个叫雨泽的孩子一直背负着整座岛上所有人的灵魂，从过去一路走到现在，从来不曾放下。

赤砂猛然移开目光，他不敢直视这些灵魂的眼睛，他害怕……原来他也会害怕……本以为这些灵魂一定会对他报以仇恨，可没想到，那些金色的灵魂平静地飘向巨人的身体。他们抱住每一个正在痛苦哭号的人头，就像给予它们一个温暖的拥抱。

每一个平静的灵魂都与一个充满仇恨、怨念的灵魂相互消融，然后消失不见。

巨大的、灰白色的人体以肉眼可见的速度变小，回到了普通人类一般的大小。

赤砂先是惊讶，然后摇了摇头，道：“不行的，我身上是寿麻国人世世代代的怨念，不是简单就能被消除的……而且我害死了他们，他们何必做到这个地步……”

“不要小看他们的灵魂，你只是怨念，而他们是完整的灵魂，不会因为这点儿事就魂飞魄散。”卖药人笃定地说，“看吧。”

他抬手一指，顺着他手指的方向看去，金色萤火化作点点金沙，如春天细密的雨雾。金色雨雾中出现了许许多多的人影，他们大部分都是卖药人熟悉的，他熟悉面孔的人牵着或拉着另一些异族打扮、用布巾包裹全身的人，似乎要将他们引导向更好的地方。

是岛上的人们带领着寿麻国的人民，他们踏着无形的长桥，离开金色的雨雾，走向天空深处，走向生命最初也是最终的地方。

如果……如果当初他把那座小岛当作故乡，守护那些敬仰他、崇拜他的人们，并对此感到知足，在那里安抚寿麻国人的怨念，让他们解脱，而不是盲目追求虚幻的“故乡”，或许很多事情都会不一样。

所谓故乡，他其实早就找到了。

悔恨、内疚……痛彻心扉的感觉让他清醒，他在金色水面上跪倒，不自觉已泪流满脸，而那些灵魂一个个从他身侧穿过，没有回头，没有看他一眼。

“我从来没有命令过他们做什么，如果他们选择加重你身上的怨念直接让你失控毁灭，我也不会干涉。我也从来没有强行将他们留在匿魂匣，他们随时可以选择离去。但他们没有这么做，就像知道你没有死在那个岛上，总有一天会再遇到你。”

卖药人缓缓说道，目光直视他过去的师父：“他们选择净化你身上的怨念，可能是出于你是他们祖上的恩人，可能被你过去打动了仁慈之心。但也可能他们其实根本不怜悯你，只不过是在你身上看到了怨念缠身不得超脱的下场，他们不希望自己带着对你的仇恨，总有一天也沦落至这种下场。”

“呵呵。”赤砂笑了笑，“也对，死在祭祀中的灵魂怀着怨恨，很难得以解脱。这样也好，也好……”他顿了顿，道，“雨泽，你知道这样还不能结束，对吧？”

卖药人轻轻颔首，道：“我想，你也知道你该怎么做。”

狐狸来来回回看着这两个相似的家伙，不知道他们在打什么哑谜，她只知道金色的水面随着那些灵魂的解脱而黯淡，又可以看见底下那依旧不安分、伺机而动的沼泽！

“我把阿蜜的肢体和脏器一点点拼接到自己身上，本来是想借此机会取代他，蓬莱有自己的意志但并不会思考，只要有那么一瞬间它承认我是‘阿蜜’，我就能进入蓬莱，没想到却因此成为蓬莱失控后与外界连通的‘门’。”

赤砂以自嘲的口吻说着，表情却很轻松，他直起身：“我不死，这扇‘门’是不会关上的。”

随着他的身体出现崩裂，一小块碎片从他的鬓角飞出，他的双手、眼睛、脸庞……整个身体一寸一寸地化作碎片，分崩离析。

寿麻国人的怨念被净化了，作为怨念凝聚化身的他也会消失。当然，如果他还有执念的话，应该还能继续存在很长一段时间，但他显然已经没有这个想法了。

赤砂的身体已消失了大半，与此同时，一团灰色的冷雾从金色水面底下升了起来。狐狸一看，惊道："混沌？！"她可没想到居然还留有这么一部分！

卖药人也警惕起来，却见赤砂笑了笑，他挥手让灰雾散去，里面出现的正是阿蜜！他残缺的身体被灰雾托着，悬浮于半空。在被吞入沼泽之际，赤砂调动了混沌余下的最后这一点儿力量，没有保护自己，而是保护了他。

至于原因，他当时想的是保留这一张最后的"底牌"，或许能有逆转局势的机会。而现在……从他身上分离的碎片有一部分回到了阿蜜身上，他失去的部位全部恢复了！

"把他救回来，也是花了我不少力气的。我为他重新取名冬蜜，本意是要支配他的灵魂，让他听从我的吩咐，完成我的计划。没想到他灵魂的核心藏在蓬莱，一直反抗……现在这些已经无所谓了，但他从辈分上可是你的师兄呢。"他顿了顿，"我把他还给你了，剩下的，也交给你了。"

半空中的他只剩下一张嘴巴、一小块额角和一只右手。右手消失前，往卖药人面前伸了伸，那张即将消失的嘴巴说道："你应该有东西要交给我吧，比如……那枚种子。"

6

飘荡着银色尘埃的黑暗里，回荡着荣光的声音："蓬莱！蓬莱！蓬——莱——"

他喊得气喘吁吁，但黑暗纹丝不动，没有一点儿回应。

"可恶！"他捶了一下地面。除了不断大喊大叫，他根本什么都做不了，只能眼睁睁看着周围的一切化作银灰消散。

小石兽被他好好地放在兜里，但现在他真的觉得自己无法把这件公物还回去了。冥君再也没能联系上他，连个说话的对象都没有，阿蜜也还是……荣光正想着，把目光扫向被他平放在一旁的阿蜜。

咦？他睁大了眼睛，阿蜜……阿蜜的身体正在慢慢恢复！他的手脚都恢复了！眼睛紧闭着没法看见，但他明显看见阿蜜干瘪的腹腔也恢复到正常的样子了！荣光觉得自己好像还能听见阿蜜心跳的声音！

不管怎样，这应该是好事。他真切地为阿蜜感到高兴。

他正高兴着，冷不防低头一看，他身上的血肉不知不觉间消失了！他看到自己袖子里伸出的是一双骷髅的手，而且点点银灰正从他指骨上析出。他连忙摸了摸自己的脸，并没有感觉到皮肤该有的柔软触感，这硬邦邦的感觉……他摸到了自己的颧骨。

我摸到了自己的头骨……我现在到底变成什么模样了？过于震惊之下，他空白一片的大脑近乎无法思考。

怎么办？蓬莱这是铁了心要他彻底消失？要是就这样消失了，成为这万千银灰中的一小部分，那真的是死得毫无价值了。

荣光拼命凝聚精神，可这与之前的情况不一样，并不是他保持清醒的意识不被死亡支配就没事了，而是在蓬莱暗面中的一切都将不可避免地变成这样。

“不是吧……”荣光失神地喃喃自语。他不想就这样消失啊！

他站在这片意味着生命流向死亡的银灰中，第一次感受到绝望和无助。突然，他感到有什么东西轻轻落在了他的背上。

“小荣光，你可真是个傻瓜。”少女略带戏谑的声音在耳畔边轻轻响起。

荣光一个激灵，这个声音……这个声音……是春景！他猛地回头，与那双并不陌生、狡黠充满灵气的眼睛对上。

荣光眼前出现的春景是半透明的，而且只有胸部以上的部分，余下的部分宛如透明的薄纱，虚无缥缈。她恐怕连个灵魂都不算，但与蓬莱模仿的那个仿生人般的“春景”相比，她眼眸灵动，嘴角一如既往地挂着带点儿小得意又有些小傲慢的笑容。

“春景！”荣光几乎要哭出来，“真的是你！你原来还——”

“别想太多，我现在只是留下来的一缕思绪，什么都算不上。”春景打断他的话。原本荣光还有那么一丝丝希望的，现在就如同挨了骂的小狗狗般，失落地耷拉下脑袋。

春景从荣光身后轻轻拥抱他，从她拖曳的虚幻薄纱般的半透明躯体中展开了翅膀，透明的羽翼覆盖起荣光。荣光发现自己身体的变化缓慢下来，也不再有细砂般的银灰从他身上析出，取而代之的是春景全身上下逐渐如细砂被风吹开般消散。

“这……”荣光突然明白，春景是在保护他。他急忙推开春景，想阻止她这种自寻灭亡的行为，但他的手只是穿过了她半透明的身体。

“哎呀，这应该是我们最后一次见面了，可别这么不解风情。”春景故意逗他，“我早就死了，没什么好担心的。”

“可万一……”荣光没能把话说完，万一什么呢？万一还能复活？他遇见春景的时候她早已死去，并且她还在他眼前死了第二次。虽然蓬莱里或许会发生不可思议的奇迹，但现在他自己也没好到哪里去。

春景一下就猜到他在想什么，笑道：“死而复生是不可能的，是奇迹中的奇迹。你曾经抓住过我死前的一滴泪，从那时候起我便依附在你身上。你现在看到的不过是我死前那一点儿微小的……对世界的眷恋。”

“那之前你怎么一直不出现？”荣光问，有种又被对方戏弄了的懊恼。

“因为我仅仅是一小块残留的灵魂碎片，实在是太弱了，什么都做不了。但蓬莱里还有我过去留下的一点儿力量，所以我才能出现。”她一边说着，一边把透明的羽翼拢得更紧。她的身影更加虚幻了，她这是以最后这一点儿力量替荣光挡去所有伤害。

对了，荣光想起自己遇见春景就是在梦中的蓬莱里，他问道：“春景，你也成为过蓬莱的‘心’吗？”

春景摇摇头，轻笑道：“我远远没有资格成为蓬莱的支柱，我能与蓬莱融合只是意外……师父说为了所有人的幸福要把我献祭给蓬莱换取它的安稳，我相信了、答应了。然而祭祀是真的，只是祈求的目的完全不一样。

“那场祭祀真正的目的是延续他自己的生命，我和整个岛的人都是祭品，我们的晚餐中被下了有催眠效果的药，我们将在仪式高潮之际同时自刎，我们的生命将流向他，成为他的生命。但是师父没想到，雨泽——你知道我说的是谁——异想天开地创造了他的‘蓬莱’。他原本想着二者会相互抵消，不需要再献祭任何人，可惜他做出来的东西只是徒有虚名的怪物。

“祭祀的最高潮，大量生命逝去，死亡的力量达到了巅峰，箱子被打开，那个‘怪物’出来了……我无法形容雨泽到底做出来了一个什么东西，那完全超乎了我所认识的一切，它是力量的根源，是万事万物最初的形态，是高于人类生命形态的存在……它代表着生存的欲望，为此疯狂吞噬岛上一切还活着的生命，植物、动物、昆虫、人的灵魂……什么都不放过。”

荣光听得毛骨悚然，他疑问道：“那……卖药人和他师父怎么活下来的？”

春景看了一眼安详地躺在地上的阿蜜，少年宛如沉睡了一般。

奇怪的是，阿蜜的身上并没有析出那种银色的尘埃，交握的手里有一株不死草。

“因为他也在岛上，他是真正的蓬莱的‘心’，在祭祀和‘怪物’的影响下，生与死失衡，蓬莱有那么一瞬间苏醒了，为了保护支柱的肉体不被毁灭，蓬莱也释放了强大的能量，抵消了那失控的力量，失衡一瞬间被恢复了，但可想而已，只有更为特殊的存在才能存活。”

一个是存在了千年的亘古怨念，另一个是女娲的血缘后裔。

“我虽然只是个幌子‘祭品’，但当时我确实处于祭祀的中心，那个位置通常有特殊的含义，大概因为这样蓬莱才容纳了我的灵魂。这都是我死后才知道的。呵，有时候，人死了才会知道真相。”

“所以，即使卖药人没有制造‘怪物’，你们的结局也不会改变……”荣光喃喃地说道。

“不，如果没有他，我也不会遇见你了。”春景说，她应该是开怀地笑起来了，因为她的声音听起来那么快乐。

荣光突然想看看她的脸庞，可当他转过去，却发现她的身影早已稀薄得连五官都看不清了。

"春景！"他伸出手，只余下白骨的手穿透了银光闪闪的尘埃。

最坏的结果里居然也会有好事发生，绝境中仍有希望。

比如，现在。

"不要放弃，荣光。"

春景遗留的灵魂彻底消散了，他知道世界上再也不会有这么一个眼神狡黠的女孩儿了。

失去了那对透明羽翼的保护后，荣光的身体再次出现崩溃，他能清楚感受到自己被一点点地分解，化作那微小的银色尘粒，他感觉到自己的皮肤被掀去、血肉被抽离，他失去了知觉，意识在远离……就连想要坚持下去的想法也在被一点点消抹，就这样睡去吧，忘记一切吧……

不，不行！荣光，你清醒点儿！

他强打起精神，他想着春景，想着冥君，还有秋茴、狐狸、那个卖药人……他想着父母，想着学校的同伴与朋友，想着身边的每一个人，他们一定还没有放弃自己，所以他要相信自己还有希望！

此时的他只余下一具白森森的骨骸，眼窝深处仍有不灭的光芒闪耀。

突然，无边无际的黑暗被照亮了，是赤红色的光芒。这具骷髅感应到什么似的抬起头骨，一颗闪闪发亮的红星缓缓地从天而降，而被红光包裹的中央，是一枚米粒大小的东西。下降的过程中，它在虚空中生根、发芽，长出了一片叶子，然后又是一片。

那是一枚种子！

植物从两片叶长到了六片叶，每一片叶子都是小小的、圆圆的，像一串绿色的珍珠，荣光对它充满了亲切感。

幽灵草！

是幽灵草的种子！

骷髅往幽灵草降下的方向伸出手，并听到一个低沉柔和的男声在黑暗中扩散。

——我一度与蓬莱同化，所以我的死亡会回归蓬莱。

——我把这枚种子带给你。

幽灵草顶端结出了花苞，花苞鼓胀着，似乎下个瞬间就要绽放。

——幽灵草，开花结果于一瞬，而花开即死，故又名"生死一瞬"。它开花结果的一瞬，生死相依，可以让生者进入黄泉，也可以让死者重返世间。

——它的花名为……

永生花！

骷髅接住了那株待开的花。

花开了，万丈光华，如洪流，如风暴。

在赤砂死去的同时，沼泽仿佛失去了活力，像潮汐退去。沼泽在枯萎，它扩张的领域逐渐缩小，它核心的地方是漩涡的中央，所有从沼泽里出来的生物都被吸了回去。

卖药人与狐狸紧张地盯着，狐狸变回了少女的模样，左右肩膀上各扛了一个人。

一个是荣光，另一个是阿蜜。

虽然也不是没感觉哪里怪怪的，怎么就要她一个女孩子扛两个男生呢，但看了一眼卖药人，她既不敢说也不敢问。

突然，那里冒出了一个人影，那人影扭来扭去，艰难地从地上爬了起来，然后四处张望，看到卖药人和狐狸后，往他们所在的地方走来。

狐狸绷紧了背，担心是蓬莱卷土重来，她可算见识了远古力量的可怕，爆发起来敌我不分。但当走过来的人影逐渐清晰，她完全放松下来，自己也控制不住地"哇"的一声哭出来。

"荣光！"她哭着跑上前去，本想狠狠给他一个拥抱的，却扑了个空。

荣光挠挠头说："我现在还是灵魂的状态……"

利用幽灵草开花的瞬间，他的灵魂脱离了蓬莱，回到了现实。

此时，他手里拿着两株不一样的植物，一棵草叶长得有点儿像韭菜，又像菰苗，还有点儿像兰草，开着细小但香气浓烈的花，花瓣是透明的，花蕊如同黄金一般，是不死草；另一株没有叶子，茎部是漆黑的，有些细小的毛刺，开着一朵冰晶般的红花。

"永生花。"卖药人说，"幽灵草的花一般无法保留，因为开花即死，上次我就只得到了它的种子。但这次它在蓬莱的暗面开花，那里充斥着死亡，所以永生花没有立刻凋谢。"

不过，也坚持不了多久。

卖药人道："永生花是奇迹中的奇迹，关于它的记载几乎没有，但从名字来看，毫无疑问能赐予人无穷的生命。你可以利用它复活，成为永生者。"

狐狸听得倒吸一口气，永生可是神明才有的特权，荣光这家伙是要成神了呀！

荣光却摇摇头，说："我不要。"

"不要？"狐狸和卖药人异口同声。

"我要把永生花给阿蜜！"荣光坚定地说，他心里其实早就这么打算了，他又晃了晃手里的另一株，"至于我，能用不死草复活就行了。"

"你复活后也还是个普通人呢！"狐狸连忙插话。

“嗯！我想当个普通人。”荣光肯定地说，“而且，不是阿蜜的话我也回不来，你们没发现蓬莱变得很安静了吗？我想，他现在仍然是蓬莱的‘心’，即使在濒死的状态里，他依然履行了自己的职责。说实话，我不可能做得比他好。”

他选择把蓬莱的支配权让给阿蜜，他则继续当个普通人。

他轻易地放弃了“永生”。

听了他的话后，卖药人和狐狸都陷入了沉默，过了好一会儿，直到荣光几乎忍不住要开口问他们是不是哪里受伤了导致说不好话时，卖药人才低笑了两声。最初他还压抑着自己，但他的笑声逐渐变大，最后放声大笑起来。

不是脑子撞坏了吧？！荣光和狐狸对视一眼，不由得担忧起同一个问题。

“哈哈哈！哈哈！”卖药人笑得不得不伸手拭去眼角的泪花，“我明白了，我明白了。蓬莱啊蓬莱，你做了最好的选择，却也是最糟的选择！”

蓬莱需要无私之人作为它的看守者，所以它在千万年间精挑细选出荣光，但它还是不懂人心，在有的人心里，庞大的力量、永生的魅力都不及他已经真真实实拥有的一切——家庭、朋友，他在尘世间所有情感的牵连与羁绊。

这是大愚，还是大智？

这个问题的答案毫无意义，正如同欲望也因人而异，有时候欲望使人堕落，但有时候欲望也是令人活下去的本能。

卖药人渐渐止住了笑意，朝荣光点点头，认可了他的选择。

狐狸眨动湿漉漉的眼睛，也没再说什么，但心里还是感到难过。阿蜜能复活她当然很高兴，但是荣光选择成为普通人，那他的寿命就只有短短几十年，再长寿也不过一百多年，实在太短了。

卖药人倒没有废话，他示意狐狸放下荣光和阿蜜的肉体，然后对荣光的灵魂说：“你自己来吧。”

荣光点点头，把不死草放到自己的肉体上，然后把永生花摘下来，冰晶般的红花在他手里瞬间变成了一摊水状的液体，他把这些液体喂到了阿蜜的嘴里。

阿蜜原本微弱的气息顿时强了一些，苍白如同死人的脸色也恢复了一丝生气。

很好，荣光用力点点头，拍了拍他的脸颊，咧嘴笑道：“你会好起来的，阿蜜！”

卖药人却凝重地说：“即使有不死草，你可能也要很久才能醒来。”在他面前，荣光的灵魂逐渐变淡，他在回归他的身体。

“没关系，我相信会有人一直、一直等着我，他们不会放弃我的！”

少年露出大大的灿烂笑容，朝卖药人和狐狸用力挥了挥手。

"再见！"

卖药人笑了，这是他从那天之后第一次露出如此温和的笑容。

"谢谢。"他低声说道。

7

某大型综合医院住院部内，一个小护士踩着柔软的平底鞋，走路带风地巡视着各个病房。她护士服胸口别着的卡片上写着"骆晓晓"三个字。最后，她走到某个病房前，不客气地推开门，把里面的人吓了一跳。

"这傻子今天醒了吗？"骆晓晓语气有些冷硬地问。她的脸庞虽然很好看，但仔细观察，会发现五官有些不协调。

"没有。"被问的人也不介意她的态度，他坐在一张病床边，手里拿着一本书。这是个二十多岁的青年，相貌堂堂，眉宇间有一股凛然的正气。

骆晓晓定定看着床上的人，眉毛皱得紧紧的，她说："听说他在家里护养的时候，手指有了反应，我才急忙安排院里的床位让他进来监察的，结果半个月了都没任何好转，这个不争气的家伙！"

说完她觉得自己可能有些激动了，定了定心，道："徐明子学长，今天也麻烦你了，他从高中开始就不让你省心。"学长是她跟着荣光喊的。

徐明子认真地说："不辛苦，叔叔阿姨刚走，他们照顾了他这么久才叫辛苦，以前游泳队的朋友和他的同学也时不时来换班。"

"哼，一直都是个受人照顾的家伙。"骆晓晓说着，又想起什么，"徐明子学长，你让那个叫肖炫的，还有他那些队友们下次再来时低调点儿吧！天啊，上次让我们医院上了一把热搜，天天有粉丝堵门！"

"嗯，我知道了。"徐明子点点头，想到之前那阵骚动，严肃的脸上也有点儿藏不住的笑意，"不过他们也是关心他。真不知道他从哪儿交的朋友。"

"他就是很容易跟人交朋友。"骆晓晓怔怔地接下半句，有些不好意思地红了脸，连忙扯开话题，"你们以前高中泳队的那个女孩儿，马上要参加国际泳赛的那个，出发前也来看他了。"

徐明子没有点破她其实是在担心荣光，他合上书，看向病床上的年轻人。

荣光陷入植物人状态是因为高中时在一次旅行中遭遇意外，几乎所有人都以为他落水溺亡，但没想到他居然自己从一场雷劈造成的山火中摇摇晃晃又走了回来。他只来得及说自己失足落水后顺着水流不知道漂到哪里，看到山上的火光，才朝那个一直走、一直走，走回来的。

这番说辞充满了无法解释的疑点，但说完之后他就陷入了昏迷，至今未醒。他身上发生的一切自然也成了未解之谜。

荣光的身体因为长期昏迷而显得消瘦，两颊凹陷，但皮肤干净有弹性，肌肉也没有过度萎缩，看得出来一直有人精心照料他。即使沉静地睡着，也依旧能感觉出这原本是个活蹦乱跳、很能找麻烦、笑起来充满感染力的家伙。

徐明子叹了口气，说："是啊，汤璐马上要参加国际游泳比赛了，没想到她是我们里面唯一一个走上专业运动员道路的。"而他正备战公务员。

"啊，她还说要是她拿了金奖回来，他一定要醒过来。"骆晓晓哼了一声，"真会开玩笑，哪有这么容易啊，哎，你说……他什么时候能醒？"

病房内陷入令人难受的安静，过了一会儿，徐明子说道："一定会醒的，前段时间有个报道，一个失踪了很久的男生回来了。真巧，他也是高中的时候失踪的，和荣光一样，所以……他会好的。"

骆晓晓揉了揉脸，振作起精神，说："我去接点儿水，这壶里没开水了。"然后她动作顿了顿，有些奇怪地说，"咦，之前放这儿的一个小摆件呢？四不像似的，是个石雕。"

"有吗？"徐明子疑惑地问，"我今天来的时候没看见。"

"可能是我记错了吧。"骆晓晓嘴上这么说着，心里却嘀咕，那东西跟个桥墩上的石狮子似的，她记得很清楚，难道是其他人带来的，随手一放？她晃晃脑袋，让自己别想太多，可能是最近轮值比较多，她都忙晕头了。

骆晓晓拿着水壶就出去了，徐明子想她一个人提水回来会很沉，便起身追了出去。

他们都出去后，荣光病床下钻出了一团小小的身影，是个十岁左右的小男孩，穿着一件杏黄色的袍子，脸蛋白白净净的，眼珠子黑溜溜的，柔软的黑发用一个玉冠束起。他骑在一只白色的狐狸身上，怀里搂着它的大尾巴。

他凑近荣光床边，好奇又专注地打量着病床上的荣光。他松开原本正玩弄着的毛茸茸的雪白大尾巴，伸出还有点儿肉乎乎的手，碰了碰对方的脸颊，然后又好奇地捏了捏。

"阿蜜，不许这样。"一个清冷好听的男声在男孩儿背后响起，一个修长的身影不知何时站在了那里，他手里提着一个箱子，刷暗红色的漆，绘着大小各异的眼睛图腾。

他俯视病床上的荣光，仿佛看着久未见面的朋友。他轻轻笑道："对我来说这是很短的时间，对你来说，未免有些太久了。"

小男孩回头喊了声"师父"，乖乖把手抽了回去，老老实实放在身侧，但没一会儿，又手痒痒地揉起狐狸的耳朵 。

“哎呦，轻点儿，小祖宗！”雪白的狐狸心痛地揉着自己的尾巴，不知道多少次愤怒地控诉：“喂，你这个卖药的，阿蜜怎么会被你带成个这么皮的熊孩子！”哎，她记忆中那个温暖如小太阳、善解人意的阿蜜呢！

“阿蜜能活过来并且忘了以前所有的事情，重新当一次孩子，没什么不好的。”卖药人事不关己地说，况且这只狐狸也没少纵容阿蜜，他补充道，“再说，他也只喜欢拽你的尾巴。”

狐狸忘了自己想抱怨什么了，看了眼活泼得没有一点儿烦恼的阿蜜，心底一软。罢了罢了，百因必有果，我的报应就是……唉，罢了，说多了都是泪。

阿蜜左看右看，见两个“监护人”都在跟对方说话没空搭理他，有点儿不愉快地噘起嘴，但还是乖巧地举了举小手，脆生生地问：“他是谁啊？我好像认识他。”

“嗯，你是认识他。”卖药人体贴地弯下腰，对小阿蜜说，“所以你愿意帮帮他吗？他贪睡，睡了很久都不肯起来，这对身体可不好。”

狐狸心里不动声色地吐槽，你这个哄小孩儿的语气真的是……啧啧，哪里学回来的？为什么这么熟练？

“嗯！久睡无益！”阿蜜一本正经地说，趴到床边，朝荣光吹了一口气，又模仿起大人的样子拍拍他的脸颊，笑眯眯地说，“要早点儿起来哦！”

徐明子提着水壶回来，听到里面好像有什么声音，一开门，便如遭雷击般定在原地。病房里，仪器的声音嘀嘀作响，一个人坐在床上，背对着他，面朝窗户。

砰！他手里的水壶掉在了地上，他睁大眼睛，说不出话来。

听到声响，坐在床上的人很慢很慢地转过身，他看到了徐明子，眯起眼睛，好像在辨认他是谁。过了一会儿，他笑起来，笑得跟他十七岁时一模一样。

“学……长……”他声音嘶哑、艰涩地开口。

“荣光！”尖叫出声的不是徐明子，而是跟在他后面的骆晓晓，“你醒了！你终于醒了！”她才刚说完，突然“哇”的大哭起来，一边哭一边骂又一边笑，护士队伍中的高岭之花形象尽失。

徐明子冲上去本想给荣光一个拥抱，又想起他才醒肯定还虚弱，身上还插着管子，硬生生收回了动作，只是拍了拍他的肩膀。

“我、我去通知其他人！”他难得露出手忙脚乱的样子，夺门而出时还跑错了方向。而骆晓晓又哭又笑，也跑去叫医生了。

荣光望着一下子又恢复安静的房间，不知道说什么好，但他知道，自己身边很快就会热闹起来。真的，他们一直在等着他，相信他会醒来。

他动了动鼻子，嗅到病房中残留着一点点熟悉的、药草的气味，不由得笑了起来，自言自语道：“结果还是得靠你们帮我一把啊。”

对于过去发生了什么，他记得很清楚，但这是他的秘密，对谁都不会说的秘密。

这时，病房里又走进来一个人，是个非常年轻的护士，她嘀咕着：“晓晓这就跑了？我知道她兴奋，但也不能不拔针啊……”说着，她朝荣光调皮地眨了眨眼，打趣反问道：“真看不出来是个冒冒失失的姑娘，你说对吧？”

那是一双似曾相识、狡黠而灵动的眼睛。

荣光被勾起了许多回忆，一时没接上话。

她继续说：“你可能不认识我，不过我可是经常被晓晓拜托照顾你呢，而且你在我们医院可是相当有名。昏迷这么久终于醒来了，我看看……指标都没什么大问题。对了，你以后有什么打算吗？我会不会话太多了？不好意思啊……”她笑着吐了吐舌头。

“不不，你这样……很好。”荣光有些艰涩、不太自然地说，他的声带还在恢复。虽然心里清楚她们不是同一个人，但他衷心地为这个灵动活泼的女孩儿感到高兴。

但他也因为对方的话陷入了迷茫，他高中都没念完就出了意外，刚刚看见的徐明子和骆晓晓都比他记忆中长大了好多，也不知道自己到底睡了多久。他又低头看了看自己的双手，干瘦的手臂上插着输液的软管，这个皮肤的颜色和状态看起来营养不良啊……哦，手指骨倒是变大了。虽然这段时间毫无意识，但身体一直被照料着，没有停止生长。

“没关系的。”调整好点滴的护士对他报以微笑，“以后我们也会继续支持你的。”

不再是孤单一人了，不对，他从来就不是孤单一人。

荣光突然感到豁然开朗，尽管他的人生中出现了一大段空白，现在正要重新开始。

他点了点头：“我想……重新……念书？现在……才想学医会不会……太晚……”他很努力地一字一句地说。

“永远不会！”女孩儿的笑容更灿烂了，她朝他伸出手，“来认识一下，我叫——”

后记
HOU JI

我本来以为这篇后记会很好写，因为想分享的心情和经历太多了，结果打开文档却发现除了一句“感谢”之外什么都不想说。

本质上，我是个不太喜欢直接表达内心情感的人。这和我成长的环境有关，在这里就没必要跟大家吐苦水了，总之，我可以一边跟刚认识不久的人有说有笑，一边把真正的自己悄悄地藏起来。

当然，也不是说我讨厌和人来往。我认为与外界的人和事物打交道是很重要的，只是出于“保护”的本能，我会让自己的某一部分躲起来，从旁观者的角度打量一切，所以往往会觉得自己跟那些真正投入情感、热情开朗的人格格不入。

因为这种有点儿割裂的性格，我没什么分享的欲望，却喜欢通过“故事”来倾诉心声。我把自己想说的话放进故事的每个字里，就仿佛那是从我自己的意识中分离出去的一部分。

这些年陆陆续续写了很多短篇，在《问药》之前也披马甲写过没有结尾的故事，所以在开始《问药》的连载时，我也反思过自己不负责任的行为。我从一开始就非常担心，万一写到一半写不下去怎么办？我该用什么理由把它扔在这里不管？

万幸的是，从2014年到2019年，我终于给《问药》系列画上了最后的句号。

想起写第一部《问药》的后记时，我说能出版一本属于自己的书好像做梦一样，到了现在，《问药》系列告一段落，我反倒没有那种梦幻般虚无的感觉了，而是感到很踏实。或许是我给了故事里每个人可延续的结局，或许这也是给了我自己一个交代，我把这个故事完成了，这对我来说非常重要。

虽然写作过程中遇到了许多困难，也有不愉快的事情发生，遭受过莫名的非议和毫无证据的指责，但我靠着心里不服输的那口硬气，靠着对自己、对这个故事的信任，一一挺了过来。

第一部《问药》中让卖药人与荣光相遇的幽灵草，是第三部的结局中扭转死局的永生花，写到这个情节的那一刻，我有种终于把一个“圆”完满画上后松一口气的感觉——畅快、安心，同时又为之感到无比激昂。

不知道读到那里的各位有什么感觉，希望你们能与我分享你们的感受。

我很清楚，《问药》并不是完美的故事。但在我心里，它是一个完整的故事，是我的孩子，不管任何时候，我都为《问药》自豪。

整个系列中我一直强调“欲望”，单独把这个词拎出来，仿佛有种“堕落”的意味，但在我看来，“欲望”和“希望”跟“生”和“死”一样是不可分割、无法独立存在的，当你拥有渴望某件事情、某个东西的欲望时，你才有成功的希望。

正如荣光所说，“欲望”并不是坏事，因为生存是源自本能的欲望。渴望成长、渴求进步也是一种欲望，正因为拥有无休止的欲望，所以我们才能一直督促、鞭策自己变得更好。欲望没有止境，我们所能到达的境界也不会有尽头，只要愿意积极地追求自己的欲望，永远都有成长的空间。

开头说着“没什么好说的”，结果却还是说了这么多，但到此为止吧，更多的心情和想要传达的话语，我会留在下一本小说、下一个故事里。

最后，谢谢看完所有故事，一直支持《问药》、支持我的每个人，谢谢我的编辑们、我的朋友们以及我的家人。我在写作期间总会变得任性又暴躁，如果没有你们的包容和支持，我一定早就放弃了。

在这里我也不愿意说太多花俏的话，因为“谢谢”这两个最简单的字承载了最深重的感激，就像我不太擅长正儿八经地说自己的心里话，而更愿意把我一直以来从你们那里得到的力量和支持化作创作的动力。

让我们在《胆小鬼侦探4》中再会吧！

苏盈

2019年11月

问药 3

作者
苏盈

封面绘图
Benyo

彩色插图&内文插图
Benyo

封面设计
杨小娟

内文版式
周沫

图片总监
杨小娟

责任编辑
徐慧

责任发行
周冬梅

出版社
中国致公出版社

总出品
湖北知音动漫有限公司

制作出品
知音动漫图书·漫客小说绘

官方论坛
http://xsbbs.zymk.cn

平台支持
知音漫客 漫客小说绘

图书在版编目（CIP）数据

问药. 3 / 苏盈著. -- 北京 : 中国致公出版社,

2019

ISBN 978-7-5145-1558-9

Ⅰ. ①问… Ⅱ. ①苏… Ⅲ. ①长篇小说－中国－当代

Ⅳ. ①I247.5

中国版本图书馆CIP数据核字(2019)第259731号

问药. 3/苏盈 著

出　　版	中国致公出版社 （北京市朝阳区八里庄西里100号住邦2000大厦1号楼西区21层）
出　　品	湖北知音动漫有限公司 （武汉市东湖路179号）
发　　行	中国致公出版社（010-66121708）
作品企划	知音动漫图书 · 漫客小说绘
责任编辑	徐慧
装帧设计	杨小娟 周沫
印　　刷	长沙鸿发印务实业有限公司
版　　次	2019年12月第1版
印　　次	2019年12月第1次印刷
开　　本	710mm × 1120mm　1/16
印　　张	17
字　　数	290千字
I S B N	978-7-5145-1558-9
定　　价	38.00元

（如发现印装质量问题，请寄本公司调换，电话：027-68890818）